Blue
ブルー

葉真中 顯
Hamanaka Aki

很高興我寫的小說能像這樣來到台灣讀者的身邊。

這本《Blue》以一名男子的一生為主軸，描繪了日本在年號為「平成」的時代，從一九八九到二〇一九年間大約三十年的故事。為了呈現世事變遷，書中出現許多流行一時的歌詞和日本專有名詞，書裡的各種案件也都是以真實事件為本。有些詞彙外國讀者看起來或許會覺得不大熟悉，但若是大家能因此而好奇，產生「原來日本發生過這樣的事嗎？」的想法就好了。

此外，即使身處不同的國家與社會，但活在其中的我們一樣都是人類。這個故事，是為了貼近無論是誰都會共同感受到的、最普遍的歡喜與悲傷而寫下的。

但願這本跨越大海和語言隔閡來到你身邊的故事，能成為我們互相理解的助力。

葉真中顯

Contents

封面設計　泉澤光雄
封面插畫　青依青

序幕

For Blue

曾經，有一個叫「平成」的時代。

那是個起於一九八九年一月八日，終於二〇一九年四月三十日，長達約三十年又四個月的時代。不過，這個以東亞小島國自己的年號為基礎的時代劃分方式，沒有西元、干支或是伊斯蘭曆主流，世上大多數人一定都沒聽過「平成」吧。

然而，對於生活在那個國家的許多人而言，平成是個有意義的時代。一個沒有內戰也沒有戰爭的和平時代；一個遭遇好幾場天災的災難時代；一個泡沫經濟開始破滅，貧富差距擴大和貧窮問題浮上檯面的衰退時代；一個行政和社會體制逐漸和現實脫節，各種對立更加鮮明的分裂時代。又或者，是個即使在艱難中也想留給下一代什麼的希望時代。

有名男子，在這樣的平成時代開始之日誕生，終結之日死亡。

他的母親於廣尾一間私人婦產科產下他，那間婦產科現在已經不在了。據說，母親將剛出生的他抱在懷裡不經意往窗外一瞥時，看到了一片蔚藍的天空。

藍色是男子母親最喜愛的顏色，因此母親將他命名為「青」，喚他「Blue」。日後，許多和男子親近的人也叫他 Blue，所以我決定也叫他 Blue。

不過，這裡有一個矛盾。平成開始的一九八九年一月八日，東京一整天都在下雨，應該看不到什麼藍天。

在平成開始那天出生以及那天天空一片蔚藍都是男子的母親跟他說的。其中很可能至少有一個是假的。不過，如今已不得而知。

Blue身上還有很多其他類似的故事。
像是……那個夜晚。
平成十五年十二月二十五日的深夜。Blue記得他在雪中逃亡，全身上下幾乎要凍僵了。
他所逃亡的青梅市多摩川沿岸直到江戶時代都還以冰天雪地聞名，有雪女出沒的傳說。然而，現代後，此處的降雪量減少，和東京其他城鎮一樣，變得十二月難得下一場雪。前面說的那個夜晚也沒有降雪紀錄。不過，男子說當時有下雪，有人說自己聽男子這麼說過。
是誰說謊了嗎？抑或那晚局部地區真的有降雪呢？
不知道。真相不得而知。
所謂的過去，即是如此。
如同我們不知道邪馬臺國的卑彌乎愛過誰、希特勒最後看到的景色是什麼，又或是耶穌的奇蹟是否是真的一樣。
這世上恐怕沒有所有人共通的真相。然而，存在於某人主觀世界裡的真相應該有無限多個吧。
Blue在平成第一天的藍天下誕生，還有他逃亡的夜晚下著雪，這些也都是屬於某個人的真相吧。
所以，這個故事也是。
這個刻在我心底關於Blue的故事，也是毋庸置疑的真實。

潘氏蓮

平成九年。但這是個沒有人知道平成這個年號的異國夏天。

距離越南首都河內開車約三小時的B省農村——

七歲的潘氏蓮這天也在幫忙家事中度過。

聽大人說，村裡好像要蓋新學校了，蓮或許也有可能去上學。但無論如何，現在此刻，於太陽升起時分起床的蓮必須做的不是上學，而是和母親一起去村外的河川打水。早晨的河川附近有很多蚊子，很討厭。

打水回來，蓮速速吃了一碗祖母準備的早餐河粉。雖然沒有配料，湯汁卻因為味之素有了味道。味之素是一種據說是日本製造的神奇調味料，既不是鹽也不是糖，能把任何東西都變好吃。蓮雖然不太清楚，但日本好像是亞洲最繁榮富庶的國家。

吃完早餐，上午花了大把時間在田裡拔草。蓮的家是種植地瓜和荔枝的農家。現在這個季節只要稍微大意，田裡一下子就會雜草叢生。

蓮下田到中午，下午開始在家幫忙祖母和母親的零工針線活，做些刺繡手帕和束口袋。

「喔喔，蓮，妳真厲害，已經縫得比我們還好了吧。」

祖母總是這樣稱讚蓮。蓮雙手靈巧，很擅長縫紉，不過實際上縫得當然沒有祖母和母親好。儘管知道祖母是誇大其詞，蓮還是很高興。

當跟前一天、前前一天一樣沒什麼變化的這一天就要過去的傍晚，發生了一件好事。

離家到河內工作的叔叔回來了。

叔叔平常邊騎 xích lô（人力三輪車）載觀光客，邊販賣蓮他們做的手帕和束口袋。雖說是離家工作，但由於河內離這裡不遠，大約兩、三個月就會回來村裡一次。

叔叔總是會買各式各樣的土產回來，所以蓮很期待。味之素也是叔叔之前買回來的禮物。

那天，叔叔帶來了兩樣特別的土產。

第一樣是蓮最喜歡的《Đôrêmon》漫畫。故事在說一個來自未來、像狸貓一樣的貓型機器人——Đôrêmon，來到了戴眼鏡的軟弱男孩家裡。這部漫畫非常紅，只要跟村裡的小孩說自己拿到新的《Đôrêmon》的話，大家一定會很羨慕。

第二樣正確來說不是土產，而是人。叔叔帶回來一位奇怪的客人。

那是比叔叔年輕許多，又比蓮十五歲的哥哥稍微年長的青年。

他用破破爛爛的越南話說：

「我，來自，Nhật Bản。」

Nhật Bản——日本。

別說認識日本人了，這是蓮第一次看到日本人。

「味之素？」

蓮脫口而出的話語惹得眾人一陣大笑。青年也對越南人知道味之素感到又驚又喜。

「日本製造的可不只有味之素喔，像 Honda 啦，Suzuki 啦，日本摩托車是世界第一，還有妳喜歡的《Đôrêmon》也是日本漫畫。」

蓮以前都不知道。不過這麼一說，《Đôrêmon》裡畫的城市和新年（Tết）過節的樣子都跟越南不一樣。

青年以零零落落的越南話交雜英文（叔叔會說一點英文）告訴蓮《Đôrêmon》日文叫《哆啦A夢》，在日本也很受歡迎，他小時候也常看，以及畫《哆啦A夢》的漫畫家最近過世了。

青年說他是日本的大學生，現在休學中，正背著背包環遊世界。他說日本去年有個電視節目，內容是一對叫「猿岩石（con khỉ đá）」的搞笑二人組從亞洲到歐洲旅行。受到節目的影響，這樣的旅行在日本一些人之間流行開來。聽說，那對搞笑二人組也有來越南，但蓮不知道，只覺得那個青年翻成 con khỉ đá 的越南名字很好笑。

青年待在河內的幾天裡和騎人力三輪車的叔叔熟悉起來，他跟叔叔說想看觀光客不會去的鄉村，正好叔叔要回村裡，便帶他回來了。

蓮的家人不停向青年發動問題攻勢，他也告訴大家許多日本的事。

他說，日本的街道有很多高樓大廈，路上汽車比機車還多，道路也都有鋪柏油所以幾乎不會揚起沙塵，蟲子比越南少很多。日本人家裡有電視是很普通的事，還有播《Đôrêmon》的卡通。日本小孩不用工作，平常就是去學校、看漫畫、玩遊戲。

每次青年講什麼，叔叔就會說：「不愧是日本，真厲害！」吹捧日本。蓮也好羨慕日本的小孩。

青年苦笑著說：「日本，卡住了。越南，比日本，好多了。」

青年說待在日本令他喘不過氣，漸漸不知道自己是為了什麼而活，他為了追尋自我而前往世界各地窮遊——意思大概是這樣。

青年的越南話都是一個單字一個單字講，內容也有點複雜，蓮沒有把握自己是不是正確理解了他想表達的意思。可是不管怎麼說，蓮只覺得當然是富庶又便利的國家比較好，其他家人一定也都是這麼想吧。雖然青年說自己是「窮遊」，但從他能隨意出國旅行的那一刻起，以蓮他們的角度來看就非常有錢了。
叔叔說：「Đổi Mới 已經上軌道，越南接下來也會越來越發達。」所謂的 Đổi Mới（革新），是政府現在推出的政策。好像是說雖然越南是社會主義國家，但要引進資本主義的做法讓國家變有錢的樣子。
叔叔能在河內賺錢，買土產回來、村里馬上就要蓋學校，還有《Đôrêmon》和味之素這類國外的東西能進來，據說也全都是 Đổi Mới 的功勞。
就寢前，青年給大家看相本。蓮原本期待那或許是日本的照片，結果卻不是，是青年在旅途中拍的相片。相片上映著各國美麗的風景，看這些也很開心。
蓮最有興趣的，是青年在俄羅斯拍的各種白雪和冰層覆蓋的風景。位於越南北部的B省基本上也有四季。不過，就算是冬天也只是變涼爽而已，不會下雪。聽說日本也會下雪後，蓮又更羨慕日本了。
「我，喜歡，這張。」
青年將一張自己喜愛的照片拿給蓮看，那是一汪被藍色冰層覆蓋的美麗湖面。據說是在俄羅斯一座叫貝加爾湖的地方拍的。
「我們村子也有一座很漂亮的藍色湖泊喔。」
雖然也不是燃起了什麼競爭意識，但母親還是說道。的確，村外有一座湛藍的湖泊，雖然不知道它的正式名稱，但村裡的人都叫它「命運之湖（Hồ Định mệnh）」。傳說，過去曾有位了不起的大師在那座湖畔修行。
青年很感興趣，想去看看，隔天早上便由去打水的母親和蓮順道帶他過去。
回想起來，這是蓮第一次在清晨前往命運之湖。

命運之湖並沒有像貝加爾湖那樣結凍，而是因為水草和光線明滅使得湖面看起來是藍色的。蓮知道這件事，然而，此刻眼前展開的，是蓮幾乎從不知道的命運之湖。

平常總是帶點綠色、感覺有些混濁的湖面，染成了一面彷彿倒映天空的澄淨藍色。湖上蒙著一層薄霧，連空氣都染上了湖面的藍。霧後面浮現一道神奇的樹影，大樹的樹根從樹枝垂落地面，再纏繞上自己的軀幹——是榕樹（cây đa）。在越南的古老傳說中，這是種能夠治癒任何傷口的不死之樹，必須以潔淨的水灌溉，若是澆了髒水，樹木便會瞬間長大，把人帶到月亮上。

唯有在清晨短暫的瞬間，湖水、光線和霧氣以奇蹟般的平衡交織，綿延出一幅絢麗的美景。

蓮下意識屏住呼吸。

她從來不知道自己的村子有這麼美麗的景色。

青年一臉感激地拍下照片。

藤崎文吾

平成十六年，新年。事後回過頭來看，這一年剛好是平成這個時代的中間點。不過，當時的人們當然不可能知道。

「這裡還真冷耶。」

藤崎文吾搓著手臂咕噥。

車子停在多摩川沿岸的青空停車場後，一下車，冷風便和河川的臭味一起襲來。河邊的氣溫感覺比都心低了一、兩度。

圍繞停車場的鐵絲網上貼著執政黨的政黨海報。停車場老闆大概是執政黨的支持者吧。海報上「致力改革」的標語旁，是身兼執政黨黨魁的K首相大臉。K首相所率領的K政府喊出「無聖域的結構改革」開始執政時，獲得逾八成的超高支持率。儘管強硬的政治手段備受批評，卻在前年——平成十四年實現史上第一次日本、北韓首腦會談，讓遭到綁架的五名受害日本人回國。

「畢竟是雪女可能會出沒的地方嘛。」

從駕駛座出來的沖田數晴說。

「雪女？」

「對。拉夫卡迪奥・赫恩的《怪談》裡雪女的故事，故事背景剛好就在這附近。就在那邊，調布橋橋頭也有立石碑喔。」

「那不是雪鄉的故事嗎?這裡基本上算東京喔。」

雖然從都心開車來青梅市千瀨町要花將近兩個小時，但地址上是東京都內。

「據說，這一帶過去很常下雪。」

「是嗎?不愧是益智王。」

一喊這個暱稱，沖田便無奈地聳了聳肩膀。

一百八十公分、九十公斤的結實身軀，光頭加上銀邊眼鏡。和渾身散發魄力的外貌完全不搭，沖田的興趣卻是閱讀和益智問答，知道許多神奇的雜學。

藤崎走向停車場旁延伸出去的小巷子。

才剛過年，兩個大男人來到這種地方並不是為了新年參拜。

他們是警官，而且是警視廳搜查一課的刑警。藤崎是班長，沖田是他的部下之一。這個別名益智王的男子思路敏捷，腦袋也很有邏輯，據說假日都在準備升職考試。藤崎暗暗覺得，雖然完全沒有草根性卻十分優秀的沖田，是有朝一日一定會向上升的類型。現在，他可說是藤崎的左右手，兩人經常搭檔。

年底到過年之際，平常在外的人比較會在家。因此，搜查總部決定這三天重新在市內展開地毯式搜索。

可惜的是，目前為止沒有新的斬獲，藤崎決定趁查案空檔再來一次案發現場。

現場百遍。一百遍也沒用的話就去一百零一遍——這是刑警前輩們經常說的格言。藤崎認為，即使現在警方引進了DNA鑑定等劃時代的技術、偵查任務漸漸分工，這句話也是不變的原則。

巷子盡頭是那棟住家。

木造兩層樓建築，暗紅色的石板瓦屋頂，十五坪左右的庭院裡有車棚和倉庫。車棚裡停了輛白色Corolla。屋子由水泥磚牆圍起，開了扇小小的鋁門，門板上掛的門牌寫著「篠原」。這一帶雖是住宅區，房子卻不是那麼緊密，鄰房之間隔著一片小雜木林，聽不見彼此家裡的聲音。

根據住民票記載，這棟住宅有五位居民。屋主篠原敬三（六十一歲）、其妻梓（五十八歲）、長女春美（三十三歲）、次女夏希（三十一歲）以及春美的兒子優斗（五歲）。長女似乎於三年前和丈夫離婚，成為單親媽媽後搬回娘家。

篠原家是所謂的教師世家，敬三直到一年前屆齡退休為止，都在地方上的小學任職，現在也以志工身分擔任市民講座的講師；梓是每週在國中上兩堂家政課的兼任教師；春美自從搬回娘家後，便於吉祥寺的一所私立高中「青燈學園」擔任國文老師。

大約一週前，篠原家成人中唯一不是老師、沒有工作的次女夏希向其他四人痛下毒手。

屋子前拉了禁止進入的封鎖線，封鎖線外站了一名制服警員。那是這個轄區奧多摩分局的地域課員，即使過年這段時間也是輪班值守吧。雖然鑑識採證作業已經大致完畢，案發現場的這棟住宅卻依舊處於封鎖狀態。

制服警員認出藤崎和沖田，以宛如教科書上標準的動作向他們問候：「辛苦了！」

「大過年就上工辛苦了。我們想看一下現場，可以拿鑰匙嗎？」

「是。」

從制服警員手中收下屋子鑰匙後，藤崎和沖田進入鋁門內。

兩人穿過狹小的庭院，站在玄關大門前。

六天前，平成十五年十二月二十六日下午四點左右，命案第一發現者佐佐木瑞江也是站在這裡。

瑞江是任職於青燈學園的老師，也是篠原家長女春美的同事。

春美在二十六日與前一天都無故缺勤。二十五日是學校下學期的結業典禮，二十六日學生雖然放假，老師還是要開會和大掃除。校方無論是打電話到春美家或是撥本人的手機都無人接聽，一直無法和春美取得聯絡。

據瑞江說，春美個性認真，是選擇老師這種職業的典型女性，無論穿著打扮還是處事都一絲不苟，即使和其他老師一起去喝酒，也幾乎不曾放縱自己。

這是春美第一次無故缺勤，而且還是連續兩天，包含結業典禮這麼重要的日子。教職員辦公室的人與其說是憤怒，反而更擔心她是不是發生了什麼事。因此便決定由和春美感情比較好的瑞江在放學後去春美家一探究竟。

說是感情好，瑞江和春美也沒去過彼此家，瑞江靠著教師名冊上的地址前往春美家。

從JR青梅線東青梅站搭乘計程車到春美家大約五分鐘。圍牆的大門是開著的。瑞江來到玄關，按下對講機按鈕。瑞江說，儘管當時屋裡有響起電鈴聲卻沒有任何回應。瑞江帶著不太好的預感，把手伸向玄關大門的門把。

玄關大門現在為了避免偵查相關人員以外的人侵入是鎖起來的，但瑞江來訪時卻沒上鎖。她喊了聲「不好意思，打擾了」，打開大門。

藤崎解開門鎖，和六天前的瑞江一樣走進屋內。

從玄關延伸出去的走廊沒有窗戶，不開燈就會很昏暗。藤崎確認手錶，下午三點二十五分，是冬天趕著下山的太陽差不多開始下沉的時候。瑞江來訪時是下午四點的話，走廊應該比現在更黑吧。

玄關貼了幅春美的兒子——優斗畫的蠟筆畫，畫的似乎是家人。畫中有三個應該是大人的人和一個小孩。大概是外公外婆、母親和自己吧。

由於鑑識人員將鞋子當作證物帶回去的緣故，脫鞋處現在沒有一雙鞋子，無人的房子也悄然無聲。

瑞江來訪時則不同。脫鞋處有春美平常穿的平底鞋和小小的運動童鞋等約六雙鞋子，屋裡傳來聲音。

是音樂聲，歌聲。

看著排列在花店門口
各式各樣的花
雖然人的喜好各有不同
但是每一朵都很漂亮呢

〈世界上唯一的花〉。不用說都知道是人氣偶像團體ＳＭＡＰ的歌。瑞江說，她馬上就發現那不是有人在唱歌，而是ＣＤ還是什麼播出來的。

〈世界上唯一的花〉自從去年春天發行後，似乎創下了超過兩百萬張的驚人銷售紀錄，是大街小巷都聽得到的超級暢銷曲，連不熟悉娛樂演藝圈的藤崎，只要聽到前奏就知道是什麼歌。

瑞江心想或許有誰在家，提高音量再次喊了聲：「不好意思！」卻沒有回應。

藤崎穿著鞋子踏進屋內，沖田跟在他身後。走廊的地板大概是沒鋪好，兩人每走一步，便會發出嘎吱嘎吱的呻吟聲。

客廳入口大約在走廊中間，周圍的地板有些汙痕，是血跡。地板上放了標記牌，以白色膠帶貼出人形，做為勘察和未來現場模擬的參考。

即使出聲呼喊也沒有回應，站在玄關的瑞江感到不知所措。不久，當眼睛習慣室內的光線後，她發現走廊上有個倒下的人影。雖然看不清面孔，但從頭髮長度和整體輪廓判斷，可以知道那是春美。瑞江說她一開始以為春美是因為生病還是什麼原因昏倒了。

瑞江脫掉鞋子踏進屋內，奔到這裡。發現倒下的人的確是春美以及她渾身沾滿了血跡。剛剛在玄關那裡沒看到，春美的腳邊還倒著一個小男孩。是優斗。

瑞江發出尖叫，鞋子也沒穿，逃也似地衝出屋子，奔進大約三十公尺外的鄰居家。

住在隔壁的老夫妻——村西夫婦因為突如其來的闖入者大驚失色，但在明白隔壁篠原家發生不得了的大事後，向一一〇報了案。收到通報後，負責管轄青梅市的奧多摩分局搜查員抵達現場。之後該局成立特別搜查總部，本廳一課的藤崎等人也加入了偵查。

藤崎在客廳前雙手合十，沖田也跟著照做。

倉皇離開屋子的瑞江沒有注意到，客廳裡還有兩人，春美的父母敬三和梓也遭到殺害。發現他們的是奧多摩分局的搜查員。客廳中間附近，兩人原本屍體的位置上各自貼了白色膠帶。據說，他們和春美一樣都渾身是血。

司法解剖報告指出，四人的直接死因為勒死。敬三、梓、春美三人的身上有多處刀傷，法醫認為凶手是在三人失去抵抗力後，再以繩子勒住他們的脖子給予「致命」一擊。只有年幼的優斗的遇害方式稍微不同，優斗身上沒有刀傷，凶手也不是用繩子而是直接用手掐死他。

客廳角落有掉落的繩子和魚刀，被判定為凶器。此外，魚刀刀柄留有篠原家次女夏希的指紋。

法醫推定死亡時間為發現屍體的兩天前，十二月二十四日傍晚到夜晚。是一起發生在平安夜的殺人案。不過，法醫判明四人並非同時死亡，首先是梓，接著是敬三，最後是春美和優斗母子，似乎是相隔一段時間依序遭到殺害的。

根據向鄰近詢問的結果，那天，被害者各自因為工作或辦事外出，警方認為，在家中等待的夏希是依回家順序殺害他們的。

客廳有一部分日常用品被當作證物帶走了。搜查員抵達這裡時，茶櫃橫倒在地，電視也從電視櫃上掉落，現場有扭打的痕跡和飛濺的血跡。

窗邊牆壁上貼了一封小孩筆跡的信。

「聖誕老公公：我想要 Game Boy Advance SP。優斗敬上」

似乎是向聖誕老人要禮物的信。

雖然現場已經整理乾淨，但當時地板上掉落著購物袋，裡面裝的應該是當天晚餐要吃的炸雞和蛋糕。

客廳裡有扇拉門，拉門內兩坪多的空間似乎被拿來當衣櫥，擺著衣服收納櫃和衣物盒。衣服沒什麼整理，女性的居家服和內衣分不清各自是誰的。

警方在這個衣櫥的抽屜中發現包裝成聖誕禮物的玩具，是優斗指定的 Game Boy Advance SP。雖然這個名字對藤崎這些人來說很拗口，卻似乎是頗受歡迎的掌上型遊戲機。遊戲機旁還有一張遊戲片，看來是外公外婆為孫子準備的禮物。如果沒有發生命案的話，那天夜裡，這些禮物就會放在優斗的枕頭邊吧。

藤崎凝神俯視標示優斗屍體的膠帶。

春美和優斗這對母子幾乎是同時遭到殺害，不過，法醫推估兒子優斗恐怕是在母親之後死亡的。

那一定是他很期待的聖誕夜。回到家後，外公外婆卻遭到殺害，再來是母親慘死在自己面前，連自己也被掐死。這對五歲的孩子而言是多麼悲哀、可怕又痛苦的事啊。

玄關那幅畫裡，沒有被視為凶嫌的夏希。無論這一家人發生過什麼事，都沒有理由必須讓一個年幼的孩子慘遭毒手。

藤崎會這樣來案發現場，一方面也是為了獲得熱情。

獲得要親手查明真相的熱情。

正是這股熱情會帶領他破案。這年頭已經不流行這種東西了，沖田他們這種人或許會覺得這種說法不合理。不過，藤崎是這麼相信的。

隔著走廊與客廳相對的另一側有扇拉門。藤崎打開門，裡面是浴室的脫衣處，正面有座附有鏡子的洗臉檯和大型洗衣機。據說，當時洗衣機上放著CD卡帶手提音響，重複播放〈世界上唯一的花〉。第一發現者瑞江在玄關聽到的就是這個。

浴室在進來脫衣處後的左手邊，大小可說是普通標準。

前來現場的奧多摩分局搜查員在這間浴室發現了第五具屍體。

是被警方認為殺害一家人的凶嫌——篠原家的次女夏希。

她將噴到鮮血的衣服丟在脫衣處。

死因為心臟麻痺。雖然夏希身上有被視為是犯案當時留下的擦傷，卻沒有其他致命外傷。法醫從她體內檢測出大量安非他命成分，推估死亡時間是在殺害四人超過半天後的十二月二十五日正午左右。

警方推測，夏希在殺害四名家人後邊聽音樂邊洗澡，於泡澡途中身亡。心臟麻痺應該跟在過度攝取藥物的狀態下入浴有關。

「您怎麼看自殺論的說法？」

沖田俯視著浴缸向藤崎問道。

有一部分搜查員認為，夏希是為了自殺才吃藥的。

「怎麼看啊……那畢竟不是安眠藥。」

藤崎搖搖頭。

即便是司法解剖也無法判定夏希是自殺還是死於意外，不過，至少可以確定不是他殺。

藤崎離開脫衣處再次回到走廊，走上盡頭的階梯。

二樓有兩間臥室，一間是春美和優斗，一間是夏希在使用的樣子。

藤崎打開夏希的房門走了進去。

三坪的榻榻米房間鋪上木紋地墊改成洋室風格，放有床鋪和書桌。似乎是夏希從小用到大的房間。

「還是老樣子，時間停留在昭和時代的房間呢。」

跟在身後的沖田嘆了一口氣。

藤崎無言地點點頭。

最早說這間房間「時間停留在昭和時代」的人，是這次搜查總部中另一班的年輕女警。她說：「這個房間好像把昭和尾巴一九八〇年代後期國、高中女生的房間冷凍保存下來一樣。」

房間牆壁上貼了一大張已經褪色的海報，上面是當時人氣正值顛峰的偶像團體，光ＧＥ

ＮＪＩ。

「我之前說過嗎？我妹妹也有看過這部，她很喜歡。」

沖田覷向書櫃，指著擺在上面的漫畫單行本。那是一部名叫《Hot Road》的少女漫畫。

「嗯嗯，這以前很紅吧？」

「對。我也看過一點點喔。」

雖然藤崎完全不曉得這部作品，但以沖田為首，所有三十歲以下的部下都知道這部漫畫，連男生也不例外。好像是一個平凡女生喜歡上暴走族少年的故事，一個令人感受到時代感的設定。

書櫃上還雜七雜八插著其他幾本漫畫和雜誌，所有書籍的版權頁都是昭和六〇年代。昭和六十三年（一九八八年）二月發行的偶像雜誌《明星》是最新的刊物，房間裡沒有在這之後的出版品。

書櫃最下面一層現在空蕩蕩的，本來則是擺著錄音帶。鑑識人員將所有錄音帶帶回局裡確認內容。除了海報上的光ＧＥＮＪＩ，其他還有錄有尾崎豐、米米ＣＬＵＢ、中森明菜等八〇年代流行歌的帶子。據說，也有磁帶已經鬆脫、無法再聽的錄音帶。

儘管警方認為夏希死亡時正在聽ＳＭＡＰ的ＣＤ，但這間房間卻找不到平成後廣受歡迎的ＳＭＡＰ相關物品和ＣＤ，也沒有最近年輕女性應該都會有的手機或ＰＨＳ之類的物品。

不過，雖說房間的時間看起來像停止了，卻也不是完全沒有生活痕跡。

房間地板散落著一地漫畫和雜誌，床上的棉被和被單也都皺巴巴的，確實有人待過房間的痕跡。

鑑識人員從棉被裡檢測出微量的被害者血液。夏希可能在被噴到血的狀態下在被窩裡睡覺。

「十五……不，是十六年嗎？她真的一直待在這間房間裡嗎？」

沖田再次環顧房間道。

「怎麼說呢……我覺得不是一步也沒有踏出房門。她應該會去廁所和浴室，可能很偶爾也會去散步或買東西。只是目前完全沒聽過有人在外面看過她吧。」

篠原夏希——

據說，這間房間的主人、對家人痛下毒手的三十一歲女性，大約從十六年前，也就是昭和六十三年的春天開始成為所謂的「繭居族」，生活幾乎不曾踏出房門一步。事實上，昭和六十三年是昭和的最後一年。這間房間停在昭和時期，大概是因為夏希從那時起便和外界斷絕關係了吧。

開始繭居時，夏希高二，最後可以確認她去學校的日子是高一的結業典禮，升上二年級後，她從來沒去過學校。

夏希小學、國中時代的朋友或住這附近的鄰居，也沒有人遇過或是看過繭居後的夏希。大概是在意外界評價的關係，夏希的家人似乎也極力隱瞞夏希的存在，只跟極親近的人提起繭居的事，也沒有向專門機構或醫生諮詢的跡象。命案第一發現者瑞江和春美的教師同事，沒有一個人知道春美有個繭居的妹妹。

根據調查結果，繭居前，夏希似乎就是出了名的「任性妄為」。個性衝動，不擅長配合他人，一有不順心就會馬上發脾氣。小學時經常突然抓狂對同學暴力相向。升上國中後，夏希雖然和不良少女團體混在一起，卻和帶頭的女生起了衝突，馬上就被踢出去了。之後，周遭的人對她戰戰兢兢、小心翼翼，似乎連一個好朋友都沒有。高中後的夏希雖然進入市內的女校，卻完全無法適應，經常請假。

從父母的角度來看，夏希大概是個很難帶的孩子吧。

藤崎也有個現在念國三的女兒，沒聽說有引發什麼大問題，成績也算好，正以都立的升學名校為目標，忙著準備考試——的樣子。

女兒藹居甚至是遭女兒殺害這種事，藤崎無法想像，也不願去想像。然而，他對女兒的了解程度也不到能保證絕不會發生這種事也是事實。藤崎幾乎把帶小孩的事都丟給妻子。

被殺害的父親——篠原敬三又是如何呢？

現階段，警方還不明白夏希藹居後的十六年和家人的關係是如何改變，以至於犯下這樣的凶行。

警方向記者公布，這是長年藹居的次女攝取藥物後的犯行，媒體也已經開始大肆報導。

搜查總部為本案定的正式名稱是「千瀨町一家四口凶殺案」，不過，大家常用比案發現場的町名更具知名度的市名「青梅血案」來通稱此案。

身在教師家庭裡的凶嫌夏希卻是個藹居族、其中一名被害者優斗是年僅五歲的可愛小男孩、夏希因過度攝取藥物而死亡等等，是樁不乏話題的命案。年末的wide show說著現代教育體系很黑暗如何如何，鬧得沸沸揚揚。才剛過年，記者就開始四處打轉，新年後的週刊也會寫出各式各樣的內容吧。

然而，關於這起命案，警方向媒體隱瞞了一個重大的事實。因為這件事，即使警方已經能鎖定凶嫌，藤崎他們也要收回新年假期持續調查。

警方於客廳發現的凶器上除了夏希外，還留有另一個不知道是誰的指紋。同樣的指紋在客廳之外的地方與夏希這間房內也能找到。

頭髮也是。警方在屋子裡找到好幾根明顯與夏希和其他家人不同髮質的頭髮，大部分是到肩膀長度的長髮。

由於頭髮是自然脫落、不帶毛根，因此無法採取DNA，也無從得知頭髮主人的性別。但這間屋子裡曾經有不是篠原家人的第三者。

這本來就不是一起一名女性能獨力犯下的案件。這起案件除了夏希以外，毫無疑問，至少有一名以上的共犯。

「可是，是哪來的傢伙呢？」

沖田盯著貼著光GENJI海報的牆壁說。

他的視線看的不是海報，而是海報旁空無一物的牆面。雖然現在被當作證物帶走了，但那裡原本貼了一張照片。

那是張加了護貝的三乘五照片，大概是某處的湖吧，照片裡是蒙了層薄霧的湛藍湖面，不知道是什麼自然現象，連霧都染上了藍色，薄霧後方是一株形狀特殊的大樹影，奇幻而美麗。那似乎不是明信片而是個人拍攝的照片，右下角印著「97 7 18」的日期。如果日期可信的話，這大約是六年半前拍攝的照片。

「那個照片不是日本吧？」

聽到藤崎的問題後，沖田點頭。

「應該不是。那張照片裡的樹從樹枝垂下像觸鬚一樣的氣根，纏繞自己的樹幹，大概是孟加拉榕或榕樹，棲息地在沖繩、臺灣、中國南部到東南亞一帶。但據我所知，沖繩沒有那樣的景色。」

帶回證物時，沖田也點出一樣的話。之後，他們向職業風景攝影師詢問看法時也得到相同的意見。攝影師說那可能是東南亞某處的風景。沖田優秀的表現完全不負益智王之名。

長年繭居在家的夏希不可能拍那種照片。夏希以外的家人在這七年間也沒有出國紀錄。

夏希是如何得到那張照片的呢？

此外，這間房間還有另一樣來路不明的東西。

那就是夏希攝取的藥物。曾經擺在桌上的塑膠藥瓶沒有任何標籤，僅留下一顆藥丸。鑑識人員分析藥丸成分後，得知那是國外生產的減肥藥「麻黃」。

說是減肥藥，但主要成分是和安非他命一樣的生物鹼，成癮性極高，也曾因濫用而引發死亡意外，其危險性一直遭人詬病。在日本，根據藥事法規定不能販售也不能行銷，但近年來似乎透過網路個人購買充斥在市面上。不同於安非他命，即使持有也不構成犯罪，也被稱做「合法藥」。

死亡時的夏希身高一百五十六公分，體重三十八公斤。不知道是不是麻黃的效用，夏希的體重比一般健康體重輕十公斤以上。

據精神科專家說，繭居者在意體型這種事看似矛盾其實很常見，夏希即使有服用減肥藥也不足為奇。

麻黃在網路上相對容易購買，在鬧區等地方也有私下販賣的商店。然而，既沒有手機也沒有電腦的繭居女子是如何取得的呢？

「走吧。」

稍微看了一圈後，藤崎和沖田走出夏希的房間，離開屋子。

屋外也有共犯的痕跡——足跡。庭院裡殘留類似運動鞋的足跡，一路從家裡朝外面前進。大概是逃走的共犯留下的吧。尺寸是二十五公分，有可能是男生也有可能是女生。

藤崎將鑰匙還給值守的制服警員，離開篠原家。
他們走回巷子，前往車子所在的停車場。從篠原家到這裡是單行道。
太陽已經西沉。這附近路燈也少，相當昏暗。
停車場前沿著河岸鋪了一條柏油路。想從篠原家逃走的話，一定會來到這條路吧。
「會往哪裡逃呢？」
沖田喃喃自語。
這條路向右，是連向更深山的上游奧多摩，向左則是通往下游市中心。藤崎他們不知道共犯逃向哪裡。是藏匿在山中還是混進城市裡？哪一個都有可能。
「左邊，下游吧。」
藤崎說。
「為什麼？」
「直覺。」
「啊……」
沖田的附和透著不理解。這個男人一定不相信「警察的直覺」這種模糊不清的東西吧。
不過，沖田也沒有瞧不起的意思。
藤崎的直覺還訴說了另一件事。
案子或許會拖很久——
儘管案發現場留下指紋等多重證據，但共犯的鎖定與搜索卻窒礙難行。夏希房間裡的藍色湖泊照片和麻黃的來源也依舊不明。
藤崎有種焦躁感，就像拼拼圖時一直找不到重要的那一片。這種案子往往會變成長期抗戰。

藤崎心中升起一股不安。

第一部

泡沫經濟。

一九八九年，平成這個時代開始時的確有過被如此稱呼的經濟狀態。日經平均指數創下史上最高點紀錄是在這一年的年末。

泡沫經濟如同它的名字，脆弱地破滅、消失。平成二年二月到三月間，股價大幅崩落，日本開始出現看不見終點的經濟蕭條。然而，在平成初期的幾年間，街頭巷尾仍飄散著濃濃的泡沫經濟餘韻。

在 Blue 尚未懂事的這個時候，他和母親、父親三人生活在麻布的高級大廈裡。父親開公司，在泡沫經濟膨脹期間順勢發展，一時呼風喚雨的樣子。

母親經常驕傲地跟 Blue 說，你的爸爸非常有錢，又高又帥。

日後 Blue 進入青春期時身長迅速抽高，五官也很端整，以一般標準而言應該可以說是美男子，或許就是父親的遺傳吧。

不過，Blue 幾乎沒有關於父親的記憶。

他記得的，是間白色的房子。

房子裡有電視，接了一臺類似遊戲機的東西。明明沒有人在玩遊戲，電源卻開著，播著片頭音樂。那是大受歡迎的系列遊戲——勇者鬥惡龍的主題曲。

而那臺電視機前，有某個東西從天花板上垂下來。那個又黑又大的東西身上有液體滴滴答答地落下，發出又酸又噁心、令人厭惡無比的臭味。

那一定是上吊後大小便失禁死去的父親吧——日後 Blue 是這麼想的。

如果那個記憶真的是父親自殺時的樣子的話，那就是 Blue 剛滿五歲的平成六年一月。

打開的那款遊戲若是勇者鬥惡龍的最新作，便是平成四年發售的勇者鬥惡龍V，主角建立家庭的遊戲。

據說，Blue 的父親很喜歡玩電視遊戲機，Blue 則最喜歡看父親玩遊戲的畫面。

不過，沒有記憶的 Blue 連懷念這些事都辦不到。

藤崎文吾

平成十六年六月。

「雖然我是第一次吃豬肉丼，但很不錯呢。比牛丼好吃吧？」

「是嗎？豬肉雖然也不差，但我果然還是愛牛，牛丼！」

「神野，你只是因為吃不到才這樣想的吧？」

「不不不，我覺得還是牛好。」

坐在四人座對面的兩名下屬——沖田和神野——一搭一唱。

這兩人隸屬於藤崎所率領的「藤崎班」，今天，藤崎帶著他們四處查案，在太陽下山時暫告一段落，決定回搜查總部前在路邊的吉野家吃晚餐。

「可是，以胺基酸攝取平衡來說，豬肉比牛肉好，也有更豐富的維他命B。夏天吃豬肉丼比較好。」

「沖田，我們不是在吃營養資訊。」

在美國農場的食用牛遭揭露感染狂牛症後，日本從去年底開始便停止進口美國牛。受到這件事的影響，今年起不只吉野家，所有牛丼店都停止提供他們名副其實的招牌菜「牛丼」，改以豬肉丼或雞肉丼做為主力。

藤崎不經意看向窗戶，水滴成串滑落。外頭不知不覺間似乎下雨了。暌違好幾天的雨。

梅雨季降雨量比往年都還少的六月即將結束。

藤崎的直覺說中了。

青梅血案的偵查在不知道共犯身分和蹤跡的情況下持續了半年，停滯不前。

藤崎看著窗外反射著路燈的雨水，茫然地想著。

他想的不是案件，而是他的家人、妻子。

由於偵查變成長期抗戰，搜查總部的刑警們也輪流休假。前幾天，藤崎難得有一天回到自己家中時，妻子對他說了意想不到的話。

「班長是哪一派？豬還是牛？」

神野將話題帶到自己身上讓藤崎回過神。才二十出頭的神野是藤崎班最年輕的小子。

「嗯，這個嘛……我只要有味噌湯和這個，什麼丼都可以。」

藤崎舉起裝著醃漬小菜的盤子。

「咦咦，那算什麼啊。太寒酸了啦。」

神野受不了地笑著說。

不過，在吉野家的菜單中，藤崎真的最喜歡醃漬小菜和味噌湯。隨著年歲增長，他越來越覺得清爽的醃菜和青菜比油膩的肉好吃。

與大海另一端發生的事情相比，牛啊豬啊醃菜的，日本說和平是很和平——

美國在遭逢狂牛症的另一面，於去年春天開始在伊拉克發動戰爭。

〈不知道戰爭的孩子〉這首歌是藤崎念國中時流行的，所以已經是三十多年前的事。那首歌原本是關心越戰而創作的反戰歌曲。

當時，全世界都籠罩在資本主義陣營和共產主義陣營的冷戰可能有一天會變成大規模熱戰的不安中。諾斯特拉達姆斯說一九九九年世界會毀滅的大預言，指的就是美蘇引發的最終戰爭，這些人們談論的超自然話題帶著相應的真實度。

當年號從昭和變為平成時，這個冷戰體系瓦解了。預言雖然落空，和平卻沒有降臨到這個世界上。波斯灣戰爭、九一一事件，還有這次的伊拉克戰爭。雖然大家經常說那是和恐怖份子之間的戰爭，但過去那種西方對抗東方的單純構圖已經無法解釋戰爭的理由。

儘管伊拉克本土內大規模的戰爭已經結束，但戰爭實際上似乎仍持續著。日本以協助重建為名，派出自衛隊。今年四月，前往伊拉克做志工的三名日本男女還遭到當地武裝勢力綁架，最後雖然平安獲得釋放，卻在國內引起爭議，吵著綁架案是不是那些人自己的責任。

或許，能有這種爭議本身就是和平的證據。

藤崎出生以後，戰爭就一直是大海另一端發生的事。在藤崎的記憶裡，世界雖然從來沒有和平過，日本國內卻也不曾被捲進戰禍中。現在，是不知道戰爭的孩子的孩子出生，而他們又生出孩子的時代。

然而，雖說是和平的國家，卻不代表世間沒有重大刑案。所以藤崎他們才會夙夜匪懈，踏破鞋子四處奔走。

此時，店內的音樂換了。

無法成為 NO.1 也好

原本就是最特別的 Only one

一行人的對話中止，表情都暗了下來。

〈世界上唯一的花〉，這正是藤崎他們調查中的重大刑案——青梅血案現場放的歌曲。這首歌也獲選為今年春天高中棒球選拔賽的入場曲。雖說藤崎對高唱「無法成為NO.1也好」的歌曲適不適合選拔賽抱有疑問，但這也代表著這首歌就是這麼流行，受到眾人喜愛。

或許，這是一首適合和平國家的溫柔歌曲。無法帶著好心情聽這首歌是有原因的。

這半年來警方查明的事實中，勉強稱得上有力的只有一件事：凶手行凶後的隔天，也就是命案被發現的前一天，平成十五年十二月二十五日的深夜，在距離案發現場六百公尺左右的多摩川橋頭，一名男性遊民說他看見有道人影從河岸上游走向下游。

雖然沒有燈光看不清長相，但男性遊民的證詞說人影看起來是長頭髮。那道人影很有可能是共犯。藤崎說共犯逃往下游的直覺或許也對了，但他們追不到人影之後的足跡。

在每天都發生新命案的東京，無法一直將人力撥給停滯不前的調查。青梅血案的搜查總部不得不逐漸縮小規模。由於人員重整，藤崎班除去了轄區內的搜查員，只剩下本廳一課的成員。

也有傳聞，高層正在討論要利用警方現階段依舊向媒體隱瞞可能有共犯這點，以篠原家次女夏希是單獨犯案、嫌犯死亡為案件劃下句點。

警視廳現在已經背負一件懸而未決的滅門命案。就是發生在平成十二年年底，世田谷區上祖師谷，上班族一家四口慘遭滅門的命案，通稱「世田谷血案」而廣為人知。

儘管從現場狀況和遺留物品等判斷，兩起命案明顯無關，但因為都是在年底發生的滅門命案，青梅血案發生時，也有人稱其為「第二世田谷血案」。

這類的案件高達兩起沒有偵破，對警視廳而言可謂丟臉至極，也有可能會失去人民對警察的信任。因此，高層才會覺得即使不完全，也想在形式上將已經確定嫌犯的青梅血案結案。

藤崎無論如何都想避免這種結果。

再怎麼說，他都是被稱為菁英部隊的一課刑警，這份自尊不容許這種結果。

這半年來，藤崎他們針對曾經與遇害的篠原家有任何形式上交集的人，一一請求對方提供指紋。然而，卻無人和現場殘留的指紋一致。

很難想像共犯是跟夏希或篠原家毫不相干的人。

藤崎他們恐怕是忽略了什麼，還有條沒能發現的線索藏在某處。只要找到那條線就能突破案情，但……

藤崎將丟入口中的醃漬小菜咬碎，發出清脆聲響。

*

「藤崎班長。」回到奧多摩分局，一走進搜查總部據點的大辦公室便有人喊道。

是隸屬其他班的年輕女警。說夏希的房間「時間停留在昭和時代」的人就是她。

聽說她高中時是全國大賽等級的柔道選手，體力完全不輸一課強壯的男警們，工作上又有著女性獨有的細心，在課內擁有很高的評價。可以的話，是藤崎想要到自己班上的人才。

女警起身，拿起放在腳邊的運動包跑向這邊。

「這是府上送來的。您的女兒剛剛拿這個過來。」

「我女兒？」

藤崎不自覺反問。

「是的。」女警手裡舉起的運動包的確是藤崎的包包。

雖說總部是輪流休假，但身為班長的藤崎並不能經常回家。因此，會定期請家人用宅急便送換洗衣物過來。

然而，只有今天聽說是女兒送來，專程來到奧多摩分局這裡。從藤崎位於明大前的家來到分局單程需要一個半小時。今天吹的是什麼風？

「謝謝。」

無論如何，藤崎先收下包包。女警露出微笑。

「令千金身高很高呢。」

「啊，算高吧。」

女兒今年春天順利考上第一志願的高中了。

雖然女兒好像已經差不多停止長高，但身高和一七五公分的藤崎幾乎相同。

「妳見到班長的女兒囉？感覺怎麼樣？」

藤崎身邊的神野向女警問道。這兩人在警察學校是同屆。

「身材很修長，感覺是很帥氣的女生。」

「像寶塚那樣嗎？」

「咦？啊啊，這個嘛。與其說是寶塚，比較像是排球隊員吧。類似木村沙織那樣。」

「誰啊？」

「神野，你不知道嗎？木村沙織是獲選為雅典奧運國家代表隊的超級女高中生，是吧？」

沖田在神野背後插嘴。

「沒錯。」女警點頭。

「咦？像那個女生啊。」

「氣質啦。」

「那傢伙有說什麼嗎？」

藤崎插入自顧自品評起人家女兒的下屬對話問道。女警微微歪了下腦袋。

「不，沒說什麼……只是好像對刑警辦公室很有興趣，看了一圈。」

「這樣啊。」

「不過，她真是個好女兒呢。班長家在都內吧？竟然特地送東西到這裡來，要是我，給我錢我也絕對不來。」

藤崎想起之前在聯歡會上這名女警說過不想回老家的事。她和父母的關係似乎不太好。

藤崎自己也沒自信女兒有仰慕自己到願意來回花三小時幫他送換洗衣物。

女兒或許是從妻子那裡聽說什麼了。

藤崎感到一股不安。

「令千金叫什麼名字呢？」

「嗯，啊，叫司。」

藤崎一說出女兒的名字，內線電話便響了起來。沖田迅速跑向最近的話筒。

「搜查總部您好，啊啊，是，是。我知道了，我打過去。」

似乎是有外部打來的電話。沖田坐進那邊的座位，開始應對。

藤崎瞥了一眼沖田，走向自己的桌子。女警也回到自己的座位。

藤崎開始確認桌上累積的報告卻怎麼也靜不下心來。他很在意女兒突然過來的原因。

打電話給妻子問問看吧——藤崎暫時停下手邊的工作，拿起收在內側口袋的私人手機。

這支附相機功能的折疊手機是量販店的店員推薦，藤崎就買了，但他完全沒有好好利用。手機的說明書厚得跟字典一樣，讓人根本沒有心情去看。

突然，手機震動起來。有簡訊。

〈我在走廊，請過來。〉

訊息只有一行字，是剛剛應該在那裡講電話的沖田傳的。藤崎抬頭，沖田似乎已經講完電話，不在大辦公室中。

意思是他有事想在別人聽不到的地方說嗎？發生什麼事了嗎？

理解沖田的意圖後，藤崎站起身。

一來到走廊，便看到沖田等在那裡的身影。藤崎使了個眼色，兩人並肩而行，走上階梯前往三樓的樓梯間，這裡這個時間點基本上不會有人。沖田開口：

「有人提供了令人介意的情報。」

搜查總部和警察局每天都會收到各式各樣的情報。其中大部分是警方已經掌握到的資訊或是派不太上用場的內容，也有不少惡作劇電話。然而，由於極偶爾也會進來珍貴的情報，因此無法等閒視之。

沖田以這種方式告訴自己，代表是有希望的情報嗎？

搜查總部由好幾個班分頭查案，各班也有互相競爭的一面。若是可能跟偵查進展有關的重大情報，包含剛才那名女警在內，在其他班的人聽得到的地方就不方便說出來。

藤崎以眼神暗示沖田「說說看」。

沖田翻開手上的筆記本。

「提供情報的人名叫北見美保，三十五歲。曾經和篠原夏希有過交集。」

「什麼？」

藺居長達十六年的夏希和這個世界的接觸極度稀少。和她有交集的人所提供的情報非常珍貴。
「是的，對方說——」
藤崎聽著報告，知道自己心跳正跟著加速。
若這些話屬實，他們至今進行的調查中，有個前提將會崩塌。
「不是惡作劇吧？」
藤崎下意識地問。
「聽她說話沒有可疑之處。我請她明天當面再跟我說更詳細一點。」
「好，我也去。總之，在那之前不要跟其他人說。」
「了解。」
藤崎他們目前還不知道對方提供情報的真偽程度。不過，這有可能會成為連接共犯的那條線。
過度期待是大忌。然而，藤崎卻感到一股寧靜的興奮感。

北見美保

北見美保會想和警方聯絡是因為媒體報導實在太胡說八道了。

她原本也覺得或許是週刊才會放一些很隨便的報導，於是花了一天時間用網路和圖書館調查，結果報紙的說法雖然比較溫和，卻也是持相同論調，之後也看不出有要更正的樣子。由於報導中出現「調查相關人員表示」、「警方公布」等文字，所以情報的總源頭似乎是警察。

這是怎麼一回事？美保實在忍不住想確認，決定打電話聯絡警方。

美保大約在三年前和美國的設計師締結異國婚姻，平成十六年的現在，居住在加州。美保每年年底到過年期間都會回目黑的老家探親，但今年丈夫參與了大型新年活動，一月時實在不是能回國的狀態。之後，又有各式各樣的事擠到一塊，今年六月才終於可以回國一週左右的時間。

每次回日本都讓美保很有感的，是百圓商店的品項一年比一年充實以及漢堡變便宜了。也就是，物價正在下跌。

這次回國令她驚訝的是，娘家的網路變成了ＡＤＳＬ，還是8Mbps這種美國一般家庭還很少人安裝的高速網路。美保心想應該很貴吧，確認合約書後發現，網路本身的使用費大約是每個月兩千八百圓。而且，數據機還是大街上免費發的，據說也不用安裝費。

母親嘀咕：「免費的最貴。又沒什麼在用，每個月卻被迫要付那麼多錢，真傷腦筋。」原來如此，這樣說就合理了。網路服務供應商打的算盤應該是即使初期虧錢也要免費發放數據機，取得大量用戶，之後再藉由持續支付的使用費獲利。其實，對已過耳順之年、幾乎不碰鍵盤的父親而言，或許不需要這種高速網路。

不過，這個使用費還是太便宜了。在美國如果想裝同等級的網路，大概需要特殊工程，一開始就會被索取一萬美金吧，而且使用費應該要日本的兩倍左右。怎麼回事——美保心想。

即將三十六歲的美保大學時代處於泡沫經濟正盛時，是在泡沫經濟破滅前，就業環境還是賣方市場的時期安全上壘進入公司的世代。美保在日本當上班族的九〇年代，平成還是以個位數紀年時，日本大概是世界上物價最高的國家。

當時，網路吃到飽的寬頻在日本推廣得很慢，大部分的人都使用又慢又貴的撥接上網。有不少人為了上網，每個月繳好幾萬圓的電話費。美保自己平常在公事外用網路時，也一定是利用NTT的「電話吃到飽」方案，只在晚上十一點後收取固定電話費的這段時間上網。

但那又如何呢？距離那時還不到十年，日本的網路連線已經比美國更快、更便宜了。食物和生活用品整體也變便宜了。

只是，美保不知道這樣的情況能不能說是變合理。便宜是便宜，但可能也變得廉價或是貧窮吧。不，一定是這樣沒錯。

回到日本，和同學或是以前的同事聊天，基本上都聽不到景氣好的內容。狀況好的，只有少部分的資訊科技公司。美保以前的公司也遭到併購消失了。過去常一起去迪斯可的朋友，現在似乎都沉迷於風水和省錢之術。

這樣的美保回國時的樂趣，就是在家裡將那些請母親幫忙保留下來的女性週刊雜誌一口氣看完。

待在美國，無法避免地會對日本發生的事感到生疏。雖然看報紙也可以，但美保覺得，週刊雜誌是她心目中「日本」的濃縮。

由於同儕壓力極端強大，所有人都不停在意周遭的事；明明自己愛面子、裝模作樣，卻不允許身邊有人太過醒目；儘管最喜歡名人的醜聞和說別人壞話，卻不想自己當壞人。帶著那種狹隘見識的人所蠢動的狹小國家裡的狹小社會。這一點無論國家富足還是變得貧窮都沒有改變。

回想起來，美保從小就很討厭這個社會。她不擅長配合別人，念國中前經常成為別人霸凌的目標。

擅長畫畫的美保覺得那是因為身旁的人都不懂自己卓越的感性。

我跟你們不一樣——心裡抱持這種想法的美保一直活得很苦悶。高中畢業後，美保就讀藝術大學，心情稍微輕鬆了一些。藝術大學裡聚集了和自己一樣的人們，相較於日本其他地方，氣氛也比較寬容悠哉。

然而，上班後，美保再次覺得窒息。美保進入的中型製造商裡，女職員是男職員的老婆候選人或是接待客戶時要求一起出席的臨時陪客。此外，在這些女職員中又存在派系和勾心鬥角的人際關係。

這種地方不是我的容身之處——美保心中不停累積這種想法。剛好就在此時，當整個社會在泡沫經濟破滅後散發「閉塞感」，陷入被困住的感覺時，內容帶有自省意味又像是哲學辯證的機器人動畫《新世紀福音戰士》興起一股風潮，也是「自我探索」受到推崇的時代。

那時，職棒選手野茂英雄挑戰美國大聯盟，第一年就大展身手。美保明明不是棒球迷，不知為何卻因為那則新聞嚎啕大哭。野茂英雄從這個充斥閉塞感的國家飛奔出去的姿態，令美保憧憬和嚮往。

總有一天，我也要去美國——美保帶著這樣的想法，開始一邊工作一邊上英文會話和設計的補習班。

若說在美保人生中創造去美國這個選項的人是赴美發展的運動選手，那麼，讓她做出決斷的就是從美國過來的歌手。

平成十年，一九九八年年底宇多田光出道。美保第一次聽到她歌聲時受到了衝擊，感受到與過往ＪＰＯＰ和歌謠截然不同的節奏和力道。而且，對方還是個才十五歲的少女。在這個迎向世紀末、令人愈發感到窒息的國家裡，像是吹進了一股來自美國的強風。

年齡大約才到自己一半的少女促使美保做出決斷。平成十一年，美保辭掉工作，前往洛杉磯的設計專門學校留學，那是她即將過三十一歲生日時的事。

在那間學校擔任講師的，就是美保現在的丈夫。求學時，對方主動接近美保後兩人開始交往，於畢業前夕男方向她求婚。當時，美保覺得自己彷彿成了少女漫畫中的主角。

美保決定結婚最大的理由，大概是因為男方不是日本人。美保的父母感到不知所措，朋友們也都反對，但美保沒有絲毫迷惘。她相信，和對方生活的西岸城市才是自己的容身之處。

當然，美保馬上就體會到那些都是幻想。

美國有美國、西岸有西岸自己的社會。美保不是當地人，對她而言，語言的隔閡很深，甚至無法適應說英文的社交圈。而最令她震驚的是，光是身為亞洲女性就自然而然會被人瞧不起。實話就是，美保受到了歧視。更不巧的是，美保婚後馬上就發生了九一一恐怖攻擊，自此之後，美國不僅僅是針對伊斯蘭圈，而是對整體外國人有越來越強的非難。

就連美保最親近的丈夫也什麼事都會用「因為妳是日本人——」這種歧視的說法。美保沒多久就察覺丈夫選擇自己的最大理由是因為美保是亞洲女生，比歐美女生更內斂體貼。即使想吵架，美保的英文語彙能力也無法讓她暢所欲言。結果，美保就變成「體貼的亞洲女生」了。

這場婚姻或許錯了——美保經常閃過這樣的念頭，但她不願承認。當初，美保決定要和外國人結婚時，一些人擺出親切的樣子說「冷靜重新考慮比較好」、「日本人還是住在日本最好」，想將她扣在狹小的日本。一旦承認，就代表自己向那些人認輸了。

所以美保每次回國才要確認。

確認即使自己的處境那樣，應該也比待在日本更好。

她聽朋友抱怨，看週刊雜誌的報導。

美國的經濟絕對好多了，日本社會跟美國的那些比起來更加陰鬱排外。確認這些事、暗自竊喜，就像一種舒緩美國生活壓力的治療。

這次回家，美保也一直在看上次回來後累積的一年半份週刊。然後，她在今年年初發行的加大號雜誌裡看到了「將少女變成惡魔的繭居生活十六年」這則報導。

那是發生在去年聖誕節，被稱為青梅血案的滅門殺人案報導。

被視為凶嫌的該家次女，似乎從高中休學後，十六年來一直繭居在自己房間裡。

美保看到次女的名字——篠原夏希和報導上刊登的照片後，嚇得腿軟。

根據照片圖說，那似乎是國中畢業紀念冊的照片。外表看起來比實際年齡略小的那位少女是美保認識的人。

姓名、年齡還有家裡住在青梅等都一致，不可能是其他人。

美保認識篠原夏希是很久以前，她還在念藝術大學時的事了。記得是大一的時候……昭和六十二年，泡沫經濟鼎盛時期的那年年底。

美保那年年底和過年期間在立川的神社打工。穿著巫女服裝，引導客人參拜或是販售御守。

夏希一樣也在那裡打工，在休息時的閒聊中和美保熟稔起來，和自己很親近。

當時，夏希高一，由於生日在一月到三月間，屬於早齡入學所以才十五歲。那時的容貌與週刊上登的畢業紀念冊照片幾乎別無二致。

——我第一次遇到這麼了解我的人！

美保記得夏希這樣對自己說。

週刊報導寫道，夏希在當地是出了名的「任性妄為小孩」。

原來如此。夏希的確情緒起伏很大，是不容易相處的類型，非常我行我素，似乎無法適應團體生活。不過，藝術大學裡有更誇張的類型，美保自己也有和夏希相似的地方。

不過，美保也沒有對夏希展現什麼特別的同理心，只是聽她說話，不給予任何否定罷了。這樣她就說「第一次」，反而可以窺見之前夏希身邊沒有一個人願意理解她。

美保大學時獨自住在學校附近的公寓，曾在打工結束後留宿過夏希一次。

雖然想不起來詳細的經過，但夏希說「我今天不想回家」、「一天就好，請讓我住妳那裡」，美保也就隨意地答應了，沒想過要和對方的父母聯絡。

夏希說，自己在學校沒有好朋友，在家裡也和家人處不太來，總是被拿來和表現優異的姊姊比較，老是挨父母親罵。

她好像對自己被送到校規森嚴的女校這件事也很不滿。其實父母也禁止她打工，夏希是瞞著家裡來神社的。

美保看了週刊報導覺得胡說八道，不是指夏希的人品或是她殺害家人的事。雖然覺得這件事很不得了，但美保當年便覺得夏希身上有種會做出極端行為的危險性。
胡說八道的是夏希藺居這部分。
美保可以保證，絕無此事。
即使想聯絡警方，美保也不知道該怎麼做，便打了一一〇。結果，收到「負責單位等一下會聯絡您」的回覆，一名姓沖田的警官重新打了電話過來——

*

隔天。
美保前往娘家附近的派出所，講述詳情。
在派出所內類似辦公室的地方，美保和昨天通過電話的沖田以及一名自稱藤崎的刑警相對而坐。
沖田本人比電話中聲音給人的印象更高大粗獷，理光頭，戴著一副銀框眼鏡。藤崎則是中等身材，一道濃眉和銳利的眼神令人印象深刻。藤崎年紀較長，似乎是上司。
「您昨天電話裡也說過，在神社打工幾年後，您又遇到了篠原夏希吧？」
大致確認完美保當時打工認識夏希的事後，沖田問道。
「是的。」
美保點頭。
美保從托特包中取出行事曆，確認日期。這本上班族時期的行事曆是她從家裡抽屜挖出來的。
「嗯……是一九九五年的八月二十七日，星期天——」

自從打工認識夏希大約八年後，美保和夏希重逢了，在一個絕對不可能會遇到長年繭居在家的人的地方。

一九九五年，平成七年。不只是美保，這一年對許多日本人而言都是令人印象深刻的一年吧。一月，阪神大地震；三月，奧姆真理教犯下地鐵毒氣沙林案，相繼發生了歷史留名的重大事件。

美保當時出社會第五年，是開始有辭職念頭的時候。

「我是在SSAWS碰到她的。就是，船橋那家滑雪場。」

正式名稱是LaLaport滑雪館SSAWS，宣稱一年四季隨時都可以滑雪的室內滑雪場。據說是取Spring（春）、Summer（夏）、Autumn（秋）、Winter（冬）和Snow（雪）的第一個字組合成SSAWS。

SSAWS於兩年前，平成十四年結束營業，現在正在進行拆除作業，也成為美保前幾天看的雜誌裡的話題。那則報導的標題是「泡沫經濟的遺跡」。

不過，SSAWS以及迪斯可舞廳「JULIANA東京」等這些常讓人覺得是泡沫經濟象徵的設施，大部分是在泡沫經濟破滅、平成時代後開幕的。或許，是在看不見終點的經濟蕭條中那對泡沫經濟的憧憬，驅使著人們縱情狂歡吧。

那天，學生時代就認識的朋友說有票，美保便應邀去夏日滑雪。

當她在滑雪館的漢堡店用餐時，一名年輕女生對她說：「妳該不會是美保姊姊吧？」美保一時間不知道那人是誰正感到無措時，對方報上姓名：「我是夏希，篠原夏希。」

「她說了我才認出來，因為髮色什麼的跟之前完全不一樣。不過，她的確是夏希。」

八年不見，夏希徹底變了一個人。接近金色的明亮髮色以及用假睫毛和眼線強調眼睛的妝容，是當時流行的辣妹風。那種風格大概很適合她原本的五官吧，夏希顯得非常可愛。
當時的夏希應該已經超過二十歲了，但就算說她是高中生也不會有人懷疑。
美保昨天在電話中只有提到自己碰見了夏希，但夏希當時不是一個人。一提到這點，沖田有些驚訝地反問：
「當時篠原夏希有同伴嗎？」
「有。因為夏希是自己過來我這一桌，我沒和對方說到話，但她那桌有個女生和小孩。」
「那兩個人的名字還有和篠原夏希的關係是？」
「我沒問。」
「那您知道他們的長相或是年紀嗎？」
「抱歉，因為遠遠的，不太清楚……女生大概和夏希同齡吧，或是再更小一點。應該是黑長髮。小孩是幼稚園或小學低年級左右？我當時想他們或許是夏希的朋友和弟弟……」
「弟弟，意思是那個小孩是男生嗎？」
「對。啊，不是，他背對我，我沒辦法確定。不過他穿藍色上衣，感覺像男孩子。」
美保一邊回溯已經模糊的記憶一邊回答。
「原來如此。就是那個時候篠原夏希自己說她離家出走了吧？」
美保點頭。美保問她「現在在做什麼？」結果夏希笑著回說自己「離家出走了」。
「她說神社打工之後，她在春假時離家出走，再也沒有回家。」
「也就是她高一和高二之間的春假吧。」
昭和六十三年——一九八八年。媒體報導夏希休學，繭居在家的時期。
「我想，應該是。」

「她有說離家出走的原因嗎？」

「我沒問……不過我懂。打工的時候她就說過討厭父母和家裡，所以我想她應該是覺得受到束縛，實在喘不過氣吧。」

這也是曾經被這個國家的社會束縛的美保想法。

「您知道她離家出走後過著怎麼樣的生活嗎？」

「我也沒有細問……不過，我們交換了電話號碼。」

「電話號碼？」

「是的，在這裡。」

美保打開筆記本給兩位刑警看。

在記載了十個數字的電話號碼下面，草草寫了「夏希（瑪莉亞）」的字樣。

沖田指著那行字問：

「這個瑪莉亞是？」

「是夏希。她好像住在一間什麼宿舍，電話是共用的。她在那裡叫瑪莉亞，所以要我用那個名字找她。」

「宿舍……嗎？」

「對，她是那樣說。」

「您實際打過這支電話號碼嗎？」

美保搖頭。

「沒有。我也有告訴她我當時住的大廈電話號碼，不過，夏希最後也沒有聯絡過我。」

那次以後，美保再也沒有見過夏希。

藤崎文吾

「大概真的是心血來潮吧？令千金是高中生吧？有時候也會突然想去遠一點的地方不是嗎？」

握著方向盤的沖田說。

他們在說藤崎的女兒司送換洗衣物來的事。

在那之後，藤崎打電話回家詢問妻子，妻子說她也不知情。一問之下才知道，妻子是有請女兒把行李拿去宅配，卻沒想到她會親自送過去。妻子只是冷淡地說了句：「她大概是心血來潮吧。」

藤崎向沖田抱怨了這件事。

「心血來潮……嗎？」

電話裡還有藤崎沒向沖田說的後續。

——妳沒跟司說離婚的事吧？

——我怎麼可能說？

藤崎問。妻子不悅地回答後掛掉電話。

之前藤崎回家時，妻子向他提出離婚。妻子說不是馬上，而是等三年後司高中畢業，決定未來方向時再離。

所謂的晴天霹靂就是藤崎當時的感受。

結婚大約二十載，夫妻間不是沒有過小爭執，但整體而言他們家應該很和諧圓滿才對。

藤崎知道自己是個老派古板的男人，但從來沒對妻子和女兒動過一次手，也沒有搞外遇。他不知道妻子要和自己離婚的理由。

——因為，你對我沒興趣吧？我們的婚姻只是徒有形式，不是嗎？

妻子說。簡單來說，就是不滿意藤崎不顧家庭甚至是她吧。

的確，藤崎和許多同僚一樣，將工作擺在第一順位，幾乎沒有參與家事和育兒。女兒出生後，夫妻間完全沒有性生活，這幾年來，兩人甚至沒有好好說過一次話。藤崎已經想不起向妻子求婚時的心情了。

但是，所謂的老夫老妻，不就是這樣嗎？

身為守護治安的警察，比起家庭，必須以工作為優先。妻子應該也很明白這點才是，因為，她以前曾在藤崎服務過的警局擔任行政。

不酒、不賭、不嫖，一直以來，藤崎認認真真做了份內的事，然而卻……妻子的不滿令他覺得不可理喻，他無法接受。為什麼？藤崎語氣凶了起來。

——因為我們之間沒有愛情了，我已經不喜歡你了，你也是吧？要理由，這就夠了吧？

妻子不帶情緒地回答。

妻子說不喜歡自己的這件事令藤崎怒氣衝天。

妳開什麼玩笑？藤崎怒吼，下意識打了妻子一巴掌。

妻子臥倒在地，嘴唇流出鮮血。她壓著臉頰起身，眼眶泛淚瞪向自己。

藤崎被那張臉嚇到了，不是因為流血，而是因為那是張「陌生的臉孔」。

那張臉毫無疑問是妻子的臉。跟年輕時相比，是增加了些與年齡相符的細紋，但眼鼻的位置應該沒有太大變化，應該是藤崎熟悉的臉龐。

然而，藤崎卻感到陌生。

對妻子的表情感到陌生。

那張臉接近面無表情卻不是，蓄滿了說不出原因的冷淡。

妻子撇開視線開口。

——你不懂我的心情吧？所以我才想分開。

那道聲音也是，明明很熟悉，卻彷彿從來沒聽過。

妻子說得對。藤崎完全無法理解妻子。

此時，浮現在胸口的心情接近恐懼。應該是長年同住一個屋簷下的妻子活在跟自己截然不同的世界。突然被迫面對這個現實令藤崎感到害怕、無措。

藤崎逃避似地告訴妻子自己會考慮。之後，由於藤崎沒有好好回家，甚至沒用電話和妻子說上話。

「總之，至少比在這種街道上遊蕩讓人放心吧？」

無從得知藤崎家裡狀況的沖田打趣道。

「不要事不關己就給我隨便敷衍。」

藤崎勉強擠出一絲苦笑，看向窗外。

一排排花枝招展、與明媚陽光毫不相稱的看板從車窗外流過。明明是大白天，巷子裡卻徘徊著一群一看就知道是皮條客的男子。

這裡是東京知名的衛星城市，與北區和足立區相鄰的埼玉縣川口市。西川口站附近的鬧區是所謂的紅燈區，林立著密密麻麻的風俗店。不過，這裡的規則與東京都內類似的街區稍微不同。
「為什麼會有『西川口流』這種東西呢？益智王，你知道嗎？」
藤崎問。
日本的法律禁止經營組織賣春，風俗店裡不會發生所謂「本番行為」的實際性行為。更正確來說，只有泡泡浴以「該場所自由戀愛的結果」這種奇妙的邏輯默許本番行為，其他類別的風俗店原則上是禁止的。
然而，西川口這裡以粉紅沙龍、Image Club為首，所有類別的風俗店都光明正大地進行本番行為，也就是賣春解放區。這個現象也以「西川口流」或是「ＮＫ流」這樣的術語受到雜誌等媒體的介紹。
「這個嘛，為什麼呢？這裡不像吉原花街歷史悠久，這些風俗店好像是從昭和四〇年代都內取締變嚴格後才聚集到了西川口……據說是從那個時候就有的慣例。」
「與其說是慣例……應該是賺錢的權利吧？」
「是啊。雖然不知道人家埼玉縣警察是怎麼樣啦。」
轄區警察不可能不知道這種狀況，只是沒有隨意取締。當然，其中無疑包含了官商勾結、假送禮真行賄、為退休警官介紹二度就職場所等關係。
話說回來，泡泡浴默許本番行為這種事就是警察隨意取締下的產物。對警察而言，轄區內風俗店的管理也等於賺錢的權利。
「我們警視廳也有在歌舞伎町和鶯谷周邊撈油水的傢伙啊。」
藤崎哼了一聲。
「不過，也有傳聞說只是時間早晚的問題。之後會怎麼樣呢。」

沖田說著，將方向盤轉向。車子穿過鬧區，開向住宅區。

「你說淨化作戰嗎……好像真的有要做呢。」

首都圈鬧區裡，警察和風俗店——進一步來說是其背後的黑道——長年以來維持著約定俗成的關係。不過，如今風向正迅速改變。起因是三年前，平成十三年新宿歌舞伎町發生的大樓火災。一棟有風俗店進駐的住商混合大樓起火燃燒，最終造成四十四人死亡的慘劇。

社會上出現強烈的聲浪要求鬧區改革，東京都知事提拔了警察出身的官僚為副知事。在他們領頭下，目標是「風俗淨化作戰」，影響波及整個警視廳及首都圈各縣警察。

作戰目的已經不是防災，而是整飭綱紀。據說要以歌舞伎町為起點，一步步整治首都圈鬧區。

當然，西川口也會成為目標。這麼一來，這條街幾乎所有風俗店都會遭到檢舉吧。

當地人似乎希望在淨化後，將原來的街道重建成和地方緊密相連的商店街，但在這片不景氣中，有辦法那麼順利嗎？或許，將來會發生現階段誰也預想不到的變化。

車子進入堤防旁的小路，對向和後方都沒有車子，十分安靜。堤防另一側是一整排住家和工廠。

「啊，是這邊吧。」

沖田暫時停車，打開儀表板上的住宅地圖確認。

「您先下車，我去停車。」

「好。」

藤崎從副駕駛座來到車外。

一股潮濕蒸騰的熱氣迎面而來，還有某處飄來的青草味。

時序進入七月，暑氣連日不斷。儘管梅雨季應該還沒過，有時仍會聽到雷鳴，卻幾乎沒有下雨。

身後的堤防外，流淌著埼玉縣和東京都的地界——荒川。

藤崎抬頭看向眼前佇立的大廈。仿紅磚的纖維水泥板外牆，入口大廳有塊牌子寫著大廈名稱，「戶田河園」。地址上，這裡算川口市旁的戶田市。

篠原夏希沒有繭居，而是離家出走了——藤崎他們透過通報，得到這條情報。

藤崎和沖田直接和情報提供者北見美保談話。北見美保看起來不像在說謊，也似乎沒有理由說謊。夏希實際上離家出走的可能性很高。

若是這樣的話，警方偵查的前提就塌了一大塊。

平成七年，美保和離家出走後的夏希於ＳＳＡＷＳ重逢，交換了電話號碼。那支號碼曾經是這間大廈的某一戶在使用。

只要跟電信公司照會，從室內電話號碼鎖定用戶是很簡單的一件事，平常只要一、兩天便能知道結果。然而，這次卻花了一週以上的時間。

不是電信公司耗時良久，而是高層暗中出手攔截了情報。

＊

與北見美保談話後，藤崎立刻向負責搜查總部的管理官瀨戶報告。

從年紀上來說，瀨戶是小藤崎三屆的學弟，但對方在升官方面卻比藤崎快多了，屬於重視組織紀律與合理性、嚴格控管第一線的幹部類型。瀨戶和沖田有些地方有點類似，但在出人頭地往上爬這部分，瀨戶更執著。

此時，藤崎已經沒有要自己班獨占這條情報的意思了。

只靠藤崎班的幾個人，不可能追到夏希離家出走後的蹤跡。

半年來毫無進展的案情有了新情報，瀨戶也表現出高度的興趣，決定在下次偵查會議中向所有人分享情報，動員全體搜查員一起蒐證……原本應該是這樣才對。

然而，隔天，瀨戶卻一改態度，當面向藤崎嚴格下令，情報蒐證只由藤崎班負責，不和其他班以及轄區搜查員分享情報。實際上就是封口令。

為什麼會下這種命令？瀨戶只是不斷說「之後再跟你解釋」。

此時，藤崎已經有預感，或許是那支電話號碼出現了偵查時不得不慎重以對的「什麼」。

無論如何，前線人員最重要的就是服從上級指令，暫時就由藤崎班單獨蒐證了。

昭和六十二年年底到六十三年年初這段期間，夏希和美保一起打工這件事，那間神社也留有紀錄，基本上能確認。

接著，藤崎他們取得美保的協助，製作她在ＳＳＡＷＳ看到的夏希肖像畫。那幅經美保認證「很像」的肖像畫中少女，氣質的確和國中畢業紀念冊上的夏希截然不同。

不過，藤崎他們沒有再取得其他重大收穫。

儘管再次向夏希過去的友人以及與篠原家有關的人問話，卻沒有人知道夏希離家出走。

另一方面，即使是聽篠原家說過夏希繭居的人，也無人看過繭居中的夏希。

之前，由於沒有其他情報，警方偵查時以夏希繭居為前提，但其實他們並沒有傳聞以外的證據。篠原家的人很有可能隱瞞夏希離家出走的事實，對外說她繭居在家。

篠原家的人大概是擔心家族聲譽而無法向身邊的人坦承夏希離家出走吧。在隨便說個藉口後，不得已就變成夏希一直繭居在房裡。儘管家族不名譽這點或許沒什麼太大不同——可以推測出這樣的來龍去脈。

關於封口令，瀨戶終於在前天有所「解釋」。

藤崎被叫到奧多摩分局三樓的會議室。一進入會議室，裡頭不只瀨戶，甚至還有更上一級的搜查一課課長。

藤崎在兩人面前坐下，瀨戶緩緩開口：

「藤崎，前幾天你拿到的電話號碼現在雖然停用了，但以前是有點麻煩的業者在用。」

藤崎無語，輕輕點頭，示意瀨戶繼續。

不出藤崎所料。不過，連課長都在這裡代表就是如此事關重大。

「你還記得『小小甜心』案嗎？」

瀨戶試探地看向自己。

「嗯。雖然我沒參與調查但有聽過。那案子有很多傳聞。難道說……」

「沒錯，那支電話是以前『小小甜心』的號碼。」

藤崎嚥下一口口水。

不過，比起驚訝，更多的是恍然大悟。

原來如此，是這麼回事啊。

「小小甜心」是過去——平成八年六月——遭到舉發的約會俱樂部。

所謂的約會俱樂部，就是向有財力的男性介紹女性交往對象的業者。雖說是交往對象，但並不是以結婚為前提的那種正經交往，實際上就是賣春。

不過，約會俱樂部並不是風俗店，業者的立場是「單純介紹雙方認識的善意第三者」，即使其中有賣春行事，也只屬於個人行為，俱樂部並無從中媒合，以這樣的藉口逃避檢舉。

介紹業者「小小甜心」遭到檢舉不是因為賣春防制法也非風營法。從名字可以想像，該俱樂部特別以介紹年輕女性為賣點，然而，其中卻包含了未成年少女。這違反了兒童福利法，無論是否有賣春都不允許。

業者自己似乎也有違法的自覺，只靠口耳相傳招攬客人，採完全會員制經營。不過，因為其他事受到輔導的少女在接受問話時談及此事，警方因而知曉。

就這樣，「小小甜心」遭到舉發。事情到這邊是很稀鬆平常的事。

麻煩的是在舉發之後。

「小小甜心」的經營者是名曾經擔任過官僚，名叫大神田的男子，俱樂部遭到舉發後，獨自潛逃。之後，警方在都內的商務旅館發現他的遺體，似乎是將繩子掛在門把上上吊的樣子。轄區警局判定為自殺，「小小甜心」的調查也因此告終。

之後，八卦雜誌稱「偵查相關人員提供情報」，報導了這起案件的疑點。

雜誌說，前幾日因替未成年少女仲介賣春而遭到舉發的約會俱樂部「小小甜心」，其經營者曾擔任官僚，運用人脈拓展客源，顧客名冊上記有高級官僚與警察幹部的名字。本次舉發出乎這些人的意料，經營者很有可能是遭殺人滅口。

那本雜誌是會毫不在意將都市傳說之類的內容都寫成報導的刊物，主流媒體也都沒有跟進。然而檯面下似乎有段時間引發了一陣軒然大波。

這件事在警察內部也暗中引起討論，說「那則報導好像不全是胡說八道」、「聽說名冊上真的有幹部的名字」等等，「只在這裡講，別說出去」的內容滿天飛。藤崎就是在這時知道了「小小甜心」一案。

即使是警察，也並非對自己組織的所作所為瞭如指掌。可以肯定的是，所謂的警察，是為了保護組織，多少做些骯髒事也能面不改色的存在。雖然不太可能有殺人滅口這種事，但銷毀對自己不利的證據也不足為奇。

「也就是說，篠原夏希可能跟『小小甜心』有關係吧？」

藤崎看著瀨戶的眼睛說。

逃家少女在約會俱樂部工作十分合理。

「有可能。接下來得調查這點才行吧。」

「可以調查，對吧？」

「當然。不過，藤崎啊，誠如你所知，關於那個業者的舉發，傳出了無聊的謠言，有些人也不希望無端遭受懷疑。所以，如果你不稍微謹慎行事的話，我會很傷腦筋的。」

瀨戶拿起一本資料夾遞給藤崎。

「這是『小小甜心』一案的資料，你就以這個為基礎去調查。名字有出現在上面的關係人直接接觸也沒關係。」

反過來說，就是不准查這個資料範圍外的內容嗎？

從瀨戶的說詞和花了好幾天才得到這個解釋來看，有件事情很明白。

傳說中的顧客名冊上，真的有警察幹部的名字吧。而這份偵查資料，一定抽掉了那些能夠連到他們的相關情報。

「還有啊，我希望這部分的偵查繼續由你們班單獨祕密執行。給我命令你的部下也不准對外透露。」

「啊？」

藤崎不由得皺眉。

瀨戶會小心翼翼到這個地步，代表顧客名冊上的名字是很了不起的大咖嗎？可是，無論那是誰，為了保護跟未成年少女買春的幹部而使調查受到波及，藤崎都無法釋懷。

「藤崎，希望你能忍耐。」

始終保持沉默的一課課長插嘴道。

「關於之前那些傳聞，我們也沒那個資格知道真偽。不過，上頭有好幾個人不想招惹是非。『小小甜心』的案子，算是一種禁忌。其實，也有人認為連這支電話號碼的情報都不該告訴一線人員。」

「一課長，那是──」

大概是透露太多了吧，瀨戶打算勸阻。一課課長舉起手示意「沒事」，制止瀨戶發言。看得出來，他們也承受了壓力。警視廳搜查一課課長的「上面」，就是最高幹部了。

「我不想浪費前線人員難得掌握到的線索。不過，這是最底限的條件了。而且老實說，我認為最糟的情況是這件案子以嫌犯死亡落幕也無所謂。」

一課課長的聲音透露著不容分說的壓力。意思是再囉唆的話，就中止偵查嗎？

「……我明白了。」

藤崎回答。

藤崎並非認同這個說法，而是知道再堅持下去也不會有任何改變。可以說，還好至少情報沒有被銷毀。

只能在有限的條件下盡最大的努力了。

野野口加津子

上門說要問話的兩名刑警中，年紀比較輕、自稱沖田的警官環顧屋子一圈後說：

「您喜歡『勇樣』嗎？」

只要看到這間客廳，任誰都能知道吧。牆上的海報、相框裡的照片全都是勇樣，裴勇俊。他是韓國演員，現在NHK無線電視臺正在播的《冬季戀歌》男主角。

「是啊。呵呵，他四月來日本的時候，我還去了羽田機場呢。」

野野口加津子回答時，感受到自己勾起的脣角。只要想到或是談到勇樣，她就會無條件地喜不自勝。

《冬季戀歌》去年已經在衛星電視頻道播過，加津子偶然看了第一集後，便徹底陷入。這部戲的劇情雖然像早年的通俗劇，卻讓人感受到近來日劇所沒有的純粹。最重要的是，加津子深深為男主角勇樣的笑容著迷。

有這種感覺的人似乎不只加津子。《冬季戀歌》引發熱烈迴響，NHK今年開始便在無線電視臺播放這齣劇。以此為契機，街頭巷尾興起了一股可稱為社會現象的韓流。

「我和勇樣同年喔。」

沖田說。他身旁叫藤崎的年長刑警應和：「咦？是喔？」

「那你今年三十二歲啊。」

勇樣的生日是一九七二年，以日本年號來說是昭和四十七年八月二十九日。加津子的兒子裕史也和勇樣同年。

「不愧是粉絲呢。」

沖田佩服地說。不過，這種東西是每個粉絲都知道的常識。

「那麼，關於那間房間的事……」

沖田開啟正題。

「是是是，一二〇一那個吧?合約書在這裡。」

加津子是「戶田河園」這棟建在荒川沿岸的大廈主人。這裡原本是經營房仲業的丈夫財產，四年前丈夫因腦梗塞去世後由加津子繼承。最上層的十三樓是自住，她現在一個人在這裡生活。

兩名警官拿出自己帶來的文件和加津子攤在桌上的合約書比對確認。

突然收到自稱是警察的男人聯絡時，加津子還以為一定是「是我啦詐騙」的事曝光了。

幾天前——

加津子中午時分接到一通電話，話筒那頭喊著：「啊，媽，是我啦，是我。」加津子反問：「咦，是裕史嗎?」對方便順著她說：「對啦，我是裕史。」

加津子對那名自稱兒子的人「因為一時衝動忍不住摸了人家。如果現在馬上付五十萬的話對方願意和解，能不能幫幫我?」的說法照單全收，將錢匯到對方指定的戶頭。

之後，由於沒有聯絡，加津子打電話給兒子想確認是不是順利和解了，才終於發現自己受騙的事實。

加津子知道現在很流行這種詐騙。當看到電視新聞報導光是今年上半年，「是我啦詐騙」的受害金額便超過了一百億，一年下來有可能會接近三百億日圓時，加津子甚至還很驚訝竟然有這麼多人會上這種愚蠢的當。上了這種愚蠢的當，實在是無話可說。

知道母親受騙後，兒子裕史也毫不留情地責罵加津子「妳是白痴嗎？」被問到「給人家騙了多少錢」時，加津子說謊，少報了四十萬圓。

如果你像樣一點的話我也不會被騙——加津子嚥下這句話。說了也是白說，搞不好還會挨揍。

裕史生氣地質問：「妳覺得我會去當色狼嗎？」老實說，加津子認為兒子就算那麼做也不奇怪。

不知道是不是從小慣著的關係，兒子長成了一個吊兒郎當、沒毅力的人。重考一年後進入一間聽都沒聽過的大學，留級兩年好不容易畢業後卻一直不去找正式的工作，遊手好閒。前陣子還突發奇想，說要當什麼電影導演，現在好像和朋友在拍獨立電影。然而，在加津子看來，只覺得兒子在玩。兒子從來沒做過能夠稱之為孝順的事，偶爾來看自己，結果卻是要錢。

自從知道勇樣和裕史同年後，加津子沒有一天不幻想著如果兒子就是勇樣的話該有多好。即使兒子是那副德性，小時候確實還是很可愛的。現在，加津子已經完全不了解他了，只是因為謎樣的責任感，一聽到他的要求便拿錢給他。

就算給裕史錢他也不會感謝，反而瞧不起加津子。

——那是老爸留下來的大廈收入吧？又不是妳賺的。

兒子說的或許完全正確。然而，每次他這麼說，加津子的胸口就會感到錐心刺骨的痛。

事情為什麼會變成這樣呢？加津子明明什麼都沒做。

沒錯，加津子什麼都沒做。

加津子屬於戰後嬰兒潮世代，初中畢業後就和故鄉福島的人一群人來東京找工作。「聽好了，女孩子就是要討喜。待人處事溫和謙遜，可愛得人疼。」加津子恪守父母親的教誨，在分不清東南西北的東京生活中，和丈夫初見面就結為夫妻。人家都說她飛上枝頭當了鳳凰，加津子自己也這麼覺得。婚後的生活她也一直以夫為尊。加津子受到的教育是女人這麼做就能得到幸福，她付諸實行，一路走來，實際上也過著還算幸福的人生。

大約在這短短十年裡，剛好是進入平成後，事情開始變得不對勁。丈夫的事業開始衰敗，兒子永遠長不大。曾經，加津子朦朦朧朧地想過老後要倚靠兒子生活，但兒子一點也沒有可靠的樣子。

丈夫留下的這棟大廈其實也沒有裕史想得那麼賺錢。因為丈夫留下的不只是資產，還有債務，大部分的房租收入都必須拿去還債。儘管如此，長久以來一直是全職家庭主婦的加津子並不認為事到如今自己有辦法出去工作，她也沒有這個意思。加津子一點一滴地挖存款過活，揮霍丈夫在經濟繁榮時累積的資產，坐吃山空。

每一次買勇樣的周邊產品、每一次給兒子錢，不，光是每天照常吃三餐，存款金額就漸漸減少。最後，是這次的「是我啦詐騙」，感覺就像是被人切斷重要血管，鮮血汩汩流出來一樣。

儘管隱約覺得恐懼和不安，對數字沒有概念的加津子也無法具體評估生活還有幾年會出問題，也不知道若是那樣的話自己身上會發生什麼事。加津子不想去思考那些事，所以不思考。她反覆看著錄下來的《冬季戀歌》撐過一天又一天。

加津子什麼都沒做，沒做任何改變現狀的抵抗。

現在，加津子只有一個願望，就是在存款耗光前迎接死期，輕鬆地離開人世。

由於被「是我啦詐騙」欺騙實在太丟臉了，加津子沒有跟任何人說，當然，警察也一樣。不過，他們一定是從哪裡嗅出了不對勁才過來的——加津子原以為是這樣，結果卻不是。

「那麼，您還記得住在一二〇一這間房裡的人嗎？」

「記得。雖然合約是我先生簽的，不過屋子就在我們正下方，加上那件案子爆發的時候，警察問了我們很多事……」

十二樓的邊間房一二〇一號室，跟加津子他們這間主人家一樣是四房兩廳，適合一家人居住，是整棟大廈中格局最寬闊的房間。

距今十年前，從平成六年起，有一陣子租給了一名姓大神田的男人。大神田開演藝經紀公司，想租這間屋子當宿舍，讓那些從地方上來東京的藝人練習生在這裡共同生活。

關於簽約的經緯，加津子毫不知情。雖然丈夫不是挑房客的房東，但基本上是專業的房仲，中間也有其他房仲公司加入，所以，簽約時丈夫應該沒有覺得哪裡可疑。

搬到樓下的「藝人練習生」都是些高中左右的年輕女孩。加津子不確定有幾個人住在一起。

加津子經常在大廈門口或是走廊和她們擦身而過。雖然有些女孩會很親切地跟她打招呼，加津子卻沒有和她們深入接觸，連一個人的名字都不知道。

「嗯，我當時完全沒懷疑，因為根本不懂什麼演藝圈的事。對方說是宿舍，就想『原來是這樣啊』。雖然也覺得有很多濃妝豔抹的孩子，但以為現在就是這種感覺的女生會當藝人，從來沒想過她們做的是那種不三不四的工作……」

加津子說著說著，皺起眉頭。

一二〇一確實拿來做宿舍，但住在裡面的女孩不是藝人練習生，大神田也沒有開什麼演藝經紀公司。據說，他經營的是家叫做「小小甜心」的約會俱樂部，女孩們則是在賣淫。

那些女孩中有未成年少女，「小小甜心」因而遭到舉發。那是八年前，平成八年時的事。當時，加津子也和丈夫一起接受警方偵訊。俱樂部經營者大神田逃走後似乎在哪裡自殺了。

「住在那間房的女生有沒有長得像這個樣子的呢？」

藤崎將一張肖像畫放在矮桌上。

畫中是一名可愛的金髮少女。

「這個嘛……」加津子拿起肖像畫，歪著腦袋凝視。

「她應該是跟別人說自己叫瑪莉亞。」

沖田補充。

這兩名警察似乎正在找這名叫做瑪莉亞的女生，她當時應該是住在那間一二〇一號室裡。

「雖然覺得好像有……但說起來，那裡的女生都是這種感覺……對不起，只有畫的話實在不太清楚。」

加津子老實回答。

「這樣啊。那麼，不是這個女生也沒關係，您有其他有印象的人嗎？」

「嗯……就算你這麼說，我和她們頂多就是碰到時打個招呼……」

加津子回溯記憶，接著，想起一件事，「啊」了一聲。

「怎麼了嗎？」

「啊，不……那個……」

發現那也不是什麼值得大驚小怪的事後，加津子有些支支吾吾。

「任何事都可以。如果想到什麼，請跟我們說。」

在藤崎的鼓勵下，加津子戰戰兢兢地開口：

「那個，這麼說來，我曾經看過小孩。」

「小孩？」

「是的。」

有一次，加津子看到住在那間屋子裡的女生帶了個小男孩走進大廈。那個女孩她看過好幾次，是一二〇一的住戶沒錯。

「感覺他們是一起從外面回來的，所以我當時想那間宿舍是不是不只住年輕女生，也有住童星練習生之類的。」

「那個孩子也住在宿舍裡嗎？」

「啊，不，我只是猜會不會是那樣。也有可能是對方那次剛好帶他來。」

「那個孩子大概幾歲，長什麼樣呢？」

加津子側頭想了想。

「應該是個小男孩……我們在大樓門口擦肩而過，我想說奇怪，回頭只看見孩子的背影。」

「帶小孩的，是不是這個女生呢？」

藤崎指著肖像畫。

「不是。帶小孩的女生是黑髮。」

「那麼，那個小男生是不是差不多幼稚園或是小學低年級左右呢？」

沖田抬起眼睛問道。

「嗯，對，差不多那個年紀。」

聽見加津子的回答後，兩名刑警互看了一眼，是想到了什麼嗎？

「您還記得那是哪一年的事嗎？」
沖田繼續問。
「阪神大地震、奧姆真理教事件那年之前還是之後，您記得嗎？」
「就算問我哪一年……」
被對方話題這麼一帶，加津子想起來了。
「啊啊，對，應該是奧姆真理教事件發生後沒多久。」
沒錯，是平成七年的春天。接著，加津子連帶想起了別的記憶。
「Blue……」
加津子低喃。
「Blue?」
兩名刑警異口同聲地重複。
加津子點頭。
「沒錯，那個時候我回頭看，小男孩剛好在大樓裡奔跑，那個女生追著他喊：『Blue，等一下。』」
話說出口後，加津子清楚回想起了那兩人的背影。
「——那個小男孩是不是叫 Blue 呢？」

For Blue

Blue 長大後清楚記得的最久遠記憶，是住在荒川河畔十三層樓的大廈「戸田河園」裡時的事。

Blue 在一二〇一那間十二樓的邊間房裡生活了兩年多，和一群各有隱情，離家出走後賣身的少女們一起。

泡沫經濟開始破滅的世紀末。

膨脹到極限的地價和股價開始暴跌時，樂觀的聲音主導了整個社會，認為這只不過是一時的，景氣過一陣子就會再度回升。然而，景氣卻始終沒有回升，儘管地價和股價多少有些反彈，卻依舊持續下跌。以景氣會持續上升為前提不停融資的金融機構，背負了鉅額的不良債權，連被說是絕對不會垮的都市銀行也瀕臨倒閉。平成九年，四大證券商之一的山一證券因破產陷入自主歇業。

Blue 來到一二〇一號室是在發生這些事的三年前，平成六年，他五歲的時候。

這一年，「同情我就給我錢」這句話在「新語、流行語大賞」中獲得年度第一。那是人氣戲劇《無家可歸的小孩》中主角小女孩的臺詞。

當日本一步步陷入經濟蕭條的無底洞時，人們開始畏懼那早已被大家遺忘的貧窮。這句臺詞的流行也被認為是這種心情的反映。

在只有少女的空間裡，唯一的一個小男孩 Blue 要說是異類的話的確是異類。不過，大概是可愛稚嫩的 Blue 激發了少女們的母性本能和保護欲，大家都輪流照顧 Blue。

其中，一名叫「杏末」的少女很照顧、疼愛Blue。杏末不是她的本名，所有少女都有一個暱稱，以暱稱稱呼彼此。

杏末似乎很會做飯，經常親手做飯給Blue吃。儘管味道的記憶沒有殘留下來，但Blue一直記得杏末做的漢堡排和高麗菜捲非常好吃。

Blue和杏末感情很好，夏天還一起去室內滑雪場SSWAS玩過。

然而有一天，杏末卻突然消失了。住在一二〇一的少女時而會換人，儘管杏末消失並非什麼特別的事，卻讓Blue感到很寂寞。

不過，Blue並沒有因為這份寂寞而受傷。

因為，當他哭著問「杏末去哪裡了」時，母親溫柔地擁抱了Blue。母親不停親吻Blue。

——不要哭，我在這裡。我最喜歡Blue了。

母親不像杏末一樣會做菜，硬要說的話，只是看心情照顧Blue。儘管如此，Blue還是很滿足。

Blue在一二〇一過著安穩的日子。

那時，還沒有人傷害Blue，Blue也沒傷害任何人，沒有背負任何罪惡。

然而，這段「安穩的日子」從旁人的眼光來看，不知道是不是「正常」的日子。至少，Blue並沒有享受到同年齡層的孩子們理所當然享受的兒童時代。這一點，一起在一二〇一生活的少女們也一樣吧。

不同戲劇裡飆出超高收視率、成為國民般存在的「無家可歸的孩子」，在誰都看不到的地方，確實有一群因為看不到所以無人知曉、也無人伸出援手的「無家可歸的孩子」，並且在日後不斷增加。

他們融入周遭。

就像有不少人覺得當時發生的大地震和恐怖事件象徵著時代的轉捩點一樣，那群「無家可歸的孩子」已經融入這個社會。

戶田河園一二〇一號室。在那棟大廈房裡的生活不過是勉勉強強建立在搖搖欲墜的平衡上。

因此，不久便崩塌了。

藤崎文吾

「這什麼啊？」

藤崎看著那棟大樓前巨大的蜘蛛雕塑，忍不住問出聲。那個立著八隻細腳、肢節分明的東西，大概有十公尺高吧。

「啊啊，就是這個啊。難得過來，可以拍張照嗎？我也是第一次來這裡。」

身旁的沖田拿起附有相機的手機拍照。

「這是什麼？」

藤崎再次向沖田問道。

「這個好像叫『Maman』，是一個叫路易斯布爾喬亞的雕刻家作品。據說，在世界各地還有九個一樣的雕塑。你看，那裡有卵。」

沖田靠近蜘蛛，指著浮在上方的蜘蛛腹部說。可以看到那裡懷著類似白色蜘蛛卵的東西。

「這個雕塑好像是象徵母親。」

所以才叫「Maman」嗎？

「可是，你不覺得很噁心嗎？」

這是藤崎老實的想法。肢節分明的細腳撐起身懷卵蛋的蜘蛛造型，有種難以言喻的詭異。就像不由分說逼人去看世界上你不想知道的那一面一樣。

不知為何，藤崎的腦海掠過妻子的臉龐。那張提出離婚時，彷彿某個陌生人的臉。

「不過，這就是藝術不是嗎？」
「藝術啊……我實在搞不懂。」
藤崎歪了歪腦袋，穿過蜘蛛腳前行。
六本木之丘——是去年平成十五年開幕的大型複合式商業設施。設施的中心森大樓便在這隻巨大蜘蛛的另一側。
藤崎和沖田搭上大樓入口的手扶梯，前往櫃檯。負責的女性遞給他們訪客用的ＩＣ卡，引導他們搭電梯。這裡的電梯似乎是單數、偶數樓層分開使用。
電梯箱內壁的銀色散發出光澤，正面上方設有螢幕，播放進駐這棟大樓的公司廣告，地板鑲有照明，發出光芒。燈光的顏色似乎會緩緩變化。
沖田興味盎然地觀察著燈光。
電梯於三十四樓停下。
走出電梯，映入眼簾的是並立著兩位櫃檯小姐的大型服務臺，上方掛了一塊Logo，寫著「Hi Works」。
Hi Works是新興的人力派遣公司。利用手機便能輕鬆在空閒時間加入日薪工作的系統大獲好評，業績蒸蒸日上，最近常常看到它的電視廣告。
藤崎他們從管理官瀨戶手中拿到「小小甜心」的相關調查資料，以其為基礎開始搜尋篠原夏希的足跡過了一個半月——
八月也已進入下旬，希臘雅典奧運已經展開。自開幕後不過三天，競技游泳的北島康介；柔道的谷亮子、野村忠宏、內柴正人以及團體男子體操接二連三奪得金牌。北島康介摘金後接受訪問時說的那句「心情超爽」，似乎已經成為最新的流行語。

日本社會因為難得的好消息而群情沸騰，藤崎的心情卻怎麼也和明朗勾不上邊。偵查的進展並不好。

他們得到的調查資料只是整體中的一小部分，資訊極為稀少，加上只有藤崎班暗中調查，人手也不足。

藤崎他們還無法確切證明篠原夏希是否住過那棟「戶田河園」大廈。光是查到很可能掌握這項情報的男人名叫前澤裕太、在這間公司上班就花了一個半月。

向櫃檯表明來意後，櫃檯小姐帶藤崎二人來到公司內的接待室，請他們稍待。

以白色為基底的寬敞接待室中排了兩組黑色大型沙發，角落擺有觀葉植物，牆上裝飾的鑲框作品似乎是一幅畫。高級同時兼具智慧型的設計感，果然是走在時代潮流上的公司接待室。

錢這種東西，真的是都聚到有錢人身上啊——

藤崎很感慨。基本上，日本社會在泡沫經濟破滅後，應該一直處於不景氣的狀態中。不過，據說也有幾家在不景氣中急遽成長的新興企業在六本木之丘這裡設置辦公室。現在正伸手想收購職棒近鐵猛牛的 Livedoor，就是其中的代表吧。

沖田興味盎然地望著牆上的畫，藤崎站在他身邊。

整幅作品似乎是將色彩繽紛的圖案標誌並排在黑底上，是這個意思嗎？畫下有說明文字。藤崎下意識瞇起眼睛念出聲。

「Eye……Love……SUPER？嗯，什麼意思？」

「《Eye Love Superflat》，是村上隆和ＬＶ聯名的話題作品。」

沖田補充道。

經這麼一說，藤崎再次看向畫作，在排列的圖案中看到了熟悉的ＬＶ標誌。

「村上隆？很有名嗎？」

「超有名的，是日本當代藝術的領頭羊喔。六本木之丘的吉祥物也是他設計的。」

「這樣啊。」

雖然不認識村上隆這個藝術家，但這也是藝術嗎？這幅《Eye Love Superflat》比大樓外的蜘蛛雕像更莫名其妙。

「據說，他提倡『superflat』這個『超扁平』概念和藝術運動，將日本無階級的社會與日本畫和動畫的平面表現手法連結在一起。」

「什麼啊？日本也有階級吧？」

雖然藤崎沒有了不起的學問知識和藝術涵養，但從長年的警察經驗中敢這麼說。日本不是什麼扁平社會。日本社會的同質性或許很高，但到處都有凹陷和裂痕，許多案件就是從那些地方產生。藤崎他們現在正在追蹤的篠原夏希，或許也是落入了那樣的裂縫裡。

不過，從森大樓這種高樓大廈眺望的話，或許看起來很平坦吧。

「您跟我說也沒用啊……」

沖田困擾地露出苦笑。此時，一名身材肉感的男人開門走了進來。

「啊啊，您好您好，大老遠特地過來辛苦了。我是前澤。」

這個一臉笑瞇瞇、鞠躬彎腰的男人，似乎就是前澤裕太。

一頭漂成淺色的頭髮兩側剃短，蓄著落腮鬍。灰色雙排扣西裝搭配藍色開襟襯衫，沒有繫領帶。根據資料應該是四十八歲，看起來卻稍微年輕一些。說瀟灑是很瀟灑，但要說油里油氣也很油里油氣。

前澤請藤崎和沖田在沙發上坐下，兩人與前澤相對而坐。

「貴公司似乎生意興隆呢。」

藤崎誇張地環顧接待室一圈說。

「託福託福。自從派遣業法修法後，我們就變忙了。」

前澤笑笑地點頭。

派遣業法自昭和六十一年實施以來歷經好幾次修法，前澤指的，應該是今年三月鬆綁製造業派遣的最新一次修正吧。這次修正案，由民間經濟學者出身的特命擔當大臣主導實行，好像令人才派遣業界的市場盛況空前。

不過，藤崎卻對這件事沒什麼好感。派遣公司做的事不就是人口買賣嗎？正是利用日本社會不扁平的部分賺錢的生意。

「不過，你也很有手段啊，在這麼氣派的公司坐上幹部位置。」

藤崎將前澤遞出的名片放在桌上說道。前澤的頭銜是「執行幹部・人才顧問」。

這個男人曾自己經營風俗業經紀，說穿了就是拐良為娼的人牙子，千方百計花言巧語矇騙有難處的女生，介紹她們去特種行業或是風俗店工作。據說，他和違法經營的店家也有往來，介紹了相當多女生給「小小甜心」。

「是啊，我找到了能夠活用自己所長的地方。」

前澤一臉無所謂地避開了藤崎的挖苦。

「小小甜心」遭舉發時前澤也接受了警方的偵訊，但並沒有遭到逮捕或起訴。儘管他一定有違反兒童福利法介紹未成年少女給業者，卻似乎沒有足以讓檢警立案的證據。之後，他從危險的風俗業經紀金盆洗手，活用人脈，做起派遣仲介的工作。最後，前澤和 Hi Works 的創辦人交好，坐上了執行幹部的位子。

拐良為娼的人牙子轉為人口販子。雖然令人不爽，但這個男人一定很擅長處世之道吧。

「我啊，身為一介善良小市民很樂意提供警方協助喔。警方說想問曾經隸屬於『小小甜心』的瑪莉亞小姐的相關資訊……」

藤崎事前在電話中和前澤約見面時說過他們的來意。此外，在那通電話裡甚至也確認了「小小甜心」的確曾經有一名叫瑪莉亞的女生。

前澤的言行舉止有股說不上來的從容，大概是因為明白藤崎他們不是來翻自己過去的舊帳吧。

「沒錯。你知道那個瑪莉亞的來歷嗎？」

「當然，因為是我介紹她過去的呀。啊！瑪莉亞小姐在『小小甜心』工作時已經成年了，我當時也不清楚那間店有在仲介未成年少女。」

「不用說有的沒的，事到如今，我們沒有要拿你怎麼樣。你知道瑪莉亞來歷的話就給我說。」

「那我就放心了。瑪莉亞小姐的本名是……篠原夏希。是去年的聖誕節嗎？跟發生在青梅的那起殺人案凶嫌同名同姓，長相也很相似。」

一旁的沖田倒抽了一口氣。

藤崎知道自己也下意識繃起了臉龐。

「你有注意到嗎？」

「注意到是指？」

「少給我裝蒜。你在媒體報導那個案子時就發現凶嫌跟你認識的女生是同一個人了吧？為什麼沒有向警察通報？」

前澤高舉雙手，裝出一副大吃一驚的樣子。

「咦咦，她們是同一個人嗎？警方不是說那起命案的凶嫌長年繭居在家嗎？既然如此，就和我認識的夏希小姐是不同人。我一直以為她們是不同人，只是剛好同名又長得像而已。」

睜眼說瞎話。

前澤大概是想避開麻煩，才知情不報吧。

「算了，是不是同一個人由我們來判斷。關於篠原夏希，把你知道的全都給我說出來。」

「好，我也沒什麼需要隱瞞的。我遇見夏希小姐大概是十六年前的事吧，好像是昭和六十三年。是泡沫經濟全盛時期的春天——」

前澤開始滔滔不絕講起十六年前的事。約定見面後，他便推測出藤崎他們會問什麼而有所準備了吧。

根據前澤的說法，他當時還在做跟拐良為娼沒區別的風俗業經紀，某天晚上，在新宿歌舞伎町的麥當勞發現獨自趴在吧檯桌上睡覺的少女。那就是日後自稱是瑪莉亞的篠原夏希。

前澤上前搭話，對方說自己十天前離家出走無處可去，身上的錢一下子就見底了，走投無路。

昭和六十三年的春天，正是夏希被視為開始繭居的時期。她果然是離家出走了嗎？

「你剛剛說她和青梅血案的凶嫌很像吧？報導上登出來的是國中畢業紀念冊的照片。意思是你在麥當勞看到她時，她的外形跟那張照片很像嗎？」

「是的，沒錯。」

「不過，當時『小小甜心』應該還不存在吧？」

沖田插嘴問道。

根據調查資料，「小小甜心」是於平成六年開始營業的。

「啊啊，對。當時夏希小姐說她是高中生，還未成年，我根本不可能介紹她去上班。不過，她不想回家也不想去警察局，我不知道該怎麼辦，就想著跟交情還不錯的公司老闆商量看看。」

「公司老闆？」

「是的。是位姓高遠的貿易商，好像在美國有門路，在做一些國內買不到的女裝和化妝品的進口生意。不過，那時候感覺投資才是他的正職吧。畢竟是股票和地價都一路飆漲的時代。」

「高遠……名字叫什麼？」

「仁。不是有個政治世家高遠家嗎？有傳聞，他是被那個高遠家逐出門的不肖子。」

高遠家是執政黨中的名門世家，曾經出過好幾個首相，去年的眾院選舉，高遠家的少爺也以二十出頭的年紀成功首次當選，蔚為話題。雖說已經逐出家門，但前澤跟那種世家的人有來往嗎？不過都說是傳聞了，也不知道是真是假就是了。

「我去找那位高遠仁老闆商量。結果他說他會想辦法，收留了夏希小姐。我還以為他會幫我說服夏希小姐回家……過了一陣子，我聽說他們同居時嚇了一跳。」

「意思是包養她當情婦嗎？」

「說白的話，就是這麼一回事吧。」

雖然前澤裝傻，假裝自己是善良的第三者，但不可能不知情。簡單來說，就是把未成年少女配給那個叫高遠的男人當情婦吧。

身為一位女兒跟當時的夏希同年的父親，藤崎只覺得厭惡不已。

不知是否明白藤崎的這種想法，前澤瞇起雙眼懷念地說：

「高遠老闆是個開朗瀟灑的人，總是西裝筆挺，穿著 Ralph Lauren 啦，Brooks Brothers 這類美國傳統紳士的品牌。最重要的是，他出手十分大方。高遠老闆曾帶我去他常光顧的俱樂部，請我喝羅曼尼康帝摻香檳王冰塊的酒喔。而且，還是讓當家紅牌嘴對嘴餵我，很厲害齁？我們好傻，明明好酒混好酒也不會變得更好喝。老實說，我根本不記得那是什麼味道了。不過，那時候好開心吶，嘿嘿。那個一晚應該要花一、兩千吧。啊啊，對了對了，我們回去時招不到計程車，所以高遠老闆就站到路中間，雙手各舉一百萬的鈔票叫車，然後把兩百萬拿給停下來的司機說：『謝謝，不用找了。』那是跳一次還兩次表的距離喔。司機也是，雖然嚇一跳，但說了聲『謝謝』後就收下兩百萬了，可能是銀座附近很多那種客人吧。現在住在這棟大樓的老闆出手幾乎不會那麼闊綽了。」

對前澤當年勇的話題感到無趣的同時，藤崎也憶起了當時的事。

八〇年代後期泡沫經濟顛峰時，藤崎還是都內轄區的刑警。結婚、女兒司誕生也是在那個時期。

當時的景氣的確很好，想在週末的鬧區攔到計程車難如登天。警察是公務員，即使景氣好薪水也不會改變，不過，可以運用的經費比現在寬裕許多。到處都聽到人家在說理財理財，上司和同僚中也有人出手投資。

不知道是東京特別極端還是全日本當時都是如此，人流、物流、金流橫溢。意思就是，到處也充斥著重大危險的案件。當時的犯罪件數比現在還多，跟土地、金錢扯上關係的案子特別突出，黑道也比現在更為活躍。總之，藤崎對當年的忙碌留下深刻的印象。

「你們知道三八九一五嗎？」

前澤問道。藤崎皺起眉頭，一旁的沖田回答：

「是日經平均指數史上最高點嗎？」

「沒錯。平成元年的封關日，收盤價在三萬八千九百一十五點，中間還一度衝上三萬八千九百五十七點，我都還記得喔。」

藤崎從來沒買過股票，剛才一瞬間不知道前澤的意思。不過，他知道日經平均指數曾經創下接近四萬點的超高價。當時還有東京山手線內側的地價可以買下整個美國的說法。

前澤嘆了一口氣。

「可是，那就是高峰了吧。在那之後，不管是股票還是地價都不斷下跌，現在大概在一萬點吧，簡直無法相信，網路泡沫也瞬間就破滅。今年進入平成後也十六年了，卻始終都是一種在收拾祭典爛攤子的感覺。不過，K當上首相，結構改革給我們這種派遣業一記強心針，終於啊，祭典或許又要開始了。」

從人口販子口中說出「祭典」，給人一種莫名不祥的感覺。

「請問，篠原夏希在那個呼風喚雨、很了不起的高遠身邊當情婦，為什麼會成為『小小甜心』的一員？」

藤崎拋出疑問拉回正題。

前澤搖搖頭，乾脆地說：

「不，因為高遠老闆死了。自殺。我記得是平成六年剛過完年的時候吧，聽說他在自己住的大廈裡上吊自殺。似乎是因為投資了很多地方，泡沫經濟破滅後周轉不靈的樣子。」

前澤做出勒住自己脖子的動作。

當時，無論股票還是土地被賦予的金額都遠遠超過了實際價值，所以日後人們才會用「泡沫」來稱呼這個現象吧。警察圈裡也有人因投資失敗而身敗名裂，最終辭職。

前澤繼續：

「所以夏希小姐就聯絡我了。高遠老闆和我玩的時候不會帶夏希小姐來，所以我真的很久沒見到她了，她簡直像變了一個人。你們看畢業紀念冊的照片就知道，我在麥當勞遇見她時她從頭到腳都土土的。但她後來變得很時尚，穿著設計師品牌的衣服也染了頭髮，給人的印象完全不一樣。大概是她的五官本來就很端整吧，感覺變漂亮了，不，因為她是娃娃臉，所以是變可愛了。在高遠老闆包養的這段期間，她似乎盡情享受了悠然自得的生活。」

藤崎的腦海掠過北見美保的話。

——我想她應該是覺得受到束縛，實在喘不過氣吧。

離家出走，在名為高遠的男人包養她的地方，就不會喘不過氣了嗎？

無論如何，高遠死了，債主收走了他們住的大廈，夏希甚至失去了居所。事到如今，她沒有打算回家，因此便找前澤商量，請他介紹收入不錯的工作和住處。前澤跟夏希確認「即使是風俗業也沒關係嗎？」據說夏希表示只要能賺錢、什麼工作都可以。

「——雖然夏希小姐當時已經二十幾歲了，但穿上制服說她是高中生的話感覺沒有人會懷疑。然後剛好啊，我想起來那時大神田先生剛開始經營『小小甜心』在招募女孩子，跟我說如果有看起來幼齒的女生就介紹給他，所以我就介紹了。啊，我不知道他真的有雇未成年少女喔。」

前澤不忘執著地拉起防線。

「原來如此。所以，篠原夏希就在『小小甜心』用來做宿舍的戶田河園生活了嗎？」

「對，就是這樣。不過，那孩子隱瞞了一件不得了的大事，我們起了點小爭執就是了。」

「什麼事？」

藤崎一問，前澤馬上露出滿意的微笑道：「果然，警察先生們不知道吧？」

前澤那種瞧不起人的態度令藤崎一陣煩躁，忍不住嘖了一聲。

「別賣關子，快說。」

「夏希小姐有小孩喔。」

「什麼？」

「她在最後一刻說想和孩子一起住進宿舍嚇了我一跳。幸好，一起住在那裡的女孩子們說OK，大神田先生也准許了。」

藤崎不禁嚥下一口口水。

「是跟高遠的孩子嗎？」

前澤點頭。

「好像是包養後馬上就懷孕了，她說是平成開始的那一天生的，不知道是不是真的。」

「戶籍上沒有紀錄。」

「對，高遠老闆也沒有認領，可能連戶口都沒報吧。是個男孩子，叫做青，夏希小姐叫他Blue。」

夏希的兒子，沒有戶口的小孩——青（Blue）。

藤崎的腦海掠過夏希房裡貼的那張藍色湖水照片。

前幾天，戶田河園的主人野野口加津子也說過，有個被喚作Blue的孩子。

藤崎瞪向前澤。

「後來怎麼了？『小小甜心』被舉發後，篠原夏希和那個孩子怎麼了？」
「舉發後的事我並不清楚。不過，若是問誰可能會知道的話，我大概心裡有數。有個人叫春野奈沙吧？」
藤崎好像在哪聽過這個名字。身旁的沖田在他想起來前問道：
「是那個AV女優？」
對了。春野奈沙是連不怎麼有看片的藤崎都知道名字的人氣AV女優。
「嘿嘿，其實她以前也在『小小甜心』喔，當時還未成年。啊，當然不是我介紹她去的。她也和夏希小姐一樣是逃家少女。『小小甜心』沒了以後，她們應該兩個人，不，包含夏希小姐的兒子在內，是三個人一起生活。」
「三個人一起？從什麼時候到什麼時候？在哪裡？」
「就說我不知道詳情了，請去問本人啦。」
前澤嘴角浮現挑釁的笑容道。

井口夕子

啊，是的，我是井口夕子。呃……今年二十五歲。工作是……對，該說是演員嗎，ＡＶ女優。是的，叫春野奈沙，您知道嗎？好高興喔。嘿嘿。啊啊，是的，我認識瑪莉亞——篠原夏希。

請問，那個青梅血案果然……啊，因為新聞上出現的姓名和年齡都一樣，所以我就想會不會是她……不過，新聞登的照片跟我認識的瑪莉亞氣質完全不同。是沒錯，不過，我沒有想跟任何人說的意思。「小小甜心」的事如果浮上檯面我也會很傷腦筋。那個，那叫什麼？幫蛇畫腳的那句話，啊，對。畫蛇添足。我不想畫蛇添足多惹麻煩。

好，我知道了，不會抓我對吧？既然如此，我會把全部的事一五一十說出來。

沒錯。我是在「小小甜心」的宿舍認識瑪莉亞的。河園戶田，啊，是叫戶田河園嗎？那裡的，沒錯，一二〇一號室。那是間很大的邊間房，從窗戶望出去可以很清楚地看到河流。我好像是平成七年二月進去的吧，在神戶地震之後。因為我記得毒氣沙林案的新聞是在那間宿舍看的。

我當時十六歲，離家出走，老家在茨城。我本來和父母關係就不好。我的父母，尤其是媽媽，好像從頭到腳都看我不順眼。我也是，覺得如果跟媽媽待在一起總有一天會死掉。有一天，我突然一股衝動上來就離家出走了。

老家那邊的前輩介紹了可靠的朋友給我，然後再經過那個人的介紹，透過幾個人，我認識了東京的大神田先生，進入「小小甜心」。我知道那是做哪種工作。應該說，大神田先生是問我：「我要請妳賣身，可以嗎？」反正，我不討厭跟男人上床，最重要的是他說會準備住的地方。我完全沒有猶豫。

是的，沒錯。該說是違法嗎？總之如果我未成年的事曝光就糟了，所以大神田先生很嚴厲地跟我說絕對不能告訴任何人。不過，老實說，我當時並不覺得自己在做不好的事。

然後，我就進入那間宿舍了。我進去時，已經有三個女生住在裡面，其中一個就是瑪莉亞。我是很久之後才知道她的本名。「小小甜心」沒了以後，瑪莉亞還是跟別人說自己叫瑪莉亞，她好像很喜歡這個名字。她也是用我「小小甜心」時代的名字「小雪」來叫我。我應該是店裡最小的女生。

對，有。瑪莉亞的小孩，青，大家都叫他 Blue。我當然有嚇一跳，沒想到她竟然有小孩。啊，不過大家都沒有覺得怎麼樣。Blue 很乖，從來不會鬧脾氣，還有，該說是帥哥嗎？是個很可愛的孩子，感覺就像大家的弟弟，大家一起照顧他。

咦？戶口？我不知道耶。瑪莉亞說這個孩子是平成開始的那一天出生的，所以 Blue 當時已經六歲了。對，他沒去學校。不過，因為我以前也幾乎不去學校，所以沒有很在意這件事，感覺其他人也一樣。

工作……嗯……「小小甜心」的辦公室好像在池袋，我沒去過。不過，客人好像是在那裡看照片挑女孩子。有人指名的話，我們就會接到電話。有馬上出去跟客人見面的模式，也有約好改天見面的。感覺就像是在做店裡介紹的援助交際。雖然也有一見面就想上床的客人，但大部分都是先吃飯、唱歌之類的做些類似約會的事。大部分的客人都是有錢的大叔，幾乎沒有年輕人，錢是客人直接給我們。不，我們可以拿全額。給店裡的錢好像是他們在辦公室另外付的樣子。

雖然不太清楚，但我覺得除了我們那裡以外也有別間宿舍。店裡應該還有很多其他沒有住宿舍的女生。這個嘛，有時候一天也會陪兩個人，大致上來說，一個月接客大概十五到二十天。對，大家差不多都是這樣，瑪莉亞也是。

瑪莉亞工作不在的時候，宿舍的女生會帶 Blue 去附近的公園之類的地方，Blue 好像很喜歡出門。我放假的時候也常跟 Blue 玩。

房東太太？有嗎？是的，是住在我們樓上的太太吧？我們應該碰過很多次面，但帶 Blue 回來的時候有遇見過她嗎……那應該不是我。啊，黑髮嗎？那就是杏未。

有個女生叫杏未，特別常照顧 Blue。我記得她應該跟我同年，也是離家出走沒去學校，但外表看起來是很認真的乖乖牌，類似那種黑長髮、清純風的感覺？那個女生很會做菜，常做飯給 Blue 吃，Blue 也和她很親。

嗯，啊啊，對。他們應該有去ＳＳＡＷＳ。杏未、瑪莉亞和 Blue 三個人一起去。他們雖然也有邀我，但我那天有別的事。

咦？杏未的本名嗎？我不知道耶。也不知道她老家在哪裡。啊，說到這個，她有說自己家裡在務農，務農做租船的生意。因為覺得好怪，所以我有印象。我記得杏未好像在店裡被舉發前就不做了，從宿舍裡消失的樣子。

「小小甜心」被檢舉是……沒錯，是我進去的第二年，所以是平成八年的……什麼時候？啊，是六月嗎？宿舍的女孩子大部分都各奔西東，沒有再見過面。我們平常都是用花名、暱稱喊對方，不知道彼此的本名。

不過，我和瑪莉亞一起生活過一段時間。啊，當然，Blue 也一起。因為我們都無處可去。地點在久我山，離車站大概走路十分鐘的地方。就在西高旁邊，地址是宮前。杉並區宮前。

幾丁目就有點記不得了……一棟叫「Bell Palace 久我山」的大廈，好像是三〇五號室吧。我記得兩房兩廳的格局，非常大。

房屋是瑪莉亞簽約的，我那時候才十七歲，也沒有人可以當保證人。對，瑪莉亞有保證人，是她母親。她說媽媽是學校老師可以當保證人。

咦？不，是真的。離開「小小甜心」宿舍的時候，瑪莉亞有跟家人聯絡。一開始，她好像是打算跟父母和好，拜託家人，正式介紹 Blue 給父母認識的樣子。啊，對，瑪莉亞說在那之前她從來沒有回家或是聯絡過父母，應該也沒有告訴他們自己有孩子的事。

然後，她就去見父母了。不，不是青梅的家。她出門的時候是說在飯店見面，好像是新宿的京王廣場飯店吧。

瑪莉亞原本應該是想和父母和好，回去家裡。可是，她回來的時候非常生氣。她爸爸好像說 Blue「這種孩子才不是我的孫子」，兩個人吵了起來。瑪莉亞說他們「斷絕親子關係了」。不過，之後沒多久，瑪莉亞的媽媽聯絡她，說願意當保證人。

所以瑪莉亞也邀我，說如果沒地方去的話就一起住吧。對，沒錯。我們在宿舍算感情很好。瑪莉亞是個不太能配合別人的人，但我跟這樣的人相處完全沒問題。不，也不是特別合得來……該怎麼說呢？大概是我這個人基本上對別人沒興趣吧。

我們房租對半。工作的話，雖然也有在家庭餐廳或是KTV打工過……但主要是援交。當時打工的時薪大概是七百圓，但在「小小甜心」只要約個會上個床就能賺好幾萬。我和瑪莉亞都很驚訝「一般打工只能拿這麼一點錢嗎？」果然，賣身是最賺錢的方法啊。援交的差別只在於有沒有店家介紹而已，做的事情一樣，我們一點都不排斥。

客人是透過電話俱樂部或《佳美》找的。對對，就是可以刊登個人資訊的雜誌，Recruit

的。有些人是帶著健全的心態用它來找樂團成員、興趣相投的朋友、買賣物品等等，但也有很多人說是要「徵男友」、「認識朋友」，用那個在援交喔。現在大家都是用「STAR BEACH」這種手機交友網站就是了。

好懷念喔，我們在《佳美》上刊登這種——用手遮住眼睛的照片和 call 機號碼。啊，B.B. Call 號碼。雖然那個時候有PHS，但如果客人突然打電話過來我們也很困擾所以才會留 call 機。從雜誌出刊日的一大早開始，call 機就一直嗡嗡叫。大部分的人只會傳號碼過來，但也有很多人傳訊息，也有打錯號碼或是傳些怪文章過來的人。然後，由我們打電話過去，挑感覺還不錯的人交涉。

當然，沒有透過專門店介紹就有遇到麻煩的風險。「小小甜心」有很多溫柔又出手大方的客人，但援交很難遇見那種人。有很多不付錢、想做了就跑的，也有不少人想強迫我們做我們不願意的事。不過就算這樣，也比普通打工好賺太多了。

那個時候雖然非常辛苦也遇過很恐怖的事，但每天都很開心喔。所以，我完全不想回家。你們看，那個平成年還是個位數的時候，女高中生就是日本最強的品牌吧？什麼一〇九辣妹啦、安室啦、拍貼等等的，不管是流行、音樂還是遊戲，感覺全都是以女高中生為中心吧？

嗯，雖然我沒去學校，但年紀是十七、八歲，穿上制服就是堂堂女高中生。沒錯，制服是自己買的。在二手制服店買都內名校的制服，穿 E.G. SMITH 的泡泡襪、HARUTA 的皮鞋，手上掛幸運手環，冬天圍一條 Burberry 的圍巾，光是這樣就非常炫了，有種無敵的感覺？對，瑪莉亞已經二十五了也還是會打扮成女高中生。她那個人是娃娃臉，看起來完全比我還像高中生。

當時，我的確有類似「利用這個最強的品牌賺錢有什麼不對？」的想法。嗯，怎麼說呢？援交雖然也是為了錢，但也不只是為了錢，是一種自我價值確認，就像提高自我價值一樣？雖然說我在賣身的話確實如此，但我自己沒有那種「賣」的感覺，反而覺得是我在為對方定價。這個人五萬，那個人十萬，這個人的話不收錢也可以，用這種方法填補內心的空隙。

生活狀況啊……算是一團亂吧。家裡沒兩下就會堆滿垃圾，亂七八糟。「小小甜心」宿舍那時候店裡的人有時會來看看狀況，什麼事都有人管理，室友裡面也有愛乾淨的人。只有我和瑪莉亞住的話，我們就隨心所欲，生活超隨便的。我不是那種認真生活的人，瑪莉亞比我更散漫。

我和瑪莉亞從來不做菜，三餐都是買便利商店，瑪莉亞也常常拿零食當正餐。雖然我沒資格說別人，但她那個人非常挑食，不吃青椒喔，是小孩子嘴。

另外，瑪莉亞會突然帶男人回來或是常常跑到男人家去住，好幾天不歸。

瑪莉亞的交往對象換得很頻繁。有援交的人，也有路上搭訕她的人吧。不過，大部分會立刻分手，最快也有交往隔天就分手的。雖然我覺得她本來就是這種類型的人，但那時候的瑪莉亞情緒特別不穩定。現在想想也覺得，自從開始在久我山生活或者說是遭到父母拒絕後，她內心的平衡好像就壞了。

她帶小孩子也很隨便喔。畢竟她是連電子雞都不會好好養的人。啊，電子雞流行起來也是在那個時候吧？瑪莉亞求男朋友買一個給她，她原本明明超級想要的，結果一下就膩了，換成我在養。我非常迷，還養出了 oyajitchi 喔。

瑪莉亞也常常把 Blue 丟著不管跑到哪裡去。我也不是一天到晚都在顧 Blue，畢竟人類小孩跟電子雞不一樣，沒辦法隨意帶著走啊。

Blue自己學會了各式各樣的事，沒什麼特別的問題。他那時候剛好進入發育期，越來越大。雖然沒去學校，但正常地長大了。

Blue他……對，感覺當然是喜歡媽媽的，很勇敢堅強。為了獲得瑪莉亞的關心，會幫忙很多事情。

不過，瑪莉亞對Blue變得很嚴厲。在「小小甜心」宿舍的時候，該說是寵溺嗎？基本上，瑪莉亞對Blue很溫柔。但自從被父母拒絕後，瑪莉亞似乎常常認為Blue是負擔。啊，我覺得她應該不太有打Blue或是使用暴力，不過會吼他或是挑小孩子的毛病，說些很過分的話。另外就是陰晴不定，上一秒才覺得她很溫柔，下一秒又立刻變冷淡。

是啊，Blue學校的事或許跟公家單位或是誰商量會比較好，但我當時沒有這種想法。因為我自己也在做援交，被發現就糟了。還有不管怎麼說，那孩子畢竟不是我的小孩。

我們住在一起三年多。瑪莉亞跟我說她要和男朋友同居，所以想結束分租。是的，嗯……所以是平成十一年聖誕節前說的，她正式離開好像是平成十二年之後吧。那個男朋友……是木村拓哉。哈哈哈哈，當然不是那個木村啦。同名同姓吧，不過，是不是本名也很可疑就是了。就是個名字叫那樣的人。

認識的契機應該是《佳美》。見面前瑪莉亞非常興奮，還說如果是木村拓哉本人要怎麼辦。她超喜歡SMAP，在KTV也經常唱〈藍色閃電〉啦，〈芹菜〉之類的歌，她說她最喜歡木村。是叫《愛情白皮書》？她好像有說自己是因為那部連續劇成為木村粉絲的。很普通對吧？咦？光GENJI嗎？啊啊，她好像有說以前喜歡過之類的話。她本來就喜歡傑尼斯那樣的偶像吧？除了偶像，也常聽尾崎豐的歌。瑪莉亞雖然有很古怪的地方，但興趣是追星喔。

然後，木村他，啊，不是真的木村，是瑪莉亞交往的那個木村。我沒看過他本人，聽說年紀比瑪莉亞大一些，開了間賣手機的公司。我稍微翻了下家裡，找到一張以前的傳單。好像是那間公司的特惠之類的，應該是瑪莉亞給我的。啊，我有帶來，這個。對，這個「Trust Wave」好像是那間公司的名字。

瑪莉亞和木村開始交往大概是我們結束分租的三個月前吧。她說這次的人跟以前都不一樣，或許是真命天子等等的。嗯……她是會把話說很誇張的人，所以我不太清楚。不過，感覺的確是她交往過的男人中最順利的。

當時拍的照片或拍貼我大部分都丟了，只留了一張。有瑪莉亞和 Blue，這張。分開住之後的事我完全不清楚。我被挖掘後就開始現在這份工作。對，都沒再見過了，瑪莉亞和 Blue 都是。

*

啊啊，說了好多話，口好乾。

井口夕子回到居住的大廈後打開冰箱，拿了瓶囤放的礦翠礦泉水，一口氣灌了半瓶。屋子裡凌亂的程度跟瑪莉亞也就是篠原夏希住過的久我山大廈相比，有過之而無不及。

大概是因為談了過去的事吧，夕子從櫃子深處抽出強烈想聽的ＣＤ，放在立體音響設備中播放。

那是 SPEED 的出道單曲《BODY & SOUL》。夕子最近都在聽濱崎步，但當年 SPEED 是她最喜歡的歌手。

島袋寬子與金井繪理子強烈的嗓音輪流接唱，彷彿穿越時空的同時，也覺得才幾年前的事卻已恍如隔世。

夕子靠在沙發床上，脫下壓迫雙腳的絲襪。

那個，果然是瑪莉亞啊——

去年聖誕節發生的青梅血案，媒體報導是凶嫌的女性跟夕子認識的那個女人是同一個人。因為這件事，夕子被叫到家裡附近的龜戶警察局，接受藤崎和沖田這兩名警察的問話。他們似乎是在追溯和瑪莉亞有交集的人的過程中，找到了夕子。

在此之前，夕子從沒和其他人說過「小小甜心」和瑪莉亞的事。不過，關於九〇年代做過援助交際的事，她在雜誌採訪上談過好幾次。

雖然不像雜誌記者那麼露骨，但今天警察在問到援助交際的話題時，隱隱約約也傳來了帶著低級好奇心的感覺。這世上雖然有買女人和不買女人的男人，但不管是哪一種，幾乎都對買女人的話題有興趣。

不過，不只是這次，夕子從來都沒有說真話。

什麼當時女高中生是最強的品牌啦，無敵的感覺啦，不只是為了錢，填補內心的空隙啦等等。

她說了許多彷彿年輕女生是為了實現自我而出賣身體這種積極正面的話。許多人想聽這種話，媒體也想消費這件事，所以自己便提供這些內容。如此，不論是買春的男人還是賣春的女人，大家都能獲得救贖。可以不去看有錢的男人對沒錢的女人趁虛而入、處理自己欲望這種直截了當的現實。

當然，那些也不盡然全是謊言。夕子當時的確曾覺得自己「無敵」，也有填補內心空隙的感覺。

可是說到底，如果夕子生在稍微正常一點的家庭就不會離家出走，也不會在「小小甜心」工作和援助交際了吧。

過去，夕子在茨城縣沿海小鎮一棟兩坪多的破公寓和母親相依為命。那是個無論泡沫經濟興起還是破滅都像是沒發生過般、一點一滴衰敗的小港鎮。夕子的母親在遠離鬧區的小酒館工作，明明沒賺多少錢卻花錢如流水，生活窮困。母親不會給夕子足夠的食物，夕子是靠學校的營養午餐和超市偷來的麵包才好不容易挨過飢餓。

如此這般，本來就對養小孩沒興趣的母親，從某個時期開始厭惡起夕子。

夕子剛才跟警察說「覺得如果跟媽媽待在一起總有一天會死掉」。那不是什麼比喻，夕子如果沒有離家出走一直待在那個家的話，應該會被母親殺了。

母親討厭夕子的理由很明確，因為母親的男友，也是有實無名的丈夫強暴了夕子。某天，男人在母親外出時對夕子說「我一直覺得妳好可愛」，朝她撲去。夕子害怕得不敢抵抗，只能忍耐疼痛。當時她才十四歲，那就是夕子的初體驗。之後，男人侵犯了夕子無數次。最後，母親終於知道此事，然而她責怪的對象不是那個男人而是夕子。嫉妒心戰勝了她的母愛。她不停罵夕子「淫蕩」、「婊子」等無法想像是母親對女兒說的話，甚至曾經拿刀對夕子說：「我先殺了妳再去死好了。」儘管本人笑著說是「開玩笑的」，夕子卻無法這麼認為。

一想到要被不喜歡的男人侵犯，日日遭母親怨恨，便覺得在雙方同意下做愛、進而能獲得相應金錢反而好太多了。

如今，夕子也是靠做愛賺錢。

結果是好的就好了。夕子基本上很滿意現在的生活。不過，她對將來很不安。AV女優的演藝生命很短暫，夕子二十五歲已被稱為「資深」。最新作品的DVD盒子上龍飛鳳舞寫著「熟女」兩個字。

性工作跟其他多數工作不同，經驗越多個人商品價值越低。儘管也有「人氣」這塊累積起來的資本，卻也只是微不足道的抵抗。

明年賺的錢大概沒有今年多了。

夕子剛離家出走時才十幾歲，第一次賣身時，用將近兩小時不愉快的經驗換取的代價是五萬圓。要是當時有現在的智慧，應該可以賣更多錢，如今雖然感到不甘，但五萬塊對當時的夕子而言是無法置信的鉅額。當她歡天喜地想著用任何一種方法也絕對賺不了這麼多錢時，價值觀就已經崩毀了吧。

夕子沒有想否定自己人生的意思，但她有時會想——

要是自己生在正常的父母身邊，人生走的道路一定截然不同。

不只夕子，所有離家出走住在「小小甜心」宿舍的女生都有類似的經驗。

啊，對了——

夕子勾起記憶。

剛才跟警察談話中出現的杏未，好像從十二歲起就一直遭到親生父親侵犯，懷了孩子。父親猛踹她的肚子讓她流產後，她的身體再也無法懷孕。杏未幾乎不談自己的事，某天喝了酒不小心將這些說溜口後，尷尬地要夕子「忘了吧」。

或許，杏未之所以經常照顧Blue，是將Blue當作自己未能出世的孩子吧。只是事到如今已經無法確認了。

那間屋子，戶田河園一二〇一號室裡，聚集了不受父母眷顧、失去容身之處的少女。其中，瑪莉亞也就是篠原夏希是個例外。

過去，夕子聽說瑪莉亞的身世時，心想這個女人是白痴嗎？

因為，瑪莉亞據說是老師的父母，比夕子或杏未的父母正常太多了。

瑪莉亞或許也有很不好過的地方，卻沒有被強暴或是遭遇不合理的怨恨。從能確實獲得三餐溫飽的家中特地逃出來，在夕子眼中只覺得她瘋了。

瑪莉亞大概跟我媽媽是同一種人——

一起生活時，看著瑪莉亞發脾氣，朝 Blue 抓狂怒吼的樣子，夕子想到了母親。那是連懷胎十月生下的孩子都無法好好去愛的人種。

然而，Blue 看起來卻好喜歡那樣的瑪莉亞。明明沒有做錯任何事，卻不停向瑪莉亞道歉說「媽媽對不起」，懇求瑪莉亞「不要討厭我」。Blue 的心情，夕子再了解不過。因為，她也曾有過那種心情。

那孩子現在在哪裡做什麼呢——

媒體應該沒有報導瑪莉亞有小孩的事。關於 Blue，警察們也沒有說得太詳細，但他好像連戶籍都沒有。命案發生後，他應該受到保護了吧。

被奪去的東西一定要去要回來

一定要做自己才行，不然沒有意義！

聽著當年最喜歡的團體唱的最喜歡的歌，在短暫的瞬間裡，夕子為 Blue 祈禱。

願他能從那個母親身邊獲得解放，走向正常的人生。

Blue第一次見到母親以外有血緣的「家人」，是在平成八年的初夏。當時戶田河園一二〇一號室的生活剛崩塌，Blue七歲。

「我要帶你去見外公外婆，打扮一下吧。」

母親讓Blue穿上了從伊勢丹百貨買回來的童裝。跟平常穿的T恤和運動服不同，Blue上半身穿著白襯衫和灰背心，下半身是打摺的格紋西裝褲，沒有繫皮帶，而是從肩膀吊著吊帶，就像普通孩子入學典禮時穿的正式西裝。

母親穿的也不是平日的運動外套，而是一襲優雅的淡粉洋裝。

這是Blue第一次打扮。

光是穿上和平常不一樣的衣服，Blue就感到興奮雀躍。

「要乖乖的喔。」

「要好好講自己的名字喔。」

母親不厭其煩地反覆叮嚀。每次Blue都回答「嗯」、「好」。

於是，Blue在飯店大廳見到了陌生的家人——母親的父母，也就是自己的外祖父母。

「外公外婆好，我是青。初次見面，請多多指教。」

Blue遵照母親的教導打招呼。

外公有些不知所措地應和，他那時的眼神在Blue的記憶裡留下深刻的印象。

那雙眼睛彷彿在看一種來路不明的異類，其中夾帶的恐懼和敵意，足以讓人生經驗尚淺的小孩也能理解到自己不受歡迎。Blue 剛剛的愉快心情瞬間煙消雲散。

之後大人間的談話 Blue 幾乎沒有聽進去，只是一動也不動地屏息坐在母親身旁。

「這種孩子才不是我的孫子！」

外公不屑地說。母親大怒。

最後，母親和外公尖聲互罵，外婆不停哭著說「別吵了，別吵了」。飯店工作人員飛奔過來安撫兩人。

母親吼道：「算了！」將裝著水的玻璃杯砸向外公，牽著 Blue 的手離開那裡。「對不起。」臨走前那一刻，外婆哭著道歉。Blue 不知道那句話是對母親還是對自己說的。

Blue 被怒不可遏的母親拉著手，感到一絲喜悅。母親帶他離開那個拘束的地方以及似乎為自己生氣這件事令 Blue 很開心。

然而，母親接著對 Blue 澆了一盆冷水。

一直氣沖沖走在路上的母親突然停下腳步哭了出來。她抽抽噎噎，落下豆大的淚珠。Blue 擔心地抬頭望著母親，只見母親瞪著他說：

——如果沒有你就好了。

那是從此以後母親但凡有不順心便會不停吐出的詛咒。不只是 Blue 和母親，那恐怕也是世界各地的父母對孩子所說的，極為平常的一句話。

那時，是 Blue 第一次聽見這句話。

母親和 Blue 與曾一起住在一二〇一號室、名叫井口夕子的女子開始了三人生活。

與同齡的男生相比，Blue 是乖巧的「好孩子」。要他一個人看家就會照做，即使母親給他吃的東西不合口味也不會抱怨，更不曾央求母親買玩具。母親不在時還會打掃亂七八糟的房間。

Blue 想要的既不是美味的飯菜也不是好玩的玩具，只要笑著給他一句「我最喜歡你了」就好。他想要住在一二〇一時每天都會聽到的那句話。

然而，母親幾乎不會給 Blue 他想要的話。不僅如此，當她心情不好時，還會責罵沒犯任何錯的 Blue。例如像這樣：

——你做那些事是想討好我嗎？噁心，真是個狡猾的小孩。你就是那種地方讓我火大。

Blue 照單全收了那些不可理喻卻又一針見血的話語。

母親也有母親的難處吧。

離家出走、生下情人的孩子、情人死去、轉為靠賣身過日子、店沒了以後開始靠自己援助交際。一切的一切都不如人意。她也曾遭遇可怕和危險的事吧。

Blue 不是要說「她也是受害者」。

然而，沒有一個人向她伸出援手也是事實。

每個成年的男人都在利用她。

在深夜的麥當勞和她攀談的風俗業經紀、讓她當情婦甚至生孩子的男人、「小小甜心」的老闆，還有買她的那些男人。無論是誰，都只是以金錢為交換，貪圖她的年輕與身體。面對十幾歲逃家或是年紀輕輕生子的她，恐怕沒有一個大人試圖妥當應對。

就連被視為最後寄託的家中父母也不願接受她。
她毫無疑問受到傷害了吧。
然而，Blue 實在太小、太單純以至於無法去體諒母親的那些苦衷。
他以為母親生氣是因為自己不好，所以道歉。只能道歉。
媽媽，對不起。對不起，不要討厭我。
Blue 對母親說過最多的一句話一定是「對不起」。
另一方面，那樣的母親也曾展現溫柔，買了當時大受歡迎的 Game Boy 遊戲機和幾張遊戲片給 Blue。她對歡喜不已的 Blue 說：「你的笑容就是我活著的意義。」對 Blue 而言，這比母親買遊戲機給他更加令他高興。如果所謂的幸福可以化成數字，此刻的幸福值或許是 Blue 人生中的最高紀錄。
然而，幾天後，當 Blue 沉浸在那臺遊戲機裡玩耍時，母親突然發怒。「一整天嗶嗶嗶、嗶嗶嗶地打電動。搞什麼啊！我可是每天拚了命地在賺錢耶！你以為我是為誰辛苦為誰忙啊！果然當初就不該生下你。你這種小鬼不需要這種東西！」母親用菸灰缸砸壞了遊戲機和遊戲片。
母親本就喜怒無常，她的情緒宛如擺盪的鞦韆，幅度越來越大。Blue 只能任憑擺布。
母親果然也是看心情跟各式各樣的男人交往。有一次，她說自己遇見了「真命天子」。
拓哉。
一個認識母親時，效仿國民偶像自稱木村拓哉的男人。或許，母親是因為這個名字才有命中注定的感覺。
瘋狂沉浸在命運迷思中的母親解除和夕子的同居生活，帶著 Blue 搬進了拓哉住的大廈。

拓哉很歡迎Blue母子倆。

Blue對拓哉的第一印象是「很有趣」。據說，拓哉真的是個開朗、喜歡開玩笑又風趣的男人。

剛開始和拓哉生活時，大概是因為戀愛的幸福感，母親的情緒很穩定，對Blue也變得比較溫柔。對Blue而言，這是令人高興的事。

「你就把我當爸爸！」

拓哉對Blue說了這句經典老套的臺詞。

然而，平成十三年，網路泡沫破滅。拓哉開的公司「Trust Wave」關門大吉，帶著Blue、母親三人一起離開了東京。

逃到鄉下這件事對拓哉的心理應該造成不小的影響。本來應該「很有趣」的拓哉，不久搖身一變，成了對Blue和母親施暴的「恐怖來源」。

藤崎文吾

「不過，天氣又熱回來了呢。」

沖田邊走邊拿手帕擦脖子。

星期六、日下了雨，接連兩天稍微涼爽後過了一個週末，今天，東京是相隔好幾天的盛夏，氣溫超過三十度。

八月三十日。創下酷暑紀錄的平成十六年八月即將結束。

氣象局預估，這波高溫明天後還會持續一陣子，看來，今年的秋老虎也很猛烈。

藤崎和沖田晒著暗紅色的夕陽，爬上文化村通的徐緩坡道。

從渋谷站前行人專用時相的一〇九百貨連結東急本店的這條道路，曾經叫東急本店通。不過，東急集團在本店旁蓋了具備電影院與音樂廳功能的大型文化展演設施「Bunkamura 文化村」，平成元年以文化村開幕為契機，將路名改為文化村通。這條路也是平成年誕生的。

道路另一端，東急本店對面有間店門口擺了五花八門商品的折扣零售店，一靠近，便聽到其獨特的店內音樂。

唐吉訶德渋谷店。沖田說，文化村通對現在的年輕人而言，是「一〇九百貨到唐吉訶德的路」。雖然哪間店藤崎都知道，卻從沒進去過。

不知道是因為暑假還是因為是渋谷的關係，這裡充滿了年輕人。

沖田開口：

「我稍微查了一下，每年沒有報戶口而沒有戶籍的小孩好像有幾百人。」

「這麼多？」

「是的，不過這是預估數字。畢竟沒有戶籍在行政上就會變成幽靈人口，似乎很難掌握。」

「沒戶籍也就是沒有身分證吧？這樣要怎麼生活？」

「有很多地方似乎只要有準備履歷，即使沒身分證也能工作。不過，好像還是會有很多難處。因為租房或是考什麼證照時一定需要身分證。看情況，據說有些人會跟別人借身分證應付過去，也有人會向行政單位申請製作戶籍，但手續似乎不容易。製作戶籍時，申請人必須證明自己持有日本國籍，但原則上只有戶籍能證明日本國籍。」

「像雞生蛋蛋生雞一樣啊。」

據說，夏希有個生下後沒報戶口、沒有戶籍的孩子。

青——Blue。

從不只一人作證這點來看，藤崎他們認為確實有那麼一個小孩存在。

由於藤崎班是祕密偵查，這則情報目前尚未分享給偵查總部全員。

不過，這個 Blue 很可能是逃走的共犯。

犯案當時年僅十四歲。這樣的孩子有可能犯下那麼凶殘的罪行嗎？

答案是肯定的。

例如，平成九年震撼全國的「神戶兒童連環殺傷案」，凶嫌即為當時十四歲的少年。

三年後，平成十二年陸續發生豐川市主婦殺人案、西鐵巴士劫持案等手法凶殘，令人衝擊的案件，皆為少年所犯下。「抓狂的十七歲」這句話興起，「十七歲」一詞也入圍了該年的新語、流行語大賞。

雖說是小孩，卻無法從嫌疑名單中剔除。

前幾天，藤崎他們去找井口夕子問案，從她手中拿到了和她一起住在久我山時夏希和Blue的照片。根據夕子的說法，照片拍攝時間是他們即將分開住之前的平成十一年。算起來，夏希二十七歲，Blue十歲。照片是在住處裡照的吧，兩人並肩入鏡。尚留些許稚氣的金髮女子和一名眉清目秀的少年。

夏希的長相跟之前警方製作的肖像畫很接近，與媒體報導青梅血案時傳開的畢業紀念冊照片簡直判若兩人。或許是夏希外表比實際年齡年輕的關係吧，她和Blue看起來與其說是母子更像是姊弟。

「如果篠原夏希的兒子Blue還活著的話，你覺得他現在在做什麼？」

「平成元年一月生的話，今年十五歲了吧。」

「嗯嗯。」

平成開始那一天出生的話，生日是一月八日。跟藤崎昭和六十三年生的女兒司同一個學年。

在命案發生後發現的身分不明遺體以及全國警察保護、輔導中的青少年中，沒有疑似Blue的無戶口小孩。

「雖然不知道他跟命案有多少牽扯，但他是個孩子，而且恐怕沒有正常在上學。很難想像那樣的孩子一個人亡命天涯。我想，他應該是跟某個大人在一起。」

藤崎無言點頭。

藤崎也是這麼想。他不覺得Blue是獨自生活，一定有人在藏匿、保護他。只要他沒有在哪裡悄悄死亡的話。

夏希和夕子分開住後，似乎和一名自稱叫木村拓哉的男人開始生活，男人開了一間叫 Trust Wave 的公司。

該名男子和知名偶像同名同姓，但應該是假名吧。

藤崎他們根據從夕子手中拿到的傳單調查後發現，雖然沒有正式登記，但的確有間手機代理商叫 Trust Wave，並且馬上查清楚該公司負責人叫木村拓哉。

Trust Wave 的辦公室設在渋谷站這裡的另一側——明治通上的住商混合大樓內。

不過，網路泡沫破滅後，Trust Wave 關門大吉。據說，自稱叫木村拓哉的負責人四處跟親朋好友借錢後乘夜逃跑，消失得無影無蹤。那是距今三年前，平成十三年的事。

藤崎實際上的感受是，日本自從進入平成後經濟一直都不景氣，完全不清楚有網路泡沫以及泡沫破滅的事。不過，從前幾天拜訪的六本木之丘裡入住的新興企業多為資訊科技業這點來看，似乎真的有那麼一回事。

自稱叫木村拓哉的男人對 Trust Wave 的前員工或是私底下借錢的對象也沒有揭露本名，找不到知道他現在在哪裡做什麼的人。

不過，在一步一腳印蒐集情報的過程中，藤崎他們尋到了一名或許知道木村來歷的人物。

藤崎和沖田沿著大馬路上的電影院「CINE AMUSE EAST & WEST」往前走，於電影院轉角彎進圓山町的旅館街。

在愛情旅館包夾中的住商混合大樓三樓，有間消費融資公司。

據說，是由一名叫樺島香織，年僅二十出頭的女性私人經營，以年輕企業家為中心，生意興隆，賺了不少錢的樣子。一些人稱這位年紀輕輕便嶄露頭角的女性經營者為「渋谷魔女」或是直接叫她「魔女」。

門把上掛著「CLOSE」的牌子，不過根據藤崎他們事前拜託的介紹人說法，樺島香織應該在裡面。

藤崎按下門旁的對講機門鈴。

沒有反應。

他又按了一次。

還是沒有反應。

正當藤崎伸出手指打算按第三次時，〈喂？〉一道女聲回應了。

「不好意思，我們是警視廳的人。」

藤崎朝對講機說。

〈警視廳？〉

「是的。這裡是樺島香織小姐的辦公室沒錯吧？貞山先生應該有先說好了吧？」

藤崎將警察手冊舉向對講機的攝影鏡頭。

〈啊啊，是今天嗎……〉

「我們有些事想詢問。」

幾秒鐘的沉默後，對方出聲：

〈我知道了，請稍等一下，現在有別的客人。〉

對講機發出「叭」的一聲關掉了。

原來是有客人在啊。是預約出了問題嗎？

藤崎老實等待一會兒後，門打開了。

門內出現一道人影。黑洋裝、白圍裙，壓得低低的白帽子帽簷露出長髮。

藤崎瞬間吃了一驚。

「咦？女僕？」

一旁的沖田低語。

沒錯，那是宛如大宅邸裡的女僕裝扮。刻意滾出花邊的衣服看起來更像是女僕風格的制服或是其他東西。

對方似乎也嚇了一跳，身體瞬間縮了一下，低垂腦袋無言地一鞠躬後，匆匆離開。

藤崎下意識地望著女僕離開的方向，敞開的大門內傳來聲音。

「警察先生嗎？請進。」

一直呆站在這裡也不是辦法。一踏進屋內，藤崎便感受到一股微弱的涼意，屋內的空調似乎開得恰到好處。

由於裡面設有脫鞋處也準備了拖鞋，藤崎便換上室內拖鞋。

約十坪大小的單間辦公室分成後方的辦公區與前方的接待空間。

一名女子迎接藤崎二人。

女子穿著黑色襯衫，罩了件薄薄的灰色針織外套，十分樸素。小巧的眼睛與嘴巴，五官平淡，沒什麼突出之處，彷彿隨處可見的平凡中帶著年齡不詳，說她二十歲還是四十歲似乎都能接受。

藤崎原以為對方是行政人員，但一眼望去，辦公室裡沒有其他人。

「妳是……樺島香織小姐？」

女子點頭。

「對，我是樺島。很抱歉，我搞錯貞山先生跟我說的時間，剛剛正好有客人在。」

女子——樺島香織——說道，表情沒有一絲波瀾。

剛才透過對講機沒發現，女子的嗓音低沉沙啞，很有特色。她說話有些許關西地方的腔調。根據事前調查，她應該是滋賀縣大津人。

「剛剛出去的那位是客人嗎？」

「對。她是附近女僕咖啡店的孩子，跟我借了點錢，來討論還錢的事。」

「女僕咖啡店？」

「警察先生不知道嗎？最近颳起一股女僕風潮喔。在動畫和遊戲的影響下，秋葉原從前年左右就很盛行了，現在這股流行也燒到了渋谷。」

香織微微勾起嘴角。

看來，藤崎覺得那身衣服像制服的印象並沒有錯。

動畫和遊戲、秋葉原……是御宅族文化嗎？

平成元年，由於警方偵破東京、埼玉女童連環綁架殺人案後，媒體報導凶嫌為一名御宅族，這些老大不小仍沉迷於動漫的人有一陣子被套上了「無法分辨現實與幻想的高風險犯罪族群」印象。不過近年來，御宅族文化日益普及，本是電器街的秋葉原一回神已變成御宅大街，聽說就連外國人都對日本動漫給予高度評價。警視廳內部也有不少年輕人光明正大地公開說自己是御宅族。

不管怎樣，在藤崎眼中，那都是比一般年輕人文化更難熟悉的世界。

「別站著說話，請坐。」香織向藤崎二人指著接待區的沙發。藤崎和沖田坐下，香織坐在他們對面。

據說，香織在以年輕人為客群的飾品店取得成功後轉入了融資業。

藤崎提醒自己在不顯失禮的範圍內觀察香織的舉止。

果然很樸素。

別名魔女、能幹的女性經營者——香織身上並沒有這種氛圍。儘管聲音頗具特色，卻絲毫感受不到氣場一類的東西。

——雖然外表看起來是個有點土氣的小丫頭，但可別小看她。總之，她很聰明，不好惹。一個不小心，有可能是我們被吃掉。真的有好幾個小看她的混混最後遭殃喔。

這次介紹香織給藤崎他們的貞山周一是這麼說的。

貞山是跨區黑道組織的三次團體——「雲翔會」的組長，靠金融投資吃飯的經濟型流氓，也是廣為人知、答應和警方交換情報的協調派組長。

貞山似乎會幫香織催討或是買賣債權，有所往來。藤崎透過本廳的組織犯罪對策部和貞山取得聯繫，再請他居中聯絡香織。

「那麼，我們想問的是一個叫木村的男人，以前開過『Trust Wave』這間公司。」

藤崎切入正題。

無論對方是魔女還是平凡的女人都無所謂，重要的是她對自稱叫木村拓哉的男人了解多少。根據之前調查的情報，藤崎他們得知那個男人跟香織借了一筆周轉資金。

「啊啊，那個人說自己叫木村拓哉對吧？」

香織起身，從辦公空間的櫃子裡取出一本薄薄的資料夾攤在桌上。

在狀似合約的文件旁，收了一份男人的駕照影本。

藤崎唸出合約和駕照上的名字。

「海老塚卓也……難道，就是這傢伙？」

「是的，他自稱木村拓哉。因為是我經營融資業前就認識的人，所以就放了一些錢給他。」

原來如此，名字讀音一樣，所以才自稱叫木村拓哉嗎？

雖然香織說是一些錢，但看借據似乎是借了三百萬。

從駕照上來看，海老塚卓也是昭和四十年生，平成十三年失蹤時是三十六歲，算起來現在是三十九歲。香織應該比他年輕很多吧。

「妳跟他認識很久了嗎？」

「算吧。不過交情沒那麼深。他是我以前店裡的客人，也會參加我們店裡主辦的夜店活動或派對。但我是到借錢給他時才知道他的本名。」

活動、派對，這些字眼從眼前這個樸素的女生嘴裡說出來有種神奇的感覺。

這裡說的夜店不是人們過去常說的夜總會，而是主打年輕人的店吧，近年來，鬧區越來越多這種類型的店。簡單來說，藤崎是把那些店當做小型迪斯可舞廳，但聽說他們以餐飲店為名目避開風營法的限制，通宵營業。

「這樣啊。說一下妳的印象也沒關係，海老塚是個怎樣的男人？」

「這個嘛，是個輕浮隨便的人吧。畢竟他說什麼有衝擊性的名字業務會做比較順，就對人自稱木村拓哉了。還有……」

香織有些欲言又止。

「還有什麼？」

「沒什麼，就是，聽說他好像有吸東西的嗜好。」

「吸東西？他也有在嗑藥嗎？」

「嗯。但據我聽到的說法，大部分是合法的。」

「合法藥……像是麻黃之類的嗎？」
藤崎講了青梅血案現場找到的藥物名稱，香織點點頭。
「就是那種東西。東京有很多很會玩的女生在嗑喔。」
「是嗎……」
現在的日本正迎接戰後第三次的毒品擴散期。
第一次是終戰後不久，安非他命（冰毒）還大量在市場上出沒的時期。第二次是昭和五〇年代後期，黑道幫派走私進口、私下販賣的活躍期。而現在，網路普及使匿名交易變得更容易，加上合法藥的登場，比以往的安非他命或大麻更隨興，成了第三次擴散期的導火線。毒品移向年輕世代的情形尤為嚴重，部分夜店被視為毒品蔓延的溫床。雖然藤崎不是很清楚，但夜店文化本身似乎和歐美的吸毒文化息息相關。儘管警方現在也有加強警戒，但無法否認應對還是慢半拍。
無論如何，現在似乎可以推斷夏希經常服用麻黃是受到交往對象海老塚的影響。
「海老塚把公司搞垮了對吧？」
「對。網路泡沫破滅，公司開始衰敗後，一下子就倒了。」
「那是三年前的事嗎？」
「沒錯。」
「妳借出去的錢有成功收回來嗎？」
看合約，年利率是二九・二％。以三百萬的本金來說，利息相當高。這個數字應該是金融業界稱為「利息灰色地帶」的上限。
日本有利息限制法和出資法這兩條規定借貸利息的法律。後者訂定的數字比前者高，因此，有一塊即使違反利息法卻仍在出資法範圍內的「利息灰色地帶」。按照平成十六年現在的規定，灰色地帶的利息只要當事人雙方同意便有效。

「嗯，雖然請了貞山先生幫忙，但總算是順利拿回來了。」

意思是拜託流氓追討嗎？做事倒是跟本人的氣質不符，冷酷無情。

「難道海老塚四處借錢後逃跑是妳指使的嗎？」

香織肩膀微動，嘴角彷彿勾起一抹淺笑。

「我只是根據事前簽訂的合約回收債權而已，債務人如何獲取金錢或是之後如何維生我並不清楚。」

香織的語調幾乎沒有起伏，儘管聲音沙啞低沉，獨具一格，卻沒有壓迫感也不可怕，只是淡淡陳述一項事實。然而，那個事實卻十分冷酷。

原來如此，這個女人或許真的是魔女。

「妳知道海老塚逃去哪了嗎？」

「我不知道。」

「那妳去過海老塚家嗎？」

「沒有。不過如果是辦公室的話，我倒是去談過一次話。」

「這樣啊。妳知道當時海老塚有沒有跟誰一起住嗎？」

香織微微側首，接著像是想起來似地說：

「這麼說來，我去他辦公室時電腦桌面是一張女生和小孩的合照，我問他是誰，他好像說自己正在跟一個有小孩的女生交往。」

「妳知道那個女生的名字或來歷嗎？」

「不知道，因為也不是保證人，所以我沒有確認她的來歷。」
「是這個女人和小孩嗎？」
藤崎將夏希和Blue的照片拿給香織看，那張從井口夕子手上得到的照片。
「我只看過一次照片沒辦法肯定，但要說是這兩個人的話，或許是吧。女生看起來更瘦，小孩再大一點，感覺有一點不同。」
香織盯著照片回答。
Blue正值發育期，大一點是理所當然的；夏希變瘦可能是麻黃的影響。
藤崎覷向香織。無法從那張毫無特色又一臉無謂的臉龐讀出真意。
不過，能揭開海老塚的來歷以及知道夏希與麻黃的連接點也算有所收穫吧。

＊

翌日。
藤崎以手上的駕照影本為線索，調來海老塚的戶籍和住民票，知道了海老塚現在人在何處。
不，正確來說，海老塚已經不在任何地方了。
海老塚卓也已經死亡。
在距離東京兩百公里以上的靜岡縣濱松市。
據戶籍上記載的身分事項來看，死亡時間為平成十五年八月九日，大約是青梅血案發生前的四個月。

三澤馬庫斯

三澤馬庫斯是在距今十三年前的平成三年，六歲的時候隨父母來到日本——靜岡縣濱松市——的日裔巴西人第三代。

馬庫斯的爺爺是戰後從日本移居巴西的移民，但父親和馬庫斯都是土生土長的巴西人，平成三年是他們第一次踏上日本的土地。

「你日文很好呢。」

馬庫斯照著問題回答自己的姓名、年齡、家庭成員和來日本的經緯後，據說是從東京來的警察二人組中的一人——名叫冲田的光頭警察——露出笑容道。

「謝謝。」馬庫斯姑且道了個謝。不過，不用那位警察說，馬庫斯對日文也有自信。若世上有所謂的語言才能，那麼馬庫斯毫無疑問天生擁有這項能力。當年明明沒有任何人教他，但馬庫斯來日本不到一年就能說出一口流利的日語，跟同年齡層的日本當地人相比，毫不遜色。雖說小時候學語言比較容易，但馬庫斯的速度之快也是特例了。

馬庫斯父母來日的目的是工作。當時，中南美洲受嚴重的通貨膨脹與失業潮所苦；另一方面，日本則因為泡沫經濟的大好景氣為人力短缺傷腦筋。

戰後，日本社會一直對接納移民態度消極，但為了解決日益嚴重的人力短缺問題，平成二年修正出入境管理及難民認定法，專門為擁有日本血統的日裔開啟門戶。

濱松是日本三大代表性摩托車製造商——Honda、YAMAHA、Suzuki的發源地，林立著各大公司的下游工廠。由於積極採用日裔為勞動人力，濱松也成為日本少數的日裔社區。

「你小學和國中是和日本小孩一起念公立學校吧。日文是在學校學的嗎？」

沖田提問。在他身旁，似乎是上司的年長刑警一直在暗中觀察自己。年長刑警好像是姓藤崎，雖然擺出一副溫和的臉孔，眼睛深處卻藏著危險的光芒。

「不是，學校沒有這種課，但因為身邊都是日本人，自然而然就會了。」

「哇，那很厲害耶。」

沖田佩服道。感覺有點刻意。

沒有日本國籍的日裔小孩不包含在義務教育的對象裡。雖然有意願的話，可以配合年齡去學校，但學校並沒有為外國人設計的課程。是否要去學校依各個家庭的判斷而定，雖然有不少日裔小孩沒去學校，但馬庫斯一直念到國中。

馬庫斯雖然馬上就學會了日文，卻很難說適應學校。不如說，正因為他善於語言，才感受到比語言更棘手的隔閡。

日本人同學叫馬庫斯「桑孔」，那是在綜藝節目裡很活躍的外國藝人。不過，藝人桑孔是非洲黑人，跟巴西一點關係都沒有，年紀是個大叔的他長相也跟馬庫斯完全不一樣。大家只是因為馬庫斯的膚色比日本人黑就這樣叫他。馬庫斯非常討厭這樣，他跟大家說桑孔跟巴西沒有關係，但他越拚命解釋，周圍的人就叫得越開心。

——看不順眼的傢伙就揍飛他！你是男孩子，打一點架比較好。男人就是這樣變強的。

父親經常說這樣的話。巴西是比日本更加推崇男人要像個男子漢的大男人主義社會。身為巴西男人，這是很自然的價值觀吧。

小學高年級時，馬庫斯遵從父親的教誨，朝喊他桑孔的同學大吼：「你不要太過分！」揍了對方一拳。那是地位類似班上老大的孩子，是個大塊頭，然而，迎接發育期的馬庫斯在身高和力氣上都勝對方一籌。那個孩子重重摔倒在地，撞到腦震盪，雖然沒有大礙，但還是出動了救護車引起騷動，馬庫斯的父母被叫到學校。

父親沒有責罵馬庫斯，稱讚他「不愧是我的兒子」。然而，馬庫斯卻高興不起來。他徹底嘗到了衝動使用暴力的苦果。

這件事之後，再也沒有人喊馬庫斯桑孔了。然而，他清楚明白大家把他當成一個「一抓狂不知道會做出什麼事的凶暴外國人」，對他抱有不必要的恐懼。學校不再有人輕鬆找他攀談，一些女生甚至避免接近馬庫斯。學校窗戶遭打破時，大家第一個就會懷疑馬庫斯（他當然是冤枉的，犯人是別的學生）。進入國中後，不知為何只有加入不良少年團體的男生會尊敬他，稱他「馬庫斯哥」。

如果是父親，或許會對這個情況感到高興。然而，馬庫斯很難過。馬庫斯無論如何也無法適應父親說的那種「男子漢」大男人主義價值觀。馬庫斯非常討厭別人覺得他很強很可怕，也漸漸不喜歡自己日益強壯魁梧的身體，加上周遭畏懼他的目光，馬庫斯忍不住覺得自己像個怪物。

這裡沒有任何值得我愛的事物，包括我自己——不知不覺間，馬庫斯有了這樣的想法。

無論在家裡還是學校，馬庫斯都不自在，覺得自己是全世界最不幸的小孩。

若說有什麼給了這樣的馬庫斯些微救贖的話，那就是偶像。

具體來說，是早安少女組。

平成九年，在馬庫斯念國中時出道的早安少女組瞬間風靡日本。大概是她們開朗活潑的氣質很貼近南美人的天性吧，早安少女組在日裔之間也很受歡迎。

不論是身為日本的國中男生，還是十三、四歲的日裔男孩，喜歡早安少女組都不是奇怪的事。不過，馬庫斯的「喜歡」跟其他男孩子有點不一樣。

馬庫斯並沒有將身穿可愛服裝、唱著流行歌的少女們當成異性——也就是潛在的戀愛或性欲對象——馬庫斯是單純地喜歡、憧憬她們的那份可愛與柔軟。他想一直看著她們，沉浸在她們打造的世界裡，甚至想像自己重新投胎成日本女孩，成為早安少女組的成員。

當然，馬庫斯不曾將這種願望說出口。他很明白，這麼做只會讓人更加覺得他是個怪物。

「你是三年前國中畢業後，平成十三年開始在這間公司工作的吧？」

「是的。」

馬庫斯在這間摩托車製造商的下游板金工廠「Eleven 技研」任職，是國中畢業後，十五歲的春天。西曆的話是二〇〇一年，新的千年拉開序幕的年度。

馬庫斯雖然不討厭念書，但沒有交到像樣的朋友，也沒什麼念高中的意願。說到底，他根本不可能有工作賺錢外的選擇。

——不應該是這樣的。

馬庫斯確定工作時，父親帶著酒臭吐出這句話。

馬庫斯的父母本來似乎打算在幾年內賺大錢，衣錦還鄉。然而，計畫卻稍微，不、是大幅亂了套。

攪亂計畫的是泡沫經濟的崩壞。其實，在馬庫斯一家來日本的平成三年，泡沫經濟好像就已經破滅了。不過，在對製造業第一線產生影響上，有些時間落差。父母原先工作的工廠工作量漸漸減少，薪水也隨之遞減。平成八年，馬庫斯一家來日本的第六年，工廠終於停止雇用日裔。那是日本社會的金融機構開始正式倒閉的時候。

父母不像馬庫斯會說一口流利的日文，很難二度就業。最後，他們在開給巴西人的超市打工，拿著比基本時薪還低的薪水，一家生活窮困，哪能回國？

馬庫斯被這片沒有所愛事物的土地束縛，從國中起就被迫幫忙在超市上架和點貨，國中畢業就去工作是理所當然的事。最高學歷是國中畢業在日本人中或許很少見，但在日裔間卻極為普通，反而是有念高中的人壓倒性地稀少。

不過，父親說的「不應該是這樣的」，除了無法衣錦還鄉外，似乎還摻雜著其他不甘心。

日本的未來 Wow Wow Wow Wow
讓世界都羨慕 Yeah Yeah Yeah Yeah

〈Love Machine〉，早安少女組於平成十一年發表的暢銷曲。雖然歌詞也有種在長期經濟不景氣中自暴自棄的感覺，但從那時候起，市場開始恢復對日裔人士的需求。

不過，優先獲得雇用的，是十幾二十歲的年輕世代。馬庫斯正屬於這個族群，從小在日本生活，自然也熟悉日文和日本習慣。加上年輕，所以能廉價雇用。相反的，父親他們這些始終不想融入日本，日語也破破爛爛的世代容易遭公司嫌棄，一直找不到工作。Eleven 技研雖然有一半的作業員是日裔，卻沒有一個人超過三十五歲。

Eleven 技研不是什麼好公司，老闆專橫，薪水又低。儘管如此，比起領時薪的父親，馬庫斯變成賺更多錢的那一方。

儘管馬庫斯覺得誰是家庭的經濟支柱根本無所謂，父親的價值觀卻似乎很難接受這點。本就嗜酒的父親，喝的更多了，經常醉醺醺地在家纏著人說話。

「誠如我們剛剛所說，我們想問的是曾經在這間公司工作、去年夏天過世的海老塚卓也的事。」
大致確認完馬庫斯的事後，沖田切入正題。一直保持沉默聽他們說話的藤崎，臉上的表情多了幾分認真。
馬庫斯在工作中被老闆叫出來前往辦公室的接待室後，便看到這兩名刑警。
原本他還以為發生什麼事嚇了一跳，但似乎是特地從東京來調查海老塚的。據說，他們會向全部的作業員依序問話。
「海老塚先生是在你工作半年後，也就是平成十三年的十月開始在這間公司工作，沒錯吧？」
「沒錯。」
海老塚這個男人說自己在東京經商失敗，打算來濱松重新出發。
「你對海老塚先生的印象是？」
「他是個很開朗的人但不是很認真，有些地方也很隨便。」
馬庫斯據實回答，但是些無關痛癢的內容。
「那位海老塚先生的兒子，青——大家好像都叫他 Blue，他也一起在這裡工作吧？」
Blue。
這個名字出來時，馬庫斯的心臟用力跳了一下。他不露聲色地點頭。
「聽說 Blue 和你感情很好。」
「我們常常一起行動。畢竟年齡相近，個性也很合。」
馬庫斯維持撲克臉回答。
「年齡相近嗎……你知道他真正的年齡啊。」

「我稍微聽本人說過。而且，大家都有發現。」
「你是說他虛報年齡的事？」
「對。」
「大家是指所有作業員嗎？」
「沒錯。」
Blue 是海老塚的兒子，和馬庫斯同年，春天剛從國中畢業，十五歲——這些全都是謊言。Blue 是海老塚同居女友的兒子，沒有正式入籍，跟海老塚也沒有血緣關係，兩人不是父子。
——馬庫哥，我是平成開始那一天出生的喔。
Blue 這麼說過。如果是這樣的話，他進工廠時才十二歲。好像是因為公司不能雇用尚未完成義務教育的小孩，所以海老塚要他謊報年齡，假裝大三歲。Eleven 技研的作業員雖說是「公司職員」但全是約聘。進公司時只有交一張履歷，老闆也沒有認真檢查。想虛報年齡的話是辦得到的。
不過，Blue 進來時還沒變聲，五官也還帶著稚氣，身高以他的年齡而言雖然算高，但一站在大人中間便顯得嬌小。大家隱隱約約都知道，卻什麼都沒說。
「偶爾也會有警察來工廠，他們看到 Blue 應該也覺得可疑過，只是……」
地方上的警察會定期來巡視大量雇用日裔的工廠。一想到只因為是外國人便讓人戒備著就很不爽，但這卻是再平凡不過的日常。
馬庫斯看過好幾次警察發現 Blue 後，詢問現場負責人或老闆說「有很年輕的孩子在工作呢」或是「那個小孩幾歲？」然而，卻從來沒有人來稽查或是停止雇用 Blue。

聽了馬庫斯的話，兩名刑警臉色黯淡地互看了一眼。
「你也見過 Blue 的母親對吧？」
「對。」
Blue 的母親身材過瘦，一臉蒼白，卻是可愛型的人。
「你知道她的名字嗎？」
「咦？啊啊，好像叫瑪莉亞？」
Blue 都喊母親「媽媽」，但海老塚叫她「瑪莉亞」。
「你還聽過有其他的名字嗎？」
「呃，沒有……」
他不知道。那個母親原來還有其他名字嗎？
「下一個問題——」
沖田一個接一個地詢問關於海老塚、Blue 和他母親的問題。馬庫斯老實回答，知道的就說知道，不知道的就回不知道。
「……聽其他作業員說，海老塚先生有對 Blue 用暴力。你也知道這件事嗎？」
馬庫斯提心吊膽。
問題逐漸觸碰到核心了。
既然已經有其他人說過的話，隱瞞也沒用，馬庫斯決定照實回答。
「我知道，也目睹過好幾次。海老塚先生在工作的地方也會揍 Blue，說自己在『管教小孩』。他還拿過廢棄的鋼管打 Blue 的頭，當然是被其他人阻止了。從那之後，海老塚先生也會把工作塞給 Blue 自己蹺班，擅自回家。」

「好過分……」

途中，馬庫斯聽到沖田低喃。

沒錯，很過分。所以馬庫斯才會和 Blue 變熟。

從第一次見面起，馬庫斯就會不自覺地在意起 Blue。馬庫斯覺得 Blue 長得很漂亮。Blue 五官端整俊秀，細長的雙眼帶著些許憂鬱，和自己硬邦邦的長相完全不同，馬庫斯很羨慕 Blue。

不過，馬庫斯一開始並沒有積極向 Blue 攀談。因為此時的馬庫斯已經成為一個不論對方是誰都會保持距離的人了。

然而，馬庫斯在工廠看到海老塚揍 Blue 後，對 Blue 產生了興趣。因為海老塚不是個粗暴的人。他個性開朗，輕浮隨便，但有時卻會抓狂拿 Blue 出氣、對 Blue 動手到周圍的人都看不下去。

身為（說是）同年的職場前輩，馬庫斯想和 Blue 說話的話，機會要多少有多少。馬庫斯慢慢和 Blue 展開對話，知道了 Blue 的成長背景以及海老塚與瑪莉亞的事。

隨著對 Blue 的了解，馬庫斯產生了一種神奇的優越感。

什麼啊？這傢伙明明是日本人卻比我還慘嘛？

Blue 說，海老塚曾經是個溫柔有趣的人，但來到濱松這裡後變了。

海老塚在家似乎不只會打 Blue，也會打 Blue 的母親。因為這些壓力，母親對 Blue 總是很嚴厲。

此外，Blue 其實比馬庫斯小，他們卻讓 Blue 謊報年齡，逼他做辛苦的工作。Blue 也沒上過學，雖然可以正常完成工作，但他幾乎不認得漢字也不太會除法，連豐臣秀吉都不認識，日本史比馬庫斯這個巴西人更無知。

儘管馬庫斯的父親也有粗暴的地方卻從不會打傷兒子；母親雖然有典型巴西女人的強悍，對馬庫斯卻溫柔無比。Blue 的母親似乎跟他說過好幾次「如果沒有你就好了」。馬庫斯的母親打死也不會說出這種話吧。

跟這傢伙比起來，我好太多了——

馬庫斯開始因為憐憫對 Blue 很溫柔，也經常在工作上幫他。

他們是同為十幾歲的年輕人，內心還很柔軟，只要共處在一起就會越來越親。Blue 也開始景仰馬庫斯，什麼事都喊「馬庫哥、馬庫哥」。

漸漸的，馬庫斯對 Blue 產生了不同於優越感和憐憫的溫暖感情。

不知不覺間，馬庫斯的目光總是追逐著 Blue，心裡也不斷想著 Blue，然後為自己對 Blue 所處的狀況無能為力而焦躁。

——海老塚和你媽媽都差勁斃了。他們那種人死掉的話你就能自由了。

兩人變得非常熟悉後，馬庫斯對 Blue 說。

馬庫斯心裡盤算著，如果 Blue 回答「或許吧」的話，他就要說「等我們再大一點，就一起丟下這個城市去哪裡吧」，邀 Blue 離開。

然而，Blue 卻帶著悲傷的神情說出令馬庫斯始料未及的話。

——馬庫哥，你不要這樣說啦。就算這樣，我還是想保護媽媽。

Blue 雖然討厭海老塚，卻無法討厭母親。他說，儘管痛苦的事多得數不清，卻怎樣也無法恨母親。想到最後，覺得自己必須保護那個母親。

聽到這些話後，馬庫斯內心苦楚，揪成了一團。

原來如此。這傢伙不願意和我逃跑。這傢伙有比我更重要的東西。

產生這種苦楚的是那份溫暖的感情，化為文字的話，只有一個字。

怎麼可能！

儘管馬庫斯想否定，卻無法否定明擺著的事實。

在這塊曾以為沒有任何事物值得愛的土地上，馬庫斯遇見了 Blue——一個值得馬庫斯愛、也是讓他察覺自己性向的存在。

「那麼，我們接下來想確認去年八月八日晚上到隔天早上的事。你這兩天都有上班對吧？」

沖田問道，馬庫斯點頭。

終於來到那天了。馬庫斯的緊張愈發高漲。

去年，平成十五年八月，Blue 來到濱松大約兩年。

Blue 十四歲，馬庫斯過了十八歲的生日。兩人已經是非常好的朋友了。從外人的眼光看起來大概是這樣，Blue 從馬庫斯身上感受到的應該也是友情。

馬庫斯的內心雖然藏著超越友誼的淒楚情感，卻不打算坦白。被 Blue 拒絕是馬庫斯最害怕的事，只要 Blue 在自己身邊就好。

然而，馬庫斯切身體會到，小孩子間只是待在一起的連結會說斷就斷。

「可以告訴我們八日那天，海老塚先生和 Blue 的狀況嗎？」

「……跟平常一樣。那天加班比平常早結束，七點前就做完工作了。加上颱風正在靠近，感覺大家都想早點回去，就都跟平常一樣回家了。」

八月八日深夜，剛好在過了午夜十二點左右，濱松市因為十號颱風路線的影響遭到暴風雨侵襲。聽說，市內甚至有幾百戶住家停電。

沖田接著詢問隔天的事。馬庫斯回答：

「九號從早上就一直下大雨，海老塚先生和 Blue 都沒來上班——」

那天，時而大到看不清前方的豪雨讓人不想跨出家門。廠裡遲到的人也很多，連囉唆的老闆也睜一隻眼閉一隻眼。所以大家都覺得海老塚一定是蹺班了，他不是第一次曠職。然而，馬庫斯卻覺得哪裡不對勁。因為 Blue 從來沒有蹺過工作。不如說海老塚休息時，Blue 反而會去補他的缺。

颱風過後，大雨停息，只殘存一些風勢的那個夜晚，結束工作的馬庫斯前往海老塚的公寓。

「結果人都不在了對吧？」

沖田搶先一步道。

「是的，我在外面喊也沒人回應。因為廚房那邊的窗戶稍微開開的，我就從那裡看進去，結果好像沒有任何人在……」

那是廚房與居住空間相連的狹窄公寓，從微微的窗戶細縫也能將整間房一覽無遺。馬庫斯那時還以為他們三人或許去哪裡吃飯了。

然而，海老塚和 Blue 隔天也沒來上班，老闆和同事前往公寓，發現他們三人好像失蹤了。

在那之後過了四天，八月十四日，有人在流經濱松市東側的天龍川河口附近的堤防，發現海老塚的浮屍。

「可以告訴我們，海老塚先生他們消失的八日到九日晚間，你在哪裡做什麼嗎？」

「啊，那個……我從工廠回家後一直待在家裡。」
「跟令尊令堂一起嗎？」
警察現在是在確認他的不在場證明嗎——
馬庫斯嚴肅地點頭。
那時，當地警察也有來詢問海老塚的事。
廠裡流傳著各種不負責任的猜測，什麼颱風天晚上外出遇到意外啦，海老塚逼其他兩人一起自殺，只有海老塚的屍體被發現啦，或是瑪莉亞殺了海老塚逃到了某個地方等等。
最後，警方沒有告訴他們結論是什麼，但至少沒有出現殺人命案的報導。
半年過去，眾人似乎遺忘了這件事，也沒有人再提起海老塚和 Blue。
直到今天東京的刑警來訪為止。
「失蹤前，海老塚先生和 Blue 有哪裡怪怪的嗎？」
「不，沒什麼特別的……」
「你知道 Blue 和母親會去哪裡嗎？」
「我不知道。如果，他還活著的話，我也想見他。」
這是馬庫斯的肺腑之言。
兩名刑警交換一個視線，藤崎說了聲「謝謝」，結束問話。
馬庫斯暗暗鬆了一口氣。
這兩名警察沒有懷疑自己……的樣子。
馬庫斯後半段在講颱風那天的事時，心臟狂跳到他忍不住懷疑會被聽見聲音，也知道自己的背部和腋下爆出大量汗水。

馬庫斯沒有對刑警說一句謊話。然而，卻也沒有將知道的事全盤托出。他隱瞞了一項非常重大的事實。

那就是電話。

八月九日，馬庫斯去公寓察看狀況的那天深夜，他的手機接到一通公共電話的來電。接起後，他聽到了 Blue 的聲音。

——馬庫哥，我……殺了卓也叔。

馬庫斯說不出話。

——我和媽媽要逃走，不能再去上班了。抱歉，給你添麻煩了。

馬庫斯心想自己必須說點什麼卻又不知道該說什麼。最後，電話在他什麼都說不出口的情況下掛斷了。

馬庫斯不認為 Blue 打這種電話是說謊或是開玩笑。

而那恐怕代表著，他再也無法見到 Blue 了。

馬庫斯產生一種錯覺，彷彿身體中央開了洞，有風灌過去。

喪失感。

一種比同學喊他桑孔、被當作怪物恐懼、遭到父親嫉妒，比任何馬庫斯經歷過的悲傷都要更深沉的悲傷從洞裡湧了出來。

馬庫斯在那股悲傷中拾起一道小小的誓言——

我不會跟任何人說這件事。

我必須把這個祕密帶進墳墓。為了或許再也見不到的 Blue，為了唯一摯愛的存在。

這是幫不上他任何忙的我，唯一能做的事。

For Blue

那個夏天，聽新聞說有颱風正在接近時，Blue有股不好的預感。因為不知道是什麼關聯，但只要氣壓一變低，卓也和母親就會變得情緒不穩。

在東京認識卓也時，他是個溫柔風趣的人。來到濱松後，這點基本上沒有什麼改變。卓也開朗喜歡開玩笑，十分有趣，常在家裡看搞笑或綜藝節目。卓也很有表演天分，經常模仿搞笑藝人的招數或是他以前借用名字的木村拓哉。對當時正值小學高年級到國中年紀的Blue而言，非常好笑。

所以，Blue一開始是景仰卓也的。即使卓也要Blue謊報年齡去Eleven技研工作，他也乖乖聽話。

Blue的個子比同年齡層小孩的平均身高還高，但身體還沒發育完全，工廠的勞動對他來說很辛苦。

當他和卓也工作一天，筋疲力盡回到家裡後，會看到母親做好飯等著他們。雞汁泡麵加一顆蛋，配上超市買回來的現成小菜或沙拉，是稱不上料理的飯菜。然而，三人圍著餐桌，邊看電視邊吃的這些東西十分美味。

曾經，他們和樂融融，三人之間的確存在著成為一家人的瞬間。

不過，那在長久的生活中真的只是瞬間罷了。卓也和母親，漸漸崩壞。

與在東京時一切都不同的生活壓力大概不小吧。濱松是一個全新的天地，無論卓也還是母親都沒有一個親近的熟人。他們雖然在這樣的狀態下經營基本的社會生活，卻不想讓其他人接近自己的家庭。

「男人在外好好打拚賺錢，女人只要做家事就好。」平常，卓也就經常說這類的話。不知道是不是因為這樣，他雖然要Blue謊報年齡去工作，卻絕不讓母親去賺錢。兩人在東京開始交往後也是，卓也要母親馬上停止之前在做的援助交際，跟她說不去打工也沒關係。本來工作意願就不高的母親似乎也很喜歡卓也的這一點。

儘管卓也的的確確是個時下青年，卻似乎有著可說是落伍過時的保守家庭觀。這樣的家庭觀和強烈的自尊心是一體兩面。卓也討厭拜託別人，不想和他人商量生活上的困境。或許，就是這樣的日子讓他的精神狀況漸漸扭曲。

而加速這一切的就是藥物。

卓也從在東京的時候就常常使用號稱營養補給品的合法藥。說是合法，卻是成分和安非他命沒什麼兩樣的東西，後來被稱做「危險藥物」，成為取締對象。然而，在平成一〇年代當時，法規的腳步還沒有跟上。母親也在卓也的推薦下接觸了說是好萊塢女星也在用的減肥藥，開始服用合法藥麻黃。

儘管如此，在東京時，服用麻黃感覺就像個壞習慣，只是情緒會稍微變亢奮，沒有什麼實際傷害。但自從來到濱松後，卓也的吸食量逐漸增加。

當藥物發揮效用時，他會比平常還開朗，也會在那樣的狀態下完成工作，然而一旦中斷藥物，便會像變了個人似地凶暴。尤其是平常在別人看不到的家中也會毆打Blue和母親。卓也不是完全失去理智抓狂，而是會列出一條條看似名正言順的理由施暴。

「不要因為是小孩就給我撒嬌！」這是卓也揍Blue時的口頭禪。工廠有許多作業員發現

Blue 還是小孩子。不只馬庫斯，有不少人對超齡工作的 Blue 很溫柔。卓也似乎很不爽這點，說 Blue 很奸詐，大家都偏袒他。

卓也打 Blue 母親時說的是「不要因為是女人就給我撒嬌！」

卓也會把自己看不順眼的部分解釋成「撒嬌」，給暴力正當的理由。

大概是為了轉移疼痛的注意力吧，每次挨揍後母親都會服用麻黃。就這樣，母親的服藥量也日漸增加，原本穩定的情緒變得混亂，又開始經常對 Blue 說出那句詛咒：「如果沒有你就好了。」

最後，母親和卓也會在情緒亢奮的狀態下在家中光明正大地——或者更像是故意讓 Blue 看到般——做愛。

兩人在狹隘的公寓裡彷彿披著人皮的野獸，赤裸裸地展現暴力和性。

這對進入青春期的 Blue 而言，就像捏碎他心臟一樣痛苦。

儘管如此，Blue 還是無法討厭母親。

Blue 遭受的對待越過分，越會想起母親溫柔時的記憶。說「我最喜歡 Blue 了」，還有買 Game Boy 給自己時說「你的笑容就是我活著的意義」的母親。

我必須保護媽媽——

Blue 的這股自覺日益強大。

因為，眼前出現了具體的危機。

不知從何時起，母親變得比 Blue 還嬌小了。不知道是不是麻黃的影響，母親的體重也一直在減輕。這樣的身體能承受多少卓也的暴力呢？

Blue 自己挨揍時不會抵抗，母親挨打時則會拚命阻止卓也。然而，卓也還是比 Blue 強壯太多，Blue竭盡全力也無法阻止他。所以，Blue哭泣、道歉、乞求。

「對不起，對不起，是我不好。卓也叔，原諒我吧，不要打媽媽，要打就打我，求求你。」

Blue扒著卓也死命懇求。偶爾，可能是卓也的自尊心被滿足了，他會說「看在你的份上就算了」而收手，又或是「那你來負責」，將矛頭轉向Blue。然而大部分的時候卓也都聽不進去，繼續毆打母親。

這樣下去，媽媽可能會被打死——

母親自己明顯也很痛苦。卓也不在時，她曾怨憤地說「那傢伙才不是什麼真命天子」或是「都是那傢伙害我的人生一團亂」。甚至還向Blue道歉說「對不起，我和那種男人在一起」。那時，Blue會因為感受到母親對自己的珍惜而高興。

Blue心想，他們只能逃跑了。他期待著母親哪一天對自己說：「我們逃走吧。」

然而，那天晚上，母親說了別的話。

當颱風接近，公寓開始發出嘎吱嘎吱聲響時，卓也發出一聲鬼叫，抓起狂來。「搞屁啊！每個傢伙都不感激我，只會一直撒嬌！瞧不起我是吧！」幾個小時前還一起邊笑邊吃飯的人完全變了個樣子。不過，就某種意義上來說是很平常的事。

那天，跟平常不同的是，卓也想打母親時絆了一下，栽了個跟頭摔倒了。那時，他的後腦勺狠狠撞上了桌角。

卓也仰倒在地沒有起身，身體抽搐顫抖。

Blue嚇了一跳，跪在地上觀察卓也的狀況。卓也睜開的眼睛失去焦點，嘴角流出唾液，不過還有呼吸。

不管怎樣得救他才行——Blue反射性地這麼想時，屋裡響起母親的聲音。

「殺了他！」

瞬間，Blue 感到困惑。

「殺了那傢伙！」

第二聲命令，Blue 的身體彷彿按下開關般做出動作，掐住卓也的脖子。

卓也發出呻吟。Blue 心想，手既然已經放到脖子上就只能做到底了。他死命地繼續掐著卓也的脖子。

Blue 不記得自己掐了多久，卓也又是何時斷氣的。只知道回過神時，手臂發麻，卓也睜著眼睛，一動也不動。

母親驚慌無措。

「啊啊，怎麼辦？你幹麼真的殺了他啊？」

她責備 Blue。「對了。」然後像是想起什麼似地不知道打了通電話給誰。

過了一會兒，一個男人過來了。時間已經是大半夜，外頭開始降下豪雨。男人看到卓也的屍體後啞口無言，跟母親兩人不知道說了什麼。最後，他們將屍體搬到男人開來的白色 HIACE 上，丟到了天龍川。

直到他們就那樣搭著男人的 HIACE 離開濱松後，Blue 才知道那個男人是誰，以及自己和卓也白天工作時母親都做了什麼。

四個月後，發生了那起被喚做「青梅血案」的命案。

車子的廣播流出前奏。

藤崎不自覺地哼了起來。

中島美雪的〈地上之星〉，NHK人氣節目《Project X》的主題曲。現在一聽到這首歌就會忍不住跟著唱的日本人一定不少。

《Project X》是紀錄片節目，敘述了那些在商品開發、公共事業等多元領域中展現成果，為後世留下遺產的「計畫」內幕。

節目紀錄的主題多在藤崎出生前或是小時候日本經濟高度成長的時期。那是日本從戰後的斷壁殘垣成功站起來，躋身先進大國之列，蓬勃發展的時代。眾多無名小卒將熱情奉獻給工作，有些情況甚至丟了性命，他們成就了什麼的身影觸動人心，令人熱血沸騰，令人感受到人類的熱度，而不是單純身為組織的螺絲釘。藤崎常常憧憬著希望自己也能這樣，這也是藤崎唯一會錄下來看的電視節目。

不過，藤崎也忍不住覺得，這個節目受到歡迎的另一面，或許是因為他們只能在過去看到希望。

藤崎在濱松這裡看到的，是製造業在長年不景氣中，靠著以低廉工資聘僱日裔勞工苟延殘喘的現實。藤崎在那些工作的人臉上感受到的不是《Project X》描繪的熱情，而是為了賺取日薪，解決廉價又辛勞工作的冰冷疲憊。

或許，只是藤崎剛好去的是那樣的工廠吧。

不過藤崎覺得，就算之後景氣多少上升，他小時候日本社會中曾有的那種熱情也不會再回來了。

妻子的臉龐倏地掠過腦海，藤崎忍不住心想自己又是如何呢？

一直以來，他一心一意專注在工作上，結果，失去了妻子的心。或許，也失去了家人。

若是這樣，我得到了什麼呢——

「他真的是意外死亡嗎？」

沖田低語。

他們大老遠跑到濱松，不是來視察製造業前線的。

藤崎將思緒拉回到眼前寬闊的景色。

滯留濱松期間租的車子，奔馳在沿著天龍川而開的縣道上。去年八月，海老塚卓也的遺體便是浮在這條河上。

藤崎他們從早上開始便不停問案，什麼都沒吃，所以正在尋找餐廳，打算先在哪裡吃個飯。

九月已經過了一半，靜岡似乎也跟東京一樣繼續面對凶猛的秋老虎。不過，這裡不是秋高氣爽的晴天，但也沒下雨。天空堆著厚重的雲層，空氣潮濕，不快指數非常高。河川彷彿映照了那樣的天空，看起來灰灰濁濁的。

「不是意外，海老塚是被殺死的。」

藤崎肯定地說。

「咦？」

「是我的直覺啦。我只想得到這個答案。無論如何，那兩個人消失和海老塚的死不可能無關。」

「說的……也是呢。」

應該不相信什麼直覺的沖田似乎也是一樣的結論。

海老塚的屍體是在去年八月十四日發現的。根據發現當時的相驗，推測遺體距離死亡大約過了五天，具體來說，應是八月八日晚間至九日上午於某處死亡的。這段時間剛好是颱風行經濱松市內帶來暴風雨強襲的時候。

大概是夏天的關係，屍身當時已嚴重腐爛，部分軀體遭到水生生物咬食，死因不明。不過，法醫從部分身體組織驗出安非他命的成分，海老塚居住的公寓裡也發現了多樣合法藥。

轄區警察認為海老塚是因藥物失去定向能力，靠近漲潮的河邊落水身亡，定調此為一起意外。

從相驗和海老塚的死亡狀況來看，這個判斷很妥當。然而，轄區警局恐怕是故意忽略重要情報。

那就是與海老塚同居、有實無名的妻子和她的孩子幾乎在海老塚死亡的同時失蹤了。

夏希和 Blue。

轄區警局似乎無法查出這兩人的身分。

海老塚和夏希沒有結婚，夏希沒有用本名，而是以瑪莉亞這個名字生活，使用的手機似乎也是以海老塚的名義簽約。青梅血案報導中出現的夏希照片是她國中時的樣子，與她在濱松時的相貌有著天壤之別。至於 Blue，他本來就沒有戶口，交給 Eleven 技研的履歷內容都是瞎掰的。

根據問話結果，海老塚似乎會對夏希與 Blue 動粗。兩人極有可能是殺害海老塚後逃跑。

然而，轄區警局卻毫不猶豫地拋棄了這個可能，將這件事當成意外來處理，甩不掉不願將事件變成刑事案件的嫌疑。

海老塚的屍體已經火化，事到如今不可能再做更嚴謹的勘證。

不過，眼下的問題不是海老塚死亡的真相，而是那兩人的行蹤。

夏希和 Blue 從濱松消失到發生青梅血案之間大約四個月。他們兩人在哪裡做了什麼呢？為什麼會發生青梅血案？在那之後，Blue 又去了哪裡——

沖田打破了持續一段時間的沉默低語道：

「Blue 這個小孩，感覺很可憐呢。」

「他有可能是殺人凶手喔。」

「嗯，當然，是沒錯。但是，假設是這樣的話，在發生這種事之前，難道沒辦法做些什麼嗎？」

「是啊……」藤崎附和道。

有許多 Eleven 技研的作業員目睹海老塚的暴力行為，大家也都察覺到 Blue 是未滿十四歲的小孩。定期巡視的警察感覺也有發現。只要有誰積極介入的話，是不是就能察覺 Blue 沒有報戶口，將他納入保護了呢？如此一來，或許海老塚就不會死，也不會發生後來的青梅血案了。

「不過，事到如今說這些也沒用。我們該做的，是查明真相。」

「說得對。」

藤崎有種他們正在接近真相的感覺，卻也有股觸碰不到關鍵的焦慮。

藤崎和沖田在濱松大約停留了一週左右，一個個向可能與海老塚、Blue 和夏希有關的人問話。然而，卻沒有一個人知道夏希和 Blue 的去向。

藤崎他們今晚會搭新幹線回東京。

事情或許不太妙……

出發濱松前，藤崎從負責搜查總部的管理官瀨戶那裡聽到了討厭的事情。

——警察廳可能會來干涉。

更正確來說，干涉的人是和警察廳關係深厚的執政黨議員們。

那個被視為 Blue 親生父親的高遠仁，似乎真的是政壇名門高遠家的人。雖然高遠仁遭逐出家門成為貿易商的原因不明，但他本來應該是個會成為現在執政黨有力議員的人物。現在，高遠家的地盤由高遠仁的堂弟——高遠一也這個男人繼承。高遠一也是去年眾議院選舉中首次當選的年輕議員。據說，他被視為執政黨的希望，如果出現那種麻煩的親戚就傷腦筋了。而且，聽說這個干涉還不是高遠一也介入，而是對他有所期待、處於政權中心的議員揣摩形勢後的舉動。

藤崎原本以為壓力是來自和「小小甜心」有所牽扯的警察幹部，結果這次的對象更棘手。

——那些傢伙要是認真施壓的話，我們根本無從抵抗。在那之前，你給我查出真相。

瀨戶說。

那不是什麼威脅，而是事實吧。

如今的K政府在高民調的背景下，對行政掌控也盯得很緊。不但在派遣自衛隊前往伊拉克、制訂有事法制等正反意見分歧的政策上強壓異議執行，今年夏天的參議院選舉過關後，專家預估他今後還會堅決實施最大的核心政策——郵政民營化。

警察是官僚機構的末端組織，無力抗衡接受國民託付的議員。想要違抗他們的意願繼續調查，應該很困難吧。

雖然不知道自己長年投入刑警工作得到了什麼，但藤崎至今參與過偵查的案件中，沒有一件懸而未決的。這毫無疑問是他的驕傲，唯有這一點他不想失去。

《Project X》的時代已經很遙遠，警察的前線偵查也失去了許多草根性。然而，藤崎還是希望在第一線揮汗的人能夠獲得什麼回報。

雖然老天爺應該沒有聽到這個願望，但在這之後沒多久，藤崎卻看到了意想不到的東西。

沖田轉動方向盤，車子在縣道上左轉，越過天龍川，朝磐田方向前進。

大概是接近市區了吧，路上漸漸出現並排的大樓和車廠，越來越熱鬧。

「喔，好像有什麼喔。」

就在藤崎他們這側的道路前方，剛好有兩間狀似餐廳的店面。

一間是中華料理，另一間好像是西式餐廳。

「吃中華料理好嗎？」

在中、西、日三種料理中，沖田好像最喜歡中華料理。

藤崎也一樣，若是中華料理和西餐做選擇的話，大部分都選中華。

「嗯嗯。」藤崎點頭到一半，突然改變心意。

「欸，偶爾要不要吃個西式？」

「好。」

沖田順從地接受，車子駛進打著「拿坡里亭」招牌的西式餐廳停車場。

這個決定只是心血來潮。

硬要說的話，是藤崎有點想吃肉。不是回鍋肉、糖醋肉那種料理肉的菜色，而是漢堡排或牛排這種份量十足的肉料理。感覺西式餐廳比較有這種選擇。

兩人下車走進店裡。一打開門，便聞到番茄醬汁的迷人香氣。

餐廳走山莊風格，牆壁上掛了好幾幅鑲框的風景照。店內約十坪左右，深處有吧檯，前方擺了三張四人座的餐桌。吧檯後是身穿廚師服、貌似老闆的男子，吧檯旁則是穿著圍裙，看起來大概是大學生的女服務生。

「歡迎光臨。」老闆和女服務生齊聲招呼。

餐桌上擺著菜單。菜單上沒有肉料理，盡是些拿坡里義大利麵等的義大利麵。或許，從「拿坡里亭」這個名字就該注意到了。

不過，藤崎的眼裡沒有菜單。沖田恐怕也是一樣吧。

兩人呆站在原地，盯著店裡的牆壁看。正確來說，是盯著牆上的一張照片看。

這間店雖然沒有漢堡排或牛排，卻有線索。

藤崎兩人盯的照片，是一汪藍色的湖水，湖畔長著狀似榕樹的樹木。照片右下角標著「97 7 18」的日期。

和篠原夏希房裡貼的那張藍色湖水照片一模一樣。

三代川修

三代川修生於昭和五十年，一九七五年。

就像許多這年出生的小孩一樣，三代川的父母都生於戰後嬰兒潮，也就是所謂的團塊世代。而身為他們的小孩，三代川就屬於人稱「團塊世代二世」的世代。

三代川是個說平凡也很平凡的男子。

他生於靜岡縣磐田市內典型的上班族家庭，是「一胎女、二胎男」中的弟弟。

日本年號從昭和改到平成是三代川國中時的事。他念的地方城鎮的國中還存在著校園暴力，不良少年團體的老大叫做「番長」，畢業典禮上，每年都會有幾個穿著特攻隊服鬧事的學生，還會有警察趕來會場。在這樣的環境中，三代川屬於比較認真型的學生。成績雖然不是頂尖卻也是中上。他考上縣立第二志願的高中，再進了東京還算可以的私立大學。

這樣的三代川有過夢想。

一開始是歌手，創作型歌手。

想成為歌手的契機出現在面臨高中大考的國中三年級。深夜，三代川念書時，廣播中聽到的曲子深深觸動了他。

不想被任何人束縛，逃離一切的這個夜晚
有一種得到自由的感覺，十五歲的夜晚

三代川就是在十五歲的夜晚，聽著尾崎豐的〈十五歲之夜〉。那是個不良少年氾濫的時代，相對的，威權教育也十分嚴格，由於小孩人數多，升學考試競爭激烈萬分。在找不到出口、彷彿要窒息的青春期裡，尾崎豐那讓人感受到單純與熱情的歌詞令三代川真心感動。

收到家人為了慶祝他考上高中而送的吉他時，三代川腦海裡浮現自己在校慶舞臺上彈唱尾崎豐的曲子，成為校園風雲人物的樣子。甚至，他還半認真地想像自己在高中時以創作型歌手的身分出道，參加綜藝節目《笑笑又何妨》。

起初，三代川十分熱衷練吉他，卻始終沒有進步。尤其是F和弦，無論他怎麼練習都按不好，熱情在不知不覺間熄滅了。三代川憧憬的尾崎豐猝死是在他高中二年級的時候。那時，他已經幾乎沒什麼在碰吉他，音樂也變成只是聽聽的娛樂。

不過，三代川對自己將來一定會成為一名大人物深信不疑。

這種自我實現欲以及毫無根據的無所不能感，不知道是年輕人普遍持有的特性或是出生年代安裝在三代川精神中的內建程式。

無論如何，退出創作型歌手的夢想後，三代川的下一個目標是小說家。

由於《我們的七日戰爭》的改編電影，三代川喜歡上小說，把宗田理「我們的」系列悉數看完。雖然三代川喜歡和閱讀《少年ＪＵＭＰ》漫畫的次數是小說的一百倍，但他不會畫畫，認為自己應該無法當漫畫家，從一開始就放棄了這條路，心想「如果是小說的話，感覺我也辦得到」。儘管這個夢想是下意識運作的簡易刪去法決定的，但本人當然沒有那種自覺。三代川天真地相信自己的才華，認為自己會成為年紀輕輕就出道的人氣作家，上綜藝節目《笑笑又何妨》。

三代川切身體會到現實是在念大學之後。三代川試著加入文學創作社，但他的作品在公評會上被批得一文不值，自信心大挫。他不是很清楚純文學與大眾小說的差異，也完全跟不上學長姊和同學間那些「metaphor」啦，「context」啦，夾雜外文的對話。然而，他還是拚命裝懂。三代川創作，參加好幾次公開的新人獎，想讓社團那些傢伙刮目相看，然而卻連初選都沒通過。就這樣，升上大三後，身邊的人開始為找工作惶惶不安。與此同時，交往一年左右的文學創作社學妹跟三代川說了類似「喜歡上打工那裡的店長了」的話，戀情破局。

自此之後，三代川總是帶著一種窒息感在過日子，那種感覺比青春期感受到的閉塞感更濃烈焦灼。他的心底萌生出自己或許會一事無成的恐懼。

那時，無名的搞笑組合猿岩石在電視節目企劃中，以搭便車的方式穿越歐亞大陸。看了那個綜藝節目後，三代川也想出去旅行看看。「出社會前想增廣見聞」、「想看看更寬闊的世界」——三代川為自己的願望添了煞有其事的藉口，求父母讓自己延畢一年，出國旅行。

曾經參與過學生運動的父親嘴上雖然對兒子的請求抱怨道：「你想的是不是太天真了？」卻也表示理解。加上姊姊已經先一步從地方上的短大畢業，開始給家裡錢，三代川家勉勉強強還有可以讓兒子去玩一年的餘裕。

就這樣，三代川在平成九年上半年以背包客之姿，遊歷了俄羅斯和東南亞一圈。這趟旅程，三代川看到了在日本絕對無法看見的景色，接觸了幾乎語言不通的人們，喝生水拉肚子、行李遭竊，將旅行者會經驗過的麻煩都經歷了一輪。他覺得自己重生了。他發下重誓，即使回到日本必須先找工作，但總有一天他會以這趟旅程的經驗為基底寫下小說，成為作家。

然而，這趟旅行卻發生了意想不到的代價。本來，三代川應該是在平成十年大學畢業，但因延畢一年而在平成十一年畢業。短短的一年裡，本就低迷的大學畢業生求供倍數又低了零點四個百分比。
那是泡沫經濟破滅所引起的「人禍」——就職冰河期。三代川畢業時正迎向冰河期的高峰。
三代川無從得知，但日後一間大報社將三代川這樣在泡沫經濟期度過少年時代，一出社會就面臨就職困難、遭受泡沫經濟破滅衝擊的世代稱為「失落的一代」。
時代已經變了。從成長與膨脹轉為停滯、衰退和萎縮。然而，三代川的意識無法順利調整到那裡。
三代川以出版社和電視臺為中心，只選擇媒體相關產業，應徵了三十間以上的公司，但大部分都在書面資料階段就落選。好不容易有三家進行到最終面試卻無法突破，全軍覆沒。其中一間公司採用典型的壓力面試，一臉凶神惡煞的面試官對試圖突顯旅行經驗的三代川說：「那有什麼用啊？」一口否定了他，令三代川的自尊受到重挫。
最後，三代川在沒有找到工作的狀態下畢業，回到了老家。家中的氣氛極端惡劣。最大的原因大概是父親遭到裁員，好不容易二度就業卻收入減半吧。一直是全職主婦的母親開始去打工，二十四歲的姊姊成為一家的經濟支柱。
這樣的姊姊對三代川非常嚴厲。
「我明明比你會念書，卻因為是女孩子爸媽不讓我去念普通大學。他們只會寵你，讓你念大學、去東京一個人生活，甚至還讓你出國旅行。爸爸對你那麼期待，說什麼『修會成為了不起的男人』這種蠢話。結果怎樣？養出一個不上不下的飛特族？」
公司酒會上喝得醉醺醺的姊姊回家後對三代川說過這些話。三代川一句反駁也說不出來。
三代川的父母也是，還以為他們會祈求般地斥責自己「拜託你振作一點，你是長男啊」，結果卻是毫無根據地鼓勵兒子說：「雖然姊姊講話比較嚴厲，但你一定可以的。」

三代川實在無法再待在家裡，租了間公寓，開始一個人生活。他一邊不停換打工餬口一邊寫小說。

此時他想的是，既然事已至此，也只能來一記大逆轉了。

我要在三十歲前成為小說家，讓大家刮目相看——

這裡說的「大家」是姊姊與父母、沒有採用自己的企業、曾經甩了自己的女友、看不起自己作品的社團學長姊，還有三代川不滿意的這個世界的一切。

然而，三代川參加了好幾次比賽卻都沒有出運。

在鬱鬱寡歡的日子裡，越來越靠近他自己設下的三十歲時限。

我可能真的會一事無成。若是這樣的話，會怎麼樣？

三代川雖然嘗試過各種打工，卻沒有任何有興趣的工作。其中，雖然也有些工作好像值得做下去，但半年就會膩了，沒有一個例外，變得每天都索然無味。三代川以長則一年，短則三個月的頻率換工作。

他沒有累積任何技術或職場經歷，薪水低廉，一毛錢也沒存下來

要以這個樣子再活幾十年——假設活到八十歲的話，就是還有五十年以上——一思及此，三代川便覺得自己好像快瘋了，卻又無法真的發狂。

在這緩慢的絕望中，三代川註冊了手機專用的交友網站「STAR BEACH」。那是前年，平成十四年的事。

至少要談個戀愛。

或許會一事無成的恐懼也是或許沒有人會認同自己的恐懼，與可能孤獨一輩子的寂寞是

一體兩面。

所以，三代川想戀愛，填補內心的寂寞。

就這樣，三代川認識了一個似乎住在附近濱松的女子，對方的暱稱是「瑪莉亞」，他們用訊息聊得很開心，也約定要見面。

三代川是透過看不到長相的網路認識對方的，來的人可能完全不是自己喜歡的類型，也或許是大幅謊報年齡的女生。三代川抱著戰戰兢兢的心情，結果出現在約定地點的，是個感覺很可愛的女生。

瑪莉亞，也就是篠原夏希此時已經三十歲了，她在網站上謊報年齡，少報四歲，註冊資料寫二十六歲，比三代川小一歲。不過，本就是娃娃臉的她看起來更年輕。

儘管有些過瘦、妝感偏濃，但還在三代川喜歡的範圍裡。

最重要的是，他們很談得來。三代川喜歡的尾崎豊，瑪莉亞也說喜歡，瑪莉亞以前最愛的《Hot Road》是三代川唯一看過的少女漫畫。瑪莉亞興致勃勃地聆聽三代川曾經當背包客到國外旅行的故事。另外，三代川唯一不敢吃的食物——青椒，瑪莉亞也很討厭，兩人似乎連口味都很合。

「脩好有趣，還知道各式各樣的事。我大概是第一次遇見這樣的人。」

同音異字的「脩」是三代川在網站上用的暱稱。聽到自己是對方的「第一次」莫名地讓人欣喜異常，三代川戀愛了。瑪莉亞似乎也很喜歡三代川，兩人連對方的本名都不知道就在見面當天發生肉體關係。

三代川為瑪莉亞著迷。和她見面、做愛的時間成為三代川生命的意義。從第二次見面開始，瑪莉亞就推薦他一種藥丸，說是「吃了以後做會很棒喔」。她說：「這是減肥用的營養補給品，是合法藥，很安全。」三代川膽戰心驚地吃了後上陣，感覺只是比平常更飄飄然一些，感受不到劇烈的變化。不過，瑪莉亞本人在床上好像非常舒服的樣子，三代川因此很滿足。

由於瑪莉亞說喜歡兜風，三代川便買了一輛二手 HIACE。選擇廂型車是因為方便車震。

交往過程中，三代川漸漸發現瑪莉亞的情緒極為不穩定，心情會大起大落。但情人眼裡出西施，他將那解釋為值得愛護的細膩。

在突然生氣、悲傷的情緒爆發後，瑪莉亞會說「抱緊我」，向三代川索取擁抱。每當三代川按瑪莉亞所說擁抱她時，都會覺得這個人沒有自己不行。

認同自己的價值、被某人需要。瑪莉亞提供了三代川打從心底渴求的東西。三代川自己也變得情緒不穩定，或許可以說，他的波長不小心和瑪莉亞重疊了吧。

兩人交往幾個月後，平成十五年的春天，某天，瑪莉亞臉上帶著瘀青出現在約定地點。三代川問她發生什麼事後，瑪莉亞哭著坦承自己有個同居的男人，那個男人打了自己，以及她還有個很大的孩子。

「——對不起。我這種女人很討厭、很噁心吧？」

三代川馬上否定：「沒這回事！」雖然有孩子的事令三代川嚇了一跳，但因為瑪莉亞總是白天才能和他見面，所以他曾想過或許瑪莉亞已經結婚了。一問之下得知，瑪莉亞和同居的男人沒有登記。既然如此，就是毫無關係的人，不會構成任何障礙。

「脩，雖然不可能馬上實現，但總有一天，我們一起逃走吧。」

瑪莉亞說。

三代川回答：「嗯，一起逃走。」

那個「總有一天」在瑪莉亞本人也意想不到的時機來臨。

八月八日深夜，那是已經過了十二點的八月九日。

瑪莉亞打電話把三代川叫出來：「脩，救我，你馬上開車過來，我們一起逃走吧。」

颱風正在接近，外頭狂風暴雨。這樣的天氣反而助長了三代川的情緒。

終於，終於要和她逃走了——

三代川心中升起一股神奇的興奮感，驅車前往瑪莉亞指定的地址。瑪莉亞說「救我」。腦袋裡殘存的理智出聲警告，情況或許會演變成和瑪莉亞的同居男友針鋒相對。

最壞的情況可能是打一架，把瑪莉亞搶走。三代川下定決心，考慮到可能會大打出手，心想至少要帶個能當武器的東西，便借了公寓走廊裡的小型滅火器出門，有種自己是英雄的感覺。

然而，三代川抵達後，等待他的是遠遠超乎他想像的事態。

據說是瑪莉亞家的那棟公寓裡，倒著男人的屍體。一名少年茫然地跪在屍體旁。少年五官端正清秀，因為頭髮略長，從不同角度看起來也像個少女。

「是這孩子殺的。」

瑪莉亞說。

不能扯上關係，必須立刻報警——理智的聲音被瑪莉亞更大的聲音蓋過。

「脩，求求你，救我。你是我唯一能拜託的人。」

死去的男人似乎就是瑪莉亞的那個男友，叫做海老塚。少年是瑪莉亞的兒子，青。瑪莉亞叫他 Blue。

Blue 面無血色，一聲不吭。照瑪莉亞的說法，Blue 似乎是為了從海老塚的暴力中保護瑪莉亞，力道過猛，失手殺了對方的樣子。

外頭下著大雨，幾乎沒有什麼行人這件事不知是幸抑或不幸。三代川心想，若是今天將這具屍體丟進河裡的話，或許可以蒙混過去。

「脩，拜託你，救我。」不停哭訴的瑪莉亞和以恐懼的眼神看著自己的少年，最後推了三代川一把。

三代川和兩人一起用毯子將屍體包起來裝進 HIACE，丟到天龍川中。這當然是三代川第一次碰觸屍體。當他抱著屍身時，手中感受到的重量鮮明不已。不過，不知道是因為那個男人在世時三代川不認識對方，還是死者沒有流一滴血，安詳闔眼的關係，又或者是三代川的大腦啟動緊急避難裝置，阻止他思考死亡這件事，無論如何，三代川都沒有害怕的感覺。

那天，三代川讓兩人先住在自己的公寓。

「那個，謝謝你。」

那晚，三代川第一次聽到 Blue 的聲音。Blue 跪坐在榻榻米上，額頭幾乎要碰到地板似地彎腰向他道謝。

「你救了我和媽媽，真的謝謝你。」

應該是殺了一個人的孩子，身上卻絲毫感受不到戾氣與可怕，反而讓人覺得很堅強。一旁的瑪莉亞也哭著不斷道謝。

我要保護這對母子——

三代川內心湧上這股使命感，抱住兩人說「沒事的，我會保護你們」，心中卻並不知道該怎麼做才能保護他們。

颱風過後的隔天，三代川將行李堆進 HIACE，決定三人逃到更遠的地方。突然跟一個女人和小孩同居的話，鄰居可能會起疑。話說回來，一直待在濱松是很危險的一件事。

三代川抬頭仰望過了一晚已經徹底放晴的藍天，瞬間回過神來。

自己是不是參與了一件很不得了的事了呢？三個人就這樣逃走真的好嗎——儘管腦海浮現這樣的疑問，卻被三代川揮開了。

一起棄屍後，三代川已經是共犯。總之，只能一起逃了。

他們的目標是東京町田。雖然那裡無人可以依靠，卻是三代川念書時獨自生活過的城市，多少有些熟悉。

抵達町田的夜晚，Blue 用車站前的公共電話打給了某人。他在濱松時一直和海老塚在工廠工作，似乎是想和工廠的好朋友說句話道別。

知道還是孩子的 Blue 曾跟大人一起從事體力勞動時，三代川嚇了一跳。根據瑪莉亞的說法，Blue 生於平成元年，也就是現在才十四歲。三代川在 Blue 這個年齡時，每天都在看漫畫。

瑪莉亞沒有細說他們之前是怎麼過日子的，所以三代川也不太清楚。不過，Blue 似乎一直沒有去上學。

三代川心裡油然而生一股憐憫，卻也無能為力。

就算想向公家機關求援，但 Blue 殺了人。

Blue 身處必須亡命天涯的立場。

三代川決定不租住處，暫且就在 HIACE 裡生活。開車時，三代川隨時注意行車安全。雖然不知道能起多少作用，但三代川也買了一支新手機，換了電話號碼，要瑪莉亞將原本那支海老塚名下的手機丟掉。

三人手中的錢湊起來也只有十萬圓左右。眼下，三代川先向消費融資公司借錢，利用能以手機註冊的人力派遣網站「Hi Works」做些臨時工，擠出生活費。

最後，Blue也用假名應徵了看起來不會確認身分證的工地工作，一起賺錢。儘管三代川對於讓Blue工作這件事有所抗拒，卻也顧不了那麼多了。

Blue本人倒是不以為意，說：「沒關係，我可以工作。我已經習慣了。」

三代川從公寓帶出來的行李包含了相本和底片，相本內收藏的是過去旅行時他所拍的照片。一次，三代川將相本拿給Blue看，和他說起旅行的故事。

結果，Blue似乎對其中一張照片很感興趣。

「這張照片，好漂亮。」

Blue著迷地盯著那張照片。

那是三代川在越南鄉村拍下的照片，是一片夢幻的藍色湖水。三代川也覺得這張照片拍得很好。之前他拿給打工餐廳的老闆看後，老闆非常喜歡，還拿去照相館放大掛在店裡。

「喜歡的話送你，底片也一起拿去吧。這樣照片髒掉或是褪色的話還可以加洗。」

三代川把那張照片和底片送給Blue當禮物。

「謝謝。」Blue露出淺淺的笑容。三代川為此而高興。

漸漸地，三代川開始覺得三個人半遊民般的車上生活也不賴。雖然不輕鬆，但某些地方有點像自己過去背著背包在國外旅行的日子。就連一開始覺得很可憐的Blue，大概是本人看起來沒有很痛苦的關係，不知不覺間三代川也接受了他就是這樣。

過去，三代川一直在和一事無成的不安奮戰，每天過著一成不變、宛如嚼蠟的日子。現在，他微微有種在冒險的感覺。

九月、十月過去，三代川他們似乎沒有遭到通緝的樣子。他用網路搜尋了海老塚的名字，也沒有出現類似殺人命案的報導。或許，他們可以成功逃過一劫吧——三代川湧現這樣的想法。

然而，他完全沒有具體思考今後的生活該怎麼辦。

接著，在時序進入十一月時，生活來到了極限。

他們的錢用完了。

瑪莉亞很會亂花錢。以食物為例，她會想吃外食而不是便宜的便當或麵包；想一週住一次旅館，經常去超級澡堂之類的泡澡設施。她也想要零食等等的嗜好品，也會突然偷偷去買衣服和化妝品。再來，是定期前往渋谷和新宿，向鬧區小巷裡的店家購買合法藥麻黃。

三代川和 Blue 做臨時工賺的錢，無法滿足瑪莉亞的欲望。

然而，以一般的標準來看，瑪莉亞的行為稱不稱得上奢侈也很微妙。先不論經常服用藥物這點，想睡在床上、經常泡澡是任何人都會有的想法吧。就算吃外食，大部分也都是速食，頂多就是家庭餐廳。帶著小孩，三個人沒有房子的生活光是追求平常的舒適就要花錢。

這三個月裡，三代川已經向消費融資公司借了一百萬。現在，由於已經達到借貸上限，三代川不能再申請預借現金了。其實，如果貸款再增加下去的話，連償還利息都很困難。

「脩，不能跟你家借錢嗎？」

瑪莉亞說。

那種事怎麼想都不可能。自己該怎麼向父母和姊姊解釋這個狀況呢？

不巧的是，就在三代川他們手上的錢用盡時，時節來到了冬天，氣溫驟降。

三人必須在車裡緊緊貼著彼此睡覺的日子增加了。三代川和 Blue 會去公園裝水，也曾深夜一起去超商後門挖找報廢便當。

在這樣窮酸貧困的生活中，瑪莉亞的脾氣明顯變得暴躁不穩。

瑪莉亞增加了麻黃的服用量，一旦斷掉，大概是因為抑鬱的情形惡化，就會突然暴怒或是嚎啕大哭，然後一定會責罵 Blue。

「你為什麼要殺那傢伙！所以我們才會變成這樣！你說，為什麼要做那麼過分的事！沒必要殺他吧？我當初就不該生下你！」

Blue 總是一句反駁也沒有，靜靜聽著那些話。

「別說了。」每當三代川試圖勸阻，瑪莉亞的矛頭便會轉向自己。

「脩，那你就去籌錢啊。你要保護我們吧？賺不了就去跟家裡借，借不了，去偷去搶也要生出錢啊！」

每當那個時候，三代川就會感受到一股宛如在家中遭姊姊責罵時一樣的壓迫感。

冒險的心情早就消失得無影無蹤。熱度冷卻後，三代川開始對瑪莉亞這個女人、進而是自己丟掉屍體、和瑪莉亞逃亡所處的這個狀態感到異常。

事情為什麼會變成這樣——

我應該是出生在平凡家庭裡的平凡小孩，只是一直相信自己，夢想將來會有一番成就。或許是有些地方太天真，但是……

但是，我做的是那麼罪大惡極的事嗎？

我不能懷抱非份的夢想嗎？不能延畢出國嗎？找不到工作是我的錯嗎？打工一個換一個不行嗎？想排解寂寞，用交友網站有那麼十惡不赦嗎？

不是吧？我應該沒有那麼罪大惡極吧？這世上比我壞的傢伙要多少有多少，多的是比我想法更天真、亂七八糟的傢伙。國中時那些不良少年，現在應該也沒成為什麼像樣的大人。

可是，為什麼我會……我的人生會變成這樣——

面對腦海浮現的問題，三代川只能找到「偶然巧合」、「陰錯陽差」等無法接受的答案。

三代川已經到極限了。或許，乾脆向警方坦承一切束手就擒還比較好——

就在他認真這樣思考時，即將接近聖誕節的某一天，瑪莉亞說：

「去我家吧。」

瑪莉亞的老家在青梅市，她說要去那裡跟父母要錢。

瑪莉亞說過，自從高中離家出走後她一直沒回家過，因此三代川有些驚訝。

她可以突然帶著孩子和陌生男人回去嗎？

瑪莉亞滿不在乎地說：

「沒問題啦。我雖然沒回去，但他們之前有當我的保證人，給過我錢，也知道Blue。當然，我不可能跟他們說殺死卓也的事。」

三代川不知道瑪莉亞的家人是怎樣的人。不過，這種時候不是該將一切全盤托出，一起商量今後該怎麼辦嗎？

三代川沒有將真心話說出來，按照瑪莉亞的指示將車開向青梅。

不過，瑪莉亞也一樣沒有說真心話。

車子從町田穿過相模原、八王子、秋留野、羽村和東京都下北上，抵達青梅時已經是深夜，四周一片漆黑。

就在他們開上橫跨多摩川的橋頭時——

「過橋後有一條小路，右轉到底。」

副駕駛座上的瑪莉亞為三代川指路，若無其事地補充：

「我們可能會殺了老頭、老太婆還有姊姊，到時候再丟到河裡就好了吧？」

「咦？殺？哈哈……」

三代川對突兀出現的詞彙乾笑。瑪莉亞一言不發，望著車窗外的夜幕。三代川忍不住問：「妳是在開玩笑吧？」

「咦？不是玩笑啊。都已經殺過一個人了，沒關係吧？」

瑪莉亞果然說得一副若無其事的樣子。

三代川發現自己汗流浹背，瞬間口乾舌燥。

「不、不是沒有關係吧？為什麼幫我們還要殺他們？」

「當然，如果他們肯給錢的話就好，可是我之前打電話回去，結果他們跟我說什麼『別鬧了』、『不要再聯絡了』耶。很過分吧？說什麼大家都很困擾。你不覺得很誇張嗎？我是女兒耶，Blue 是孫子喔。他們明明那麼疼姊姊和姊姊的小孩。所以啊，如果他們不給錢的話，就殺了再拿。」

瑪莉亞的語氣跟她口中駭人的內容格格不入。

「不是，可是殺人……妳不是認真的吧？」

三代川重複問道。

瑪莉亞不悅地回：「就說我是認真的啊。脩，不要害怕啦，沒事。我說的是萬一，萬一。而且就算要殺人，也是 Blue 會幫我動手。他武器也準備好了，對吧？」

瑪莉亞朝後座的 Blue 問道。

三代川透過車內後視鏡，看見 Blue 面無表情地點頭。

不正常——

這個女人瘋了，這個孩子恐怕也——

三代川終於注意到他應該更早，最晚也該在那個暴風雨的夜晚注意到的事。

就在那個時候，車子抵達了瑪莉亞家——篠原家——門前。

「好，走吧。」瑪莉亞從副駕駛座下車，Blue也滑開車門，從後座下車。他把從在濱松時就一直用的背包帶來了。那裡面，裝了瑪莉亞說的「武器」嗎？

此時，三代川最該採取的正確行動，或許應該是立刻衝去找警察。

然而，三代川逃走了。

他看瑪莉亞和Blue下車後，發動引擎倒車，直接讓車子向後衝，直線逆向離開了巷子。

幸好，這條巷子晚上幾乎沒有車子和行人通過。

來到河岸旁的馬路上後，三代川直接將車子開向老家靜岡。

他沒有向警察還是任何人說這件事，只是一個勁地逃。

那是去年十二月二十三日的事。

三代川無處可去，回到了磐田的家裡。他想，最壞的情況可能是自己因為海老塚而遭到通緝。三代川想像警察守在家裡附近的樣子。到時候，他打算乖乖束手就擒，一五一十供出一切。

然而，事情卻不是他想的那樣。沒有什麼警察，只有擔心不已的父母和暴怒的姊姊。

全然沒有警方為海老塚的事展開偵查的跡象。

由於三代川一聲不吭突然從公寓裡消失，一直沒有繳房租，所以房東似乎透過房仲來問擔當保證人的父親。因為三代川換了號碼，手機也不通，大家都以為他人間蒸發了。尤其是母親，哭著說：「我還擔心你是不是跑去樹海了。」父親一臉憤怒失望，姊姊也一肚子火，卻還是對他說：「沒事就好。」
有人擔心自己這件事令三代川崩潰痛哭。正因為有這些人在，他更無法說出實情。
三代川把一切說成因為即將三十歲，對未來感到不安所以去旅行了。大家雖然對這個答案無言以對，卻也沒有懷疑的樣子。在家人眼中，他大概就是會做這種事的兒子吧。
四天後，媒體大肆報導了發生在青梅的滅門慘案，三代川知道最壞的情況發生了。

＊

之後，三代川住在老家裡，透過官方的職業介紹所獲得了食品批發公司的工作，雖然基本上算是正職，但薪資低廉、工時長，內容又不熟悉。要是從前的三代川，應該會挑三揀四吧。然而，他打算一直在那裡工作。
父母和姊姊似乎也對這樣的三代川刮目相看。
三代川切身體會到，再怎麼平凡無趣，穩定的日常生活都是件多麼寶貴的事。最重要的是，什麼工作都可以，他想將全副精力投注在上面過日子。
三代川到地方上的圖書館找報紙，得知海老塚的屍體當初在天龍川河口遭人發現。報導中沒有提及是意外還是他殺，也找不到後續報導。是被當成意外了嗎？三代川不由得這麼期待，卻又無從確認。
另一方面，青梅血案中，瑪莉亞不知為何變成一直繭居在家的女兒，完全沒有提到她的兒子 **Blue**。這起命案受到高度關注，週刊雜誌也出了許多後續追蹤報導，但都大同小異。難道，報導中出現的篠原夏希和瑪莉亞是不同人，瑪莉亞和 **Blue** 沒有犯案嗎？三代川雖然也有過這樣的想法，但果然還是一樣無從確認。

三代川一直害怕有一天，警察可能會因為其中一件事，或是兩件事一起找上門。

就這樣，青梅血案過了半年，距離三代川丟棄海老塚屍體的颱風天也一年多了。

儘管不安與恐懼並未歸零，三代川心底的某個角落卻開始擅自萌生一個願望——或許，一切都與自己無關了。

那日午休，公司開著的廣播播報著三年前闖入大阪小學內，殺害八名幼童的男人執行死刑的新聞。同事紛紛說著「那個案子很大呢」、「判死刑是應該的」，三代川雖然配合大家，卻反射性地想起青梅血案，感到坐立難安。

這應該不算什麼暗示，然而，下午的工作開始一會兒後，兩名刑警來到公司。他們不是當地的靜岡縣警察，而是從東京警視廳來的刑警。

兩人希望三代川能告訴他們某張照片的詳情。

一張藍色湖水的照片，掛在三代川以前打工的「拿坡里亭」餐廳牆上。是三代川在越南拍攝，如今應該連底片都在 Blue 身上的那張照片。

原來，今天就是「有一天」啊——

三代川了悟地想。

警察向三代川確認他是在哪裡拍攝那張照片後，問他除了拿坡里亭外，是否還曾經把照片給過誰。

啊啊，這一天終於來了——

三代川明明一直很害怕這一天的到來，心裡卻不知為何漸漸鬆了一口氣。

接著，他緩緩開口，儘管說得坑坑疤疤，仍然把自己所知的一切都告訴了警察。

For Blue

青梅血案。

平成十五年十二月的聖誕節。

不論是在平成這個時代或是 Blue 的人生中都可以稱為轉折點的這個時期，發生了那起命案。

無法成為 NO.1 也好

原本就是最特別的 Only one

命案第一發現者佐佐木瑞江在案發現場聽到的〈世界上唯一的花〉雖然當時已經紅遍大街小巷，之後銷售量仍不斷增加，成為平成年間最暢銷的曲子。

這件事極具象徵性。

因為，平成是一個人們很難以 NO.1 為目標、不得不接受 Only one 的時代。

在國內，泡沫經濟破滅的同時，人們失去了能夠一起共享的目標和價值觀。生活方式因核心家庭和單身人口的增加、網路普及而變得多元。地區或團體內的連結削弱。同一時間，國外也終結了冷戰，消滅了單純的敵我結構。

溶化了。

這個社會的一切都從堅固的固體溶解成無依無靠的液體。

人們必須決定自己的價值，所有的 NO.1 都變得不過是個人主觀上的 Only one 罷了。那代表人們變得自由卻孤獨。忍受不了這份不安、緊緊抓著保守價值觀不放的人到處帶來反動。

卓也執著於傳統家庭觀、Blue 的母親討厭工作，或許都是受不了始終是 Only one，想抓住老舊易懂的價值觀吧。

Blue 在濱松殺害卓也時，出現了一名叫脩的男人。母親似乎是在 Blue 和卓白天工作時，透過交友網站認識他的。

雖然和初次見面的陌生男子一起將屍體丟到了河裡，Blue 卻沒有一絲張皇失措。「靈魂出竅」——據說，Blue 日後是這麼描述自己當時的狀態。

從母親下令、掐住卓也脖子的那一刻起，Blue 就陷入一種意識脫離身體，飄浮在空中的感覺。他的現實感很薄弱，彷彿一切事不關己。

沒辦法。因為不殺他，媽媽可能就會被殺死。因為媽媽說「殺了他」——

Blue 一邊想著那分不清是藉口還是放棄的念頭，一邊冷眼旁觀掐住卓也脖子的自己。對於殺人這種行為，沒有絲毫厭惡或罪惡感。

Blue 和脩兩人用毯子包裹屍體再放到車上丟到河裡時，還有那天晚上向收留他們的脩下跪道謝說「你救了我和媽媽，真的謝謝你」時也一樣。

儘管確實是自己做的事，感覺卻不像自己。

解離。據說，人類在遭受強大的壓力時，意識會自動剝離以保護內心。此時的 Blue 或許就是那樣。

這個狀態在日後的逃亡生活中也一直持續著。

在居無定所的日子裡，母親情緒變得更加不穩定，經常突然發怒、悲嘆。對Blue說了好幾次那句固定的「如果沒有你就好了」。不過，「靈魂出竅」的Blue並沒有因這些事而受傷。母親說「大概只能殺了老頭和老太婆了」時，他也只是覺得「喔，這樣啊」，接受一切。

沒多久前，母親為了借錢久違地打電話回家。

過去，母親也曾向家裡要過好幾次錢。Blue的外公雖然不接受母親回家，外婆卻多少還有些牽掛。因此，當初租久我山的大廈時她也當了保證人。母親大概食髓知味，只要經濟一出現困難就會打電話給外婆。每次，外婆都會無奈地備好錢，和母親約在都內碰面交給母親。然而，在母親反覆討錢的過程裡，外婆的情感似乎也消磨殆盡了。具體來說，母親第六次向外婆要錢時遭到了嚴正的拒絕。外婆說：「已經不行了，我沒辦法拿錢給妳。」

那是五年前的事。

由於已經過了很長一段時間，母親天真地心想或許他們已經不介意了便打了電話。接電話的人是母親的姊姊，Blue的阿姨。這五年裡，阿姨離婚後重新搬回娘家。據說，阿姨聽了母親的話後，和似乎也在場的外公外婆說了什麼，接著向母親大吼：「妳不要再聯絡我們了，爸媽都覺得很困擾！」掛掉了電話。

倘一個人去工作，只有Blue和母親在時，母親跟他說了這些話。

「怎麼辦？沒錢的話你也很傷腦筋吧？你想吃好吃的東西吧？想睡在有床的地方吧？想要新衣服吧？」

母親雖然這麼說，但是否真的是在為Blue著想非常可疑。因為，那些全都是母親的欲望。而母親最在意的，是當麻黃庫存不夠時沒錢補貨吧。

對彷彿一切都事不關己的 Blue 而言，他既不需要美食也不用睡在床上，更不要新衣服。若說他有什麼願望的話，只有一個，那就是希望母親的情緒穩定下來。

所以，Blue 點頭。

「對吧？你需要錢吧？可是，老頭和老太婆不給我啊。他們一定有錢。那兩個傢伙是我的爸媽耶？很過分吧？你說怎麼辦？我們過去吧？闖進去家裡的話，他們會給錢嗎？」

老頭（外公）和老太婆（外婆）。很久以前（對當時才十四歲的 Blue 而言，七年前是很久以前），Blue 穿著漂亮衣服去見的那兩個人。

闖進那兩個人家裡的話，他們會給錢嗎？Blue 不是很清楚，卻再次點頭。

「對吧？那我們去吧，請脩帶我們去。去了他們還是不給錢的話怎麼辦呢？只能殺了他們之後再拿錢了對吧？可是，我沒有殺過人辦不到啊。你說，怎麼辦？」

那是連誘導都稱不上的問句，幼稚且顯而易見。然而，Blue 回答了母親大概想聽到的答案。

「我來。就像卓也叔那時候一樣。」

「真的嗎？你真的願意幫我嗎？」

「嗯。」

「要跟脩保密到最後一刻喔。」

「好。」

「還有，這次可能會殺好幾個人，先準備好武器吧。」

那天，Blue 在町田站前的生活百貨裡偷了尼龍繩和魚刀。由於是大量生產的產品，加上不是透過正規方式購買，因此警方後來無法鎖定凶器的取得管道。不過，Blue 當然不是刻意的。

Blue 沒有錢只能偷。既然要偷，比起只有一件的稀有物品，擺在大型店舖裡、大量生產的物品比較好偷。繩子和魚刀則只是因為 Blue 以前看電視劇時有一幕是強盜綁住被害人，拿刀威脅，便憑著那個印象挑選罷了。

這場犯罪在完全稱不上是計畫的單純思考下定案了。

平成十五年十二月二十三日，下午七點過後。

在抵達母親老家家門前後，脩逃走了。「那傢伙溜了！」母親雖然很生氣，Blue 卻只覺得無可厚非。

從離開濱松到此刻為止，Blue 的靈魂彷彿脫離了肉體，唯一一樣觸動他的，就是脩給的照片。

和自己名字——「青」一樣的藍色湖水。

據說那是在這顆地球某處的自然景觀，美得令人屏息。Blue 只有在看那張照片時靈魂會回到身體，感覺是用自己的眼睛去看，自己的心去感受那股美。

將那張照片給自己的脩毫無疑問是個「好人」。脩不會打 Blue 和母親，提供車子代替房子，還和 Blue 一起工作。Blue 雖然感謝脩，卻也不執著。既然逃走的話那也沒辦法。光是願意帶 Blue 和母親來到這裡就已經夠了。

「沒辦法，我們兩個人去吧。」

母親不悅地說。Blue 跟著她前往那間屋子。

那時，全部的人都已經回家了，外公外婆、阿姨，還有阿姨的兒子——Blue 的表弟優斗。

一家人似乎對女兒帶著小孩闖上門來感到十分驚訝。但或許是怕鬧開來吧，Blue 和母親沒有嘗到閉門羹，進到了屋裡。

四人原本似乎正聚在客廳聊天。

Blue 敏感地察覺到眾人看向自己的視線，那種在看來路不明的異類的眼神。第一次見面的阿姨也露出了一樣的眼神。只有優斗以直率的眼睛目不轉睛地盯著 Blue 和母親，興味盎然地向自己的母親問道：「是誰？」

阿姨尷尬地說：「是外面的人，客人。我們去樓上吧。」將優斗帶到了二樓。

外面的人、客人——阿姨的話明明白白表現出這間屋子裡的人劃清的界線。Blue 和母親對他們而言已經不是家人了。

「欸，我現在有困難，出錢幫幫我啦。」母親以一種撒嬌的口吻拜託，外公大喝一聲「開什麼玩笑」後，爭執就開始了。

不是討論，是爭執。

母親完全沒用任何交涉談判的技巧，只是一味要錢，外公外婆則是不停拒絕。最後，把優斗安置在二樓的阿姨也下樓加入。要求和拒絕的平行線沒有交集，途中幾乎演變成互相大罵。

爭吵大概持續了三個多小時，最後，外公一臉厭煩地吼道：「夠了！我只留妳住今天晚上，明天就給我出去！」結束話題。

「我知道了。」母親表現出妥協的樣子，大概是因為吼太多嗓子啞了以及按下心情的開關，覺得多說無益，打算殺了大家吧。

「走。」母親牽著 Blue 離開客廳。

兩人要睡在母親過去的房間。一進房門，母親便驚呼：「騙人，跟那時候一模一樣耶。」接著一邊說「哇，好懷念喔」，一邊拿出櫃子裡的雜誌快速翻閱。

雖然外公外婆說彼此已經斷絕關係，但並沒有整頓母親的房間，而是一直保留原來的樣子，似乎有時也會清清灰塵，做最基本的打掃。

這是為什麼呢？如今已經無法確認。或許只是基於感傷，想要保留回憶。不過，或許他們是幫母親準備了一個容身之處，又或許，這些行為裡蘊含著愛。就算不到可以稱之為愛的地步，應該也有某種感情。否則，一開始就不會讓他們進家門了吧？

關於要錢這件事也是。根據母親的遣詞用字，事情或許也會有不同的發展。或許，曾經存在一條溫和又符合常識的路線，讓他們能從這個家重新展開人生。

或許、或許、或許——即使重複再多「if」，也無法改寫已經發生的事。

那晚，母親一人獨占床鋪，直到半夜都埋頭在房裡的書籍和漫畫中，就那樣開著燈不知不覺睡著了。

Blue從背包裡拿出脩給自己的照片，貼在房間的牆上。旁邊的海報似乎是母親過去喜歡的偶像團體，七個人穿著溜冰鞋。Blue靠在床邊，把腳伸直，一直看著那張照片，一夜未闔眼。雖然房裡的舊型電暖爐剛開始發出了燒焦的煙味，但還是運作得很好，Blue因此沒有感受到寒冷。

外公雖然說「明天就給我出去」，隔天早上卻沒有叫醒母親和Blue硬是將他們趕出家門。所有人一早就出門了。外婆和阿姨去工作，外公那天則是要去當市民講座的志工講師，那是他退休後開始的活動。

大約十點時，最後一個離家的外公在房門外說：「妳在大家回來前出去，不用管鎖門的事。」

被窩中的母親睡得迷迷糊糊，吼了一聲：「知道啦！」

之後大約過了三小時，下午一點多時，母親爬出了被窩。她剛起床就吃了麻黃。由於存量所剩不多，母親之前好像一直很省著吃，不過，此時她服用的劑量似乎比平常還多。受藥物影響，情緒亢奮的母親和 Blue 一起走向廚房，吃了櫃子裡的泡麵。接著，兩人將客廳櫃子翻找了一遍。如果此時有找到一整筆現金的話，或許就沒事了，但他們卻沒找到。

尋了一陣子後，母親說：

「他們果然把錢藏到哪裡去了吧？可能放一堆在錢包裡。這樣就或許只能殺了他們再拿錢了呢。」

Blue 點頭。母親說：「你先準備好。」

Blue 把放在房間裡的背包拿到客廳，取出魚刀和繩子。

下午四點過後。

最早回來的人，是在附近國中擔任兼任教師的外婆。她雙手提著大大的購物袋，袋裡是這天晚上大家一起慶祝聖誕節時，預計要吃的炸雞和蛋糕。

Blue 坐在客廳角落，雙手抱膝，將刀子和繩子藏在大腿內側。

外婆看到 Blue 和母親還在家裡以及客廳翻箱倒櫃的樣子，皺起眉頭。她表情中透露的不是驚訝，而是擔心的事情成真後的失望。

「夏希，爸爸不是請妳出去嗎？」

母親不理會外婆的話問道：

「媽，錢在哪？」

「不可能放在家裡吧？姊姊把家裡的錢全存到銀行了。」

這個資訊不說比較好。當然，外婆不可能發現這點。

「什麼——那妳身上沒錢嗎？給我啦。不然妳等一下拜託爸跟姊啦。」

外婆露出些許猶豫，那一定是因為感情。

或許，這裡是回頭的最後機會了。如果母親抓著那份情感，苦苦哀求「我過得很辛苦，幫幫我」的話，事情或許會有不同的發展。今晚是平安夜，放不下牽掛的外婆或許會說服外公。

然而，母親沒有選擇那種行動。

「老太婆，給我錢！妳是我媽吧？」

那些粗暴的用詞足以將外婆的情感吹到九霄雲外。

「妳講那是什麼話？妳這孩子到底為什麼會這樣？不行就是不行。請妳在爸爸回來前出去！」

那是外婆從以前到現在都沒變過的說詞。從Blue尚未出生、母親還住在這個家裡時，外婆責罵母親時總是會說「爸爸如何如何」，將正確的標準交給自己的丈夫，Blue的外公負責。

「啊啊啊啊啊啊！」

母親發出尖叫。或許是被外婆的態度激怒，也或許單純是為了事情沒有如她所願而不滿。總之，她激昂的情緒超越極限爆發出來。

她朝一直在角落抱著膝蓋的Blue喚道：

「Blue！」

*

在那之後過了整整一天，十二月二十五日深夜。

Blue一個人逃離了這個家。

藤崎文吾

「我不能，接受。」

幾秒的沉默後，藤崎擠出聲音道。

「我也很遺憾。」

管理官瀨戶微微轉開視線說。

平成十六年十二月二十八日，晚上七點過後。

青梅血案發生已有一年。藤崎向拍了那張藍色湖水照片的三代川修問話後過了三個月。

會議室裡只有藤崎和瀨戶兩人。日光燈下，空蕩蕩的會議室儘管開著暖氣卻令人覺得十分寒冷。

藤崎從接到內線被叫過來時就有種不好的預感。

後天，三十日，青梅血案將在嫌疑人死亡的狀態下移送地檢——儘管早有預期，但當瀨戶這麼說時，藤崎的身體仍感到一股發燒般的滾燙。

意思是，無視共犯的存在，把死亡的篠原夏希當成單獨正犯來處理，為本案劃下句點。

高層似乎決定要讓青梅血案在今年內收攤。

「我不能，接受。」

藤崎重複。

「不能接受也給我接受。」

除了執政黨一直以來的施壓外，大約在兩個月前，十月二十三日發生的中越地震似乎成為了這個決定的導火線。這場繼阪神大地震後，平成年間第二次最大震度達到七的大地震，以震央新潟為中心，災情慘重。警視廳為了確保派往受災地區協助的人員和預算，不得不改變搜查員的配置，陷入環環相扣的人力短缺。據說，在能解散的搜查總部就盡量解散的勢力運作下，青梅血案搜查總部成為眾矢之的。

雖然案子移交地檢後形式上是破案了，但對藤崎而言卻是明明白白的落敗。是他長年耕耘刑警工作中，第一次敗北。

「這個案子，有共犯。」

夏希喚作 Blue 的兒子。直到命案前一刻一直都跟他們在一起的三代川說，Blue 因為很久沒去理髮廳，頭髮長到肩膀左右，與命案現場採集到的頭髮長度一致。

「在哪裡？」

瀨戶以冰冷的眼神看向藤崎問。

Blue 青梅血案前的足跡幾乎已經明朗。然而，最關鍵的青梅血案後蹤跡卻完全成謎。沒有戶籍和社會也幾乎沒有連結的少年逃到哪裡去了？藤崎一直毫無線索。

「我不知道。可是，我拿到照片了。如果跟全部的搜查員共享情報，展開搜索的話，或許能找到。」

瀨戶搖頭，加強語氣道：

「不可能。我也這樣提議過，但上頭完全無動於衷。前線不容許一意孤行。現在就是退場的時候。」

一個指令一個動作。藤崎早就知道這是個不能接受的事也得吞下去接受的組織，也曾看過其他不可理喻的事。

然而，藤崎無論如何就是說不出來「好」這個字。

「藤崎，你不用這麼固執吧？」瀨戶放輕音量，安撫道：「又不是沒破案。青梅血案破案了，不是件好事嗎？」

「不是這樣吧！」

藤崎下意識大吼出聲。

瀨戶驚訝得瞪圓了眼睛。

「對不起……我忍不住……」

藤崎咬住下脣，低頭道歉。

瀨戶露出苦笑，輕輕搖頭。

「藤崎，你輸了。我給過你機會，可是，你沒能在今天以前逮到那個什麼Blue，甚至連他的所在情報也掌握不到。你輸了。不過，這場落敗不會留下紀錄，你要當作是你賺到了。」

賺到……藤崎不這麼認為。然而，他也無法回嘴。

藤崎無言地鞠躬，離開會議室。

兩天後的十二月三十日，如同瀨戶所說，警視廳將已經亡故的篠原夏希移送地檢，解散搜查總部。

青梅血案「破案」。至少在形式上是如此。

之後。

＊

之後日子還是一樣過去了。就某種意義而言，一如往常地過去了。

東京接二連三發生命案，藤崎以本廳一課班長的身分參與其中。

藤崎的外觀看起來應該沒有任何不同，內心卻起了很大的變化。

青梅血案偵查結束後，殘留在藤崎心裡的不是憤慨或是不甘心，而是空虛。一回神，過去他理所當然視為自己容身之處的那張椅子，家也不回、一直坐在上面的那張椅子似乎消失了。

當然，本廳的警察辦公室或是搜查總部裡有實質上的椅子。然而，藤崎漸漸感受不到坐在那裡的人必須是自己的使命感。

他失去了熱情。

從前，藤崎相信那股熱情是辦案不可或缺的要素。可怕的是，即使在失去熱情的狀態下參與偵查，只要完成被交辦的任務，案件便會順利偵破。一個人心裡是否有熱情並不會影響結果，這個事實令藤崎的使命感日趨淡薄。

現在這個時代已經不需要什麼熱情了。藤崎對本來應該就知道的事實再次有了切身的體悟。不，所謂官僚機構末端的警察，本來就是這樣的組織，只不過是配合時代更加突顯這個本質而已吧。

青梅血案偵查結束一年後，藤崎的左右手沖田參加考試成了警部補，隨之暫時離開本廳，受命到地方轄區擔任組長。面對以組織人的立場貫徹工作這件事，沖田反而能引以為傲的樣子。如藤崎所料，沖田之後會走向更高的位置吧。

之後又過了兩年，妻子如先前所說向藤崎提出離婚。

女兒司似乎平安考上大學了。

藤崎還是老樣子，幾乎沒回家。

當年藤崎被派到一課，買下屬於自己的房子時，覺得自己成了獨立的一方之主。但曾幾何時，那間房子也不再是自己的容身之所了。

神奇的是，在工作使命感變淡的同時，藤崎想逃避離婚的欲望也消失了。或許，失去熱情就是這麼回事吧。

由於藤崎沒有抗拒，離婚協議進行得很平和順利。

女兒司說：「你們兩個接受的話我都沒差。如果是因為顧慮我才等到現在的話，那謝謝你們。」那乾脆瀟灑的樣子雖然令藤崎覺得有些寂寞，另一方面卻也為她似乎沒有恨自己而鬆了一口氣。

雖然司住進大學宿舍，已經算半離家，但還未成年。監護權在形式上歸給妻子。因此，儘管不是斷絕父女關係，藤崎將來見到司的機會也會越來越少吧。

藤崎和妻子決定賣掉原本的房子，清償貸款。為此，藤崎在公休日裡和妻子一起整理家中的物品。

開始整理前，藤崎填寫離婚申請書，蓋下印章。

此時那股寂寞又莫名暢快的感情，無論用寂寥、喪失、解脫感哪個詞來形容似乎都不夠貼切。

這麼一來，藤崎就名副其實地失去了家人，失去工作的熱情，只是活著而已。然而，因為肚子會餓就得吃飯，他必須熬到退休嗎——藤崎被困在這種近似放棄的想法裡。
所謂的不如意，就是偏偏會在這種時候突然察覺到的東西。
整理告一段落時，妻子開口：「你要看這個嗎？雖然你可能沒興趣就是了。」遞過來的，是司的高中畢業紀念冊。
藤崎快速翻閱。藤崎雖然沒有參與女兒的成長，卻並非完全沒有興趣。
由於是全學年的畢業紀念冊，裡頭只有幾張照片有司。儘管如此，卻也讓藤崎感慨女兒在不知不覺間長這麼大了。他知道女兒身高很高，和班上的女孩子站在一起特別突出，一下子就找到了。
藤崎的手不經意地停在校慶照片的那一頁。那是班級推出的咖啡店照。
「啊，那個很有現在年輕人的風格。司好像很受歡迎喔。」
妻子微微放柔了表情道。
照片的說明文字是「cosplay 性轉咖啡廳」。似乎是咖啡店，裡面的服務生男扮女裝、女扮男裝。的確很現代。
司穿著燕尾服風的西裝。由於身材高眺，非常適合。所謂的受歡迎是指受女生歡迎吧。
不過，藤崎在意的不是女兒，而是照片中其他扮女裝的男生。他們穿著五花八門的服裝cosplay。男孩子差不多到了高中，體格就會出現很大的落差。儘管有不少骨架寬闊、不太適合女裝的男孩子，卻也有嬌小纖細，乍看就像女孩子的人。
其中幾個打扮成女僕的男孩子令藤崎產生一股奇妙的熟悉感。
他在哪裡看過呢……
想起來了。

青梅血案。

三年前，在追查篠原夏希來歷的過程中，藤崎和一個女僕咖啡廳的店員擦身而過。那名店員也是這種感覺——

咦？

藤崎勾起記憶。

當時，他前往一個經營融資業、名叫樺島香織的女人的辦公室。

樺島香織是個外表樸素的女人，雖然擁有魔女的稱號，卻讓人感受不出那種氣質。

那天，預約時間出了差錯，樺島香織正在接待客人。就是那個女僕……看起來像女僕的人。對方的帽子戴得很低，看不清面貌。

當時，藤崎從服裝判斷對方是女性，但那道逃也似離開的身姿卻有種硬邦邦的感覺。

那個人真的是女生嗎？

藤崎的腦海浮現一個異想天開的假設——

如果那時候樺島香織不是在接待客人，而是有個「不想讓警察撞見的人」在辦公室裡，然後讓那個人變裝逃跑的話——

藤崎沒有任何根據，就是一種直覺，不、是稱不上直覺的一個念頭。或許可以說他荒謬可笑，可是……

藤崎以「想整理一些需要的東西」為藉口，窩進了從前當做書房的房裡。

書房保管了他個人的調查筆記。藤崎拿出青梅血案的紀錄。

藤崎會盡可能鉅細靡遺地將關係人的證詞和調查內容記錄下來。由於只要自己看得懂就好，內容寫得很亂，文字也常常省略，但應該蒐羅了當時獲得的情報。

對藤崎而言，這是他落敗的紀錄，甚至想過是否該趁這次賣房子處理掉這些東西。

只看一次就好。

藤崎翻開筆記。

他並非懷抱什麼期待，反而應該是想要確認自己一時的念頭就只是個念頭。

首先，他確認了樺島香織的部分。做為關係人，藤崎調查了她最基本的個人資料。樺島香織，生於昭和五十三年，本籍地位於滋賀縣大津市一個叫苗鹿的城鎮。念法特殊的苗鹿兩字旁，標有讀音「nouka」。香織涉足融資業前經營飾品店，在那之前就不清楚了。

藤崎抽出地圖，確認香織的本籍地大津市苗鹿這個城鎮的位置。那裡似乎是個面向比叡山腳和琵琶湖的小鎮。

藤崎睜大眼睛，重新看了一次其他關係人的紀錄。

途中，他的目光停在差點跳過去的一行字上。

〈杏未、老家、務農租船？〉

那是記錄井口夕子證詞的部分，她曾經和夏希同居過一段時間。

藤崎想起來了。杏未是在「小小甜心」跟夏希和夕子一起工作的女生。Blue和她很親，北見美保在ＳＳＡＷＳ和夏希重逢時，與夏希在一起的應該也是這個杏未。

由於杏未有可能是關係人，因此藤崎當年也想調查她，但「小小甜心」的偵查資料受限，沒有相關線索。將夏希介紹給「小小甜心」的前風俗業經紀——前澤裕太也說，杏未是透過別的經紀管道來的人，他並不認識。

夕子的證詞提到，杏未「家裡在務農」、「務農做租船的生意」，說明明是務農卻租船，覺得很怪。當時，藤崎也覺得很妙，所以才會在筆記最後加了個問號吧。不過，他當時沒多想。

杏未說的「務農」（nouka），會不會是地名呢？如果是面向琵琶湖的苗鹿鎮（nouka），有租船店家也不奇怪。而夕子聽了「nouka」後，以為杏未說的是職業的「務農」……

此外，夕子說自己和杏未「同年」。夕子是昭和五十三年生的。關於杏未的外貌，是「看起來很認真的乖乖牌」、「清純風」。樺島香織氣質樸素的外型，不也可以這麼形容嗎？

藤崎屏住氣息。

樺島香織就是杏未？若是這樣，她就和 Blue 有交集。兩人曾經很親近的話，或許也有藏匿他的理由。

一切都只不過是偶然。偶然的念頭，偶然和那些念頭吻合的情報。這只是將這些情報串起來罷了。

儘管如此，這個假設應該也有確認的價值吧？不，一定有。藤崎的直覺這麼訴說。

藤崎知道，遺忘許久的熱情正從內心甦醒。

眼下，他決定先私下調查香織的現況。

結果，香織把涉谷的辦公室收起來，行蹤成謎。連過去介紹他們見面的貞山也說不知道香織去了哪裡。

藤崎試圖回想香織的容貌，卻只有模模糊糊的印象。香織是個外表樸素、不太會讓人留下印象的女子。唯一的特色只有低沉沙啞的嗓音。

藤崎沒有能肯定的證據材料，但他堅信——

Blue 和香織在一起。

體內的熱意升溫。

香織有清楚的來歷，她的行蹤比連戶口都沒有的Blue更容易追查。總有一天一定能找到。

然而，青梅血案在警視廳屬於已經偵破的案件，不可能重啟調查。

或許，想辦法冷卻這股熱情，跟從前一樣繼續工作才是聰明的做法。

然而，藤崎拿定了主意。

恢復單身的輕鬆無形中也推了他一把。

一切很有可能都是誤會，到頭來白忙一場，即使找到Blue也不可能逮捕他吧。這或許只是藤崎個人的自我滿足。

儘管如此也無所謂。

比起待在感受不到歸屬感的地方一路無所事事到退休，我要遵從內心甦醒的這股熱情——

藤崎在稍微安排後，提出了辭呈。

幕間

樺島香織

樺島香織離家出走，隻身來到東京是平成五年，她十五歲時的事。

香織的故鄉是位於琵琶湖畔的鄉下小鎮。經營租船店的父母乍看之下就像鄉下地方的善男信女，十分純樸。然而，兩人的大腦其實都遭到了酒精侵蝕。

在這種父母的控制下活著，香織失去了許多東西。

香織想從這種控制中逃離的起心動念，來自於她偶然看到的影像和音樂。

夏日某天，家裡開著的電視中正在播一齣連續劇。故事描述被父母牽著鼻子走的少女決定遠走高飛。這部戲跟平常的連續劇不同，如詩如畫般的影像令香織留下深刻的印象。戲中的英文歌旋律非常優美。看著那樣的影像，聽著那首歌，香織決定逃跑。

她並不是受到戲劇內容鼓舞。

只是覺得——

死了也沒關係。

她心想——這世上一定有許多我不知道的「美」。我想觸碰那些美麗的事物。摸不到的話，死了也沒關係。

在此之前，束縛香織的是恐懼。若是她想向誰求援，甚至是逃跑的話，或許會被殺死。香織的身心遭無從抵抗的暴力侵犯，那些經驗漸漸孕育了這樣的現實。所以，無力的少女一直沉默著。

香織因為接受死亡而掙開了恐懼的束縛，逃跑了。

結果，香織沒有死，她活了下來。

香織來到東京後，到處尋找逃家少女的風俗經紀在香織接受輔導前找上了她，很難說這是幸或不幸。不過，就結果而言，香織透過在非法風俗店賣身，得到了在東京生活的資金。

在透過一條條人脈，流轉好幾家店的過程中，香織進入了約會俱樂部「小小甜心」，開始以杏未這個暱稱接客。她住進「小小甜心」的宿舍，與跟自己有著相同處境的逃家少女一同生活。

在那裡，香織遇見了當時年僅五歲、名為Blue的男孩。

稚嫩的Blue可愛又不怕生，宿舍的少女們以有些辦家家酒的心情在照顧他。Blue這樣純潔無瑕的存在，或許為日夜暴露在欲望中的少女們帶來了一種平靜。

香織也經常用宿舍的廚房煮飯給Blue吃。

香織很擅長也很喜歡做菜。由於父母幾乎放棄家事和育兒，香織從小就自己做飯，學會了這項技能。只要確實按照步驟便能如期控制結果，做菜的這個特點很適合香織的個性。

香織第一次給Blue吃的料理是漢堡排。一開始，她只是想反正要做自己吃的份也就順便做給他。

然而，當Blue怯生生地吃下香織親手做的料理，下一秒便滿面笑容，對才剛認識不久的香織說「好好吃！」時，香織的內心產生一股前所未有的情感。

喜悅。某個人因為自己不帶算計所給予的東西而開心的那種喜悅。這種任誰一定都有的情感，香織卻是此刻才第一次體會到。

最後，香織不只做菜，也開始積極照顧Blue，Blue也變得和香織很親。

Blue不太挑食，唯獨不敢吃青椒，即使香織特別把青椒切細，Blue還是不太敢吃。Blue

的母親、名叫瑪莉亞的女人似乎也很討厭青椒，Blue 或許遺傳了她的味覺。

香織偷偷將讓 Blue 吃下青椒定為自己的目標。

只要和 Blue 一起生活，香織便有種隱隱約約的感覺，好像摸到了一小角自己夢想觸碰的「美麗事物」。

然而，香織心中的理智卻察覺到——

她不能永遠待在這裡。

單純以時間換算的效率和產能來看，十幾歲的女生要賺錢，賣春是個不差的方法。香織知道，自己外型沒有那麼亮麗，是個樸素的少女，不過，世上也有一定數量的男人買春喜歡找這種女生。香織刻意不改變自己的這種形象，掌握了好幾個大戶。

然而，賣身說到底就是暫時將自己肉體的控制權交給別人。疾病、懷孕、暴力，想完全避開這三種風險是不可能的。此外，因為有店家在管理，還會被榨取一部分的報酬。

雖說能拿到錢就已經很不錯了，但這麼一來本質上與在故鄉時並無區別。

香織不斷思考該怎麼做才能成為自己的主宰。得到的答案很簡單。

只要賣身體以外的東西就好。討厭被剝削，那就自己做生意。

香織一點一滴將賣身賺的錢存起來，平成八年三月，辭掉了「小小甜心」的工作。

結果，在香織待在宿舍的期間裡，Blue 還是不敢吃青椒。

儘管有些捨不得卻也無可奈何。那孩子有那孩子的母親，香織不可能帶他走。離開宿舍時香織心想，無論是 Blue 還是他的母親，抑或是其他少女，自己這輩子都再也不會看到他們了吧。

香織在渋谷的巷子裡開了間小飾品店。

從這時起，開始發揮她的商業才華。

香織店面的主要客群是一〇九辣妹和 teamer 這些當時橫行在東京鬧區的年輕人。

一〇九辣妹是一身辣妹裝扮的年輕女生，以美國西岸衝浪風格為時尚發想。當年，安室奈美惠在十幾歲的女生間獲得壓倒性的支持，那些追隨她、被稱做「amura」的少女即為一〇九辣妹的起源，再逐漸完成屬於自己的進化。

teamer 則是都會型的不良少年，與過去的暴走族不同，對時尚與流行十分敏感，據說，是在渋谷遊蕩的在地國、高中生中自然而然發展出的族群。渋谷中央街的週末深夜充斥著 teamer，令人束手無策，甚至讓過去通宵營業的店家全都關門了。

平成十年前，九〇年代中期，是泡沫經濟破滅後年輕人躍升為消費主力的一小段時期。唱片銷售量攀至顛峰，滑雪、衝浪等休閒產業也處於鼎盛時期。

渋谷地點良好，香織的飾品店隨著潮流生意興隆。香織並沒有因此得意忘形，她在店裡那些很吃得開的年輕客人間拓展人脈，利用自己與生俱來的樸素與低調氣質，讓對方放下戒心卻又保持莫測高深，一步步打造有利的人際關係。

香織也開始租下夜店主辦派對。日後，東京都內大學的活動型社團氾濫，還出現了名為「party people」這種沉迷於派對的人種。當時香織店裡聚集的，便是 party people 的前身。

主辦活動比經營飾品店更賺錢。

香織以這樣賺來的錢為資本開始融資業是在平成十一年，西元一九九九年。總之，是在諾斯特拉達姆斯預言落空，世界沒有毀滅的那年秋天。

香織融資業的主要客群是之前她建立起人脈，那些遊戲街頭的年輕人。

平成年進入一字頭後，日本的年輕世代興起一股小小的創業潮。

日本的經濟不景氣終於進入正式階段，通貨緊縮，物價與上班族的薪水持續下降，是日後被稱為「失落二十年」的經濟低成長時期中心。連過去認為安穩無虞的大企業和金融機構都被鉅額的不良債權壓垮倒閉。從昭和時期持續以來的日本社會神話，發出搖搖欲墜的聲音，日益崩塌。

儘管是那樣的時期，不、正因為是那樣的時期，才有越來越多的年輕人抱持「與其埋頭苦幹，不如創業賺大錢」的想法。

彷彿推波助瀾般，日本也在這個時間點迎來了網路泡沫。「革新」成為人人稱頌的詞彙，《與成功有約》、《富爸爸，窮爸爸》、《誰搬走了我的乳酪？》等蘊含自我啟發要素的商業書籍陸陸續續登上暢銷排行榜。

那些香織在派對和活動中認識、出手闊綽的年輕人中，也有許多人目標是創業。

香織慧眼獨具，看出與其自己革新，不如將錢借給想發動革新的人比較賺。

所謂創業，十有八九會失敗。香織站在這個前提上，以利息灰色地帶的上限借貸，並借用拓展人脈時建立合作關係的黑道勢力，確實回收債權。在眾多年輕人夢碎中，香織的業績轉禍為福不斷攀升。不知不覺間，香織有了「魔女」這個稱號。

海老塚卓也，這個過去經常在活動露臉的男人也是香織的其中一名客戶。開了家叫 Trust Wave 的手機代理店。

平成十三年九月。

日本的網路泡沫瞬間破滅、一萬公里外的美國，一架遭劫持的飛機狠狠撞上可謂紐約象徵的世界貿易中心大樓的那時。

海老塚的事業進退兩難。

由於這是香織半預料內的結果，她迅速啟動債權回收。

出乎香織預料的，是她前往 Trust Wave 辦公室，和海老塚討論還錢事宜時看到的東西。

海老塚的電腦桌面照片，是香織認識的人。Blue 和他的母親瑪莉亞。

香織隱藏心中的驚訝，不露聲色地問：「那是你的家人嗎？」海老塚一臉爽朗地回答：「沒錯。雖然沒有入籍，但就像家人一樣，我就像這孩子的父親。」

此時，香織已經非常清楚這個男人早晚會搞垮公司，逃到鄉下。

香織明白，若只考量生意上的得失，不要和海老塚牽扯才是正確的選擇。

然而，香織看到照片裡比記憶中稍微長大一點的 Blue 時，想起了過去。

首先，是香氣。

香織第一次做給 Blue 吃的漢堡排多蜜醬香。

接著是 Blue 當時說「好好吃！」的聲音。

記憶也讓香織想起，那時她似乎摸到了「美麗事物」的一角。

離開那間宿舍，香織成功成為了自己的主宰。然而，她還沒有觸碰到「美麗的事物」。

這個想法令香織做出行動。

儘管如此，香織並不打算在這個時間點做什麼大事。

海老塚逃到鄉下時，Blue 也會跟過去吧。香織只是覺得，若是這樣的話，至少讓她送 Blue 一個餞別禮物。

因為借錢的關係，香織得到了海老塚所住大樓的地址。她守在附近，看準 Blue 一個人外出時出聲搭話。

「Blue，好久不見，你現在敢吃青椒了嗎？」

Blue 盯著香織的臉，瞪大了眼睛。

「杏未？」

面對突然的重逢，Blue 看起來並不開心，反而一臉不知所措。香織當初一聲不吭地消失，現在又突然出現在他面前，這樣的反應或許很正常吧。

總之，把要給他的東西交給他吧。

「這個給你。」

香織從口袋中拿出御守舉到 Blue 面前。

「咦？」Blue 顯得手足無措。香織將御守硬塞到 Blue 手中。

「有困難的時候就打開來看看裡面。還有，見到我的事要對你媽媽保密喔。」

單方面說完後，香織迅速離開了那裡。

即便是被稱為魔女的香織，此時也還預測不到日後會發生什麼事。

潘氏蓮

平成三十一年四月三十日，平成的最後一天。

距離日本（Nhật Bản）青年來到故鄉的村子，已經二十二年了。二十九歲的潘氏蓮在那名青年的母國，日本。

蓮在日本住宅區的獨棟住宅裡，環顧位於二樓的房間。

沒忘記什麼東西吧——

沒有。必需的私人物品全都塞進行李箱了。機票、護照和錢都好好帶在身上。

蓮看著櫃子上的桌曆，那是房間原本的物品。

蓮雖然不太會漢字，但印在桌曆上的字還看得懂。桌曆最下方寫的「平成三十一年」是日本獨有的曆法。

今天，這個叫平成的年代似乎要結束了。

七歲遇見日本青年時，蓮對日本懷抱憧憬，卻從沒想過長大後的自己會真的來日本。

蓮拉著行李箱離開房間下樓。一來到客廳，便看到一名男子正在沙發上開心地打遊戲。那是手提模式的 Nintendo Switch。

他好像很喜歡遊戲，常常那樣用掌上型遊戲機玩遊戲。

男子背後，客廳的牆上掛了一幅放大的照片。蓮有一剎那呆站在客廳門口，望著那張照片。

蓮的腦海裡浮現過去至今在日本的日子，包含那些她不願想起的事。

蓮也曾後悔來日本。然而，彷彿受到牽引般，她來到了這間房子，得以在今天平安無事地回去故鄉。

男人注意到蓮，停下遊戲抬起頭。

「啊，蓮。妳要走了嗎？」

蓮踏進客廳，在男子跟前低頭行禮。

「對。很多事情，謝謝你。」

蓮筆直地望向男子。

男子的雙眸清亮細長，雖然不是越南人喜歡的類型，相貌卻很端整俊秀。

今後，自己大概不會再見到這個人了吧。一思及此，疑問便從喉嚨深處湧了上來。

「那個……」

「什麼？」

我要問什麼呢？

儘管困惑，卻還是止不住問題。

「那兩個人，是你，殺了嗎？」

蓮那即使在日本生活了三年卻還是說不出完整句子的日文不會含蓄迂迴，直接問出疑惑。

那兩個人——指的是這個月中，被發現陳屍在多摩新市鎮集合住宅裡的兩個人。蓮也知道，電視等媒體大肆報導了這件事。

男子露出淡淡的微笑，將食指放在脣邊，做出「噓」的手勢。

「我什麼都不會說，妳也什麼都不知道。一切都跟妳無關，妳只要回越南和孩子幸福地生活就好了。」

男子以發音清晰徐緩的日文說道，蓮能理解大概的意思。

啊，這樣啊——

這個人果然殺了那兩個人。

眼前的男人是殺人凶手。然而，蓮卻不害怕。

這個人很溫柔。

蓮再次這樣認為。

即使以這個國家的法律標準來看，這個男人會被判定成罪大惡極，對蓮而言卻是個溫柔的人，對其他某人來說也一定是如此。

「保重喔。」

他說。

「你也是。」

男子微笑。

蓮朝他一禮，離開客廳，離開了這棟房子。

此時，蓮根本沒留意停在屋子斜前方的車子，當然，也沒有察覺到包含車子內，總共有十二名的警察埋伏在屋子四周。

第二部

奧貫綾乃

平成三十一年四月中旬，接近平成終點的某日。

回憶陡然閃過腦海。

眼淚撲簌簌落下、哭泣的女兒。「不要哭，好好回答！」「妳為什麼不能乖乖的呢！」歇斯底里斥責女兒的聲音是自己的聲音。女兒只是一個勁地哭泣。「夠了！不要哭！」吼聲響起的同時還有一聲清脆的「啪」。她的右手搧了女兒一記耳光。別說停止哭泣了，這個舉動宛如火上澆油般令女兒進一步哭喊。「我不是說不要哭嗎！」她發出更大的怒吼。她明白，即使這麼做女兒也不會停止哭泣，卻停不下來——

那是她還擁有家人時的記憶。一種黏稠漆黑的情感和記憶一起湧上心頭。

「沼澤」——奧貫綾乃用這個詞稱呼這種情感。

就像過去老家附近雜木林中的沼澤——其實那或許只是一座淤積的水池——

綾乃覺得這份後悔、罪惡感和憤怒交織的情感，很像那座充滿泥巴、藻類、水草，混濁不堪又飄散著腐敗草臭味的沼澤。

「沼澤」會因為日常生活中一些細小的場面出現。這次是綾乃從收費停車場下車來到人行道上時，恰巧看到一對母子走向自己的瞬間。

綾乃忍住當場大喊出聲的衝動，咬緊牙根。牙齦滲出的疼痛蔓延開來。

綾乃的臉說不定有稍微扭曲一下，但那對母子好像也沒注意到，與她擦身而過。

寒風襲面。直到昨天為止，連續好幾天氣溫上升，一派溫暖的春日氣象，今天一早卻溫度驟降，彷彿又回到冬天。

就像難以完全預測天氣一樣，綾乃也不是很清楚「沼澤」會在何時、何種時機點襲來。也不是每次看到帶著小孩的母親就一定會出現。

綾乃走在路上，繼續靜靜向牙根施力。牙齦的疼痛彷彿在懲罰綾乃般重重衝擊她。二十幾歲時治療蛀牙並抽掉神經的臼齒最近開始發疼，咬合時牙齦就會痛。綾乃看了牙醫，牙醫說是沒有神經的牙根化膿後，壓迫牙齦所引起的。

不只牙醫，綾乃討厭所有醫生。

她以牙痛並非難以忍受和工作忙碌為藉口，不予理會一段時間後，疼痛愈發嚴重。綾乃知道，放著不管牙齦也不會好。

無可奈何下，她預約了今天傍晚南大澤這裡的牙醫。

南大澤位於八王子外圍，屬於多摩新市鎮的一區。

休假時，綾乃在吃完早午餐後經常會來這裡或是多摩中心。

距離牙醫預約還有一點時間。綾乃從人行道走向車站前的圓環，看到了聚集的人群。那裡似乎正在舉辦街頭演說。

再過幾日，就是平成最後一次的統一地方選舉了。八王子也要選出市議會議員。

演講者好像是執政黨的候選人。

現在的執政黨剛好在距今十年前的平成二十一年跌落執政寶座，不過，平成二十四年，又與「取回日本」的口號一起東山再起。時任執政黨黨魁的，是曾在K政府實施郵政民營化等政策時擔任幹事長的A議員。A成為首相，建立了長期穩定的政權直到今天。儘管A政府遭到強烈的批判，說其政治手段比K政府更加強勢、過於親近歷史修正主義，另一方面卻也獲得了堅定的支持者。不只中央，執政黨在地方上也一直保持優勢。八王子這裡似乎也不例外。

宣傳車上站了幾名男女手握麥克風。其中，有一名遠遠看過去就知道是誰的人物。高遠一也。執政黨的新生代議員，年紀才四十出頭，出生家中首相輩出的政治名門，擁有政界優良血統。儘管還沒有入閣經驗，卻也曾被點名為A首相的接班人之一。

由於高遠一也本身是眾議院議員，不是這次的候選人，應該是來助選的吧。不過，比起候選人，聽眾的注意力明顯在他身上。

「——是一位重視日本價值的人，和他談話，我也經常獲益良多。我認為，在這個艱困的時代，由具備這種資質的人承擔市政將是難能可貴的一件事。」

綾乃看了眼高遠一也對政治血統比自己低階許多的市議員候選人吹捧的樣子，穿過圓環，朝將磁磚做成紅磚風格的行人天橋邁進。

當她來到和天橋相通的「MITSUI OUTLET PARK」時，已經聽不見演講的聲音了。

儘管沒有特別想要的東西，綾乃仍是不自覺走進了大型選物店。

選物店裡正在舉辦「回顧平成」特展。

這個月的四月三十日，天皇即將退位，平成年代也將劃下句點。因此從去年底開始，到處都有這類回顧平成的企劃。

選物店中間有一排模特兒，展示了這三十年來的時尚流行變遷。從剛進入平成時的泡沫經濟浮誇風、平成個位數紀年時的渋休（渋谷休閒文化）、平成十年後開始流行的裏原宿風格和森林系女孩，到日後變成基本款的休閒優雅風以及最近的第三波和極簡風。

綾乃剛進來時，店裡放的是美空雲雀的〈川流不息〉。身為昭和一代歌后的美空雲雀於平成元年過世，這首曲子應該是她最後一首，也是唯一一首在平成年後發售的單曲。

〈川流不息〉一結束，緊接著是綾乃也很熟悉的曲目——小澤健二的〈LOVELY〉。時代跳躍，從殘留濃濃昭和風情、多愁傷感的歌謠一變為都會流行歌。這或許是搭配特展的選曲。

看著身穿 agnès b. 的模特兒聽著這首歌，綾乃有種穿越時空，回到當時的錯覺。

LIFE IS A SHOWTIME，我立刻明白
我們命中注定相戀

綾乃差點忍不住跟著唱了起來。

今年即將滿四十四歲的綾乃，平成初期正值國、高中時期，每天在當地公立高中的柔道社揮灑汗水，幾乎不曾穿過制服、道服和運動服外的服裝。

儘管是這樣與流行絕緣的青春時代，綾乃每個月仍會看《Olive》。她明白，當地的商店沒有賣《Olive》上的那種衣服，那本雜誌屬於打扮時髦的都市女孩。然而，僅僅只是翻著雜誌，遠望自己生活空間中所沒有的世界，她便感受到無限的自由，有種莫名的滿足感。

綾乃會知道小澤健二（正確來說，是小澤健二和同學小山田圭吾組成的樂團，Flipper's Guitar）也是因為《Olive》。她在CD出租店租了CD，小澤健二那令人難以想像是日本人的歌聲集帥氣與可愛於一身，令綾乃深深著迷，拷貝下來的錄音帶聽到都快壞了。

另一方面，看《Olive》這類少女雜誌和聽 Flipper's Guitar 卻也讓綾乃覺得很難為情，不曾向學校或社團的朋友吐露過。這是只屬於綾乃的祕密聖地。

好懷念喔。距離當時，已經有三十年了嗎？

咦？是七日還是八日啊？

綾乃從外套裡取出手機，搜尋一時間忘記的東西。

平成開始的日期是……一月八號啊。昭和天皇駕崩是在前一天，一月七日的深夜，佛滅日。

其實，昭和天皇是在前一年逝世的，但天皇駕崩若和年末重疊在一起的話免不了會一團亂，因此，才會決定改在年後發布消息。會在佛滅日這一天，也非偶然——過去，有個男人跟綾乃這麼說過。對方曾參與天皇喪禮的警備工作，會知道這些內幕也不足為奇。綾乃當時乖乖地信了這些話，並對男人深感佩服。然而，那個男人同時也是個虛偽的騙子，所以綾乃也不知道真相究竟如何。

話說回來，生活變得好方便。

即使是不需要馬上知道的事，也能像這樣用一隻手輕輕鬆鬆查出來。

資訊科技機器的發展大概是平成三十年來改變最大的一件事吧。三十年前，綾乃家還在用黑色轉盤式電話。

當時，綾乃感覺從來沒想像過自己會有四十歲，不、是三十歲的一天，也不曾想像自己會結婚、生子、忍不住打孩子，還有離婚。

以及即使發生這些事，人生仍舊會繼續下去。

來到這個年紀後，綾乃開始經常思考「能選擇」與「無從選擇」的東西這件事。

柔道是綾乃懂事前就和哥哥一起去練習的道館了，沒有自己選擇的感覺。到東京上班是因為想離開家裡，工作與其說是選擇，更像是跟著柔道社學姊的建議而決定的。

不過，結婚確實是綾乃自己選的，離婚也是。

總有一天會和誰墜入愛河
OH BABY LOVELY LOVELY
甜蜜美好的日子

墜入愛河、甜蜜美好的日子。綾乃的人生中的確也有過能這麼形容的時光。

綾乃是在朋友婚禮的續攤聚會裡認識丈夫的。

當時，綾乃剛結束和職場上已婚的上司長達五年的婚外情。這個上司就是先前說的那個虛偽的騙子。綾乃不想承認這段戀情是自己選擇的。對方是個工作幹練的男人，綾乃一不小心便對他有了尊敬之情、被趁虛而入，任由擺布。

丈夫是和那個男人完全相反的類型，溫柔又誠懇，認識丈夫後，綾乃有種清醒過來的感覺。陷入無法對他人說出口的戀情的那五年，是場惡夢。自己本來就不是會犯那種錯的人才對。

綾乃確定，如果是和眼前這個人，便能談「正確的」戀愛、建立「正常的」關係。

綾乃和丈夫大約交往兩年後步入禮堂，她也趁此機會辭掉工作，走入家庭。綾乃深信不疑，這是獲得幸福最正確的選擇。

然而，綾乃的婚後生活卻一點也不順利。儘管早就明白對方的成長背景和價值觀都和自己不同，但兩人什麼事都吵，尤其是在女兒出生後，情況更為嚴重。

原因總是出在綾乃身上。

綾乃無法好好愛自己好不容易得到的家人——尤其是自己懷胎十月生下的孩子。

小孩不會照父母的心意行動，稍微沒看好就不知道會跑去哪，不懂得忍耐又任性，一有不滿就會立刻鬧脾氣，也不管母親的狀況只想撒嬌。所謂小孩，多少就是這樣的生物，這是理所當然的事。

然而，綾乃卻無法容忍這種理所當然。

她無法忍耐事情沒有按部就班、與自己心中描繪的理想出現落差。一有什麼事，綾乃不管三七二十一就是生氣。她不是罵小孩，是遷怒。而當女兒一哭泣，綾乃便更火大、更憤怒。最後，綾乃開始打小孩、捏她的手臂，對孩子施暴也變得稀鬆平常。

綾乃用「是孩子沒做好，是孩子不對」正當化自己的行為，但她隱隱約約也明白，這不能稱為管教。她在原本是想獲得幸福而進入的「家庭」裡嘗到撕心裂肺的痛苦，對女兒施暴。綾乃拿自己無可奈何。

如今想來，那份情感是憎惡，綾乃忍不住憎惡自己應該去愛的渺小存在。明明她原本是想去愛的。

綾乃為什麼無法好好愛她呢？因為自己選擇了憎惡而不是愛吧。

即使總有一天滿懷悲傷
OH BABY LOVELY LOVELY
日子仍會持續下去

最後，綾乃認為自己是不適合。不適合擁有家人，不適合成為母親。

父母是最「無從選擇」的事物。

再這樣下去，我可能哪一天會失手殺了這個孩子。孩子並不是選擇我而誕生到這個世界上的。既然如此，我應該要讓她從這個最差勁的母親身邊解放——

勉強運作的理智讓綾乃產生這樣的想法，向丈夫提出離婚。丈夫一開始雖然反對，但綾乃強迫他接受，當然，監護權交給對方。綾乃也提出了支付扶養費的要求，她認為這是理所當然的義務，卻遭丈夫嚴正拒絕。

女兒今年應該小學六年級了，但綾乃沒有去看孩子，所以不知道她現在的模樣。綾乃完全沒有臉面對孩子。

至今，她偶爾還是會想起打女兒時的記憶，受後悔與罪惡感折磨。

大概是三年前吧，丈夫寄來一封電子郵件，通知綾乃他要再婚的消息。信上說女兒的身心都發展得很健康，開始學鋼琴了。雖然綾乃不認為自己能因此獲得饒恕，心底卻還是鬆了一口氣。

綾乃不知道丈夫再婚的對象是個怎樣的人，不過，她發自內心、由衷地希望丈夫和女兒能幸福。

LIFE IS COMIN' BACK

LIFE IS COMIN' BACK

LIFE IS COMIN' BACK

小澤健二的歌聲漸弱，一曲終了。

像是看準時機般，夾克裡的手機發出震動。
綾乃看向手機畫面，是工作單位打來的。
「喂？」
綾乃接起電話。
〈奧貫，妳現在在哪？可以馬上出動嗎？〉
對方沒有報上姓名，但綾乃知道那是課長堂權。
綾乃離婚後，再次回到婚前的職場工作。前職場因為大量團塊世代退休面臨人手不足，鼓勵以前在圓滿狀況下離職的員工回歸，綾乃也收到招募人員的聯絡，便答應下來。
綾乃原本沒有積極回來的意思，但那裡的薪水比收銀員或是家庭餐廳的打工好非常多。
「我在南大澤，可以出動。」
綾乃簡短回答。
這份工作常會像這樣緊急 call 人，因此綾乃即使休假也會穿著和工作時一樣的褲裝套裝。
〈這樣啊。是殺人案，大概會開帳場。〉
所謂的帳場，就是搜查總部。
綾乃回歸的工作，是警察。
婚前，綾乃待的單位是警視廳的搜查一課，回歸後則分配到地方轄區的刑事課。一開始她在國分寺分局，之後調動，現在則在南大澤這裡附近的櫻之丘分局服務，管轄整個多摩市和部分稻城市。
〈案發現場在D集合住宅，第三棟的四〇二。局裡已經有人過去了，詳細的狀況妳到現場去確認。〉

「收到。」

結束和權堂的通話後，綾乃向預約的牙醫撥了電話。無論如何，今天的門診看來似乎都得取消了。

*

綾乃從南大澤開了約二十分鐘的車子。

夕陽在D集合住宅停車場裡的一排車身上灑下光輝，儘管是幅沒什麼大不了的景象，卻令人傷感。

綾乃尋找空位，將自己的車停了進去。

這個位於東京都多摩市南邊的集合住宅社區，和南大澤一樣都屬於多摩新市鎮。不過，這裡是最早開發的區域，一整排奶油色的住宅大樓牆上標示著「1」、「2」的大樓號碼，完全呈現昭和時代的集合住宅風格。

綾乃下車，前往權堂在電話裡說的第三棟住宅大樓。

住宅大樓統一高度，從窗戶來看，似乎全都是四層樓。剛才遠遠的瞧不清楚，但大樓牆面處處發黑或龜裂，散發出老舊感。

第三棟住宅大樓的入口拉開了封鎖線，有搜查員出入其中。

綾乃一走近，剛好就有三張熟面孔從大樓裡魚貫而出，是綾乃在櫻之丘分局刑事課的同事。

其中一人——梅田發現了綾乃，揮手笑道：「呦，妳來了啊？」

瞬間，綾乃的背後因為生理上的厭惡起了雞皮疙瘩。

綾乃不喜歡這個大自己一輪的刑警同事，可以直接說是討厭他。

綾乃沒看對方，輕輕點了個頭道：「辛苦了。」

「奧貫選手，值勤外時間過來，辛苦了，辛苦了。」

這個男人不知為何，叫女生的時候會加個「選手」，這也讓綾乃很反感。

本來，綾乃對梅田的第一印象並不差，剛開始時，連那種特別的說話方式都當成是大叔常有的奇怪幽默。不過，當綾乃知道梅田明明已婚卻甚至會借錢去風化場所後，對他的好感度便大幅下降。後來這個人在尾牙時對自己性騷擾，毫無疑問就變成一個討厭鬼了。

當時，喝得醉醺醺的梅田纏著綾乃說：「奧貫選手，妳下次可不可以陪陪我？我讓妳見識見識什麼叫酒店小姐千人斬的實力！」企圖摸綾乃的胸部。「不要！」綾乃大喝一聲，甩開梅田的手，梅田便像是鬧彆扭似地，高高在上地說：「什麼嘛，虧我把妳當女人看耶。」

所謂的警察組織，十分保守，很容易發生在一般企業標準中是騷擾的行為，綾乃還是新人的時候，也曾有過許多不愉快的經驗。然而近年來，大家已經開始重視這個問題，監察官也致力於改革這方面的觀念。

然而，地方分局的刑事課裡還是有這種敗類在胡作非為嗎？

綾乃本想甩對方一巴掌，課長卻在緊急時刻介入打圓場。隔天，梅田不停謝罪：「我昨天一時酒精衝腦，對不起。」儘管綾乃姑且接受了對方的道歉，但此後梅田的一舉手一投足都令綾乃極度不舒服。這個印象變化大概是不可逆的吧。

不管是酒精衝腦還是什麼，說到底，這傢伙就是這樣看綾乃，不、是這樣看待女性的。

「湯原，現場怎麼樣？」

綾乃無視梅田，向在場的另外一位刑警湯原問道。

「是，警視廳的鑑識人員和驗屍官過來了，我們剛被趕出來。」

當都內有人通報發現不正常死亡的屍體時，一開始大多會由鄰近派出所值勤的地域課員警趕往現場，接著會召集轄區警局的搜查員。當屍體很有可能為他殺時，便會同時聯絡本廳，要求驗屍官到場。

現在似乎是在驗屍官抵達的階段。

驗屍官會在現場檢驗遺體，判斷是否可能為他殺。之後，遺體會被搬走，交由法醫學者等人調查更詳盡的死因和推定死亡時刻。

驗屍中的現場是驗屍官的聖地，原則上，轄區的搜查員不得進入。

「課長在電話裡是跟我說會開帳場。」

綾乃明明是在跟湯原說話，梅田卻從一旁插嘴回答：

「百分之百會開吧。機搜的那群人也已經來了，局裡的總務現在忙得不可開交。」

所謂機搜，指的是機動搜查隊，是隸屬本廳、專門負責初步調查的特別部隊。不久，綾乃老窩的搜查一課那些人也會過來吧。

我沒問你！綾乃嚥下這句話，再度忽略梅田，詢問湯原：

「現場照片拍了嗎？」

「拍了。」湯原舉起局裡分配給他們的偵查用手機，點擊畫面，顯示出似乎是在現場拍攝的照片。眾人一起看向照片。

「聽說是住在同棟樓的婆婆聞到異臭，聯絡管理員後才發現的。」

在沒有任何家具、空蕩蕩的屋子裡，有對男女倒臥在血泊中。聽說屍身已經腐爛發臭了，但外觀上看不出來。看外表，男女兩人大約二十幾歲或三十出頭吧，兩人的頭髮都染成褐色，男子的長度大約蓋住耳朵，女子則是齊肩左右。地板和牆上也都飛濺著血跡，已經變成黑色了。

這的確不是看了會舒服的照片。不過，綾乃以前也曾親眼看過更慘烈的陳屍現場，像是因為太晚發現，已經腐爛成黏糊糊肉塊的屍體等等。

「被害人是兩名？」

「是的。目前還不清楚他們的身分。」

湯原滑動手機畫面，展示從別的角度拍攝的照片。

兩具遺體全身看起來都布滿多處刀傷。

這明顯是他殺。這樣一來，不用等驗屍官判斷，也能預期會成立搜查總部。

「屋裡好像沒有東西？」

聽到綾乃的詢問，湯原點頭。

「陳屍現場的四〇二號室好像是空屋。」

老舊集合住宅社區的空屋裡，身分不明的年輕男女慘遭殺害，陳屍其中。聽起來就像鬼故事一樣令人毛骨悚然。

「管理員怎麼說？」

「機搜現在應該在管理員辦公室問話。」

「知道了，那我去那邊看看。」

綾乃單方面告知後，離開了現場。

在尚未正式成立搜查總部的現階段，轄區分局搜查員要做的就是保存現場與掌握相關人員。還有，總之就是多多蒐集情報。

「喔，拜託妳囉。」身後傳來梅田的聲音。

綾乃盡可能不想和那個男人一起行動，既然如此，自己決定工作內容才是上策。

五條義隆

沒想到會發生這種事……

多摩新市鎮D集合住宅的管理員五條義隆，在極度不知所措的同時也感受到微微的亢奮。

今年即將七十歲的五條，也是四十三年前這塊集合住宅社區落成後就一直住在這裡的居民之一。由於他在房仲公司工作又擁有大廈管理員的執照，退休後，收到集合住宅管理公司的邀請，以囑託契約的形式擔任起管理員。

這是五條對這個大半人生都在這裡度過的集合住宅社區最後的貢獻——表面上是這麼說，其實是因為光靠老人年金生活會很拮据，囑託契約的酬勞雖然少得可憐卻也聊勝於無，五條才接受的。

多摩新市鎮是日本開發規模最大的新市鎮。當年，在高度經濟成長後，東京的人口爆炸性地增加，住宅短缺問題日益嚴重。為了解決這個問題，政府便計畫在地價比都心便宜的多摩地區打造獨立的城市。

四十三年前長男剛誕生的五條，是新市鎮典型居民的其中一人。

D集合住宅社區獨戶分售的傳單上龍飛鳳舞寫著「夢想中的新市鎮」，購買申請蜂擁而至，以抽籤的方式挑選住戶。五條中籤時，對自己的好運感謝不已。

其實，五條曾覺得這裡是很棒的住所，儘管前往都心的交通差強人意，但相對擁有很多綠地，具備完善的育兒環境。由於多摩地區也不斷開發，生活絕對沒有不方便。社區裡有很多跟五條同世代、生活背景類似的家庭，彼此間交流頻繁，社區一整年都會舉辦園遊會、運動會、居民旅遊等各式各樣的活動，即使把這裡當作安老之地也沒什麼好挑剔的吧。

然而，搬來十幾年後，自從年號改為平成、泡沫經濟破滅那時起，社區的氣氛便一點一滴改變了，每棟大樓都開始出現一、兩間空房。從前雖然也有因為種種原因而放棄房子的人，但馬上就會出現買家，搬來別的住戶，但從那時起，風向明顯改變了。社區裡的房子即使出售也無法輕易賣出，房子空個一年以上也不稀奇。

加上泡沫經濟破滅後，都心房屋造價下跌、郊外的住宅區也因都更變得更適合居住，屋齡老、去都心又不方便的D集合住宅相對失去了競爭力。

有人將房子廉價賣給房仲公司，或是留著找不到買家的房子直接搬遷出去，還出現了乘夜逃跑和因破產消失的人。

空房增加、入住率下降的同時，單戶的居住人口也漸漸減少，因為孩子成年後都離開社區獨立居住了。另一方面，那些跟昔日的五條一樣打算要養小孩的年輕夫妻越來越少人選擇入住這裡。

現在，D集合住宅的整體入住率大約七成，老年夫婦最多，家裡有未滿十八歲小孩的戶數屈指可數。五條家的兩個兒子也已經獨立到外面住，如今，只有他和妻子兩人一起生活。

由於人口減少，只剩下老年人，社區注定失去活力，也不再舉辦活動。唯一勉勉強強舉辦的夏日園遊會也不知道能辦到何時。

在居民這樣高齡化的過程中，也出現了過去想像不到的問題。由於建造當初尚未有「無障礙」的觀念，這些老化的住宅大樓根本就不適合老人居住，連電梯都沒有。曾經最受歡迎的頂樓四樓一旦空下來後，就沒有住戶會補進去了。雖然種種問題只要改建就好，卻需要花費龐大的資金。社區裡的住戶處境各不相同，想要整合所有人的意願實際上是不可能的。

此外，這個地區本來就是以育兒的居民入住為前提所打造，醫院和照護機構呈現壓倒性地不足，社區裡有許多老人照顧老人的貧困家庭。自從五條擔下管理員的工作後，已經有兩名住戶孤伶伶死在自己屋裡。

該說幸好嗎？五條和妻子目前都很健朗，但誰也不知道不幸會不會明天就降臨到自己身上。

聽說，都內這幾年興起了都更和大樓新建案風潮，好像是明年即將來臨的東京奧運的效果，還是股市回復的影響等等，但D集合住宅這裡沒有得到任何眷顧。

不如說，都內新建案風潮越盛，周圍老集合住宅社區的衰退速度反而越快。這種困境一定不限於這裡，許多昭和時期開發的郊外住宅區應該都面臨相同的問題吧。五條曾經在電視上看過 wide show 說明東京近郊空屋、空房不斷增加的現象。

曾幾何時，夢想中的新市鎮成了鬼城，然而事到如今，包含五條在內的居民已經不可能搬家了。

自己一定會就這樣和這個社區一起老朽吧——就在五條心底抱著這種朦朧的想法，日子過一天是一天中，發生了那件事。

事情的起因是位名叫安村重美的女性，住在第三棟樓三〇一號室的她向五條抱怨四樓傳出奇怪的臭味。

社區裡居住大樓的設計全都是一層兩戶，第三棟四樓的四〇一和四〇二現在都是空房。五條一開始以為那是重美的錯覺。重美和五條年紀相仿，是這裡的老住戶之一，去年丈夫先走一步後，重美的樣子就變得有點奇怪。五條偷偷懷疑重美可能有失智症的初期症狀。

「——話是這樣說，但以防萬一，我還是去了第三棟的四樓打算確認一下。」

在社區一隅兼做活動中心的管理員辦公室裡，五條開始向兩名男子說明今天上午發生的事。這兩人都是身穿短夾克、頭戴棒球帽的警察，手臂上掛著的臂章寫著「機搜」二字。他們說自己是警視廳機動搜查隊這個單位的搜查員。

這時，門外傳來一聲「打擾了」，一名身穿黑色褲裝套裝的女子走進辦公室。女子行禮。

「我是櫻之丘分局的奧貫，可以讓我一起聽嗎？」

看來，她似乎也是警察，大概是附近櫻之丘分局的刑警吧。

「您不介意吧？」機動搜查隊的搜查員向自己問道。

「咦？啊，嗯，不介意。」

五條點頭。

「謝謝。」那名女警坐在兩名男子身後。

「那麻煩您繼續。」

「啊，好。那個……」在警察示意下，五條再度開始說明。「啊啊，對，我收到住戶抱怨後就去第三棟的四樓看看狀況。結果，的確有點臭——」

如果四樓有住人的話，五條可能馬上就會懷疑是自殺或是有人孤伶伶死在屋裡而報警。然而，由於四樓兩間都是空屋，他便猜想或許是陽臺有死貓之類的。就在他打開房間想確認時，發現只有四〇二號室沒上鎖。這是不可能的事，因為空屋一定會上鎖。

訝異的五條走進屋裡一看，發現一對陌生的男女倒在滿室的血泊中。

五條大吃一驚，下意識出聲問：「請問是誰？」兩人明顯已經死亡，不可能回答。下個瞬間，一股莫名的恐懼朝五條襲來，五條逃也似地奔出房間，一路衝下樓回到外面的這間辦公室，向一一〇報案。

光是談起當時的情形，五條便再次心跳加速。

「你知道那兩名遇害的人可能是誰嗎？」

機動搜查隊的搜查員問。

「完全不知道。他們不是這個社區的住戶。」

五條敢肯定，他認識D集合住宅全部的居民。

「鑰匙的保管呢？」

「你是說房仲帶人看房子時的備份鑰匙吧？那個鑰匙放在外頭的電表上。」

本來，管理公司是禁止這種行為的，但前一任管理員也是如此，公司也就默許下去。

「那間房屋是出租物件嗎？」

「對。雖然也有在賣，但現在沒人想買這種集合住宅社區的房子了。」

管理公司從好幾年前就放棄分售社區的房屋，買下便宜出售的物件後開始經營出租事業。儘管如此，空屋還是很難填滿，尤其是四樓。

「您知道四〇二號室最後有人進去是什麼時候的事嗎？」

同是機動搜查隊的搜查員不停拋出問題，後面來的女警則是默默做筆記。

「是，我看看……」五條打開手邊的檔案夾確認紀錄。「是三年前的三月二十日，好像是星和歐內斯德公司帶客人來看房子。」

「三年前嗎？」

「是的。」

「除了四〇二號室，還有其他長期空下來的屋子嗎？」

「嗯，有好幾間。」

「每一間的鑰匙都是擺在電表上？」

「嗯，對……」

「您會去確認那些空屋裡面的狀況嗎？」

「除了房仲要看房子外，幾乎不會。」

「也就是說，可能會有住戶以外的人藏在空屋裡囉？」

「是……有可能。啊，可是，如果有不是社區住戶的人頻繁出入的話，我應該會發現，這裡的人我都認識。」

「原來如此。」

搜查員應和。

那兩個人究竟是誰呢——

親眼看到的屍體慘狀，深深烙印在五條最近變得很健忘的大腦裡，想起來不是很舒服。自己社區發生這種事實在又可怕又令人毛骨悚然，五條擔心起獨自在家的妻子。

另一方面，這件事也激發了他的好奇心。

流那麼多血，應該是刀子砍的吧，這一定是凶殺案。那兩個人到底是何方神聖，因為什麼原因而被殺害呢？

在毫無念想、已然接受的衰退日常生活中發現突然冒出來的屍體，這樣的非日常事件帶給五條神奇的興奮感。

第一場偵查會議在櫻之丘分局的大會議室展開，是在下午九點整。

會議室門口貼的紙條上寫著「多摩新市鎮男女雙屍案」，是被叫做「戒名」的案件名稱。

搜查總部設置在都內分局，由警視總監擔任部長。警視總監坐在會議室上位座席的中央，於會議開始時發表訓示。不過，公務繁忙的總監大概從明天起就不會出席會議了吧，硬要說的話，就是裝飾用的指揮官。

在總監之後，第二順位的副部長之責由本廳的搜查一課長和櫻之丘分局的局長共同分擔。橫向排列的上位座席雖不易分辨，但從席次上來看，櫻之丘分局長在搜查一課長之上。形式上，搜查總部是由管轄分局負責成立，用的也是轄區內的預算，本廳的搜查員美其名是來幫忙的。因此，轄區分局長立場上較搜查一課長為高。

然而，實際掌握偵查主導權的，果然還是本廳的警察。

像是在表明這點般，統籌偵查的搜查主任官由搜查一課的管理官擔任，面對上位座席的搜查員座位區前排也都由本廳警察占據，轄區警察則被逼到後方。

「那麼，請說明被害人的死亡狀況，岡長。」

待問候和訓話大致告一段落後，負責主持會議的管理官指名了一名本廳的警察。

「是。以下報告現階段釐清的資訊。男女兩具遺體大約都已死亡四天，這部分預計明天會有更精準的判斷。此外，兩名被害人身上都有多道應為利刃砍刺的傷口，大量出血——」

被點名的刑警向大家傳達鑑識人員和驗屍官的相驗結果，以及法醫目前正在進行的司法解剖快報。

會議室正面準備的投影機螢幕，配合說明陸陸續續顯示遺體各部位的照片。那是跟詭態圖像略微不同、鮮明立體的遺體照片。

「不過，被害人的直接死因是脖子遭勒住後的窒息，脖子上可以看到勒痕。」

綾乃一邊聽報告一邊筆記。

早前的照片看不出來，但被害人似乎是遭利刃砍傷後再被勒死的。

現場沒有殘留凶器，但鑑識人員研判兩人是為同一把利刃所砍，也是為同一條繩狀物品勒死。刀傷部分，男性身上有六處，女性四處，兩人的內臟和動脈都受到損傷，很可能在被勒住前已奄奄一息。

這些情報忽然刺激了綾乃的記憶。

很——久以前，在綾乃結婚離職前還在本廳擔任刑警的時代，那時好像也有案子是這種殺人方式。不過，綾乃一時間想不出來。

「男性的指甲裡殘留了應該是第三者的身體組織，大概是和凶手扭打抵抗時抓到的凶手皮屑。雖然量不多，但可以做DNA鑑定。」

喔喔——現場響起小小的騷動。

不過，與本廳資料庫比對後，那些有前科或是嫌疑紀錄人的DNA似乎都沒有符合的。

「此外，女性下腹部有手術疤痕，應為剖腹生產所留下，有兩年以上。」

螢幕出現放大的照片，蒼白的肌膚上有道類似蕁麻疹紅腫的蟹足腫疤痕。

看來，目前尚不知道姓名的這名女性被害人，至少生過一個孩子。

疤痕從肚臍下方縱向延伸了幾公分，是縱切。

剖腹生產分縱切與橫切，縱切剖腹較簡單，易於取出胎兒，也能彈性應對手術可能會出現的問題，不過，卻會留下極為明顯的疤痕。另一方面，橫切手術難度較高也較費時，但比較容易用陰毛隱藏疤痕，疤痕不醒目。

我也一樣——

綾乃也是以縱切剖腹生下女兒。此刻，她有種下腹部傳來陣陣疼痛的錯覺。

剖腹生產不是綾乃的選擇。綾乃希望以盡量自然的方式生產，因此選擇由助產士協助居家分娩，而不是到醫院生產。然而，綾乃難產，最後被送進醫院，剖腹生產。緊急手術原則上採取縱切。

這麼一想，從那時候起，綾乃對女兒，不、是對成為母親這件事就有心結了。為什麼女兒不能「正常」出生呢？

身上那道醜陋的紅色疤痕就像犯罪的烙印，甚至讓綾乃想重新生一次孩子。不，或許會這樣想本身就是一種罪了吧。

這名女性被害人選擇了什麼，又有什麼是無從選擇呢？還有，她生下的孩子如今在哪裡呢——

綾乃直直盯著螢幕上放大的疤痕不放。

接著，照片切換，投映出男女兩人的大頭照，照片上的人蒼白得宛如人偶。

「根據外表判斷，男女兩名被害人的年齡大約二、三十歲。本廳現在正根據兩具遺體製作電腦繪圖照片，預計明早前會完成。以上。」

資訊科技日新月異，警方辦案時雖然還是會用手繪的肖像畫，但需要從遺體重塑被害人長相時，越來越常使用電腦繪圖了。電腦繪圖的品質一年比一年進步，乍看之下已經漸漸看不出和普通照片之間的分別。

「接下來是現場遺留物品以及被害人的服裝、所有物和身分。」

管理官點名另一位刑警，示意對方報告。

一名矮矮胖胖的中年警察起身開口道：

「是。呃……很遺憾，現階段不只是凶器，我們也沒有在現場發現疑似凶手留下來的物品或指紋。」

沒有遺留物品十分罕見，凶手很可能是刻意不留下任何東西的。這麼一來，採取到可以做DNA鑑定的身體組織就是很寶貴的事了。

「搞什麼？」、「什麼沒有在現場發現啊？」、「在睡覺嗎？」

前排座位傳來奚落聲，應該是忙於四處問案的機搜搜查員吧。

中年警察乾咳一聲，無視奚落繼續報告：

「接著是被害人的服裝與所有物。男方穿著黑色長袖襯衫和綠色工作褲，皆為UNIQLO的量販商品。工作褲口袋中有千圓鈔票一張、百圓硬幣三枚、十圓硬幣兩枚、一圓硬幣三枚，總計一千三百二十三圓的現金，除此之外沒有其他物品。不過，根據指紋已查明其身分。」

中年警察停下來，咳了一聲後加強語氣道：

「男子叫正田大貴，昭和六十二年生，今年三十一歲，本籍位於富山縣富山市。未成年時有接受輔導的紀錄，由當地警察採取指紋。其他並沒有跟刑事案件相關的紀錄，詳細來歷正在確認中。」

當地警察，也就是富山的警察吧。即使是未成年時的輔導，採取的指紋也會半永久地留在資料庫裡。

「呃……再來是女方的服裝，上半身是有滾邊的寬鬆長袖襯衫？牌子是G—R—L？然後，下半身看起來像裙子，其實是寬寬大大的褲子？牌子不明。」

一開始說明女性的服裝，中年警察便結結巴巴起來。綾乃忍不住苦笑。

上半身是泡泡袖上衣，下半身是褲裙吧？GRL的念法是「gureiru」，是深受年輕女性歡迎的網購快時尚品牌——綾乃在內心吐槽。

「女方身上沒有東西，從指紋也無法查出身分。這個年紀的男女身上沒有手機也沒有錢包是很不自然的一件事，判斷可能是有什麼內情沒帶出門或是凶手拿走了。」

中年警察報告完畢，坐回座位。

管理官又點了另一名刑警。綾乃對這個人有印象，是剛才在D集合住宅的活動中心向管理員五條問話的機搜隊員。

他報告了五條所說的屍體發現大致經過，以及其他同時進行的問話結果。

初步調查階段的問話常常會出現犯人的目擊情報，但這次似乎並非如此。像D集合住宅這種入住率低又都是老人的社區，耳目並不多。此外，距離案發已有數日，目前也還不知道確切的犯案時間，問案的人也只能用「最近有沒有看見可疑的人？」這種模糊的問法。

「兩名被害人都不是集合住宅社區的住戶。現階段尚未找到被害人和可疑人物的相關目擊情報。」

「什麼尚未找到啊？」、「有好好在找嗎？」、「你們才在睡覺吧？」

會議室再次爆出奚落聲。這次應該是搜查一課負責調查案發現場的人吧。

大致上的報告結束後，管理官宣布明天起的偵查方針，為搜查員分班。綾乃這些轄區的搜查員被分配到本廳的各班之中。

綾乃加入的是井上班，她和班長井上很熟。井上是綾乃結婚離職前就都待在本廳一課的資深刑警，在綾乃還是新人時給予她諸多照顧，綾乃回歸警界後，也曾在別的調查現場和他一起共事過。

「井上班長，好久不見。」

綾乃一打招呼，井上便露出慈祥爺爺的笑容。

「真的好久不見。我這邊有個新人，希望妳一定要一起搭檔。」各班中會兩人一組組成搭檔，這是偵查時的最小單位。

「藤崎。」井上向一名部下喊道。

「是。」回應井上、朝這裡走近的刑警是個女生。

井上為彼此介紹。

「這是備受我們期待的新人，藤崎。這一位是櫻之丘分局的奧貫，以前待過一課，是妳的大前輩喔。」

「您好，我是藤崎司。」

報上姓名低頭行禮的司身材頎長，比綾乃和井上高了一個頭，大概超過一七五，接近一百八吧。中性的五官和極短的頭髮十分相配，年紀大約三十左右。

「我是奧貫綾乃。」

綾乃也回以一禮。咦？

綾乃覺得自己聽過藤崎司這個名字，也覺得好像在哪裡看過這張臉。她看向井上，井上立刻露出惡作劇的笑容。

「妳還記得吧？藤崎班長，是他女兒。」

綾乃下意識「啊」了一聲。

藤崎文吾是綾乃還在搜查一課時擔任班長的刑警，綾乃當時隸屬其他班，和藤崎文吾不是上司和下屬的關係，卻有幾件案子和他待過相同的一線。他的確有女兒，原來是叫司啊。這樣啊，女兒也成了警察，而且還是刑警嗎？

綾乃忍不住一直盯著司的臉看。

「過去，承蒙令尊關照……」綾乃突然勾起記憶。「啊，我們應該見過一次面，妳記得嗎？」

聽到綾乃這樣問後，司頓了一下點點頭。

「記得。是在奧多摩分局，對吧？」

「沒錯，妳那時候還是高中生吧？」

「我那時候高一。」

「這樣啊，那個女兒就是妳啊，我也上年紀了呢。」

綾乃露出苦笑。

過去，司曾去過設在奧多摩分局的搜查總部為父親送換洗衣物，由當時剛好在場的綾乃收下。

是因為長大了，頭髮也剪短的關係嗎？總覺得司給人的印象比當時更加精練，怎麼說呢？變得更有型，不、是更英俊帥氣了。

「我雖然是個幫不上什麼大忙的阿姨，但妳別客氣，盡情使喚我吧。」

本廳和轄區搜查員搭檔時，原則上會以本廳搜查員這些辦案專家為組長，主導調查。

「沒這回事，我才要請您多多指教。」

由於年紀上綾乃大了一輪左右，身為組長的司要說敬語也是無可奈何的事。

「妳父親還好嗎？」

綾乃突然問道。從年齡上來看，藤崎應該已經屆齡退休了。

「這個嘛，我聽說他去清潔公司二度就業了，因為沒有任何聯絡，我想應該是很好。」

「清潔公司……是在警衛部門嗎？」

如果是在一課當到班長的藤崎，本廳應該會幫他介紹二度就業的地方。這樣的人常常會配到想和警方建立關係的一般企業或金融機構的警衛部門。

「不，是一般的打掃工作，好像在大樓之類的地方拖地。」

綾乃很意外。

那不像是前刑警會二度就業的內容，本廳最近也會介紹那樣的工作嗎？

像是察覺到綾乃的疑問，司補充道：

「啊，我父親是在退休年齡前離職，所以現在的工作是自己找的。」

「咦？他辭職嗎？」

綾乃下意識反問。

「是的，在我大學的時候。其實，同一時期他也和我母親離婚了，之後我就和父親分開生活。」

「這樣啊。」

藤崎辭掉警察的工作還離婚了嗎……

藤崎是別班的班長，和綾乃沒有太深的交集，綾乃也不可能知道其中的內情。

妳父親為什麼——詢問離職和離婚理由的話，到嘴邊前遭綾乃壓了回去。

這不是第一次見面可以問的問題。

會若無其事詢問失禮的問題或許是從事這種工作的弊病。

啊，那個案子——

綾乃突然想到。

剛才想起殺人手法和這次一樣的案子，就是當時偵查的案件。

那是距今大概十五年前，發生於平成十五年的聖誕節，大約在一年後「破案」的滅門血案，以「青梅血案」的俗稱而廣為人知。

也是對綾乃於搜查一課時代最後參與的案件。

For Blue

平成十五年十二月二十五日，深夜。

青梅血案。Blue 從案發現場千瀨町的篠原家奔逃而出。

沒有受過完整教育的 Blue 不可能知道少年法的規定，也沒想過自己是受到保護的對象。

他帶著自己唯一的行李背包，沿著多摩川河岸往下游前進。

如前所述，在 Blue 的記憶裡，他似乎是在雪中逃亡的，但這天夜裡，青梅地區沒有降雪紀錄。不過，那天的氣溫在三度以下，無論如何，Blue 一定都是凍僵了。

Blue 的身體早已筋疲力竭，他搖搖晃晃卻仍是盲目地移動雙腳。途中，他看到了光芒。那是一座電話亭，就在篠原家直線三公里外的青梅市民球場旁。

Blue 像被燈光引誘的飛蛾奔進電話亭。他走投無路，不知道今後該怎麼辦，幾乎無意識地確認背包裡的東西。

此時，他看到了夾在口袋深處的小小御守。

那是兩年前，當時在東京居住的大樓前一個女人給他的東西。杏未——曾經和 Blue 在戶田河園一二〇一號室一起生活過的女人。

儘管 Blue 以前跟杏未感情很好，卻對當時突然現身的她感到不知所措並懷抱戒備。雖然收下了御守，卻把它塞進背包口袋裡再也沒管。不久，Blue 離開東京，前往濱松。在濱松的生活中，他將御守的存在忘得一乾二淨。

杏未好像說過「有困難的時候就打開來」。

Blue 像是抓住救命稻草般打開了御守。御守裡放了一張摺起來的萬圓鈔票和一百圓硬幣。

錢——這麼說來，Blue 身無分文。有總比沒有好吧。雖然不知道現在這個狀況錢能幹麼就是了。

為什麼會放一萬零一百圓這種不乾不脆的金額呢？儘管稍微感到疑惑，Blue 卻沒有思考的餘裕。無論如何，Blue 打算先把錢塞進口袋。

就在這時，Blue 發現鈔票的角落寫了一串０９０開頭的數字，總共十一碼。那顯然是電話號碼。

啊，所以才會連零錢一起放進來嗎——

如果是這樣的話，Blue 會來到電話亭簡直就像命中注定。

Blue 彷彿受牽引般撥下那支號碼。

＊

Blue，在你眼中，我看起來是什麼樣呢？

很可惜，我幾乎不記得你了。

我所知關於你的故事，大部分都仰賴於兩個人的說法。

我聽著某人從你那裡聽說過的話，以這種間接的方式編織著屬於我自己的 Blue 真相（故事）。

兩人中的其中一人，即為長年隱藏 Blue 的女性，樺島香織。

樺島香織是名女創業家，從　谷小巷子裡的飾品店起家，經手融資業、掮客經紀等五花八門的生意。也有一部分的人稱呼這樣的她為「魔女」。

——我當然不會什麼魔法。會叫我魔女，大概是出於一種認知不協調吧。人在面對跟自己的認知有矛盾的事物時，為了消除那種不舒服的感覺，會改變自己的行為或是強詞奪理。吃不到葡萄的狐狸深信「那些葡萄一定很酸」就是典型的例子。我這種平凡樸素的女人竟然能崛起？無法相信的男人為了想辦法讓自己接受這件事，才會幫我取那種綽號。一定是這樣。

和我見面時，樺島香織笑著這麼說。

那彷彿令整個空間的空氣都隨之震動的低啞嗓音，非常有特色。

平成年代結束，時光流逝，樺島香織已經來到所謂「初老」的年齡了。小巧的五官與臉上符合年紀的皺紋跟她的聲音相反，說樸素的確很樸素。一襲單一色系的簡約打扮雖然很適合她，卻無法令人留下印象，散發出一種隨處可見的平凡主婦氣質。

然而，樺島香織藏匿殺人犯 Blue 十五年卻是不折不扣的事實。

關於幫助 Blue 的事，樺島香織是這樣說的。

——那時大概是凌晨兩點吧，所以正確來說是十二月二十六日。由於來電顯示是公共電話，話筒那一端傳來「救我」的聲音時，我還以為是惡作劇，所以什麼話都沒回，打算掛斷。可是，對方好像喊了一聲「杏未」。知道我這個名字的人十分有限，其中可能知道手機號碼的，只有一個人。

我想起了兩年前給出去的御守問道：「是Blue嗎？」

在放進御守裡的一萬圓鈔票上寫電話號碼是一時興起。我原本想，若Blue打電話來的話，我就稍微陪他聊聊天吧。

不過，兩年來沒有任何消息，我也不覺得事到如今他還會打電話，連給過御守這件事幾乎都忘了。

那孩子的話說得不清不楚，但在通話時間結束前我問出了他大概的位置，決定無論如何先開車去接他。我把電話亭裡凍得幾乎失去意識的他帶回當時住的大廈，讓他吃東西。

電視和報紙開始報導青梅血案那件事，好像是在兩天之後吧。

我很驚訝。

雖然之前我也有聽那孩子說發生了什麼事，但實在是半信半疑。

我當初或許可以選擇將那孩子移交給警方，那應該是最不麻煩的一條路。

可是我想，這或許是個機會。因為那孩子當時好像還是不敢吃青椒。

「青椒……嗎？」

我不懂突然冒出來的青菜代表什麼意義，反問道。

結果樺島香織卻笑呵呵地點頭。

——沒錯。以前我們曾經在荒川沿岸的那棟大樓一起生活過，那孩子當時不敢吃青椒。

他不是因為過敏什麼的，只是單純挑食。我暗自把讓那孩子吃青椒設為自己的目標，結果卻沒有實現。所以那時我才認為機會又來臨了，這次，我一定要讓他吃青椒。所以才決定藏匿那孩子。

就這樣，雖然花了幾年，但那孩子真的變得敢吃青椒了喔。不如說在他快成年時，已經是喜歡青椒了。

不過……我沒資格說得多偉大的樣子吧。畢竟最後發生了「那樣」的事。

也沒發現有人查出了 Blue 在我這裡。

此時，樺島香織臉上的表情看似悲傷，又像是帶著寂寞的笑容。

樺島香織大概沒有說謊吧。不過，我認為她也有沒坦承的部分。

樺島香織是不是想要家人呢？

我沒看過樺島香織和 Blue 在一起時的樣子，也不知道兩人生活的細節，所以不敢妄下斷言。不過，共度了十五年光陰的兩人，是不是即使沒有血緣關係也已經成為家人了呢？既像姊弟，又像母子的家人。

當媒體報導青梅血案以嫌犯死亡的結果移交地檢後，樺島香織轉移　谷的據點，在橫濱創立了新的公司。以防萬一，她使用跟債務人購買的名義做為文件上經營者的名稱，費了番心思不讓自己的名字露出檯面。

樺島香織也讓 Blue 接受函授課程，學習最基本的知識涵養。Blue 雖然沒有戶籍卻也不是通緝犯，只要有樺島香織這樣的人保護，便能隱身在市井中，毫無障礙地過著一個年輕人的社會生活。

在平成中期開始邁向後期的這個時期，對經營融資業的樺島香織而言，最大的變化大概就是利息灰色地帶經過階段性修法後，被視為明確違法這件事吧。因為修法，若是收取超過利息法上限的利息，便會背負歸還溢繳利息的風險，融資業的利益漸漸減少。

樺島香織接受這個改變，開始了新事業。

那就是向外國人或是有難處的人們介紹工作和住所的掮客經紀。

如同曾經讓飾品店和融資業成功時那樣，樺島香織發揮了她研判潮流趨勢的商業才能。

因為，平成年代後期受長年經濟不景氣的影響，人們的工作變得越來越不穩定，對這類生意產生了需求。

從長大成人、變得敢吃青椒那時候起，Blue便開始協助樺島香織的生意。

奧貫綾乃

偵查第二天。

載著四名搜查員的轎車型調查車輛，奔馳在日暮時分、天色將暗未暗的住宅區中。

掌控方向盤的是櫻之丘分局的梅田，副駕駛座上是班長井上。綾乃和司則是坐在後座。

綾乃的運氣很差，她在櫻之丘分局刑事課的同事中最不擅長應付，或是說最討厭的梅田和井上組成搭檔，迫不得已，綾乃也必須像這樣和他一起行動。

「吶，藤崎選手，妳老爸以前好像也是一課的刑警？」

梅田看著前方向司問道。

「是的。」

司回答。對於那謎樣的選手稱呼沒有顯露出厭惡的樣子。

「他是位很能幹的班長，非常有名喔。」

井上從旁說道。

「欸，原來是這樣啊。」

梅田發出讚嘆，咯咯咯地笑了起來，在綾乃聽來非常刺耳。

與綾乃鬱悶的心情相反，窗外西沉的太陽將天空染成一片令人屏息的迷人紫色。

「聽說那位能幹的父親離職了，是為什麼啊？」

梅田滿不在乎地問著或許很敏感的內容。

這個男人！

綾乃雖然也很在意，但由於昨天才和司組成搭檔，便有點顧忌問這件事，他竟然這麼乾脆就問了……

司沒有理會暗自忿忿不平的綾乃，大方地回答：

「我也不知道，父親什麼都沒說。不過我想，我能進入警視廳，代表他當初應該是在圓滿的情況下離職的。」

應該就是這樣吧。如果藤崎是因為什麼不好的事而離職的話，即使沒有公開，本廳也不會錄用他的女兒。

「井上班長知道原因嗎？」

梅田轉動方向盤，將問題抛給井上。

「不，我也不知道。」

「這樣啊……」

車子開進了餐廳商店林立的熱鬧小巷。

麻辣燙、四川、上海等漢字躍入眼簾。這裡有許多中華餐館和看似中式雜貨小物的商店，許多招牌上寫的是日本平常不會用，也不知道怎麼念的漢字。

「這附近也變了好多喔。」

梅田語帶惋惜地說。

「雖然有聽說，但沒想到這裡真的變成中國城了呢。」

井上望著窗外感嘆。

「我以前也是承蒙這裡關照了呢。藤崎選手，妳知道這裡以前是什麼樣的地方嗎？」

綾乃沒有忽略梅田口氣中下流的油膩感。

「梅田警官，這是性騷擾。」

綾乃冷冰冰地說。

「咦——不是，我只是在問她身為警察的知識而已。」

梅田笑嘻嘻地說，一點也沒有不好意思的樣子。司若無其事地回答：

「我知道這個知識啊。這裡以前是違法風俗店的巢穴吧？梅田警官說承蒙這裡關照，是指以前有去那些地方嗎？梅田警官有太太吧？那是身為警察卻在別的地方有不法情事嗎？」

「咦？啊，那個關照是我單身的時候。哈哈，啊……怎麼說，街道淨化真是太好了呢。」

梅田狼狽地說著莫名其妙的藉口。

很厲害嘛！

綾乃看向一旁，司的嘴角微微上揚，肩膀輕顫，那張側臉英姿煥發中帶著伶俐。這位比自己小的組長不只帥氣，感覺也很可靠。

這裡是警視廳轄外的埼玉縣。

車子開在JR西川口站附近的巷子裡。

過去，這附近曾是公然賣淫的紅燈區。剛好在綾乃辭去警察那時，政府實行了名為「淨化作戰」的政策，將鬧區中的違法營業一網打盡。西川口的風俗店因此被迫停業，無一倖免。

就這樣，街道就如梅田所說的淨化了。

聽說，當地人本來想將街道改建成和地方緊密相連的商店街，但經濟不景氣，風俗店退場後空店鋪始終租不出去，這裡有段時期成了「空店街」。

然而，之後卻發生了誰也料想不到的變化。

當店租開始暴跌後，中國人陸陸續續搬進來開店。起初，他們大概是很快就發現了這條街去都心交通方便，租金卻相對便宜吧。西川口以此為契機，開始聚集起中國人。

外國人集居是全世界共通的現象。因為，只要有個母語和母國習慣相通的據點，即使是無法習慣當地的人也能更容易生活。就這樣，僑居在川口市的中國人以滾雪球的方式增加。如今，川口市西邊的園芝集合住宅社區，超過一半以上的住戶是中國人，西川口站周圍已變身為中國城。

「不過，真的多很多耶。」

梅田低語。那句話不知道是因為尷尬想改變話題還是自言自語，又或是抱怨。

「嗯嗯，多很多。」

井上附和。之後，誰也沒說話，對話便中斷了。

多很多的，是指中國人還是外國人呢？

的確是變多了。

平成元年，住在日本還不滿一百萬人的外國人，如今已接近三百萬人。

平成的三十年是小孩減少、外國人不斷增加的三十年。

平成前期，日本政府主要是對南美洲的日裔僑民敞開門戶，後期則以留學生和技能實習生的形式擴大採用中國和東南亞的勞力。儘管這些人沒有工作簽證，卻是不折不扣的勞工。

小時候，綾乃老家鄉下感覺沒有外國人，至少綾乃沒有看過。前陣子，綾乃回家探望父母時，發現地方上的農家大量雇用中國人後吃了一驚。聽說現在的農業沒有接班人，必須倚靠外國人才能存續。即使在東京，便利商店店員是外國人也是日常的風景。

農家與便利商店，有如象徵鄉村與城市的兩個產業，如果沒有外國人就無法運轉。既然阻擋不了高齡少子化的問題，今後，日本的外國人還會持續增加吧。

車子穿過西川口站朝北前進，不久便從川口市進入埼玉市。這裡是在「平成大合併」後，由浦和、大宮、與野、岩槻四市合併而成的百萬人口都市。都市東邊，過去是岩槻市的岩槻區有著那間工廠——

西丘製菓。

老舊的奶油色方形建築外，有塊大大的招牌。

D集合住宅遇害的男女二人中，男方正田大貴曾經在這裡打工過。

儘管警方目前連女方的名字都不知道，但對於已經查明身分的正田，一天內便已摸清其來歷。

正田出生長大的地方即是其戶籍所在的富山縣富山市。正田的父親是當地惡名昭彰的混混，於正田國中時因傷害罪遭警方逮捕，正田的父母也因此而離婚。正田也沒多好，國、高中時期加入不良少年團體，因偷竊多次接受警察輔導。

高中畢業後，正田在當地的小型建設公司工作，不到兩年便離職，之後不停換工作，於二十歲時前往東京。

此外，雖然總部沒有派人到富山，只是以電話詢問，但有多名正田當地的友人評論他「很像父親，是半個混混」。

正田是平成二十年前往東京的。

該年九月，美國投資銀行雷曼兄弟破產所引發的金融危機影響擴及海外，造成全世界同步經濟不景氣，也就是所謂的全球金融海嘯。

在全球金融風暴之前，日本早就因政府放寬人力派遣的規定導致非典型雇用的比例增加。許多企業以業績下滑為由，解雇員工，人們的工作逐漸變得不穩定。

儘管這樣的時代背景或許不是理由，但正田來到東京後，沒有在任何一個地方做正職的痕跡，似乎以打工和日薪派遣工作維生。

這間西丘製菓，便是警方掌握到他打工的地點之一。正田從平成二十六年夏天到平成二十八年新春，大約在這裡工作了一年半。他辭掉西丘製菓的工作是在三年又四個月前，估計為二十八歲的時候。

梅田將調查車輛停在停車場內，四人前往工廠。

工廠入口處有座展示櫃展示著工廠的產品。

展示樣品的包裝很眼熟，是大型連鎖超商的自有品牌餅乾，綾乃有時也會買。雖然不知道「西丘製菓」這間公司的名字，但原來那個餅乾是在這裡製作的啊。

井上告知來意後，工廠經營者西丘從廠內走了出來。西丘是名五十歲的男子，髮絲中摻雜著白髮，是從父親手中繼承公司的第二代老闆。

「西丘老闆，謝謝您的配合。」

井上一行禮，西丘也惶恐地低頭道：「請別這麼說，你們遠道而來，辛苦了。」接著以夾雜不安和好奇的複雜神情看向綾乃一行人。

「請問，正田出什麼事了嗎？」

「啊，他有可能牽扯進一件小案子裡，所以我們才希望詢問一下他在這裡工作時的情況。」

井上含糊地回答。

雖然今天早上已有這起命案的報導，但警方尚未向媒體公開被害人的照片和身分。

現在，總部正透過富山縣警察要求正田的母親來東京。在家屬指認或是DNA鑑定取得確認前，警方會盡量隱瞞正田大貴遇害的事實。

如同許多企業經營者，西丘十分配合警方，沒有試圖做無謂的追問，幫綾乃他們集合了那時候就在這裡工作並認識正田的作業員。西丘還表示，若有需要，也可以提供已經離職者的聯絡方式。不過，這間工廠有四成的作業員是中國留學生，似乎也有不少人已經回國，無法取得聯絡。

「很多日本年輕人稍微念一下就甩頭不幹了，正田也是一樣。就這點來說，雖然留學生的工作時間有限，但很多人在這段期間內都願意認真工作，幫了我很大的忙。」

西丘說。看來，這間工廠也是沒有外國人就無法運轉的職場之一，而且也能窺見正田是以不負責任的方式離職的。

井上、梅田組借用工廠的接待室，司、綾乃組則請西丘在倉庫一隅準備桌椅，兩組分頭問話。

綾乃組第一個詢問的對象是一位名叫蘇桐的中國留學生。蘇桐五年前來到日本，和眾人一樣都住在川口，現於都內大學就學，但在正田工作那時讀的是語言學校。由於已經在日本生活了五年，蘇桐的日文很流利，問話上沒有什麼不方便的地方。由於綾乃他們沒有餘裕再安排口譯，因此內心忍不住鬆了一口氣。

負責詢問的人是組長司。雖然問了蘇對正田的印象以及正田當時的樣子，蘇卻總是以「啊……嗯，很普通」這種籠統的答案回答。

「你有什麼難言之隱嗎？在這裡說的內容，我們絕不會洩漏給老闆或是其他作業員知道。關於正田大貴，請將你所知道的都告訴我們。」

司試探道。綾乃她們就是為此才會特別請西丘設立一個獨立的空間進行問話。

蘇稍微思考了一下，下定決心似地開口：

「正田他常常刁難中國人。」

「你說刁難，具體來說是做了什麼呢？」

「他會嘲笑日文不好的人，瞧不起他們，或是把檢查貨品的疏失都推到我們頭上，說我們想占領日本之類的……還有就是，他在休息時間在休息室睡覺的人額頭上寫『中』這個字。」

什麼啊，他是小學生嗎？綾乃很想吐槽。

「不過，他心情好的時候也會請我們喝果汁。工廠裡也有其他……不喜歡……中國人的人。」

不知道蘇是不是個性太好了，也說了些圓場的話。

聽說，其他日本人對於正田的刁難和找碴並沒有阻止或是勸誡。雖說在同一個地方工作，但中國人和日本人似乎不太有交流。不過，據說中國人有察覺，一些日本人會看不起或是討厭他們。

「——然後，文他，啊，就是額頭被寫『中』的那個人，有一次很生氣，和正田……吵起來。老闆知道以後念了正田，他好像就辭職了。」

這似乎就是之前西丘話中透露的正田離職原委。蘇說自己和正田沒有私交，不知道正田離職後的事。

繼蘇之後，綾乃他們第二個問話的對象是一位叫杉中的日本作業員，大約三十幾歲。

他也說正田會找中國人麻煩，以及因為和叫文的中國人吵架而離職，跟蘇說的內容一樣。

不過，杉中說「我覺得那樣做是歧視外國人不太好」、「我也有委婉地提醒他」，和蘇的話有所出入，但綾乃她們並沒有深究。

「——我想過正田可能要結婚卻在這個時間點辭職沒關係嗎……」

當問到正田離職的事時，杉中這麼說道。是蘇沒有提到的內容。

「正田說他要結婚嗎？」

司問，聲音裡夾雜著些許驚訝。從正田戶籍看來，他並沒有結婚紀錄。

杉中點頭。

「嗯，對。雖然不是很清楚，但好像是因為他女朋友懷孕了。正田有時候上班都會遲到，是個滿散漫的人，但辭職前工作態度突然變得很認真，我還想他果然是因為要成家了所以洗心革面，結果沒多久他就辭職了，滿替他惋惜的。」

關於正田的這名女友，第三個談話對象——名叫久保田的作業員稍微知道更多一點詳情。

久保田是現年二十七歲的飛特族，晚了正田半年在這間工廠工作。「正田會端出前輩的架子，所以老實說，我不太喜歡他。」儘管久保田這麼說，但兩人在工作結束後會去小酌，或是假日去唱個歌，彼此也算是熟悉的關係。

「正田的確有女朋友，他說是在『twice』上認識的。」

twice，指的是網路社群平臺。

過去說到網路交友，都是電子留言板類型的交友網站，但自從智慧型手機普及後，社群平臺和APP便蔚為主流。

twice雖然不如推特和臉書主流，在日本卻以年輕世代為中心，擁有許多用戶。只要上傳文章或照片，就會出現在追蹤者的時間軸裡，也可以向特定用戶傳送私人訊息。

據久保田所說，正田的女朋友好像叫「亞子」，不知道是本名還是暱稱。正田大約是在四年前，平成二十七年過年時認識亞子的，兩人很快便情投意合，決定交往。

「怎麼說呢，他們好像很甜蜜，正田只要講到女朋友心情都會很好。然後，那個……聽說他們沒避孕……結果就……有了。」

大概是因為問話的是兩名女性的關係，久保田有些難以啟齒的樣子。司不以為意，繼續問：

「所以他說要結婚嗎？」

「雖然他沒說要結婚，但有說會負責之類的。」

「那也是平成二十七年的事吧？大概是什麼時候？」

「我記得他好像是夏天的時候跟我說女朋友懷孕的。」

和正田一起遇害的女性至少生過一次孩子，她是「亞子」的可能性很高。

「你見過那位亞子嗎？」

「不，沒見過。」

「那正田給你看過照片嗎？」

「也沒……啊，好像有一次。說是照片，其實是拍貼。」

司朝綾乃這裡使了一個眼色，綾乃將今天早上搜查總部發的電腦繪圖照片拿出來交給她。司將照片拿給久保田。這張照片的品質之高，若不說沒人會知道是電腦繪圖。

「跟這個人像嗎？」

久保田目不轉睛地盯著照片，歪著腦袋說：

「是有點像……但我不確定。」

久保田只在三年多前看過小小的拍貼，這也是情有可原吧。

關於正田的女友，久保田只知道這些。不過，在詢問的過程中綾乃她們又得到了一項可以做為線索的情報。

「我和正田在 twice 上有互相追蹤。」

司請久保田用手機讓她們確認正田的帳號。

正田幫帳號取的暱稱是「Daikingu」。

儘管正田已經死亡，沒有申請取消會員的帳號依舊活著。正田追蹤中的帳號有四百二十三個，追蹤者則為七十三個。個人檔案裡寫著「寬鬆世代／永久派遣村／支持A政府／柏青廢人／有暖爐P」。

「寬鬆世代」即所謂接受寬鬆教育的世代。昭和六十二年次的正田是第一批寬鬆世代。

就在正田來東京的那年年底，多家非營利組織和工會團體在日比谷公園為當時急遽增加且居無定所的派遣勞工設立了「過年派遣村」。「永久派遣村」大概就是仿效這個吧。應該是表示自己一直從事非典型雇用的工作。

「支持A政府」就是字面上的意思，表明自己的政治立場，支持現任A首相的政權。

「柏青廢人」是「柏青哥」加「廢人」，指的是熱愛打柏青哥。

只有最後一個「有暖爐P」意義不明。運用 YAMAHA 的歌聲合成軟體 Vocaloid 作曲並發表在網路上的人叫做「P」（producer），所以可能是他有用「暖爐P」這個暱稱在作曲吧。

最新的文章是四月二日，寫著「可惡煩死了 www」。不清楚是煩什麼。

之後，綾乃和司又問了三人，總計詢問了六名作業員，井上組則是包含西丘在內詢問了五人，雙方互相對照情報。

雖然不同作業員間，尤其是日本人和中國人之間有微妙的語感差異，不過關於正田離職的理由以及似乎讓女朋友懷孕的事大致上都一致。
遺憾的是，沒有人見過正田的女友亞子，也無人知道正田離職後的行蹤。
「知道 twice 的帳號算是前進一步了，對吧？」
回程的車上，手握方向盤的司以只有一旁的綾乃聽得到的音量說。和去程時交換，井上與梅田坐在後座。
社群平臺是個人資料的寶庫，詳細調查正田的帳號或許可以發現什麼。
「是啊。」
綾乃應和，幾乎與此同時，背後傳來了打呼聲，好像是梅田在打瞌睡。
綾乃湧上一股殺意，覷向後座，結果發現不只梅田，連井上也都搖搖晃晃地陷入夢鄉。
「難道他們兩位都睡著了嗎？」
「似乎是這樣呢。」
「不介意的話，妳也休息吧。我完全沒差。」
司直視前方說道。
這孩子真的很帥氣，自己都快迷上她了——
綾乃不禁半開玩笑半認真地這麼想著。

潘氏蓮

平成二十八年四月。

離平成結束剛好三年前的那天，潘氏蓮踏上了日本的土地。那是她二十六歲春天時的事。下了飛機，走在成田國際機場的入境航廈，蓮的視線停留在巨大的螢幕上。整個螢幕畫面映著傾倒的房子與滿目瘡痍的街道。

畫面上插入了「熊本地震」、「49名死者」、「1人下落不明」、「約3萬6000人展開避難生活」等字卡，蓮除了數字全都看不懂。不過，離開越南前，她知道日本發生了大地震，這些一定是那個地震的新聞吧。日本的地震似乎比越南多非常多。幾年前，日本也發生了很嚴重的大地震，當時在越南也引發了討論。

蓮的母親擔心她，勸她這個時候是不是別去日本比較好。然而，事到如今蓮不可能這麼做，只能一心祈禱今後她將度過三年生活、名為岐阜的那個地方沒有大地震。

蓮二十一歲時和同村的青梅竹馬結婚，育有兩個孩子，今年分別兩歲和四歲。然而，她將丈夫和孩子留在故鄉，隻身來到日本。

一切都是為了錢。

這是全家人討論後的決定。

雖然蓮的夫家是村子裡最好的荔枝農家，但絕非稱得上是富農或財主的家庭。應該說，越南現在幾乎沒有一個地方的農民賺錢。越南政府從蓮小時候開始推行 Đổi Mới 革新政策，越南的經濟確實因此大幅成長，然而，只有都市得到經濟成長的恩澤，大多數的農村都被發展計畫遺落。

二十餘年來，儘管農村引進電力，可以看到電視等等，提升了部分生活水準，但由於和都市間的貧富差距擴大，或許可以說相對變得更貧窮了。最嚴重的，是全國因為經濟成長而物價上漲，農民的現金收入卻始終沒有增加。不僅如此，又發生了讓他們本就微薄的收入砍半的事態。

B省的荔枝大多是出口到中國，中國卻因為中越兩國政治關係惡化，突然停止進口。荔枝陷入供過於求的窘境，價格暴跌。

蓮一家本來光是養活孩子就耗盡全力的生活變得更加困苦。禍不單行，公公的老毛病——類風溼性關節炎惡化，也需要治療費。蓮和丈夫本來想努力讓孩子們接受高等教育，將來能夠在城市裡的公司工作，然而，再這樣下去根本無法實現。

儘管越南的經濟有所成長，但公共年金、福利、教育協助等制度仍不完善。基本上人民必須自己為自己的生活想辦法。

蓮對將來憂心忡忡，此時將去日本的建議帶到她身邊的人是叔叔。說得更正確一點，是叔叔幫蓮介紹了一位他認識的掮客。那是過去常會買土產給蓮的那位叔叔，即使今年已經六十，有時仍會在河內騎 xích lô 人力三輪車載客。

那位掮客正在找去日本工作的女性，大力勸說蓮把靠體力的農活交給丈夫，自己去外面工作比較有效率。

想去日本必須先在河內上半年左右的訓練學校，學費與介紹手續費等大約需要兩億盾（約一百萬日圓）。不過，只要在日本工作三年，不僅能支付那兩億盾，似乎還能為家裡提供三億盾以上的補貼。掮客告訴蓮好幾個農家靠女兒出去工作送回來的補貼，生活變輕鬆的例子。三億盾，是蓮家中年收入的十倍以上。只要有這些錢，無論是公公的治療還是孩子們將來的升學基金都有著落了。

掮客的話非常吸引人，然而，蓮一開始覺得不可能，他們家怎麼擠都擠不出兩億盾。此外，小的那個孩子也還無法斷奶，蓮無法想像自己留下孩子前往國外這種事。

然而，掮客沒有放棄說服蓮。對方說錢跟親戚湊一湊，不夠的部分只要拿田地去抵押貸款就好，日後都能還清所以沒關係。小孩的話，蓮的婆婆也能照顧。考量到將來，更應該趁孩子還小的時候先準備好資金才對。

叔叔也打包票，說外勞掮客中雖然也有拿了錢就跑的騙子，但這個人可以相信。

掮客的話很有說服力，蓮漸漸覺得自己應該為了家人出去工作。她和丈夫、公婆以及自己的父母討論後做出決定。

包含訓練學校課程在內，有三年半的時間無法見到丈夫與孩子雖然讓人心如刀割，但一切都是為了家人。不，或許不是一切。蓮心中也有個小小的聲音，為能去自己從小憧憬的日本而高興。

亞洲最富庶的國家——比河內和胡志明市更加繁榮的東京街道、寧靜優美的京都寺院、宛如夢幻國度的東京迪士尼樂園……別說是出國了，蓮幾乎不曾到過B省以外的地方，但即使是這樣的她也都透過電視知道日本這些景象。

蓮向所有認識的親戚借錢，也將荔枝田拿去抵押，籌出兩億盾給了掮客。她在全住宿制的訓練學校學習半年後，終於踏上日本的土地。

航廈大廳有個舉著寫了「Chào mừng bạn Phan Thị Liên」（歡迎潘氏蓮）瓦楞紙牌的女性，是日本這邊負責仲介的監理團體職員，一位已經取得日本國籍的越南人。

雖然蓮是利用外國技能實習生這個制度在日本工作，但聽說要先加入監理團體，由他們將蓮分派到實際工作的企業。

外國人技能實習制度美其名是貢獻國際社會，透過職場上的實習將技術和知識轉移給開發中國家的人才，發行的簽證並非工作簽證。然而，實際上運用這個制度工作的外國人，全都像蓮一樣以來日本賺錢為目的，並有許多人為此背負債務。日本企業也是在知情的背景下接受實習生，以解決人力短缺的問題。

監理團體的職員帶著蓮轉換電車，前往位於岐阜的辦公室。途中，職員反覆向蓮說：「總之，就是腳踏實地工作，邊工作邊繼續學日文。還有，確實遵守5S。」

大部分的越南技能實習生在進入訓練學校前都不諳日語，若非天才，不可能在僅僅半年的訓練期間內學會日文，大家光是記住平假名、片假名和簡單的打招呼問候便耗盡腦力，蓮也是如此。她也覺得來日本後要繼續學習日文是理所當然的。

所謂的5S是整理、整頓、打掃、清潔以及教養這五個日文發音以S為開頭的守則。據說，「進步的」日本職場和勞工多很散漫的越南不同，非常重視這些。尤其是第五個，教養——禮儀端正、守規矩——是最重要的。訓練學校也教導他們，就算日文無法通達，唯有教養一定要學好。

在辦公室辦完行政手續後，職員再一次叮嚀：

「要好好遵守老闆的吩咐，認真工作。如果想偷懶甚至是逃跑的話，會立刻把妳遣送回越南喔。」

技能實習生無法換工作，原則上，簽證期限的三年內都會在同一個地點工作。因為討厭分配到的工作地點而逃走的話，就會遭強制遣返出境。

訓練學校也每天要求學員用日語跟著念「我，絕對，不會逃跑」。

用不著說，蓮也沒有絲毫逃走的念頭，因為自己是借了錢才來日本的，若是遭強制遣返出境便絕對還不了那些錢。

＊

蓮分配到的工作地點是間名叫「龜崎織造」的紡織廠，位於岐阜縣南邊稍微靠東的可兒市郊區，是個乏人問津、只有農田的小鎮。

蓮從一開始就決定要做縫紉相關的工作，她從小就經常幫忙奶奶和母親做刺繡零工。不過，在這裡是用縫紉機縫布。訓練學校也有教他們基本的縫紉機用法。

龜崎織造的經營者是一位看上去五十歲左右，名叫龜崎的男性，有著濃密的眉毛和光禿禿的腦袋。日本員工只有這位龜崎老闆和一位兼職的女會計。紡織工人全都是女性外國技能實習生。

技能實習生總共約二十人，中國人與越南人各半。包含蓮在內，有四名同期的新人加入，三名越南人，一名中國人。

「大家遠道而來，辛苦了。日本很富裕，人也善良，是很好的國家，妳們能在日本工作很幸福。對我來說，妳們就像我的女兒，妳們也把我當作爸爸吧，叫我『龜爸』就好。大家要打起精神工作喔。」

老闆用日文說完後，又以結結巴巴的越南文重複一遍。

「日本，好國家。妳們，像我的，女兒。我希望，妳們把我，當爸爸。叫我『龜爸』。」

老闆想表達的內容都傳達出來了。

老闆將同樣的內容以似乎是中文的語言又說了一遍，然後讓大家喊他「龜爸」。

大家的發音不太好，講成了「龜吧」，老闆卻露出笑容說：

「喔喔，沒錯。龜吧，龜吧，妳們真可愛。」

雖然這個老闆長得有些可怕，但一定是個善良的好人吧——

蓮這麼想著。

奧貫綾乃

偵查第四天上午。

調查車輛穿過丸子橋，渡過多摩川，從東京前往神奈川，或是說從大田區前往川崎市。駕駛座上是司，副駕駛座上則是綾乃。今天沒有其他小組同行，只有她們兩人。

「那個……」

「是。」

「妳為什麼會想當警察呢？」

綾乃問了個自己一直很在意的問題。

「咦？」

「因為妳看，妳父親不說辭職的理由而且還離婚了吧？」

「啊啊。這個嘛……我小時候算是很討厭父親當刑警這件事，因為他完全不回家，我沒有任何跟他一起過生日或是聖誕節的記憶。我父母離婚的原因似乎也是因為父親長年下來都把家裡的事丟給母親不管。我先前不知道，但他們好像一直有在談離婚，是等到我念大學才執行的。」

「原來如此。」

警察不把家庭放在心上也是很常聽說的事。大家都知道藤崎是一名優秀的班長，但原來他並不是一個好家人嗎？

「不過，我對父親沒有什麼特別的心結。」

「這樣嗎？」

「是的。可能是因為我們之間的關係本來就很淡吧。提出離婚的好像是我母親，我反而覺得父親願意痛痛快快讓母親自由很好。」

還真是灑脫。

很好……是嗎？

那孩子——我的女兒長大後，也能這麼想嗎？……似乎不太能期待呢。

「我說要當警察的時候，雖然母親極力反對，不過感覺最後還是憧憬贏了。」

「憧憬，是對妳爸爸的憧憬嗎？」

「啊，不是，我憧憬的是……《大搜查線》。」

司的聲音變得有點小。

「大搜查線？」

「對，連續劇《大搜查線》……」

「咦，啊啊，《大搜查線》啊。欸，妳對那個有憧憬啊。」

《大搜查線》可說是平成代表性的警探劇，平成九年電視臺播出後，又拍了特別篇和電影版好幾部續集。《大搜查線》的影響也擴及到警界第一線，平成十年以後，許多考警察的人提到這部戲是他們想當警察的原因。司的年紀正好就是那個《大搜查線》世代。

「我很喜歡那部戲。劇情精彩，青島和小瑾沒有感情線也很好。」

青島和小瑾是《大搜查線》的男女主角。如果是早期一點的偶像劇，基本模式一定會帶到兩人的感情上，但《大搜查線》並沒有讓男女主角發展出超越職場夥伴以外的關係。綾乃是覺得有點可惜，但司似乎覺得這樣比較好。

「這樣啊。」

「抱歉，這個原因好像很無趣。」

綾乃想到了一件事。

「啊，難道說，妳幫爸爸送換洗衣物來是因為對警察有興趣嗎？」

「沒錯，我那時候剛看完電影版《大搜查線2》的DVD，想見識一下真正的搜查總部長什麼樣子……」

創下空前賣座紀錄的電影版《大搜查線2》剛好是在青梅血案發生的平成十五年上映，DVD則是在案件偵查中的平成十六年發行。

當時，藤崎好像對女兒特地幫自己送換洗衣物來感到很驚訝，原來是這樣啊。

綾乃轉頭看過去，司的側臉雖然和平常一樣散發幹練的氣息，耳朵卻紅了起來。難道，她在害羞嗎？

綾乃放柔了表情。

自己似乎看到了帥氣組長新鮮的一面，有種賺到的感覺。

「妳爸爸知道妳當上警察的事嗎？」

「知道。確定錄取後我有打電話告訴他。」

「他怎麼說？」

「他很驚訝，然後說『這份工作有很多不合理的事喔』。」

「啊啊，這是事實。」

「其實，我也想了解父親為什麼辭職，不過我也曉得，如果要列舉想辭掉這份工作的原因是列舉不完的。」

司語帶苦笑地說。

綾乃也有同感。之前離職時，綾乃有種解脫的感覺。雖然她現在又回來就是了。

「那個，我也可以問問題嗎？」

「請問。」

「奧貫警官為什麼會想當警察呢？」

「我嗎？我是因為高中時柔道社的學姊邀我……還有因為想來東京。」

正確來說，是想離開家裡。

從司說話的樣子來看，感覺不到她對藤崎的恨意。藤崎或許沒有把家人放在心上，但也沒有做出會讓女兒憎恨的行為吧。就這點而言，綾乃家的父女關係一定更加險惡。

綾乃的父親在農田比大樓多的鄉下擔任信用金庫分行的行長，母親則是全職家庭主婦。父親是一家之主，說的話不容質疑，小孩則要嚴格管教——綾乃家就是遵從這種古老家父長制度的典型家庭。

與其說是嚴格，用不可理喻來形容應該更正確吧。

綾乃從小一直是戰戰兢兢、看父親臉色過日子。

進入青春期後，綾乃撞見父親和年輕女子走在鬧區的畫面。父親在外有養情婦，不只如此，母親似乎也知情並默許的樣子。

明明自己行為不檢點卻總是一副了不起的樣子說教的父親，以及不敢對父親有任何抱怨卻會因為一點小事斥責自己的母親都讓綾乃嫌惡不已，她期盼能早日離開那個家。因此即使要當警察，綾乃也不要當地方上的縣警，而是向東京的警視廳叩門。

綾乃也沒有和父母親斷絕關係，尤其是婚後和娘家也有交流。曾幾何時，父母的銳角變得圓融，父親也和情婦分手了。綾乃自己在東京也曾有過無法公諸於世的戀情，對自己單方面討厭父母的事感到有些愧疚。

綾乃的父母對綾乃的女兒而言，應該是溫柔和藹的外公外婆吧。然而，離婚時，父親責怪綾乃是「丟人現眼的女兒」，母親哭著說「都是妳害我沒了孫女」，親子關係再次降到冰點，即使偶爾回老家，彼此也幾乎沒有交談。

即使有戲劇以信用金庫為背景，綾乃也很憧憬裡面的內容，她也不會選擇和父親一樣的職業。此外，她也沒想過要去了解父母。

那個孩子一定也不會想選跟我一樣的職業吧——

綾乃忍不住想起女兒。

「我把車停那裡。」

司看著導航轉動方向盤，沿著以剛才開過的丸子橋為界，東京那端稱為中原街道，神奈川這端稱為綱島街道的道路，將車子停入收費停車場。

馬路另一側，可以看見一棟棟突破天際線、壯觀雄偉的摩天大樓式住宅。

武藏小杉。這並非地圖上的地名，而是人們以川崎市中原區小杉町為中心對附近一帶的稱呼。

過去，武藏小杉給人的印象是靠近工業地帶、龍蛇雜處的鬧區，但經過大規模都更後搖身一變，成為集住宅、商業、福利等都市機能於一身的緊密城市，整潔又漂亮。位於中心的武藏小杉站可搭乘東急或ＪＲ，交通便利，附近有許多時尚咖啡店與餐廳，經常有女性雜誌為這裡做專題報導，在首都圈最想居住的地區排行榜中也總是名列前茅。

綾乃突然想起了一排排住宅大樓外牆龜裂的多摩新市鎮D集合住宅。新市鎮應該也是配合當時人民需求，集合城市機能的人工都市，四十年後卻變得如此淒涼。該說是新陳代謝還是世事無常呢？綾乃不知道用哪句成語來形容比較貼切。武藏小杉四十年後又會變成什麼樣呢？

綾乃和司下車，走在人行道上。

一旁的公園設置了一塊醒目的黃色立牌。

「禁止仇恨言論」

立牌上幾個龍飛鳳舞的嚴峻文字和街道的氣氛有些出入。

川崎市另一個知名的特色即是不斷有排外主義團體遊行示威，發表仇恨言論，對在日韓國人等外國人表達厭惡和排擠。綾乃也曾看過遊行的影片，裡面的群眾高聲疾呼「殺了他們」、「蟑螂」等直白的仇恨言論，非常過分。但即使是這樣的遊行，只要是合法舉行，轄區警局就必須予以戒備避免活動有人受傷。結果，遭到反對遊行的市民批評，說「警察保護仇恨遊行」，頗為可憐。

類似的遊行出現在日本全國各地，有一說是，就連被視為親近排外主義的政府當局大概也認為不能再坐視不管，於平成二十八年實施了「仇恨言論消除法」。雖然這是一部沒有罰則的「理念法」，但具有一定的遏止作用，聽說，仇恨遊行漸漸退燒。儘管如此，偶爾還是會出現召集者，反對的公民團體便動員起來，阻止遊行舉辦。這個立牌應該是反對仇恨遊行的那一方設置的吧。

「是叫仇恨遊行嗎？正田會不會有參加這類的活動呢？」

綾乃道。雖然她有一半是自言自語，司還是給予回應。

「他會嗎？關本說他不是會積極參與政治活動的類型。」

關本是本廳網路偵查隊的一員，網路偵查隊現在正在解析正田於社群平臺twice上的行為和發言。

據他們的分析，正田屬於「輕度網路右翼」。

根據在西丘製菓聽到的內容，從正田對中國人的言行也可以看出他心裡有排外的傾向，正田在社群平臺上也分享了好幾則煽動仇視外國人的文章或是按讚。不過，正田分享更多的是類似梗文梗圖的搞笑內容，政治文以整體的比例而言並不高。此外，正田不曾在網路上發表自己的政治意見，也沒有追蹤積極發布排外意見的帳號（關本說那叫「重度網路右翼」）。

——正田自己大概沒有那種強烈到想主動發表的政治意見，只是對剛好出現的文章以按一下讚的方式分享心情的層級。

根據關本的說法，一般在網路上積極發表政治意見的人，大多是收入達到某種程度的中、老年男子，像正田這種相對年輕又是非典型雇用的勞工，比起發表意見，更傾向於積極分享心情。

「就是這裡吧。」

綾乃和司在一樓是房屋仲介的住商混合大樓前停下腳步。

大樓就在東急元住吉站附近，來到這裡，已經稍微離開武藏小杉的範圍了。

大樓本身的入口在房仲公司旁，入口擺了塊小立牌，上頭寫著「7樓　網路咖啡STRANGER」。

店面位於頂樓，似乎不是連鎖店，就最近的網咖而言，十分少見。

正田在twice上追蹤了這間店的官方帳號並分享了店家文章，好像是有活動，分享就可以獲得折扣。也就是說，正田可能在這間網咖消費過。

現在，搜查總部將關本他們這些網路偵查隊可以從正田帳號推測出的交友關係和落腳處挑出來，正分頭一一確認。

綾乃和司走進大樓，搭乘位於短短走廊內的小電梯，前往七樓。

離開電梯，一道上半部嵌了玻璃的門映入眼簾，門上掛的牌子寫著「STRANGER 營業中歡迎進來看看」。

一走入店裡，便看到以廉價寒色系配色的地板和成排的書櫃與個人包廂。入口設有防盜門，左邊是飲料吧，右邊是櫃檯。櫃檯裡有名穿著類似制服背心的年輕男子，男子瘦巴巴的，將留到背部的長髮束在腦後。

「歡迎光臨。」

男子以嘀咕的音量招呼。

「不好意思，我們是警視廳的人。」

司出示警察手冊。

「咦？啊，是。」

「我們有些事情想確認，請問負責人在嗎？」

「呃，請稍等一下。」

男子朝背後看似辦公室的房間喊了聲：「店長。」

一名綁著丸子頭，約莫四十歲的女子走了出來，臉上是最近流行的鮮豔妝容，大紅色的口紅給人強烈的印象。

「怎麼了？」

「那個，警察又來了……」

男子說「又」。這間店最近有發生跟警察扯上關係的事嗎？

「啊啊，您好，有什麼事嗎？」

女子從櫃檯裡來回看著綾乃和司。

「我們是警視廳的人，請問您是這間店的負責人嗎？」

司再次舉起警察手冊。

「是的，我是店長……咦？警視廳，所以是東京的警察？」

「是的，我們正在調查一起東京發生的案件，希望您能協助警方蒐集情報。」

「蒐集情報？」

「我們想確認，這上面的男生或女生有沒有在這間店消費過。」

司將兩名被害者的照片放在櫃檯上。

一看到照片，店長馬上「啊」了一聲。

「警察原來有那兩個人的照片嗎？啊啊，因為他們是東京人吧？」

店長自說自話，一副恍然大悟的樣子。

「您認識這兩位嗎？」

「什麼認不認識，這是失蹤的那兩個人對吧？」

「咦？」

雙方的話對不上。

店長似乎也對綾乃她們的態度感到訝異，歪著腦袋問：

「妳們不是為丟包的事情來的嗎？」
「請等一下，丟包是指？」
「咦！就是他們把小孩丟在我們店裡的事……」
綾乃和司對看了一眼。
「不好意思，可以請您說得更詳細一點嗎？」
「啊，好——」
根據店長的說詞，照片上的兩人於本月月初帶著兩名年幼的小孩一共四人，使用了店裡最大的「party room」包廂，接連五天延長加購了「二十四小時包日方案」。
「我們家基本上是會員制，所以一開始有請他們辦會員卡。這是我當時影印的身分證明影本。」
店長從資料夾裡拿出來的A4紙張上印著健保卡，綾乃以偵查專用的手機拍下照片。以防萬一，也跟店長索取了一份影本。
辦會員卡的人是女方，健保卡上的名字是「舟木亞子」，地址是宮城縣L市，末尾是二〇三，大概是大廈或公寓吧。出生日期是平成四年六月九日，算起來今年二十六歲。
工廠的人說正田叫女朋友「亞子」，和這個名字一致。
「這張卡已經過期了。」
司指著健保卡上面記載的有效期限。
平成二十六年九月三十日，過期了近五年。
「工讀生當時沒有仔細確認。我們店裡也有很多有難處的客人，很常有這種情況……」
根據店長的說法，這間網咖的客人中，有些人從事臨時工或派遣工作並住在這裡，而這種被稱為都會型遊民——「網咖難民」的人在客人中占有一定人數。

店長說，雖然攜家帶眷的網咖難民並不多見，但也不是沒有。這間店的方針似乎是只要客人不惹麻煩、有付錢，就不會特別干涉個人私事，盡量以寬容的態度讓客人使用店內設施。由於是先付錢，使用時間內也可以自由外出。這兩人雖然會把小孩留在包廂自行外出，但每天一定會在晚上十二點前回來，繳納隔天的費用。店長認為他們應該是在做某種臨時工。

「——可是，正好是一週前，他們跟平常一樣白天出去後就再也沒有回來。我也稍微問了小孩一些問題。那是一對兄妹，哥哥叫翼，七歲，妹妹叫渚，三歲。他們說爸爸媽媽說『去工作』，但似乎不知道他們去了哪裡。在他們整整一天沒有回來後，我判斷他們把小孩丟在這裡，便聯絡了警察。」

收到通報過來的川崎南分局收下小孩，將兩人父母留在包廂的私人物品帶回了局裡。

「您知道那位父親，應該說是男方的名字嗎？」

「翼叫他『大貴爸爸』，所以我想應該是叫大貴吧……」

大貴——正田大貴，和被害者男方的名字一樣。

一週前正好就是兩人遇害的那天。此外，根據前兩天問案的情報，正田大概在四年前的夏天說女友懷孕了。如果女友是在隔年生下孩子的話，年齡就和那名叫做渚的三歲小孩吻合。

綾乃她們挑對地方了嗎？

這麼一來，兩人的身分或許就能真相大白了。

芥康介

芥康介經過二樓的遊戲室前時，看到那兩個孩子——翼和渚正在桌子旁畫圖畫得很起勁的樣子。

他走進遊戲室，悄悄看著他們。

「你們在畫什麼啊？」

「墨魚！」

渚活力十足地回答。

那是人氣遊戲「Splatoon」裡的角色。據說才三歲的渚用蠟筆畫的畫，要費很大的功夫才能辨識出那是類似人型的某種東西。不過，芥還是稱讚道：「渚畫得真好。」

芥把目光移到翼的畫上。翼以彩色鉛筆畫的內容一目瞭然。

「翼畫的是瑪利歐對吧？」

這個孩子也是畫遊戲角色。

翼面無表情，微微點頭。

翼比渚大四歲，即使以七歲的標準來看他也畫得非常好。因為工作的關係，芥常看到小孩畫的畫，七歲就能畫成這樣的小孩極為少見。這孩子或許有繪畫的天賦。

這個「京濱兒童家庭中心」是川崎市三間兒童諮詢所的其中之一，位於多摩川南岸的川崎賽馬場附近，有三層樓，二樓和三樓是臨時安置機構。翼和渚是安置在機構裡的孩子，芥則是負責兩人的兒童福祉司專員。

兩個孩子大約在一週前被遺棄在市內的網咖「STRANGER」裡，在那之前過的好像是半遊民的生活。

還是學生時，芥或許會對日本竟然會有這種事驚訝得說不出話，但在這間諮詢所工作六年後，他現在已經不會大驚小怪了。那些在完全稱不上「合適」的環境裡養育小孩的失能家庭要多少有多少，從事這份工作後，芥已經深刻體認到不想再體認。

生於平成年的芥基本上只認識泡沫經濟破滅後不景氣的日本。「寬鬆」、「開悟」、「草食」、「不買車」、「不從事休閒娛樂」等等等等，總而言之，芥的世代也是一個被判定為乖巧、不可靠的世代。即使這些形容都一針見血好了，但芥認為，從反面來說，重點不就是沒有錢嗎？相反的，對於偶爾電視上回顧泡沫經濟時出現的那些浮誇社會風氣，芥只覺得俗氣又可笑。

無論如何，芥從出生到現在從來不覺得自己很富裕。芥的老家位於川崎市西邊宮前區的住宅區，父親在一間小小的材料製造商工作，母親長年在超市打工。芥下有弟妹，升學的學費無法仰賴父母，靠著助學貸款大學畢業。由於出社會時身上一口氣就背負超過一百萬的債務，一點都不會想買車還是到處去玩聯誼那種休閒活動。

話雖如此，芥對生活也沒有強烈的不滿。芥的家庭大致上很和諧圓滿，生日和聖誕節都會收到禮物，他從高中時拿手機，念大學後開始使用智慧型手機。服裝方面，UNIQLO和GU有賣很多便宜又流行的商品，在YouTube上聽音樂或滑影片也不會無聊。就算沒有開進口車去兜風、出國旅行，只要利用社群平臺或免費的社群遊戲，和朋友保持淡淡的關係就很快樂了。

就算經濟不景氣，只要不愁沒東西吃，過著差不多幸福的生活不也很好嗎——一直以來，芥都是帶著這種朦朦朧朧的想法生活。

找工作時，芥追求穩定，以公務員為目標。他沒接受過兒童福祉司的專職教育，一開始的志願也不是到兒童諮詢所任職。一切都是錄取分發後的結果。

原本應該要當市內公務員的芥被派去培訓，受命在當時才剛成立的「京濱兒童家庭中心」這裡擔任兒童福祉司專員。兒童福祉司不像醫生或老師一樣有證照，屬於行政人員，聽說很多都是地方機關錄取的大學畢業生受訓後去任職。

老實說，芥一開始覺得自己抽到了籤王。

「社福工作很辛苦」是公務員界的常識。芥已懷抱相當的覺悟，然而，兒童諮詢所的繁忙與艱難遠遠超過了他的想像。

雖然兒童諮詢所這個組織負責應對的是所有與育兒相關的困難和煩惱，但自從平成十二年政府制訂兒童虐待防治法後，關於兒童虐待的諮詢和通報件數大幅激增，近年來不斷刷新最高紀錄。關於這個現象，與其說是虐童事件增加，有很大一部分原因應該是相關的社會關注增加後，大眾開始認識到過去在管教外衣下遭忽視的體罰或言語暴力其實是一種虐待。

芥上任時，所有隸屬京濱兒童家庭中心的兒童福祉司專員身上，固定都有一百件以上的案子。

然而對芥而言，比起工作上的辛苦，更讓他感受到衝擊的是，有超乎他想像數量的孩子被自己過去理所當然享受的「不愁沒東西吃，差不多的幸福生活」排除在外。

京濱中心負責管轄的川崎市東邊、面向港口的這一帶，是以工業區發展起來的。即使同樣屬於川崎市，氣氛也與芥老家的市區西邊以及摩天大廈城的武藏小杉略有不同。芥至今仍記憶猶新，四年前的平成二十七年，一名國一生在京濱中心附近的多摩川河岸遭三名少年施暴殺害。

中心應對的家庭中，有許多孩子處於發育期，家長卻沒有提供他們充足的食物，穿著不合身又破破爛爛的衣服。家長也是，面臨貧窮、家庭不睦、疾病、身心障礙等各式各樣的困難和煩惱。父母宣稱管教對孩子施以過度的暴力，或是毫不介意讓孩子抽菸喝酒的情況屢見不鮮。在這樣環境下長大的孩子成為父母後，又會對自己的孩子做出同樣的事，到處都是這種惡性循環。

這六年來，芥深切感受到的是自己只是單純運氣好，以及將家人視為絕對的存在是件極度危險的事。

「喂，你搞屁啊！我殺了你喔！」

遊戲室爆出怒吼。芥看向聲音來源，只見一個名叫古屋、現正安置在中心的十二歲男孩揪住了另外一個孩子。

附近的職員趕忙阻止他。幸好，沒有發展成爭吵和打架，古屋放開了對方，在職員的叮嚀中向對方說了「對不起」。

芥鬆了一口氣。

儘管古屋還是個小學生，卻被認為有行為偏差的傾向，因為偷竊接受過兩次警察輔導，在學校也曾突然把不順眼的同學打成重傷。由於自從安置在中心後情緒似乎有漸漸穩定，因此便讓他也能在遊戲室玩耍……即使情緒激動也能馬上恢復理智，規規矩矩地道歉，應該可以當做福祉司指導介入有效了吧。

過去，一談到兒童諮詢所的臨時安置，似乎就有很強烈的「將行為偏差的小孩關起來」的色彩。老舊的機構中，也不乏會在窗戶上加裝鐵欄杆，或是整體氣氛宛如少年院一樣的地方。

不過，在安置保護行為偏差的孩子、確認他們的成長經歷後會發現，他們平常都受到父母或是身邊大人的虐待，無一例外。像是這個古屋，據說就被爸爸在寒冬中丟到大樓外的陽臺，一整晚只給了他一條毯子，當做「惡作劇的處罰」。一有閃失，古屋或許就凍死了，這已經不是虐待，而是殺人未遂。

許多兒童諮詢所在這種現況基礎下將保護小孩的性命視為第一優先，以致力照護而非壓抑孩子的行為表現為努力方向。這裡也是一樣。然而中心卻沒有分配到能夠充分安置和照護孩童所需的預算和人員，第一線的負擔不斷增加。

這裡的安置機構也一直處於額滿狀態，不得已之下，只能優先安置情況特別嚴重的孩子。芥負責的家庭中，也有好幾個應該另外安置保護比較好卻無法幫他們安排的小孩。

即使如此，京濱中心每年應該也救了幾十條孩子的性命。然而，這不是能用數字證明的事，很少人會感激他們。那些接受安置的小孩監護人反而會恨他們。虐待孩子的人面對他人時往往也具備攻擊性。曾經有激動的監護人揪住過芥的領子，同事中也有不少人曾遭暴力相向。

古屋的父親每天跟他們抗議：「把兒子還給我！」古屋本人的心境也很複雜，曾經吐露：「爸爸雖然很可怕，但我想回家。」然而，現在讓古屋回家的話，可能會引發最糟糕的結果。負責古屋的兒童福祉司專員說，自己一直受到「乾脆讓他回家還樂得輕鬆，空下來的房間也能安置別的孩子」的誘惑逼迫，在差一步就要放棄的邊緣上堅持著。

即使成功防範了好幾件孩童可能會受虐致死的悲劇，但只要忽略掉一件便會遭到世人責備。兒童諮詢所就是這樣一個地方。

去年是東京目黑，今年是千葉的野田，都爆發了慘無人道的虐童致死案。在媒體渲染報導後，京濱中心這裡收到了大量抱怨電話。即使案子是發生在與這裡無直接關係的縣市，他們還是會收到一定數量的抱怨。應對這些抱怨也是福祉司的工作，為此切割掉時間的話，短缺的人手就會變得更加不足，陷入惡性循環。

這是份沒辦法喘口氣，消磨精神能量的工作，有很多人離職，芥自己也不只出現過一、兩次想辭職的念頭。儘管如此，他之所以還持續做到今天，與其說是責任感，或許更應該說是罪惡感造成的結果。

芥或許不富裕，卻在比這裡的孩子們遠遠幸運的家庭環境中長大，他對這件事感到愧疚，無法丟下他們自己逃跑。跟同年齡層的兒童福祉司專員談過後，意外地有很多人也是以這種心情在工作。

芥瞄了一眼身旁的翼，只見他依舊僵著表情，臉色發白。大概是被古屋的怒吼聲嚇到了。

「我們先回房間吧。」

翼點頭。「好嗎?」芥向渚詢問，渚也「嗯」了一聲表示同意。

「那我們走吧。」

芥帶兩人離開遊戲室。

*

這幾天，芥向翼和渚詢問、蒐集資訊，川崎南分局也給予協助，大致調查了推測應該是孩子們的母親——舟木亞子的身分及將他們丟在網咖的來龍去脈。

才三歲的渚頂多只能說出自己的名字和生日，無論問什麼都沒辦法好好回答。翼雖然話少，在某種程度上對芥的問題都能清楚回覆。

兩人的母親名叫舟木亞子，出身地在宮城縣L市，住民票似乎也還在那裡。經警方調查，住民票地址上的公寓在八年前，平成二十三年的三月十一日，遭三一一大地震時的海嘯沖毀了。L市處於災情慘重區，是當時報導中也經常討論到的地名。

震災後，亞子住在市內的臨時住宅裡，於同年十月生下長男翼。確認亞子的戶籍後，她沒有婚姻紀錄，翼的父親欄是空白的，翼似乎是沒有被認領的非婚生子。

亞子似乎在地震後的三年，平成二十六年十二月離開臨時住宅，來到東京。翼當時年紀還小，不懂事，幾乎不記得在受災地區時的生活。

來到東京後，翼和亞子母子二人好像是住在位於墨田區的公寓。這時起，翼有了記憶，跟芥說公寓附近的馬路可以看到晴空塔。

此外，來到東京後，母親亞子馬上就交了男朋友。那位男朋友似乎叫「大貴」，翼不知道正確的漢字寫法，也不知道他的全名，是有一次亞子跟翼介紹說「這是媽媽喜歡的人」。過了一陣子，亞子的肚子漸漸大了起來，最後生下了渚。那是距今三年多前，平成二十八年二月十七日的事。渚是剖腹出生的。

渚誕生前，大貴對翼說：「我以後就是你的爸爸。」開始和他們一起生活。翼改叫他「大貴爸爸」。

不過，亞子和大貴沒有結婚，亞子的戶籍也沒有關於渚的任何記載。如果渚是亞子的孩子的話，就是沒報戶口的幽靈兒童。

一般來說，很多小孩沒戶籍的案例是母親在離婚前後懷孕。日本民法規定，女性在離婚成立後一定期間內產下的小孩推定為前夫的小孩（以前是離婚後三百天內，平成二十八年修正後縮短為一百天內）。即使是別的男性的孩子，只要辦理出生登記，前夫就會成為孩子戶籍上的父親。如果前夫願意配合，即可透過「婚生否認」的程序幫孩子除籍，但若是離婚時有出現糾紛或是家暴的情況就很困難了。因此，母親就刻意不報戶口，讓孩子沒有戶籍。不過，沒結過婚的亞子不符合這個情況。

亞子生下渚大約兩年後，去年夏天左右，他們突然離開了一直以來居住的墨田區公寓。翼並不清楚其中緣由，之後他們居無定所了一段時間，在東京近郊的旅館或是網咖間流轉。聽說，他們曾經在家庭餐廳或是速食店等沒有睡覺空間的地方徹夜未眠，到了冬天，天氣變冷後也曾走一整晚的路防止自己凍僵。

另外，翼此時已經六歲又四個月，達到入學年齡卻沒去上學。他的學籍雖然在住民票所在的L市小學，但校方連翼的住所都掌握不到，也就是所謂的「居所不明兒童」。

這種遊民般的生活持續了半年以上，於上個月三月中旬時暫告一段落。

在翼一家四口以家庭餐廳代替歇腳處等待天亮時，一名年輕男子向他們搭話。雖然翼不太記得這間家庭餐廳在哪裡，但說男子自稱叫春山。

那名叫春山的男子和亞子與大貴說了些什麼，隔天就帶他們入住某個住宅區的房子裡了。那棟房子似乎是share house，有好幾間房間，除了翼他們外，還有五、六個人一起生活。根據翼的說法，裡面的住戶有一半以上「大概是外國人」。

受電視節目影響，提到share house好像就會有種「漂亮時尚、年輕人共同生活的地方」的印象，實際上卻有不少是專門給低所得階層的廉價房屋。如同昔日的下宿，屋主利用共同使用浴室、廁所、廚房等區域降低房屋成本，即使房租低廉也能確保高收益，因此似乎也成為一種投資標的。

名叫春山的男人是什麼人，以什麼條件讓他們入住share house，詳情翼並不清楚。但無論如何，隔了許久，他們終於開始在固定的房子裡生活了。

不過，入住不到一個月，他們又從那間share house出來了。此時離開的內情翼也不清楚。就這樣，從這個月初起，他們再度回到遊民生活，「STRANGER」似乎就是這段期間停留的地方。

然後，亞子和大貴失去了蹤影，丟下翼和渚，一個居所不明的小孩和一個幽靈兒童——事情似乎就是這樣。

芥雖然不知道亞子和大貴為什麼會失蹤，但不得不說，孩子們的成長環境非常不妥當。渚沒有戶籍，恐怕只是母親單純不想去報戶口吧。

然而，對孩子而言，被丟在網咖或許是件幸運的事。即使超過中心的收容人數，但警察帶過來保護的孩子會成為他們最優先安置的對象。

再讓父母這樣帶著四處遊蕩的話，這兩個孩子……**尤其是哥哥翼身上，或許會發生最糟糕的結果。**

*

芥將翼和渚送回房間，回到一樓的辦公室後，副所長三島美沙子正在座位上講電話。美沙子本身從事兒童福祉司專員的工作也超過了三十年，是在兒童諮詢所一路累積資歷上來的主管。

看到美沙子的樣子，芥心中微訝。

美沙子的表情十分凝重。身為資深社福工作者，美沙子對大部分的事都鎮定自若，總是保持笑容，那樣的表情在她身上很罕見。

「——好，我知道了。是，由我們這邊應對。好的，那就這樣。」

美沙子放下話筒，長嘆一口氣。

「發生什麼事了嗎？」

芥出聲問道。

「嗯？啊啊，是芥啊。剛好，我正想要叫你過來。」

「叫我嗎？」

「是關於翼和渚的事。疑似他們監護人的人……」

「找到了嗎？」

芥下意識搶先一步問道。美沙子雙眉緊蹙，憂愁地說：

「嗯。不，找是找到了，但是……那個，你知道多摩新市鎮雙屍案的事吧？」

前天早上芥出門上班前看的情報節目有報導這起案件。警方在多摩新市鎮的集合住宅社區裡發現一對身分不明的男女遭到殺害……

「咦！難道說！」

「沒錯。那起命案的被害人好像就是舟木亞子小姐和大貴先生。」

芥啞口無言。

芥原本以為，兩人雖然也有可能被捲入什麼糾紛，但大概還是單純的失蹤，應該就是不負責任的父母棄養小孩後消失了。川崎南分局負責的警員也持相同看法。

沒想到竟然是被殺害了——

「所以啊，警方——不是川崎南分局，是調查這件命案的警視廳刑警，希望能問孩子們一些問題，正往這裡過來的樣子。」

「這樣啊。」

「不過，你這邊沒有任何準備吧？問問題是無所謂，但兩人已經過世的事……」

「嗯，突然跟小孩子這樣說很不好吧？」

父母死亡是可能對孩子心靈造成巨大衝擊的事件。

即使不可能一直隱瞞，但芥希望可以先和兒童心理司專員討論後，做好萬全準備再向孩子們傳達這件事。

「說到這，雖然不知道跟命案有沒有關係，但『那件事』也和警察說一說比較好吧？」

「是啊。」

正當芥和美沙子正討論眼下該如何應對即將過來的刑警時，內線電話就響了。美沙子接起電話。櫃檯說刑警已經到了。

芥他們也不能把人趕走，便請櫃檯帶刑警入內。

不久，兩名女警走進辦公室，其中一名很年輕，大概和芥差不多大，身高很高，剪了一頭接近平頭的極短髮。另一名警察年紀大約四十上下，身材中等，一頭俐落短髮大約在脖子左右。兩人都穿著褲裝套裝。年輕高䠷的刑警自稱藤崎，年紀較長的則叫奧貫。

芥一心以為刑警應該是男生，警察中又有不少相貌可怕的人，還擔心他們會不會嚇到孩子，來的是女性令人稍稍鬆了一口氣。

芥和美沙子帶兩人前往辦公室裡頭的接待室，決定先在這裡和他們談一下。

兩名女警重新說明她們因為調查多摩新市鎮的命案而來到這裡的前因後果。說話的人主要是年輕的藤崎。

芥他們不知道本名的「大貴」，似乎是叫正田大貴。

芥也向警察傳達從翼他們身上詢問到的情報。兩人表示「很有參考價值」，筆記下芥說的內容。警察對翼一家四口曾經過著類似遊民的生活以及短時間入住 share house 的事特別感興趣，仔細確認了一番。不過，翼說的內容本來就含糊籠統，很多事都記不太清，因此，大部分的問題芥也只能回答「不清楚」。

「那個，其實有件事想先跟警察說感覺比較好。」

眼見談話暫告一段落，芥出聲道。

「什麼事呢？」

「兩名孩子中，至少，翼有受到暴力對待的跡象。」

「咦！」一直默默做筆記的奧貫抬起頭。

「意思是，遭到虐待嗎？」

藤崎以確認的口氣詢問。

「是的。如果說虐待的話，逼迫孩子們過著遊民般的生活已經可以說是充分的虐待了。不過，翼身上有多處瘀青，也有被香菸燙傷的疤痕。」

這是安置在中心後的身體檢查中發現的。

芥繼續說：

「以小孩而言，翼的表情非常少，眼神似乎沒有焦點，非常空洞。有一種現象叫 frozen watchfulness，『凍結警覺』，長期受到大人暴力對待，經常處於緊張狀態的小孩會失去表情，不讓情緒表現在臉上。我們認為翼可能就是這個樣子。」

「妹妹渚呢？」

藤崎問。

「渚的身體沒有類似受虐的痕跡，雖然沒辦法百分之百肯定，但從本人的樣子來判斷，應該沒有像翼那樣受到虐待。」

「施暴的人是母親嗎？還是父親？應該說是母親的男朋友正田。」

奧貫稍微探出身體問道。

「恐怕兩個人都有。但關於這點翼什麼都不肯說，我們也不太清楚。」

對大貴也就是正田而言，翼沒有血緣關係，是女朋友帶來的拖油瓶。失去機能的家庭裡，伴侶另外帶來的小孩成為虐待對象的案例多如牛毛。

一般認為，小孩對於虐待閉口不言有兩種理由。一是為了包庇父母，第二種理由就是被恐懼控制，擔心跟別人說之後會遭到更可怕的對待。也有很多人是兩種心情糾結難分，說不清到底是因為哪種理由。

「請問，過去有沒有行政機關或是哪裡的兒童諮詢所有掌握到他們虐待小孩的情況呢？」

藤崎問。

「就我們確認的範圍裡，他們似乎沒有接受公家單位協助的樣子，我想，恐怕是他們自己拒絕的。」

芥說完，一旁的美沙子先提了句「這是一般的看法……」補充說明：

「這其中存在著吸力和斥力。越是生活出問題或是處於問題邊緣的人，越會對社會上的協助感到排斥而遠離，被犯罪或暴力吸引。我們安置保護的這些孩子的父母，也有不少人有這種傾向。他們有的不喜歡聽從別人指點，有的是極度不想依賴他人或是做了什麼虧心事，即使我們想伸出援手也會把我們的手甩開。這樣的人並不理智，因此會想以最簡單的方法滿足自己一時的欲望，時而將情緒爆發在身邊比自己弱小的存在上。不是所有人都能無條件成為好父母，也有一定數量的人無論如何都無法好好愛孩子。」

大概是談論這種話題的關係吧，奧貫一直以一種可怕的表情聽他們說話。

「那麼，可以的話，我們希望能直接跟孩子們談談……」

藤崎說道。

儘管中心這邊很樂於協助警方調查，但芥還是不想在今天這個時候告訴孩子們那兩人的死訊。

芥瞄了美沙子一眼後輕輕點頭。他重新面向女警開口：

「好的。跟孩子們面談是沒問題，但是——」

芥向警方提出要求，面談時自己也要在場，以及希望她們不要跟孩子們說亞子和正田的死訊。

奧貫綾乃

偵查第四天下午。

為了確認被丟在網咖「STRANGER」裡的孩子狀況，綾乃和司前往京濱兒童家庭中心。據說，兩名死者的小孩——翼和渚暫時被安置在這裡。綾乃她們先從副所長三島美沙子和負責孩子的兒童福祉司專員芥康介口中取得情報，再和孩子們見面。

中心的人帶綾乃和司來到二樓一間會客室，感覺像是間小型會議室的房間。稍微等了一下後，芥帶孩子們走進會客室。

芥、翼和渚坐在六人座長桌的一側，綾乃和司則坐在他們對面。

剛好坐在綾乃正對面的翼頭髮留到肩膀左右，身型纖細，五官也還帶著稚氣，乍看像女孩子一樣。翼一臉怔然，面無表情，雙眼似乎沒有焦點。他不願直視綾乃她們的方向，稍微低著頭看著桌子。

這個面無表情的樣子就是芥剛才所說的「凍結警覺」嗎？說不上來是為什麼，綾乃有種坐立難安的感覺。

另一方面，坐在翼身旁的渚則和他相反，臉上是符合小孩子的柔軟表情，興致勃勃地看著第一次見面的綾乃和司。

「我們正在找你們的爸爸媽媽。」

司說。大概是因為面對小孩的緣故，司的聲音和表情感覺比平常更溫柔。

中心這邊提出要求，希望警方暫時向孩子隱瞞父母親遇害的事。因此，綾乃和司便以尋找兩人行蹤的形式和孩子談話。她們也不是來通知孩子父母死訊的。

「首先，想請你們看這張照片。」

司將搜查總部製作的電腦繪圖照片擺在桌上。

「啊，馬麻！爸拔！」

還沒詢問，渚的小臉就表情一亮，有所反應。

翼默默無語，一直盯著照片。

「翼，怎麼樣？這是你媽媽和大貴爸爸嗎？」

芥從旁問道。

「……嗯。」

翼的目光落在照片上不動，以微弱的聲音回答。

看來，在D集合住宅遭到殺害的男女就是正田大貴以及他的女友——這對兄妹的母親舟木亞子沒錯。

看過照片後，司依序將剛才從芥那裡聽到的內容向孩子們問了一遍。

年幼的渚幾乎答不了複雜的問題，主要只有翼在回答。不過，翼也才七歲，面對初次見面的大人似乎還懷有戒心，因此話很少。他始終面無表情，只有「嗯」或「不是」這種最低限度的回答。

看到翼這個樣子，綾乃愈發覺得難受不舒服。

大概是覺得膩了吧，渚從途中就開始玩起芥事先準備的著色畫，只有一次對話題有所反應。

那是司提到這個月初他們還住在那裡的share house時。

渚突然抬頭笑著說：「switch！好好玩！」

名叫春山、似乎是那間share house介紹者的男人，好像常常會帶Nintendo Switch過去讓孩子們玩。一提到遊戲的話題，翼的表情好像也稍微柔和起來。

名叫春山的男人似乎每天都會去share house稍微打掃以及補充生活備品，或許是類似管理員的人。

由於這間share house是直到案發前幾天被害人一直待著的地方，綾乃她們很想鎖定地點，但翼似乎記不太清楚位置。

啊，他們很像……

問話進行中，綾乃突兀地發現了——

自己難受不舒服的真正原因。

因為翼的眼睛和表情跟綾乃的女兒非常像。

綾乃的心跳在發覺這件事的同時加快速度。

那個綾乃總是對她發脾氣、偶爾還會動手的女兒，曾幾何時在綾乃的面前失去了表情，變得無法好好說話。女兒和丈夫、幼稚園老師及朋友都能正常說話，唯有跟相處時間最長的母親綾乃說話時會結結巴巴。因此，綾乃愈發覺得女兒很煩……

那股黑色的情感——沼澤，湧上心頭。

那個孩子也有「凍結警覺」。是我讓她那樣的。

身旁的司向翼問問題的聲音聽起來很遙遠。

相反的，耳畔迴響起副所長三島美沙子剛剛說的話。

——也有一定數量的人無論如何都無法好好愛孩子。

那就是我——

綾乃為育兒煩惱時，沒有和任何人商量。綾乃認為自己和一個理想的對象結了一場理想的婚姻，也打算打造一個理想的家庭。因此，綾乃不想承認自己在煩惱，不想依賴他人。開始對小孩動手後，則是因為罪惡感更加無法向別人開口了。

沒錯，妳也一樣——

「沼澤」傳來聲音說。

說話的，是一隻在沼澤底部蠢動的蜘蛛。

大概是女兒四歲的時候吧，綾乃一家三口在丈夫的提案下前往六本木之丘的森美術館和觀景臺遊玩。當時在森大樓前看到的那座巨型雕塑，那隻蜘蛛。「好厲害喔。」丈夫發出單純的感嘆，站在他身旁的綾乃渾身戰慄。綾乃忘不了那隻蜘蛛懷著自己的孩子，以彷彿快斷掉的纖細肢腳拚命站立的樣子。

綾乃用力咬緊牙根，想要消除那道聲音。咬著那一直錯過治療的臼齒。瞬間，一股強烈的疼痛貫穿腦袋。綾乃下意識「嗚」了一聲，皺起眉頭。

「那個，怎麼了嗎？」

司中斷詢問，擔心地向綾乃問道。

芥和渚將注意力轉到綾乃身上。翼似乎也保持避開眼神接觸，覷向這裡。

「啊，抱歉，我有點蛀牙。你們也一定要好好刷牙才行喔。」

綾乃擠出苦笑，向孩子們說。渚乖乖地回答：「好——」

另一方面，翼朝司的方向開口道：

「請問……」

「什麼事？」

司反問。

「媽媽和大貴爸爸什麼時候會回來？」

翼沒有看著司的眼睛問。

「我們會努力快點找到他們。」

司沒有正面回答。

翼依舊面無表情，沒有任何反應，令人完全摸不透他現在在想什麼、有什麼感覺。

為了堵住「沼澤」，綾乃小心翼翼、不露聲色地拚命咬住臼齒，給自己施加疼痛。

潘氏蓮

平成二十八年九月。

蓮來到日本已經過了五個月。

不停操作縫紉機的一天相當漫長，然而，季節輪轉卻又極其快速。人們爭相談論里約熱內盧奧運、日本最受歡迎的偶像團體ＳＭＡＰ解散，以及一發售便在全世界造成轟動的 Pokémon GO 的盛夏轉眼間就過去，來到秋老虎的季節。

技能實習生在龜崎織造被賦予的工作基本上只有兩種：將兩塊布緊緊貼齊，以縫紉機縫起來的縫製作業，以及將那樣縫好的衣物分類，塞進紙箱裡的包裝作業。

工作從早上八點半開始。偌大的木造工廠裡擺了一排排的縫紉機工作檯，大家各自在規定好的工作檯進行縫製作業。中午有三十分鐘的休息時間，直到下午六點前不斷地操作縫紉機。下午六點到七點是晚餐時間，若有沒完成的縫製工作，晚餐後就繼續做，沒有的話就做包裝作業。下班時間每天不一樣，快的話九點，也有做到超過十一點的情形。

雖然工作內容單純簡單，卻需要正確執行的專注力。一天結束時，身體不但筋疲力盡，腦袋裡還彷彿有臺小縫紉機般，耳畔一直迴盪著機械聲。

結束工作回去的住所是組合屋式的宿舍。宿舍不是個人房，是在擺了三張上下舖的六人房裡一起過團體生活。宿舍房間依越南人和中國人區分，淋浴間也分成越南人專用和中國人專用。由於彼此有語言隔閡，越南人和中國人在宿舍裡幾乎沒有交流。

工廠一天提供三餐，早上是日式甜麵包，午餐和晚餐則是訂製的外送便當。

此外，為了防止技能實習生逃跑，進入宿舍時老闆便收走大家的護照，說為大家保管到三年後回國前為止。

工廠週休一日，只有星期天休息，公司建議她們那天也待在宿舍。若要外出，門禁時間是下午六點，必須填寫外出申請書，註明要去的地點，在外面也規定要戴印有公司名稱的黃色帽子。

既不是東京也不是京都，距離迪士尼樂園也很遙遠的工廠現實和蓮嚮往的日本截然不同。然而，蓮並沒有因此感到失望。

這種程度的事她早已有心理準備。

蓮上了半年的那間訓練學校採軍事化嚴格管理。教官每天都在罵人，學員從早到晚、日復一日地學日文、練習打招呼、打掃和使用縫紉機。訓練學校的宿舍沒有空調也沒有電視，工廠的宿舍卻有，光是這點就好多了。訂製的外送便當也不難吃。

由於工廠包辦了食宿，大部分的薪水都可以寄回祖國，蓮是高興的。

然而，在習慣工作和生活後也出現了不滿。

其中一項不滿是，比起越南人，老闆似乎更偏袒中國人。

實習生中有一名「班長」，老闆每隔幾天就會找班長開會，讓班長報告工作和宿舍裡的生活細節。

根據班長的報告，工作分配和宿舍配備也會改善。實習生中，越南人和中國人的比例大約一半一半，精確來說，越南人稍微多一些。然而，聽說班長一定是從中國人中挑選。不知是不是因為這個原因，中國人的房間好像都會配置比較好的備品，工作方面也是，蓮也覺得中國人常常都會分配到比較輕鬆的工作。

「簡單來說，班長就是老闆中意的人。中國人比較『接近』日本人，所以老闆對她們比較有感情吧。」

說這句話的，是跟蓮同寢的前輩，淑。淑今年工作第三年，就快要回國了。

「蓮，妳有可能是越南人裡面第一個會被選上班長的人喔。如果是這樣的話，到時候就請妳多多關照啦。」

淑工作的這段時間裡，班長曾換過兩次，聽說每一次被選上的都是「很像日本人」的女生。然後根據淑的說法，蓮出生於和中國接壤的越南北部，皮膚白皙、長相溫柔，也「很像日本人」。

先不論自己是否能成為班長，蓮對越南人和中國人之間的差別待遇果然無法釋懷。另外，比差別待遇更令人不滿的是薪水。

蓮每天從早到晚工作，月薪大約九萬圓。換算成時薪大概是三百圓，遠遠低於岐阜縣的基本工資。然而，蓮不知道這種事，只知道一圓日幣大概是兩百越南盾，九萬圓大約是一千八百萬盾，是蓮他們家半年以上的收入。起初，蓮對於能拿這麼多薪水感到驚訝，心想來日本果然是對的。

然而，九萬圓要扣除餐費和宿舍費等四萬圓的費用，留在手中的只有五萬圓。即使如此，五萬圓對蓮而言也是一筆大數目。不過，當蓮第二個月拿到和第一個月幾乎相同的薪水時，冷靜一算，發現這遠遠低於掮客所說的金額。

每個月實際收入五萬圓，三年只會有一百八十萬，即使全部的錢都送回家，還錢後就剩八十萬圓，大約一億六千萬盾。考量到利息，實際上應該會更少。掮客明明說可以賺超過三億盾……

蓮向淑提起這件事後，淑露出苦笑。

「妳被掮客騙了啦。老實說我也是。那些傢伙都把話說得很誇張。不過，事到如今抱怨也沒用。不錯了啦，就算這樣，送回家的錢也是越南在家做零工絕對賺不到的金額。」

的確如此。

淑苦口婆心地說：

「天底下沒有那麼好的事，有工作就會有不滿。不過，要是不停埋怨，就是沒有教養喔。之前有個叫英的女生，明明也不是班長，卻希望老闆能調高薪水或是讓宿舍更乾淨之類的，一直抱怨。結果老闆一氣之下就把她遣回越南了。妳也不想變那樣吧？」

蓮只能點頭同意。在背負債務的狀態下，蓮不能回越南。

「那就忘掉不滿，拚命工作。」

淑是對的。

儘管如意算盤出了差錯很可惜，但還是能寄給家人一大筆錢。往好處想，努力工作吧

——

蓮再次下定決心，勤奮工作。

就在這樣生活的某一天。

當實習生結束下午的工作，準備吃晚餐休息時，老闆出現在工廠裡。因為今天晚上要開會，大家都以為老闆是來找班長的。

在蓮進工廠前便擔任班長的中國人——楊準備跑向老闆身旁。

然而，老闆卻伸手制止她說：

「從今天起，班長換人。」

楊的臉沉了下來。全員緊閉嘴巴，沉默瞬間瀰漫整個廠房。工廠外傳來唧唧的蟬鳴聲。

蓮聽不懂老闆的意思正感到困惑時，身旁的淑悄聲告訴她：「老闆說要換班長。」

老闆緩緩走向這裡，在蓮的面前停下腳步。

「蓮，從今天起，妳來當班長，好嗎？」

老闆慢慢說道。

都到這個地步，蓮也明白自己被指定為班長了。

人群中興起騷動，中國人的圈圈逸出哀嚎。

「太好了！好厲害喔！蓮，老闆說妳來當班長！」

淑像是高喊萬歲般地舉起雙手。

我，是班長——

突如其來的指名雖然令蓮驚訝，但大概是淑和身旁的越南人都很高興的關係，蓮並不感到討厭。

「好嗎？」

老闆確認似地又問了一次。

「啊，好、好。」

蓮點了好幾次頭。

「很好，妳真可愛。」

老闆伸手撫摸蓮的頭。

這就是惡夢的開始。

奧貫綾乃

偵查第六天上午。

租借的車子從仙台站前奔馳了約三十分鐘。

「地址上來看應該是這邊。」

司確認導航，將車停在路肩上。

綾乃下車，司也熄滅引擎走出來。

然而，這裡卻什麼都沒有。

當然，地球上不存在「什麼都沒有」的空間，這不是一個正確的形容。這裡有道路，有空地，有稀疏的雜草、間隔相等的電線桿，遠方有建築物的影子、寬闊的天空。四周颳著強風，也有飛舞的飛蟻。雜草縫裡的空罐、保特瓶、壞掉的腳踏車等非法丟棄的垃圾格外醒目。

然而，這裡卻沒有任何這塊土地應該曾經擁有過、散發出人煙的東西。

這裡是宮城縣L市的沿岸地區。

地方上的人稱這一帶叫「濱」，是舟木亞子住民票上記載的住所原本應該存在的地方。聽說，直到八年前的三月十一日前為止，這裡都是個充滿活力的港都。

三一一日本大地震遭海嘯吞沒和沒有遭海嘯肆虐的地方受災情形有著天壤之別。以一條河川為界，一邊是一整片沒有任何不同的住宅區，一邊則是消滅的城鎮，斷壁殘垣，一片荒野。當時，綾乃也曾在新聞中看過這樣的景象。

大地震後八年，僅僅在十五公里之外的仙台市區，感覺已經恢復了東北最大城市的日常。然而，這座沿岸港都，就連外地人綾乃也看得出來，和重建或是再生這些詞還有很大一段距離。

「司，妳那天在做什麼？」

綾乃望著荒涼的景色向司問道。住在關東以北的人大概對那天都有很深刻的記憶。

「我在大學那裡。」

司瞄了綾乃一眼後回答。

「啊，妳那時候還是學生啊？」

「對，最後一年了。我那時候大四，已經只是在等畢業的狀態，但因為四月開始就要去警察學校，為了鍛鍊體力，就請學校讓我用健身房。」

「欸，原來大學有那種設施啊。」

綾乃只有高中畢業，完全不知道大學是怎樣的地方。

高中畢業去東京、進入警視廳是很大的決心。在柔道推甄下，也有當地的大學和綾乃聯絡。由於父母勸綾乃升學，綾乃反而強烈希望去工作。當時，如果選擇大學的話，自己現在會在哪裡做什麼呢——綾乃常常會思考這種「if」的問題。

「地震發生的時候我在跑步。不是在操場，而是一個人繞著學校外面跑。有一瞬間我覺得怪怪的，結果地面突然就像波浪一樣搖晃，我之前從來沒遇過這種狀況嚇了一大跳。因為學校那裡是住宅區，剛好有個小學女生放學回家走在我附近，她尖聲大叫哭了出來。我衝過去，想著牆壁和房子周圍可能都很危險，硬是抱著那個小女生把她拉到馬路中間，等地震變小。我那時也有點陷入混亂，不停左右東張西望，環顧四周，擔心有車子會衝過來，同時一直跟那個小女生說『沒事，沒事』。其實，我應該是在說給自己聽。」

——沒事，沒事。

神奇的是，綾乃那一天也抱著一個小女孩——綾乃自己的女兒——說著同樣的話。

「原來還發生了這樣的事啊。」

「奧貫警官那天在做什麼呢？」

「我在……買東西。啊，妳知道我離過婚，對吧？」

「知道。井上班長跟我說的。就是，只知道妳因為這樣回歸警界。」

「嗯，就是重新回來。地震那時候我還是家庭主婦，在附近的超市買東西。架上的商品全都唰唰唰地掉下來，整間超市陷入極度混亂——」

綾乃知道再說下去，「沼澤」一定會出來。不，或許已經出來了。

「——嗯，就是一個慘烈。好，我們走吧。」

綾乃在無傷大雅的地方中斷話題，催促司上車。

「好。」

司沒有懷疑的樣子，坐進駕駛座。綾乃悄悄咬緊牙根，故意讓牙齦疼痛，坐上副駕駛座。車子駛了出去。

那天，那個時刻，平成二十三年三月十一日，下午兩點四十六分。綾乃真的在超市買東西。當時，她讓五歲的女兒獨自在家看家。

在那稍早之前，綾乃和女兒從幼稚園回來後，她給女兒餅乾和柳橙汁當點心，結果女兒打翻了果汁。女兒臉色發白想要道歉，卻「對、對、對不、對不」的口吃，無法好好道歉。這比打翻果汁更讓綾乃不高興。女兒剛才明明還開朗地和幼稚園老師、朋友道再見。

為什麼這個孩子只對我這麼畏畏縮縮呢？為什麼只有不能跟我好好說話呢——

憎惡湧上心頭。綾乃無法選擇其他情緒。

——妳為什麼不能好好做呢？

綾乃破口大罵，打了女兒的手。女兒無聲地哭泣，用那「凍結警覺」的面無表情哭泣。

綾乃想擦拭打翻的果汁，發現家裡沒有廚房紙巾了。因此，她對女兒丟下一句「妳自己看家」後，離開家門。

待搖晃變小後，綾乃急忙趕回家裡。那時，她腦袋裡不停閃過的假設是「女兒要是有個萬一……」

客廳的大餐櫥沒有做任何防震措施，如果餐櫥倒下來壓到女兒的話——

綾乃已經很久不曾像那樣全力奔跑，趕回家裡。

結果，女兒平安無事。餐櫥也沒有倒下來。

女兒在餐桌下抱著膝蓋哭泣，跟剛才一樣，臉上毫無表情。

綾乃驚訝得說不出話來。不是對女兒的樣子，而是對自己的內心。

綾乃感到失望。

對女兒平安無事感到失望。

明明自己剛才是帶著擔心的心情跑回來的，心裡某處卻期望著。

要是有個萬一，萬一，那個孩子死掉的話，綾乃就解脫了——

綾乃抱住女兒，不停說著「沒事」。拚命地說，祈求般地說。

然而，她清楚知道不是沒事。

綾乃期望女兒死掉。在應該選擇愛的場合下，她選擇不了愛。我無法愛這個孩子，別說是愛了，我可能有一天會失手殺了她——

綾乃就是在那時下定決心放開家人的。

車子朝著遠處的建築物奔馳，她們漸漸看到了全新大樓林立的社區。

沿岸地區並非全滅後就沉寂了。聽說，L市目標在「濱」重建住宅區。雖然數量還不多，但附近已經可以零星看到新建的獨棟房舍和公營住宅社區。

那個社區也是其中之一。綾乃她們準備和亞子住在那裡的兒時玩伴談話。

佐藤紗理奈

妳們開車來有沒有嚇一跳？在這種像荒野一樣的地方只有一個社區建在這裡，其他什麼都沒有吧？沒有商店，也沒有ＡＴＭ，做什麼都必須開車到城裡。我覺得超不可思議的。

啊，對，妳們好，我是佐藤紗理奈。對，今年二十六歲。工作是……美容師。在長町一間叫「sunny sunny」的店工作。

我是去年搬進這個社區的。老實說，臨時住宅那邊方便多了，臨時住宅的地點比較接近市區，附近也有便利商店……可是，我爺爺奶奶說什麼就是覺得「濱」比較好，說這邊的風不一樣，很舒服。唉呦，我只覺得很冷就是了。

雖然這樣講有點那個，但他們日子也不多了。在臨時住宅的時候我們也一直住在一起，事到如今放他們自己兩個人感覺也不太好。只要我一不在，他們兩個馬上就會吵架。而且，我對「濱」也不是沒感情，就這樣囉。

不過，也有很多人不認同用大家繳的稅在這裡造鎮。妳們別說出去，我也有點這麼想。雖然他們說現在海嘯來的話已經可以去屋頂避難了，但重點根本不是這個吧？事到如今，就算新的城鎮蓋好，地震後搬到仙台、市區或是外縣市的人也幾乎不會想回來。想回來的都是阿公阿嬤。我也是，如果爺爺他們不在的話，就不會回來了。

本來就有一些人說不能相信市政府，他們那些在吵的人吵得很凶喔。有些人很氣市府，在「濱」被海嘯淹沒的時候沒有用緊急無線廣播之類的應對，造成一堆人死掉，正在打官司。啊，沒錯沒錯，新聞也有報。他們也有來我們家問說要不要一起當……是叫原告嗎？之類的。說如果當初市府有好好應對，我父母應該就能得救。不過我拒絕就是了。我爸媽好像是逃難時連人帶車一起被沖走的，大概跟市府怎麼做沒有關係吧。另外，我也不想捲進爭執裡面。

啊啊，抱歉，所以是要講舟子對吧？沒錯，因為姓舟木，所以叫舟子，是綽號。唉，我嚇一跳，畢竟我們也算是朋友。

請問，妳們說她被殺了……是真的吧？

雖然我不想說過世的人的壞話，但舟子的個性很硬。我國小到高中都跟舟子同校，她一直都是個小太妹。雖然我也沒資格說別人就是了。舟子從小就抽菸喝酒樣樣來。她爸媽很差勁啦，也都死了。

對，沒錯。舟子家是在「濱」那裡的公寓。她和奶奶、媽媽、姊姊四個女生一起生活。她奶奶開小酒吧，媽媽和姊姊也都在幫忙。

舟子的爸爸很久以前就死了，記得是我們小六的時候吧。她爸爸是漁夫，不知道是酒品很差還是會發酒瘋，好像喝醉了會打舟子媽媽和舟子她們，舟子有一次來學校的時候臉上還有瘀青，印象中好像連她奶奶都有被打到骨折過。

聽說，她爸爸是死於工作意外，大家都說一定是因為喝酒的關係。不過這附近的人都覺得舟木家的女人這下得救了。但是，這次換舟子媽媽情緒不穩定，會打小孩和奶奶。雖然我不懂，但舟子的媽媽好像非常喜歡她爸爸吧。

該說舟子莫名地堅強嗎？她身上也有這種死心眼的地方，一直喜歡一個叫青柳的學長。啊，他是大我們兩屆的學長，高中畢業後就在港口工作。大概是高二下快結束的時候，舟子開始和他交往，然後在高三快畢業的時間點懷孕了。

她因為生理期沒來懷疑是不是懷孕，用驗孕棒測試後結果是陽性，所以想去找醫生檢查。是我陪她一起去的，去仙台的婦產科。

就是那一天，三月十一日。地震發生的時候我們已經看完診，在車站附近的家庭餐廳討論接下來該怎麼辦。舟子那個時候雖然喜歡青柳學長，但她說自己無法想像結婚或是養小孩的事，大概只能選擇墮胎。老實說，我也覺得舟子沒辦法當媽媽。當我們在說是不是要募款之類的話時，地板突然搖了起來。

一開始，我們還想這大概是個有點大的地震，但搖晃一直沒有變小，接著整間店嘎的一聲開始劇烈上下震動，突然黑成一片，停電了。因為那間店在地下室沒有窗戶，伸手不見五指，還有人發出慘叫。我和舟子大概也有叫出聲吧，超級驚慌的。

可是我們也站不起來，只能牽著對方的手，縮在位子上乖乖等待。當搖晃感覺終於變小時，店員用手電筒引導大家到外面。

外面有好多人，路上掉了一堆碎玻璃，就在這個時候，天空突然下雪了，我有種世界是不是就要這樣毀滅的感覺。

我們那天是搭電車去仙台的所以回不了家，就過去緊急避難所的小學。晚上，我們在避難所聽人家說，靠海那邊好像因為海嘯變得面目全非，還有人說L市整個沿岸地區都被毀得一乾二淨。那裡就是我們的家啊，雖然擔心家人不知道怎麼樣了，但避難所那裡手機完全不通也沒有電視可以看，我們也沒辦法確認。

最後，我們大概在那個避難所待了一星期。

後來有人說可以用卡車載我們到L市，好不容易回去，發現「濱」真的消失了，什麼都不剩……舟子家、舟子的家人還有青柳學長，全被海嘯捲走了。

我的家和父母也被沖走了，只有爺爺奶奶跑去國中避難而得救。之後，我們在避難所生活了一陣子，市府在靠近內陸城鎮的地方蓋了組合屋臨時住宅後，我們就搬到那裡。我和爺爺奶奶三人，舟子自己一個人住進了同一區的臨時住宅。

剛好就在那個時候，是舟子能安全墮胎的最後期限，舟子感覺情緒很激昂，說她「絕對要把孩子生下來」，說那是她和死去的學長之間的羈絆。

不，其實要說情緒激昂，周圍的人都一樣。因為，在一堆親人死去中誕生的孩子，感覺就像希望的光芒吧？電視上大家不是也一直在唱羈絆、羈絆的嗎？我想，應該是有那種情緒在吧。所以我也認為舟子應該把孩子生下來，想說怎麼可以墮胎。

就這樣，十月，啊，對，是那一年，平成二十三年十月，舟子生下了翼。臨時住宅的大家也都很盡量在幫忙。翼的存在果然是大家的希望。

因為有大家這樣照顧，舟子才有辦法生下孩子。可是，舟子很討厭身邊的人對她說東說西，像是抽菸之類的。不管是懷孕時還是產後，大家都跟她說不要抽菸不要抽菸。這不是很正常的事嗎？抽菸對嬰兒很不好吧？可是，舟子那個人就是別人跟她說不行，她就偏要做。

臨時住宅裡也有些人贊助她產後的生活費，可是舟子不但完全沒道謝，還仗著別人的好心，生完孩子也一直不打算工作。她也曾經把小小翼丟在臨時住宅裡，自己不知道跑到哪裡去。臨時住宅的設備雖然還算齊全，但牆壁很薄，沒有什麼隱私，小孩一哭的話，也有些人會抱怨。我想，舟子也有這方面的壓力吧。

漸漸的，舟子開始會說「早知道就不要生小孩了」或是「我錯了」之類的話。很過分對吧？不是說孩子是她和學長的羈絆嗎？重點是，她說那些話，翼不是很可憐嗎？老實說，我覺得她根本沒資格當母親。

咦?暴力?妳是說虐待之類的嗎?不，我想應該沒有。舟子雖然抱怨個不停又很隨便，但從來沒打過翼也沒有大聲罵過他。

她常說「我以前被爸爸媽媽打很難過，所以我自己絕對不會打翼」之類的話。雖然舟子的話大部分都是說說而已，但據我所知，她沒有那麼做過。

啊，對，沒錯。舟子是平成二十六年年底離開的。所以……我想想，是在臨時住宅的第四年。咦?不不不，她離開的方式一點都不平常，是落跑。

不過，我那時候就有預感了。因為她突然態度變很好，說自己「為了翼要加油努力」，到處跟身邊的人借錢。雖然每個人借出來的錢也就是幾萬塊，頂多十萬，但她總共應該借了超過一百萬。

我基本上也借了她五萬塊。老實說，我本來就覺得這筆錢不會回來。當時她說「過年後會還」，我就想她可能打算在年底前跑掉吧……

結果跟我想的一樣，她一句話都沒說就消失了，也刪掉我 twice 上對她的追蹤，把我封鎖。我雖然很震驚，但這的確很像她會做的事，很像。不管怎麼說那傢伙都很頑強，所以我當時想她應該在哪裡活得好好的。

咦?啊，知道。我知道有誰借錢給她，雖然不知道金額。我想一下，第一個是——

*

從東京過來的兩名女警，大約問了一個小時的話。

刑警離開了拿來問話的社區活動中心，留下佐藤紗理奈一人在小小的房間裡。
原來如此，舟子死了嗎——
而且好像還是被殺死的。警察在問話之初就告訴了紗理奈這個事實。
幾天前，在東京多摩新市鎮發生的這起殺人案宮城也有報導。紗理奈平常不看電視新聞也不看報紙，但因為這件命案很詭異，稍微在網路上引起了討論所以知道。
據說，那件命案遇害的兩名男女中，女方就是紗理奈的兒時玩伴舟子，舟木亞子。
雖然新聞還沒報導被害者的身分，但警方似乎會在明後天向媒體召開記者會的樣子。
紗理奈在警方詢問下告訴她們舟子跟好幾個人借錢落跑的事，警察好像會去找那些人問話。她們是在懷疑嗎？紗理奈自己也有借錢給舟子，警察也有問她案發當天做了什麼事，以及最近有沒有去過東京。那或許是在確認不在場證明。
和舟子一起被殺害的男人是誰？舟子的小孩翼現在在哪裡做什麼？刑警們沒有告訴紗理奈任何關於案情的細節。
可以肯定的是，紗理奈再也看不到舟子了。
舟子從臨時住宅消失的時候紗理奈心想，既然是舟子，可能沒多久就會突然回來了吧。不過，她已經再也不會回來了。
紗理奈將 **iPhone** 的藍牙耳機塞進耳朵，打開 Apple Music 的ＡＰＰ。
紗理奈播起西野加奈的歌曲，自己最近已經沒在聽了。舟子非常喜歡西野加奈，因為她的影響，紗理奈變得也很常聽她的歌。應該說，跟紗理奈感情好的女同學大家都在聽。
這麼說來，今年初西野加奈宣布無限期停止活動時，紗理奈好像有突然想起舟子，想著她現在在哪裡做什麼——

謝謝
有你在真好

〈Best Friend〉，西野加奈第一次參加紅白唱的歌。好像是紗理奈她們高三的時候吧，所以是大地震前的紅白。

紗理奈將手舉到自己面前凝視。

大地震那天，在停電的家庭餐廳等待地震平息時握著的手。

在不曾經歷過的地震而且還是徹底的黑暗中，緊握不放的手。舟子一定也是那樣握著的手。彷彿在向彼此確認「我在這裡」、互相交握的手。

當時的觸感彷彿還留在手上，又像已經消失。

那天，紗理奈和舟子一直沒有鬆開交握的手。她們牽著手走在地震肆虐後的仙台街道上，前往緊急避難所。在避難所裡還有睡覺的時候，她們也還是一直牽著手。唯有陪伴在彼此身邊是她們彼此的救贖。

她們是什麼時候鬆開手的呢？是天亮後自然鬆開的嗎？紗理奈記不太清楚了。

我們是 Best Friend
喜歡你，最喜歡你了

鼻子一酸，淚水在眼眶中打轉。

「白痴喔。」
紗理奈朝自己低喃。
舟子又不是什麼Best Friend，她們之間只是家裡住得近的孽緣，大地震那天也只是碰巧待在一起。她們吵過架，紗理奈也曾經在舟子背後大肆說她壞話。舟子真的是一個很隨便的人，最後還拿別人的錢落跑。
紗理奈不可能喜歡那種女人。
可是——
「我好想妳喔，舟子……」
話語脫口而出，這是紗理奈沒有半點虛假的真心話。紗理奈不知道自己為什麼會因為那種女人的事這麼傷心。可是，紗理奈很想舟子，因為再也見不到她而悲傷不已。
紗理奈雙手摀住自己的臉頰。

奧貫綾乃

偵查第六天下午。

結束佐藤紗理奈的問話回到車上後，司打電話給搜查總部。

知道亞子四處借錢後逃走這件事，要說收穫的話也是一項收穫。

錢是最普遍的犯罪動機。根據紗理奈的說詞，大家各自借給亞子的金額並沒有那麼多。要說是過了四年還會特地前往東京殺人的金額也頗微妙。不過，他們不知其中是否藏有什麼隱情，保險起見，警方大概需要了解亞子借款的全貌、確認債主的不在場證明。

因此，綾乃她們似乎會留在這裡幾天。

司講電話時，一旁的綾乃靠在座位上，思考亞子的事。

根據目前為止的調查，亞子和孩子們的來歷已經明朗的部分如下：

亞子在距今約四年前的平成二十六年十二月離開這個受災區，帶著翼前往東京。

母子倆在墨田區的公寓生活後沒多久，亞子藉由社群平臺 twice 認識正田，開始交往。

不久，亞子懷了第二個孩子渚。渚誕生前，正田辭掉西丘製菓的工作，搬進亞子的住處。渚是平成二十八年二月誕生的，距今已有三年。不過，由於亞子沒有報戶口，渚成為沒有戶籍的小孩。

兩年後，也就是去年，平成三十年的夏天，亞子他們離開公寓，開始過著遊民般的生活。這一年，翼已經來到入學年齡卻沒有去上小學。

來到今年，三月中左右，四人暫時入住了位於某處的 share house，但不到一個月就又離開。這是這個月，平成三十一年四月初的事。

之後，他們又再度過了幾天遊民生活，暫時待在那間網咖「STRANGER」。然後不知為何，亞子和正田兩人在毫無關聯的多摩新市鎮D集合住宅遇害……

網路偵查隊的人說，正田的 twice 上有個互相追蹤的帳號「ACO」，那個帳號就是亞子。ACO的帳號雖然是平成二十四年註冊的，但完全沒有平成二十六年以前上傳的內容。大概是離開臨時住宅時全部刪除了吧。

平成二十七年一月一日，亞子上傳了一張當時和翼自拍的照片。照片背後是原宿站旁的神宮橋和人群，似乎是去明治神宮新年參拜的樣子。

「哈皮妞意兒！東京新年 94 狂。希望我和我的寶貝兒子有美好的一年。」

照片附上了這些文字。

從之後上傳的內容，可以看出亞子因為柏青哥的話題和「Daikingu」也就是正田變熟，兩人馬上就相約見面了。

之後又過了一段時間，亞子越來越少發文。平成二十七年十月二十日，亞子上傳了一張翼的照片，照片上的翼擺出雙掌合十的姿勢，說明文字寫著「五郎丸！」之後，便再也沒有發文。

這時候的亞子應該已經懷著渚卻沒有關於這件事的發言。

不再用社群平臺發文，是因為什麼原因還是只是單純膩了呢？

懷孕、大地震、生子、失蹤、相遇、再次懷孕、遊民生活，然後是虐待。

佐藤紗理奈說亞子說過自己不會打翼。她在社群平臺上的發文也稱翼為「寶貝」。然而，最後卻有極大的嫌疑虐待兒子。

——吸力和斥力。

綾乃想起京濱兒童家庭中心副所長三島美沙子的話。

在災區，身邊的人想要幫助自己，但亞子卻似乎從他們身上感受到斥力。最後，她借了一百萬逃跑。這件事大概更強化了那股斥力吧。

再來是吸力。亞子斬斷和出生地的關係來到東京，建立了新的人際關係。

儘管知道立場和處境截然不同，綾乃還是想到了當初來到東京時的自己。

亞子還有我，可以選擇什麼，又有什麼是無從選擇的呢——

潘氏蓮

平成二十八年九月。

那一天的晚餐休息時間，來到工廠的老闆指名蓮為新任班長。

「那我們趕快來開會吧。」

儘管眾人仍處在一片騷動中，老闆卻不以為意，打算帶蓮離開。

就在這個時候，之前的班長楊走過來，向老闆控訴了什麼：

「龜爸，為什麼？你討厭我了嗎？她比我好嗎？」

楊的日文比蓮流暢多了。

「嗯，算是吧。之前辛苦妳了。」

老闆不耐煩地說，楊的淚水撲簌簌地從眼眶落下。

「龜爸，你好過分，好奸詐。我喜歡你，求求你。」

老闆沉下臉，嘖了一聲。

「妳要這麼沒教養嗎？我之前給了妳很多照顧和好處吧？也有疼妳啊。再囉囉唆唆的就讓妳回國！」

蓮只聽懂了「教養」兩個字，其他的都不太明白。

楊咬緊下脣，當場跌坐在地，不停哭泣。

老闆不予理會，催促蓮：

「來，別介意，走吧。」

雖然蓮乖乖聽從老闆吩咐跟著他離開，心中卻有種不好的預感。她能理解班長的寶座遭人奪走會很不甘心，也聽說中國人的個性比越南人強烈，但只是這樣就會如此痛哭嗎……

最後，老闆帶蓮前往的地方是他緊鄰工廠的自家房舍。

老闆家是一棟平凡的日式兩層樓建築，一進門便聞到一股充滿塵埃的臭味，屋裡雖然沒有亂七八糟，發黑的牆壁角落卻透著老舊感。

老闆帶蓮來到一樓的客餐廳，這裡大概有兩個宿舍六人房大吧。餐桌上擺著食物，是漢堡排、麵包和沙拉。

「雖然說是開會，但也只是邊吃飯邊聊天。啊，菜都涼了吧，我去加熱，妳等我一下。」

老闆將裝著漢堡排的盤子拿到和餐廳相連的廚房，以微波爐加熱。

「來，妳先坐那裡。」

蓮從老闆的手勢知道他要自己坐下便緊張地坐在餐桌旁。

牆壁高處掛著日本國旗、一幅「七生報國」的字以及一張跟老闆年紀相仿的男子照片。蓮不知道那幾個漢字的意思，也不知道照片中的男人是誰。

家裡感受不到其他人的氣息，老闆一個人住嗎？

雖然有傳言說老闆離婚了，但不知道是真是假。

叮！微波爐響起，老闆將加熱後的漢堡排端到蓮面前放好，多蜜醬的香氣撲鼻而來，蓮感受到口中不斷泛出的唾液。

「雖然是家庭餐廳的外送卻很好吃。妳先吃吧，來，妳，可以，先吃。」

老闆示意蓮開動。

「啊，是。我開動，了。」

蓮乖乖拿起餐具開動。熱騰騰的漢堡排一放入口中便沁出飽滿的肉汁。平常吃的訂製外送便當雖然也有放漢堡排，但這塊漢堡排比便當好吃好幾倍。

「怎麼樣？很好吃吧？」

老闆將自己那份也加熱後回到餐廳，坐在蓮對面。

呃……老闆應該是在問自己好不好吃……吧？

蓮僵硬地點頭。

老闆笑吟吟地也吃了起來。

接著，他以徐緩清晰的日文問道：

「蓮，妳工作，習慣了嗎？」

蓮全力運轉腦袋，將日文轉換成越南文理解後，思考答案，再以日文說出來。

「啊——是。還很辛苦，很辛苦。」

雖然花了許多時間，但由於蓮的日文單字量很少，只能回以簡單的答案。不過，社長卻笑瞇瞇說：「這樣啊，這樣啊。」

之後，老闆邊吃飯邊問了「和同事相處得還好嗎？」「有沒有什麼煩惱呢？」等各式各樣的問題。儘管蓮絞盡腦汁想回答，可惜她的日文實在太生澀，幾乎無法好好回覆。

「蓮，妳日文要再加強啊。」

飯後，老闆笑容滿面地說。

蓮也很沮喪。自己這樣有辦法勝任班長的工作嗎？此外，由於吃飯時一直動腦，難得的漢堡排從途中開始就幾乎嘗不出味道了。

「好，我來教妳一點吧。蓮，我們，來學，日文，好嗎？」

語畢，老闆慢慢開口：「a、i、u、e、o。」「蓮，妳說說看。」蓮在老闆的催促下複誦：「a、i、u、e、o。」接著是「ka、ki、ku、ke、ko」，再來是「sa、shi、su、se、so」。

接著老闆指著「手」、「眼睛」、「鼻子」等身體部位，以及「桌子」、「椅子」、「盤子」等餐廳裡的東西，說出它們的日文，蓮再複誦一遍。兩人以這種方式，「學習」了一段時間。

儘管蓮一開始有些不知所措，但也很高興老闆特地這樣教自己。她再次心想，自己必須好好學日文才行。

「今天差不多就到這吧。」

日文學習告一段落時，餐廳牆上的時鐘指針停在快接近晚上九點的位置。平常這個時候，蓮都在做晚上的工作，包裝還是什麼的。

這麼說來，楊被叫去開會的日子也都沒有參與晚上的工作。她也是像這樣在跟老闆學日文嗎？

「蓮，我給妳看個好東西，來這邊。」

老闆起身向蓮招手。蓮乖乖跟上去。

他們來到浴室。

「哇！」蓮下意識驚呼。

這間浴室比宿舍淋浴間大多了，鋪著花紋美麗的磁磚還有淋浴間所沒有的浴缸。那是個圓形的巨大浴缸，浴缸裡盛滿熱水，白煙裊裊。

「在日本，我們會泡澡消除疲勞。」

老闆說。

越南沒有泡澡的習慣，沒有人家裡有浴缸，大家只會沖個涼或是用蓮蓬頭洗去身上的髒汙。

蓮的目光被生平第一次看到的大浴缸吸引，應了老闆一聲。

就在這個時候，老闆突然從背後抱住蓮。

「我悶，依起，希澡。」

老闆說的話雖然坑坑疤疤，發音也很奇怪，但那確實是越南話。接著，他把手伸到蓮的胸前。

「不要!（Không ）」蓮下意識大喊，想撥開那雙手。然而，老闆卻用力壓住蓮的身體，撫弄她的胸口說：

「聽話!嚷妳悔去喔!」

果然是越南話。雖然說得破破爛爛很難懂，但蓮知道他在說若是不聽話，就要讓蓮回越南。

這是蓮最為難的事。

蓮扭動身體，轉向後方。眼前的老闆雙目充滿血絲，露出猥褻的笑容。

他的表情說明了一切。

「抵抗的話，我就讓妳，回越南，懂嗎?」

老闆這次用日文，一個字一個字放慢速度，仔仔細細地說。

這個男人知道蓮沒有拒絕的選項。

「衣服，脫掉。」

老闆暫時鬆開蓮，用越南話說道。他並不會說越南話，大概是用網路還是什麼查了這種狀況下要用的句子再記下來的吧。也就是說，他指名蓮當班長一開始就是為了這個目的。

淑曾經說過「簡單來說，班長就是老闆中意的人」，這句話一點都沒錯。所謂的「班長」，就是這個老闆的情婦。

想不到他是這種人……

老闆曾說，實習生就像他的女兒，要大家喊他「龜爸」。日本的父親會對女兒做這種事嗎？

蓮有股想推開老闆逃走的衝動。

然而，逃走後又能怎麼樣呢？蓮身在異鄉，無處可去，也不知道誰能幫助自己。去警察局的話，會被抓起來的人不就是逃跑的自己嗎？最後，蓮應該會被強制遣返吧？蓮還有很大一筆債務沒還完，抵押的田地可能會被拿走，一家人流落街頭，孩子的將來也會暗無天日，只有這點是不能允許的。

蓮的眼前是一片黑暗。

「好（Vâng）……」

蓮只能聽話。

蓮咬緊嘴脣，解開襯衫鈕釦。

身為有丈夫的女人卻要遭這種男人玩弄，令人不甘心到了極點，蓮的眼眶落下一顆顆的淚水。老闆看見蓮這個樣子，高興地笑著說：「妳真讓人受不了啊。」

就這樣，蓮和老闆一起入浴。當然，不是這樣就結束了，老闆在浴室強暴了蓮。該說準備周全嗎？老闆在浴室的櫃子裡備有保險套。久未允許異物插入的陰道感受到一股疼痛，蓮下意識喊出聲，老闆發出下流的笑聲，洋洋得意。離開浴室後，老闆把蓮帶到二樓的臥房，又侵犯了她一次。

「聽好了，我可沒有強迫妳喔。妳是自己想來日本，在彼此都有共識下和我做愛的。我讓妳住在有電視有空調的高級房間，還讓妳賺在妳們國家都賺不到的大把金子，為了避免日後麻煩，我也有好好避孕。妳別像哪個國家的妓女一樣，事後跟我扯什麼要道歉還是要賠償的喔。妳很幸運，要心懷感謝。」

老闆用日文說的話蓮幾乎聽不懂。

她已經失去了抵抗的意志，任憑擺布。

老闆抱著蓮時口中不停說的那句日文「好可愛」，以及他腋下令人難以忍受的臭味在蓮的記憶裡留下強烈的印記。

深夜，回到宿舍後蓮哭了一整晚。腦海裡不斷掠過丈夫與孩子們的身影，精神幾近崩潰。同寢的淑等人知道蓮承受了什麼遭遇後大吃一驚，另一方面卻也都恍然大悟。就是這樣，老闆之前才會偏袒中國人。

隔天，蓮忍受著股間殘留的疼痛、以及每當意識到那股疼痛時就會被喚醒的屈辱，好不容易完成了工作後，夜晚，老闆再次找她去開會。

和前一天一樣。在一起吃飯、學日文後，強暴她。要說有哪裡不一樣，頂多就是被侵犯的次數只有一次吧。

之後，老闆開始頻繁地找蓮去開會。

就這樣，蓮持續著猶如地獄般的日子。

奧貫綾乃

偵查第九天。

回到櫻之丘分局的搜查總部時，只見井上和梅田正在大會議室裡吃著泡麵，那大概是宵夜吧。時間已經接近午夜零點，日期就要換成新的一天。

「喔，辛苦了。」

井上出聲道，綾乃和司異口同聲：「您辛苦了。」

「這一兩天都到這麼晚，妳們是真的辛苦了。」

井上慰勉兩人。

直到昨天為止，綾乃和司總共在宮城待了三天，以借錢一事為中心，調查舟木亞子在當地的人際關係。

基本上，所有借錢給亞子的人都能確認不在場證明。儘管不少人話中對亞子都有些心結，但大家都跟佐藤紗理奈一樣生活在宮城，說自己沒有去東京。雖然不在場證明的細節尚未確認完畢，交由地方轄區推進，但感覺這些人都是清白的，沒有人跟案情有關。

綾乃和司昨天深夜回到東京，今天一整天又馬不停蹄地被派去調查問案。說不累是騙人的，不過，這點大家都一樣。基本上，搜查總部成立的三週內搜查員都不會休假。

「奧藤選手，有收穫嗎？」

梅田問。他把綾乃和司合在一起叫，令人疲憊的身心更加煩躁。

「很抱歉，目前沒有跟案情有關的收穫。」

司回答。綾乃心想，司明明不需要對那傢伙這麼恭敬。

「不，就算只是填空格也是收穫。」

井上豁達地說。

現在，井上班的主要任務就是確認正田和亞子到案發為止前的足跡。兩人在遊民般的生活裡，以臨時工賺取日薪。井上班便調查這段期間他們過夜的店家、仲介工作的業者和一起工作的人，詢問正田和亞子的狀況和彼此的對話內容，一步步鎖定兩人的行動。如井上所說，這就像個填空的工作。

搜查總部昨天召開記者會，公布了兩名被害者的身分。今天早上電視新聞也報了出來，有不少接受警方詢問調查的人都感到很驚訝。

「宅配業者那邊怎麼樣了？」

綾乃向井上問道。

「啊啊，那個啊，找不到。我們把有接D集合住宅的業者都調查一遍了。」

井上歪著腦袋說。

綾乃和司待在宮城期間，偵查有項重大進展，警方大概知道正田和亞子那天為什麼會在D集合住宅了。

查出線索的是網路偵查隊，他們負責分析正田在網路平臺twice上用的帳號。網路偵查隊從法院取得搜索票，要求twice的日本公司提供正田的個人帳號內容，因此得以確認沒有公開的私訊紀錄。

正田曾經和多名用戶私訊對話，其中，感覺跟案情有直接關聯的，是他在遇害前兩天和一位暱稱叫「HARUYAMA」的用戶的對話。

首先，那位HARUYAMA傳來了這樣的私訊內容：

〈你好，我是春山。你們後來還好嗎？我這邊有個單件的好差事，方便的話要不要接呢？只要在空屋裡收貨就付20K。〉

所謂的20K是網路用語，代表兩萬圓。

根據在京濱兒童家庭中心從翼那裡聽來的內容，介紹他們最後住的share house的男人似乎也自稱春山。兩者大概是同一人吧。

關於春山的訊息，正田回覆：〈我是想接……但ACO說不想回去那裡。〉

春山回：〈不用回來也沒關係，報酬是當場支付，怎麼樣？〉

ACO是亞子吧。不想回去指的是回share house嗎？

〈那我接。〉正田答應後兩人的對話如下：

〈日期是後天，可以嗎？〉

〈可以。〉

〈要收的貨很多，你可以和亞子小姐一起來嗎？太惹人注意的話不太好，請先把小孩放在某個地方。〉

〈好。〉

〈東京都多摩市××××D集合住宅第三棟的四〇二，下午兩點到四點。〉

〈OK。〉

〈鑰匙在電表上。〉

春山寫的住址，就是正田和亞子被發現屍體的那間屋子。訊息裡也同時傳送了藏鑰匙的電表照片。

正田和亞子會去那間屋子，顯然是為了春山委託的這件工作。

從文字中可以想像，工作內容是當詐騙車手。像是竊取他人信用卡資訊，從網路購物購買容易轉賣的名牌、遊戲機等等的信用卡詐騙。

由於這一類的詐騙會留下送貨紀錄，如何取貨便成為關鍵。大概是利用空屋，讓第三者取貨，以免警方查到主謀的蹤跡吧。D集合住宅正是一個這樣的所在，其他郊外住宅區急遽增加的空屋中也不乏有這類疏於管理的地方，便被有心人士利用來犯罪。

正田和亞子為了這件工作前往D集合住宅的那間屋子，因某種糾紛遭到殺害——

搜查總部因為這條線索有了一致的看法。

那麼，找兩人出來的春山究竟是何方神聖？

HARUYAMA帳號的建立日期是傳送私訊當天，顯然是個為了這次聯絡而設的免洗帳號。網路偵查隊雖然也有要業者提供HARUYAMA的個人資訊，但該用戶並沒有註冊跟身分有關的資訊。聽說，對方連代表網路住址的IP位址也用名為Tor的匿名技術隱身了。

綾乃不是很清楚細節，不過，根據網路偵查隊關本的說法，Tor好像是一個專門的瀏覽器軟體，容易上手，擁有幾乎可以完全隱藏某人是從何處上網的技術。

在受專制或高壓政權統治的國家或地區，人民似乎會用它來自由交換情報，但若是用於犯罪，就是個極難偵查或取締的麻煩東西。發生於平成二十四年、隔年二十五年逮捕真凶的遠端操控網路案也是使用這個Tor，讓警方在初步調查時大擺烏龍，逮捕了毫無關係的民眾。

科技發達下，過去以組織為單位進行的犯罪也漸漸個人化。

井上他們為了掌握線索，調查是否有業者於案發當日、私訊提及的下午兩點到四點間送貨到D集合住宅第三棟的四〇二號室。

然而，卻一無所獲。

「或許，這份工作委託從一開始就是假的。從對方特地囑咐要正田他們兩個人過去來看，凶手很有可能最初就是為了殺他們才叫他們過去的。」

井上說。

若是這樣的話，沒有貨品送過去也不奇怪。

「他們和凶手的交集就是那間 share house 嗎?」

「現在還什麼都說不準吧，畢竟我們對那間 share house 幾乎一無所知。」

井上盤起雙臂嘆了一口氣。

關於正田和亞子以及兩名孩子的足跡，警方已經查明相當的資訊。只有在那間 share house 將近一個月的時間仍是空白的。

「哎，會不會就是混混之間發生無聊的衝突啊。那兩個人就算被殺也是理所當然的，噁斃了。」

梅田不屑地說。

儘管這不是值得稱讚的發言，卻沒有人阻止梅田。

連你這種性騷擾男也這樣想啊——

除了春山，正田也和許多用戶私訊，雖然那些訊息跟案情可能沒有直接關聯，卻有許多令人無法忽視的地方。

除了類似詐騙集團的車手，正田也從事了其他不法的勾當——

販賣兒童色情照片。

例如，最近的三月三十日，他收到這樣的私訊：

〈我想要照片，請告訴我詳情。〉

網路偵查隊說，這則訊息應該是看了正田帳號「Daikingu」的公開個人檔案上「有暖爐P」這句話，才傳過來的。

「有暖爐P」跟Vocaloid沒有關係，似乎是內行人才懂的行話。暖是「男」，爐是「蘿莉塔」，P是「photo，照片」，分別跟各個代表詞彙的首字同音，意即「有小男孩的照片」。

正田對這則私訊回覆如下，並附了一張翼的大頭照，在眼睛部分加上黑線，以防認出他原來的樣子。

〈七歲，美少年。全裸20cut　5K，加綑綁10K，加虐待20K。可討論情境設定。預付制，不賠償、不退貨。〉

接著，對方回答：〈我買。加虐待，可以的話，要很激烈的。〉正田告訴對方自己的銀行帳戶。

隔天，大概是已經確認好匯款，正田傳給對方二十張相片——翼一絲不掛，被繩子綑綁的照片。私訊裡提到虐待，照片裡甚至還有將點燃的香菸按在翼背上的五連拍，令人不忍直視。翼全身上下都是瘀青和燙傷的疤痕，那是小小的身體難以承受的殘酷暴力痕跡。兒童諮詢所的芥說的，就是這個吧。

照片中的翼維持著那被稱做「凍結警覺」的面無表情，只有眼眶泛著淚光。

買家對這些照片傳送了〈謝謝。像破破爛爛人偶的那種感覺太棒了。〉的感想後，對話結束。

在這之前，正田也不斷跟好幾名用戶以同樣的方式販賣照片。似乎是從去年夏天開始的。

這明確違反了兒童色情禁止法。

翼的遭遇不過是在這次調查中剛好浮出檯面。

從這件事可以看出，有許多人像這樣使用行話宣傳、利用社群平臺的私訊功能進行兒童色情照片的交易。

正田拍攝並販賣翼（那個稱自己為爸爸的男孩）的色情照片。亞子大概是默許吧，也或者是一起參與了拍攝。

簡直令人作嘔。

雖然賣方正田已經不在人世，但兒童色情法也會處罰買方。偵查總部已經和本廳的網路安全對策總部以及生活安全部分享這條情報，準備檢舉跟正田購買照片的人。

這是當然的。必須讓想買這種照片的人負起應有的責任。

「可是，怎麼會變這樣呢？」井上嘆了一口氣。「對舟木亞子而言，翼是她在大地震後的艱難中生下的孩子吧？正田對這個孩子做了這麼過分的事，她為什麼還會跟他交往下去呢？而且自己也可能參與了虐待。實在令人無法置信。」

井上是個只會冷靜追查事情前因後果、就事論事型的刑警，難得聽到他評論案件關係人而且還是被害人的人格。這也代表他對翼所遭遇的虐待是多麼憤慨了吧。

梅田配合地說：

「真的是，大概是母愛那塊壞了吧。」

兩個男人皺著眉互相點頭。

綾乃站在一旁，被那句大概是無心說出來的話挖出了想要遺忘的記憶。雖然這本來就是一個聽起來不舒服的話題，但梅田又說了多餘的話。她和梅田真的很合不來。

——綾乃，雖然離婚了，但妳是母親吧？妳難道沒有母愛嗎？

在討論離婚事宜時，當綾乃決定將監護權讓給先生後，婆婆這麼說道。

對溺愛孫女的婆婆而言，綾乃將監護權交給她的兒子應該是件值得高興的事。然而，她似乎也不能接受綾乃放棄這項權利。婆婆跟綾乃的丈夫很像，溫柔優雅，這樣的她看著綾乃的眼神，就像在看一種無法理解的怪物。

對話中斷，綾乃和司回到座位上，開始將今天調查的內容統整成報告。綾乃想盡快寫完，多少保留一些睡眠時間。

儘管這麼想，但工作到一半，綾乃再也忍耐不下去，起身離開座位。

「我去一下洗手間。」

綾乃一臉自然地說。她一出走廊便衝進廁所。

綾乃在廁間裡大吐特吐。綾乃在回程車上吃的晚餐飯糰還沒消化，白飯和海苔全數被吐進了馬桶。

和井上他們談話時，那股黑色的情感——「沼澤」現身了。綾乃覺得那隻蜘蛛一直從沼澤底部盯著自己。

然後，一股不舒服的感覺湧了上來，就像體內真的出現沼澤一樣。綾乃一直用力咬牙，企圖以疼痛分散注意力卻不太有效，壓不住想吐的衝動。

由於用力過猛，綾乃咳了好幾次，被胃液灼傷的喉嚨陣陣刺痛。自己胃液的臭味從馬桶裡飄了出來，刺激著鼻腔。綾乃沖水，離開廁間。

正當綾乃想在洗手臺漱口時，眼窩突然一陣麻，視線模糊，眼淚自然而然奪眶而出。無關乎自己的意志，感覺身體就是想拚命將什麼東西排出體外一樣。

搞什麼啊，真是的——

綾乃拭去淚水，一次又一次，反覆深呼吸。

在情緒終於穩定下來後，洗手離開了廁所。

一出洗手間，綾乃便看到司站在自己跟前。

「奧貫警官，妳還好吧？」

司不安地看著綾乃。

若要說好還是不好，大概是後者。不好。不過，為什麼司會在這裡？

她看起來不像是來上廁所的，就算是擔心來看綾乃的狀況，綾乃也沒有在廁所待那麼長的時間。

「咦？啊……怎麼了？」

綾乃下意識地問。

「那個……因為妳看起來很累的樣子。如果是我多管閒事的話，很抱歉。」

司微微歪頭，似乎有些懷疑。

是綾乃的表情不小心透露了嗎——

綾乃偷偷吸了一口氣。

「我什麼事都沒有。真的是多管閒事喔，不過，謝謝妳。」

綾乃動員所有的意志力，使出渾身解數逞強道。

潘氏蓮

平成二十九年一月一日。

道路兩旁是綿延開展的農地，冷風從降過霜的農地襲來，帶著些許乾燥的泥土氣息。

蓮縮著身體，走在鋪著柏油的田間小路上。一旁有棟高大氣派的民房，屋前擺著門松，大概是這片農田的主人吧。

就在蓮剛好經過民房時，屋外玄關開啟，一群看似一家人的男女老少魚貫而出。女生穿著和服，男生有人身著傳統紋付袴禮服，也有人穿著西裝，都是盛裝打扮。

其中一名穿著紫色華美和服的老太太注意到蓮，向她出聲祝賀：「新年快樂。」

蓮知道那句話是日本新年時的問候。

蓮露出極淺的笑容回以一禮後，繼續向前走。

「咦？她是不是外國人啊？」「對啊。」「她和在那間紡織廠工作的人不一樣。」「應該是喔。」「她背上那個，就是那個設計。」「不是啦，那是衣服髒掉吧？」

儘管背後傳來話語，蓮卻聽不懂。

平成二十九年新年。

蓮在龜崎織造工作就快九個月了。昨天十二月三十一日和今天一月一日兩天，是工作第一次有連休。

聽說，日本是按照月曆，以一月一日為新年。那一家人一定也是準備要去新年參拜吧。電視上播著慶祝新年的特別節目，各地似乎也都有舉辦倒數或是新年活動。

越南也有新年（Tết）和新年參拜，人們會大肆慶祝，不過過的是農曆。農曆新年大約落在一月底到二月間。一月一日的新年感覺比較像單純的月曆區隔。雖然河內之類的城市也會在一月一日放煙火，小小慶祝一番，但在蓮長大的農村，大多把這天視為農閒期的一天，不會特別做什麼事。

前方出現一座橋。

這座橋跨越了橫亙可兒市東西方的可兒川，河堤旁的草已枯萎，流動的河水反射陽光，波光粼粼。一片寒冷景色，橋上的空氣冷得彷彿結冰了。

蓮拉起身上羽絨大衣的帽子，蓋住耳朵。

這件大衣要價八千圓，是蓮在日本買過最貴的東西。雖然才剛買不久，大衣背面卻染上一大片黑汙，蓮不喜歡衣服看起來很寒酸的樣子，打算買件新的。這樣是不是太奢侈了呢？

沒辦法，因為天氣很冷，沒大衣的話可能會冷死——

蓮為自己找藉口。

雖然聽說過日本的冬天很冷，但沒想到真的那麼冷。儘管這裡夏天悶熱的狀況與越南差異不大，但冬天的寒冷卻是蓮不曾經歷過的。不只蓮，越南實習生從十一月開始就常常身體出狀況。

啊，不過，或許死了還好一點——

蓮從橋上盯著閃閃發亮的水面，想像自己赤裸著身體跳進去的畫面。可兒川河水低淺，不會溺死人，但現在這個時節或許可以冷死。

儘管這麼思考，蓮卻沒有真的尋死的勇氣，更何況，自己為了來日本所借的錢也還沒還清。如果蓮死了，將會給越南的家人帶來莫大的麻煩，她不能那樣做。

渡橋後，農田漸漸減少，取而代之的是一排排民宅和大廈並列的住宅區，路上的行人也越來越多。大家的目的地都一樣吧，所有人都和蓮走往一樣的方向。

不久，前方出現一棟大型的奶油色建築。RASPA 御嵩，這附近唯一一間購物中心，全年無休，直到昨天為止還是年末大特價，今天開始新春首賣。

從龜崎織造的工廠步行來這裡大約需要四十分鐘。最近，蓮放假都會提出申請來這裡。

當蓮邁向入口時，耳畔飛來了類似中文的話語，她心頭一驚。

三個女生說說笑笑地經過蓮身旁。這裡不是旅客會來的地方，是留學生或是在別的地方工作的實習生嗎？無論如何，都不是蓮認識的人，她鬆了一口氣。

假日外出是因為蓮不想待在宿舍。

五天前，剛買的大衣背後遭人用麥克筆塗鴉。不知道是哪個中國人寫的，雖然看不懂，但大概是一些下流難聽的字眼吧。蓮用清潔劑拚命搓洗，好不容易才讓那些字變得模糊不清，無法辨認，卻無法完全去除，染黑了大衣。

「蕩婦」、「婊子」。

這不是中國人第一次找蓮麻煩，從去年九月她被選為班長的那天起，就一直這樣。

起初是謾罵，中國人會看著蓮，用中文指指點點說著什麼。雖然聽不懂，言語中的惡意卻傳了過來。不久，是在蓮的東西上寫字，工作時從身後推她或是絆她一腳，也曾經把垃圾加在蓮的食物裡或是在蓮一進入廁間後拿水澆她。

——那些傢伙是看不慣蓮當班長。明明之前老闆都只偏心她們還這樣。

同寢的淑和其他越南人說。大概就是這樣吧。

如果會被這樣對待的話，我不想當班長什麼的了——當蓮一說出這樣的喪氣話，所有人都馬上反對：「那怎麼行！」

——託妳當班長的福，我們越南人終於也能得到照顧了，妳不要說什麼不想當啦。

自從蓮擔任班長後，宿舍裡的越南人都換了新的棉被，淋浴間的肥皂和洗髮精也經常補貨，工作上分配到的都是相對輕鬆的內容。之前中國人得到的偏袒都轉向越南人這裡了。

預計下個月回國的淑等人說：「妳忍耐到我回去啦。」話說回來，班長根本也不是能憑自己的意志說不當就不當的。

所有人都只想到自己。明明她們都知道，為了得到這些偏袒，蓮照淑所說的「忍耐」，獻出了什麼。

蓮帶著既然無力抵抗好歹也要有所收穫的想法，以破破爛爛的日文向老闆要求改善越南人的宿舍和工作。

這麼做似乎多少有了成效，然而卻無法安慰到蓮。一想到若是這麼點小事就能成為安慰的話，蓮只會覺得自己更悽慘。

前任班長楊曾經和蓮面對面這麼說：

——妳別得意。沒多久，妳也會被拋棄。那個人對妳膩了，會回到，我身邊。

楊說的是日文。蓮好不容易才聽懂她的意思，然而，那強烈的聲音和灼熱的視線比話語更強而有力地訴說了——嫉妒。

儘管令人難以置信，但楊是以一個女人的身分在嫉妒蓮。

老闆利用掌握女人的弱點，對她們為所欲為，是個懦夫。就算他說再多句「好可愛」，也只是把女人當作發洩自己性欲的出口，這點是再明白不過的了。蓮實在不覺得跟那種男人上床會高興。

楊喜歡那個男人嗎？是一開始就喜歡嗎？還是在無數次被侵犯的過程裡冒出這種感情的呢？

無論何者，蓮都完全無法理解。

越南同事雖然也同情蓮，卻沒有人期待蓮能辭掉班長。甚至還有人酸溜溜地說：「當班長可以蹺掉晚上的工作又能吃好料。換個想法，也是個不錯的差事吧？」

這裡一切都瘋了——蓮心想。

她在一個瘋狂的地方遭人玷汙。

蓮後悔來日本，但已經太遲了。

她既不能尋死也不能逃跑，只能不斷忍耐。

*

蓮走在新春首賣熱熱鬧鬧的購物中心裡。總之，買件新大衣吧。這次就挑一件即使被寫字也沒關係的全黑大衣。

正當蓮拖著沉重的步伐走向服飾店時，有人叫住了她。

「不好意思，可以打擾一下嗎？」

是越南話。

一抬頭，只見兩名男子。

兩人都很高挑，其中一人膚色偏黑，身材精壯，另一人皮膚白皙，氣質溫文爾雅。是越南人嗎？尤其是皮膚黝黑的男子，五官比日本人深邃，令蓮如此猜想。

皮膚黝黑的男子以越南話問道：

「請問妳是在紡織廠工作的實習生嗎？」

蓮想起自己頭上戴著外出時規定要戴的公司帽子。

黑皮膚男的越南話雖然流利，發音卻有些生硬，感覺不是母語人士，或許不是越南人。

無論如何，蓮都不能和他們有牽扯。

蓮低下頭，打算離開。

偶爾會有想利用外國人的政治、宗教團體來推銷，外出時如果碰到陌生人搭話，請不要理他們——無論是訓練學校還是監理團體的辦公室都如此嚴格告誡。

「啊，等一下，我們是教技能實習生日文的志工。」

黑皮膚男說道，白皙男子將傳單塞了過來。蓮不小心就收下傳單，看了一眼。

她下意識「啊」了一聲，停下腳步。

那張傳單上以越南文寫著「日語教學」，似乎是教越南技能實習生日文的教室或團體。

蓮第一次知道有這種單位。不過，蓮驚訝的不是這個。

她訝異的是文字後方，傳單上的設計圖案。

文字後是好幾張拼貼在一起的風景照，應該都是越南的景色，印得淺淺的，不至於讓人眼花繚亂。

在那些風景照中，有一張既非越南、胡志明這樣的城市，也不是知名的觀光勝地。然而，那卻是蓮非常熟悉的地方。

湖畔長著榕樹的湛藍湖泊。

「命運之湖」。

那是蓮故鄉村子裡的那座湖，沒想到自己竟然會在日本看到。

「怎麼樣，妳有興趣嗎？」

黑皮膚男以越南話問。

「不。那個，這裡是我的村子。」

蓮指著傳單上印著的「命運之湖」照片。

「咦？」

男子似乎也很驚訝。

白皙男子問：「怎麼了？」

兩人用日文說了些什麼，由黑皮膚男翻譯給蓮聽。看來，會說越南話的只有這個皮膚黝黑的男子。

「實在太巧了。這傢伙說，這張照片是他以前認識的人還在念書時去越南旅行照的。」

「我大概，知道那個人。」

來到故鄉村子裡的日本人只有一個。

蓮一說起叔叔帶來村裡的年輕人，兩人更驚訝了。

「這也是緣分，我們聊一下吧。至少，讓我們請妳喝杯咖啡。」

蓮本來應該無視他們走掉的，卻順勢和兩人走進了購物中心裡的咖啡店。

男子按照約定請蓮喝咖啡，是加了巧克力和鮮奶油、有些貴的冬季限定款咖啡，中杯就要四百圓。

白皙男子說，那名年輕人把底片給了他，這次製作傳單時覺得這是越南的風景便加了上去。

他似乎不會說越南話，主要都是黑皮膚男在說話。

「我們向在日本工作的技能實習生提供協助。」

「這樣啊……」

兩人感覺滿正常的。不過，蓮被教導，惡質宗教或政治團體會偽裝成好人的樣子接近，一旦扯上關係，就會造成無法挽回的後果。本來，公司就禁止蓮她們隨便跟外面的人說話。

雖然是因為「命運之湖」的照片感覺到神奇的緣分，一不小心就跟他們過來了，但或許不該這麼做。談話途中，蓮開始覺得坐立難安。

「我們的活動重點是協助實習生學日文。教學的人是志工，所以當然是免費的。妳看，有很多越南來的實習生日文都不太好吧？」

黑皮膚男道。確實，和中國人相比，很多越南實習生不太會日文，如果可以免費獲得協助學習日文，或許是件值得感謝的事。

然而，對蓮而言，違反公司和監理團體禁止事項的不安感比免費日文課的吸引力更強烈。

蓮含糊地應和，打算在適當的地方結束話題回去。

「怎麼樣？妳有興趣嗎？」

黑皮膚男問。蓮搖搖頭說：

「啊，那個，我沒辦法。我每天工作到晚上十點多，一週只有休息一天，外出也需要公司同意。其他也還有很多要做的事……」

「這樣啊，那就沒辦法了。可惜。」

黑皮膚男爽快地放棄。蓮鬆了一口氣。
「那麼，就這樣了。」當蓮準備起身時，黑皮膚男早她一步開口：
「妳工作排那麼滿，應該賺很多吧？一個月差不多三十萬圓？」
男子隨口說出來的那個金額令蓮嚇了一跳，下意識地否定：
「我沒有，賺那麼多。」
「啊，是嗎？這一帶的時薪很低齁，不到三十嗎？那差不多二十五萬？」
「沒這回事。」
「怎麼可能？好奇怪喔。就算是用岐阜的最低基本工資來算，工時那麼長應該會有二十五啊。」
「咦？是、是這樣嗎？」
「應該是這樣啊。妳薪水大概拿多少？」
「啊，呃，大概九萬塊。」
「包含加班費？」
「對，包含加班費。」
「咦咦，這樣很奇怪耶。」
黑皮膚男用日文跟白皙男子解釋後，對方似乎也很吃驚。
「我可以算一下嗎？」
黑皮膚男在桌上攤開紙巾，從口袋取出原子筆。
「妳早上從幾點開始工作？」
「咦，八、八點半。」

「妳剛才說每天工作到晚上十點左右吧?中午和晚上有休息時間嗎?」
「有。」
「休多久?」
「呃……中午三十分鐘,晚上——」
蓮不覺得對方在誘導自己,老老實實地將自己的工作條件說了出來。
黑皮膚男在紙巾上寫下數字,算了一下。
「假設妳一天工作十二小時,週休一日,月薪九萬圓的話,時薪大概是三百圓喔。可是,現在岐阜縣這裡的基本時薪是七七六圓。雖然是去年十月調漲的,但在那之前也有七五四圓。如果要說更精確一點的話,一週超過四十小時的部分要有一點二五倍的薪資加給。不管怎麼算,沒有到二十四、五萬的話都很奇怪。」
蓮瞪大眼睛,盯著紙巾。
她雖然不擅長計算,但能理解對方說的話。
二十四、五萬。因為還有餐費和宿舍費,假設手上實際剩下的是二十萬圓……就是四千萬盾!如果每個月能拿那麼多的話,不但馬上就能償還那些預借的債務,應該也能輕鬆達到越南掮客之前說的補貼家裡三億盾。
「可、可是,我真的只有拿九萬圓。」
兩名男子用日文簡短地交談了一下。
黑皮膚男一臉認真地說:
「蓮小姐,老實說,妳研習培訓的地方非常過分。他們讓妳用不到法律規定一半的薪資工作。」

「咦？怎麼會……」

「看妳的樣子，監理團體根本沒有跟你們說基本薪資之類的事情吧？」

蓮點頭，這些事她都是第一次聽說。

「那監理團體也是一夥的吧。妳剛剛說假日外出需要徵求同意，其實，他們是不是也禁止妳們像這樣跟外面的人說話？而且還威脅說如果違反規定，就要強制遣返之類的。」

「對、對。」

「果然。他們這樣做是為了防止妳們和外面的人交換資訊後，自己亂搞的事情露出馬腳。」

是這樣嗎？蓮不知道。這些事她全都是第一次聽說，無從判斷。然而，她來日本後發現事情跟當初說的不一樣是真的。

蓮感受到心臟正在快速跳動。

「如果經營者那麼過分的話，是不是還有做其他更惡劣的事呢？像是對實習生施暴，或是像妳就是日本人會喜歡的美女，對方有沒有對妳性騷擾還是做一些下流的事呢？」

「啊，那、那個……」

有。

然而，蓮卻對說出口感到猶疑。

當她嘴唇不停顫抖，什麼話都說不出來時，黑皮膚男口氣溫柔地說：

「不用勉強回答，我大概能想像。其實，我們說自己在教日文，是為了方便尋找像妳這樣有困難的實習生。」

咦？方便……意思是騙人的嗎？

黑皮膚男繼續說：

「我們可以幫助妳，讓妳逃離現在工作的地方，幫妳介紹新的住處和工作。是比現在好很多的工作，也能好好還錢，妳不用擔心。我希望妳把這想成唯一一次的機會，相信我們不會吃虧。妳願意的話，詳情我們換個地方再說，在這種大庭廣眾的地方說那麼久的話，要是被人看見對妳也不好吧？

聽好囉，我們兩個會先離開咖啡店，如果妳想聽更進一步的內容，先在這裡一個人慢慢喝完那杯咖啡，然後在這間購物中心隨便晃一晃，我想想，大概逛二十分鐘吧，再從北邊的出口出去。以防萬一，要確認一下附近有沒有妳工廠的同事或是認識的人喔。可以的話，最好先去廁所把帽子拿掉。北口一出去，會看到正對面有間大型運動用品店，運動用品店的停車場有輛白色廂型車，我們會在車上等妳，到車上再聊吧。車子外面有貼一張『PLAN H』的藍色貼紙，應該很好認。從現在開始，我們會等妳一個鐘頭。當然，不用勉強，要怎麼做由妳決定。」

黑皮膚男緩慢卻沒有中斷地一口氣說完後，站起身。

一起站起來的白皙男子用日文說了些什麼。

黑皮膚男點頭，又對蓮說了一句：

「這小子覺得一定是這座湖引導我們相見，如果妳願意來的話，他會很高興。」

兩人拿著自己的托盤離開了。

被單獨留下來的蓮在座位上茫然自失了一陣子。發現自己完全沒喝那杯難得的冬季限定咖啡後，她拿起馬克杯靠近唇邊。咖啡雖然已經冷透，卻還是甜甜的，非常好喝。

那兩個人說的是真的嗎？蓮沒有理由完全相信他們。而且，他們說能幫自己，具體而言要怎麼做呢？老闆拿走了蓮的護照，如果監理團體也是一夥的話，他們隨時都能強制遣返蓮。

可是，如果能從這地獄般的日子得救的話——

會請自己喝這麼好喝咖啡的人……沒有懷疑他們的理由。

「命運之湖」的引導——男子最後說的那句話推了蓮一把。

蓮無法否認，這是在樂觀的認知偏差中所下的判斷。

不過，喝完咖啡時，她已經做好決定。

*

蓮下定決心前往運動用品店的停車場後，一輛車身貼有「PLAN H」藍色貼紙的白色廂型車就停在那。兩名男子在車裡，邀請蓮上車後說：

「很高興妳願意來。請讓我們重新自我介紹一次。」

黑皮膚男叫馬庫斯，白皙男子叫 Blue。

For Blue

日裔巴西人三澤馬庫斯是告訴我 Blue 故事的另一位見證人。

——我真的很驚訝。我從來沒想過竟然能再見到他。

馬庫斯和 Blue 重逢，是在 Blue 消失後剛好滿十年的平成二十五年夏天。

此時，二十八歲的馬庫斯沒有固定工作也無法活用他的語言天分，每天遊手好閒，無所事事。

會變成這樣的原因，是全球金融海嘯。

平成二十年發生的全球金融危機也為濱松的下游工廠帶來打擊。受到大企業明哲保身波及，這波金融危機對中小企業的傷害反而更大。馬庫斯服務多年的 Eleven 技研全面停止雇用日裔員工，馬庫斯失業了。馬庫斯和泡沫經濟崩壞衝擊下的父親一樣，面臨了一樣的窘境。由於日本長年通貨緊縮，製造業體質貧弱，此時的打擊更勝當年。

——Blue 消失後，那座城市又變回了沒有我所愛事物、空蕩蕩的地方。那時候的我只是個行屍走肉，每天賺日薪、吃飯、拉屎、睡覺。還有就是……頂多有時邊喝酒邊在 YouTube 上看偶像的影片。我還是一樣喜歡偶像，看了很多影片，卻沒有多餘的心力和熱情去演唱會或是蒐集周邊，加上我也沒錢。我也不想去思考自己是為了什麼而活，就這樣日復一日。

結果，Blue 突然出現了，他說：「跟我一起走吧。」

和 Blue 一起離開那座城市是我私底下曾經的夢想。如果我這樣的男人說「白馬王子出現在我眼前」的話，你會笑我嗎？

Blue 會出現在馬庫斯面前，是為了挖角。

開始協助樺島香織事業的 Blue，是來邀請昔日好友和他一起工作的。

此時，樺島香織正在尋找會說外文的人才。Blue 想起了馬庫斯，提議去找他。Blue 積極向樺島香織推薦馬庫斯，說他講得一口流利的日文和葡萄牙文，其他語言一定也學得很快，能幫上忙。最重要的是，馬庫斯可以信任。

樺島香織收起　谷的辦公室，在橫濱開了一間名叫「PLAN H」的公司，同時經營融資業與掮客經紀。其中，開始幫助外國技能實習生從原先的採用企業逃走，介紹別的工作給他們。

外國人技能實習制度是個扭曲的制度，反映了日本人「雖然想要勞動力，但外國人定居下來就麻煩了」的心態。這個制度不核發正式的工作簽證，實習生不只留在日本的時間受限，沒有選擇職業的自由，分配工作地點後也無法轉職。

不斷有企業以這個制度為藉口，讓實習生以低於基本工資的薪水工作，或是違反勞基法，強迫他們長時間加班。大部分從開發中國家來到日本的實習生都被封鎖了接觸情報的管道，連自己擁有應該受到保護的權利都不知道，一直忍耐著不合理的待遇。此外，由於請監理團體媒合中間便會產生剝削，企業方面也不得不支付多餘的成本。

社會上有許多企業不想倚靠這個制度，願意以更好的條件直接雇用外國人。此外，也有像特種行業或是廢棄物處理工廠這樣需要人力，制度上卻無法雇用技能實習生的產業。

樺島香織看中的就是這點。

她前往有許多技能實習生工作的地方，偽裝成市調公司或是語言教室接觸他們。一旦聊天時知道他們是在受打壓的環境下工作後，便會跟他們說「能介紹更好的工作和住所」，提出逃走的建議，再介紹他們想雇用外國人的企業。

由於不是慈善事業，中間當然會收取介紹手續費。儘管如此，實習生還是能擁有比過去更好的工資和工作環境，企業得以保障勞動力，樺島香織有錢賺。

——唯一吃虧的，就只有讓實習生像奴隸一樣工作的無良企業，簡直就是門雙贏的生意。你不覺得這是在幫助人嗎？

儘管樺島香織這麼誇口，但這種行為實在很難說合法。不過，毫無疑問是有市場需求的。平成尾聲，日本各地明顯都有大量技能實習生脫逃，也是因為有像她這樣的掮客在暗地裡活躍的關係。

從濱松來到橫濱的馬庫斯住進了 Blue 和樺島香織生活的大廈。起初，馬庫斯對於要和不熟的女性同居這件事感到不知所措，但很快就融入了。

——香織姊其實是個大迷妹，我跟她很談得來。畢竟是幫助 Blue 的人，不可能合不來吧。雖然我們彼此不是那種很黏的關係，但感情還不錯。工作上雖然滿辛苦的，但也有好玩的地方。放假時我們會三個人一起出去，也常常玩遊戲，Blue 最喜歡玩遊戲了。啊啊，我們好像也有一起在陽臺看煙火，很開心喔。

馬庫斯懷念地說。

關於同一時期的事，樺島香織也這樣說——

——我們是自然而然就變成三個人住在一起了。以室友而言，Blue和馬庫斯是相處起來很自在的好夥伴。從我的角度來看，大概就像是突然多了兩個弟弟吧。他們也能當員工用，工作做得很好。那段生活還滿不錯的。那時候印象特別深刻的是……對了，大概是我們三個人一起看煙火吧。

如同樺島香織本人也說到弟弟一樣，我想，他們果然是一家人，即使是模擬的一家人。Blue獲得了樺島香織和三澤馬庫斯兩名家人，和他們一起度過了平成的最後幾年。

馬庫斯說「很開心」、樺島香織回憶「還滿不錯的」那段日子，對Blue而言，一定也是安穩平和的日子吧。

然而，那些日子其實正悄然無聲地摩擦、傾軋。

奧貫綾乃

偵查第十一天。

這名女性的臉龐散發出「戰鬥」的感覺。以完整精緻的妝容，竭力對抗老化與疲憊兩大敵人。

會知道這點是因為她隱藏得不夠徹底。仔細注意她的肌膚、眼角和頭髮，微微透露出年紀與疲勞。有些人會察覺到，說這是裝年輕或是畫大濃妝吧。不過，女性的戰果顯著，在看起來很漂亮這點上，她是成功的。

而我卻——

綾乃想像自己在對方眼中大概會有的樣子，感覺有些坐立難安。

自搜查總部成立以來，大概是疲勞的關係，綾乃每次看鏡子都覺得自己變老了。儘管早有自知之明自己已經是「阿姨」了，卻不太想面對一天天向「阿婆」靠近的現實。然而，綾乃卻沒有做什麼太大的抵抗，已經習慣連ＢＢ霜都不擦，只用化妝水打發過去。

這名「散發戰鬥感」的女性，犀川實加，生於昭和五十年，今年即將滿四十四歲，和綾乃同年。不過，身為第二次嬰兒潮世代，和綾乃同年的人多不勝數就是了。

此外，離過一次婚、有一個女兒這些也是兩人的共通點。不過，實加沒有放棄監護權，目前以單親媽媽的身分養育女兒，如同多數的母親那樣。

「我是五年前，平成二十六年的時候搬來的，是我離婚的那時候。房仲介紹說不用押金也不用禮金，租金以這一帶來說也很便宜。我先生，啊、是前夫，擅自把我們本來住的地方退租了。總之，我和孩子需要一個能馬上入住的地方，所以……」

東京都墨田區東墨田，位於晴空塔東邊的這一區，直到不久前仍是老工廠與舊集合住宅林立，殘留著昭和時代的下町風情。不過，自從確定要蓋晴空塔後便開始都更，老房子全都消失了蹤影，現在，已成為寧靜的住宅區。

座落在這塊區域一隅的「premium court」是棟西式公寓，免押金、免禮金，也就是所謂的「雙免」物件。外觀雖然整潔清爽卻採組合屋式結構，是很廉價的「premium」。雖然不需要保證人，入住門檻低，但據說只要晚一天繳房租，就會被索取幾乎達法定上限的高額利息，一個月沒繳租金，管理公司便會換鑰匙，強制趕走房客。

這一類的物件以工作型態為非典型雇用的年輕世代、單親媽媽、單身老人、外國人等為目標客群，近二十年來急遽增加。

與其說是良心事業，說是見縫插針比較接近實情。

實加深深嘆了一口氣。

「我是想搬家，但沒那麼多錢，小孩也開始上學了，轉學的話好像很可憐——」

雖然實加感覺不善言辭，卻似乎很喜歡說話的樣子，連綾乃她們沒問的事也說了許多。

實加離婚是因為丈夫外遇。

實加的話不知不覺漸漸變成了抱怨，綾乃邊聽邊注意到她身後牆邊那一排用來代替書櫃的三層收納櫃。櫃子下層是童書，上層放的應該是實加在看的大人書籍。

儘管大人書籍的冊數也沒那麼多，其中卻有四本綾乃也有。《女性的品格》、《怦然心動的人生整理魔法》、《喔耶！High翻O型人》、《在落地之處開花》，雖說這幾本都是近十年來的暢銷書，所以或許也會有這樣的巧合，但綾乃還是為自己和實加之間的同質性感到說不出的侷促。

途中，實加像是想到什麼似地皺起臉龐，說出聽起來有點像藉口的話：

「啊，那個，我不是說不愛孩子，只是，什麼事都必須一個人做真的很累。雖然她念小學後我稍微輕鬆了一點，但這次又換成要當家長會的幹部。唉，當幹部也是有它的價值啦。」

「這樣啊。」負責聆聽的司應和對方，眼見話題告一段落，提問將對話導回正題。

「那麼，舟木小姐是在您之後搬來這裡的對吧？」

警方得知，平成二十六年年底，舟木亞子離開受災區的臨時住宅來到東京後，和兒子翼住進了這棟「premium court」的一樓一〇五號室。

井上班今天也兵分二路，調查詢問那些曾經和亞子與正田相處過的人。

「是的。啊，正確來說我不知道她是什麼時候搬來的，只是在公寓前面看到，想說應該是新搬來的住戶吧。」

「那大概是什麼時候的事呢？」

「嗯，第一次看到她應該是……一月。我想想，所以是……平成二十七年一月。」

實加視線向上飄移，探索腦海中的記憶。

「啊，對了，那天我家小孩得了流感不能帶去托兒所，我一定要請假。畢竟也不能讓她一個人在家。不過，我們家的收入全是我一個人包辦，真的很傷腦筋。」

據說，實加離婚的丈夫沒有支付扶養費。

實加是派遣的行政工作人員，上全天班。此外，每週還有三天利用夜間延長托育，自己到小酒吧兼差。兩份工作都是以時薪計算工資，如果有意外要請假的話，收入便會減少。

「我趁顧小孩的空檔看孩子睡熟了，趕快去便利商店買東西，就是那個時候和帶著翼的舟木小姐擦身而過，想說有家裡小孩跟我家孩子年紀差不多的人搬進來了。」

「妳們不是馬上就開始聊天變熟的吧？」

「我們之後也沒有變很熟啦……對啊，大概有一年多的時間我都沒機會跟她說話，可能碰面的時候有點個頭吧。舟木小姐常常穿著一整套運動服，有點像太妹，我不太會和這種人相處。」

這棟「premium court」是兩層樓建築，每層五戶，共十戶。很多住戶是單身或是外國人，彼此間似乎沒什麼交情。

實加和亞子有段時間也只是單純的鄰居而已，連彼此的名字都不知道。不過實加猜想亞子應該跟自己一樣是單親媽媽。

「可是，那個人肚子突然大起來，我嚇了一跳。後來就開始看到男人了。」

「那名男性就是舟木小姐的男朋友，正田先生吧。您開始看到他是在平成二十八年之後嗎？」

「對。我那時候猜她是不是結婚了。」

平成二十八年二月，亞子產下正田的孩子，渚。孩子誕生前沒多久，正田辭掉西丘製菓的工作，搬進了亞子居住的這間公寓——與綾乃她們之前取得的情報一致。

「您和舟木小姐開始談話，是在她生完渚之後嗎？」

「對，我想應該是四月了。星期天，我和一群媽媽圈的朋友到公園遛小孩，舟木小姐也去了那座公園。因為我們彼此知道對方所以打了個招呼，就是『啊，妳好。』的那種感覺。

樹林，啊，就是其中一位媽媽圈朋友，樹林那時候靠近嬰兒車說：『剛出生嗎？』、『好可愛喔。』然後大家就一邊讓小孩在旁邊玩一邊聊了一下。」

實加此時才知道亞子和兩個孩子的名字、亞子的長男翼和自己的女兒同年、亞子是從宮城縣的受災區帶著翼過來的，以及亞子現在雖然和渚的父親正田同居，兩人卻沒有結婚登記等等。

從此之後，亞子開始時而會到公園來，和媽媽圈的人一起說話。

「您知道其實舟木小姐沒有幫小女兒渚報戶口嗎？」

根據其他班的調查，已經確認亞子是在龜戶的婦產科生下渚的，在那之前沒做過任何產檢，直到生產時才進醫院。由於胎位不正，自然產有困難，便進行了剖腹。手術疤痕應該就是這個時候留下的吧。儘管婦產科有開出生證明，亞子卻沒有向區公所登記。

「咦？是嗎？我不知道。啊，不過，原來是這樣。舟木小姐開始來公園一陣子後有個媽媽問她：『三個月的健康檢查怎麼樣了？』」

結果舟木小姐回答得有些含糊不清，好像是沒有讓渚去健康檢查。問她『沒收到區公所的通知嗎』，她說『沒有』。大家覺得很奇怪，再進一步追問，才知道她搬家時好像沒有轉住民票。我們嚇一跳，這樣下去，不只是健康檢查，連翼要進小學都會有問題，就跟她說趕快轉比較好。她是說『我之後會去辦』……我不是很清楚，沒有住民票就不能報戶口吧？」

並沒有這回事。不過，一旦報戶口，行政機關一定就會要亞子轉住民票吧。亞子可能就是討厭這點。

亞子是不是怕故鄉的債主會追來討錢，才完全不向區公所報戶口呢？

「住民票這件事也是，大家很快就知道舟木小姐這個人跟她的外表一樣隨便散漫。她才

二十四、五歲，在我們這群媽媽中是非常年輕的，但大家都說，就算再年輕也實在難以苟同……」

這群媽媽用「難以苟同」批評亞子的點，是實加之前就覺得「有點像太妹」的那身裝扮、給孩子穿不是明顯變形就是髒髒的衣服、完全不下廚，總是讓小孩吃速食或麵包，以及一直不和正田結婚等等。

「她個人把以前在酒店工作時生氣朝客人潑酒、辭職不幹的事當光榮事蹟這點，我也覺得無法認同。」

根據實加的說法，亞子到東京後，便馬上在錦糸町一間附有托兒所的酒店開始工作，但工作四個月就和客人發生糾紛辭職了。

「那個客人一邊對她上下其手一邊念她『妳是個媽媽的話，就要再更振作一點！』她說她『超級火大就抓狂了』。可是，我也有在做特種行業所以知道，這行基本上就是這個樣子不是嗎？小酒吧和酒店的客層可能不太一樣，但我也常被客人說教喔。什麼『為什麼離婚』啦，『在這種店工作，小孩子不會覺得很丟臉嗎』之類的，說些很過分的話，當然也會對我性騷擾。可是，客人是花錢來這邊買好心情的吧？我們的工作就是多少忍耐一些事情，服務周到，讓他們開開心心的呀。那個人一點點必須要做的忍耐都辦不到，這一點也全都反映在日常生活上。大家都因為她覺得很有壓力，在她背後說『那種媽媽沒問題嗎？』、『小孩子以後要是變得像她那樣的話根本是惡夢』之類的話。」

「壓力嗎？」

司反問。

還是單身的司或許不明白，媽媽同儕的社交圈中只要有一個隨便散漫的母親，就會對其他媽媽形成壓力。

實加戰鬥的地方一定不只妝容。她和女兒生活的這間屋子儘管簡約卻打掃得無微不至，雖然兼差陪酒，但似乎維持生活規律，極力親手做早晚餐，繁忙的工作中，甚至接下了家長會的工作。

對這個人而言，亞子的存在一定讓她備感壓力吧。

實加點頭。

「是的。大家都覺得很煩躁，我也是。這時候，發生了一件讓大家退避三舍的事。」

「什麼事？是什麼時候發生的呢？」

「嗯……是前年吧，平成二十九年的夏天。因為我家小孩和翼隔年就要上小學了，我好像在說書包要怎麼辦之類的，可是舟木小姐感覺不太想聊小學的事，沒有興趣的樣子。當時，孩子們在沙坑那裡玩——」

實加說，翼的手在沙坑玩得髒兮兮的，當他沒洗手就想靠近嬰兒車時，亞子勃然大怒。

——你搞屁啊！要是渚沾到細菌的話怎麼辦！

亞子大吼，在媽媽們的面前打翼的頭，翼哭了出來。亞子也沒安慰，要翼去洗手，把他帶到嬰兒車面前叫翼對著才一歲、根本聽不太懂話的渚說對不起。

據說，實加和其他媽媽們因為這樣而對亞子「退避三舍」。

當時，其中一名媽媽看不下去，跟亞子說：「不管怎樣，也不用這麼生氣吧？」結果亞子一臉不滿地說：「是我在教小孩。」帶著孩子離開了公園。

「自從那件事之後，大家決定不再和舟木小姐往來，就算她來公園也不要理她。只是，雖然我家小孩比較沒有這樣，但也有一些孩子和翼感情很好或是覺得小小的渚很可愛……那些孩子的媽媽好像告訴小孩『舟木小姐他們是從核災地區過來的，如果跟翼和渚玩的話會被感染輻射喔』。」

這種事難道就不讓人退避三舍了嗎？綾乃的腦海裡掠過諷刺的疑問。雖然實加不可能聽到綾乃腦海的聲音，卻慌慌張張地補充：

「啊，我有覺得這樣是歧視，可能有些太過分了。然後……有一天，不知道是注意到大家都不理自己還是聽到了傳聞，舟木小姐來到公園，對那裡的媽媽們丟下『妳們這些人的個性爛透了』這句話後掉頭就走，之後再也沒有來公園了。」

「那是什麼時候的事呢？」

「應該是……前年冬天，年底的時候。」

同住一棟公寓的實加有時還是會跟亞子撞個正著，但彼此都不會說話，甚至連點頭也沒有。不過，因為女兒和翼同年，將來也是同一所小學，一想到這些，實加就覺得心情很沉重。不過，去年春天，小學的開學典禮上卻沒有亞子和翼的身影，學校的班級名單上也沒有翼的名字。正好也是從那年春天開始，實加也沒有在公寓附近看過亞子和翼，所以猜想他們是不是搬家了。

然而，到了夏天。

平成三十年夏天，西日本爆發了前所未有的豪雨災情，之後，不斷有高氣壓籠罩在日本周圍，創下國內史上最高溫的酷暑紀錄。就在這樣的夏天裡，實加聽到公寓樓下傳來怒罵與哭聲。那明顯是亞子和翼的聲音。另外，還有一個男人的怒吼聲，應該是亞子的男朋友。

「我嚇一跳，沒想到他們還住在這裡。老實說，我並不想和他們扯上關係，可是我隔天又聽到了那些聲音……擔心會不會發生不好的事。」

公園的那件事、似乎沒讓孩子去小學以及突如其來的哭聲，實加有充分的根據懷疑樓下的家庭虐待小孩。

而實際上，翼這個時期應該已經受到虐待了。正田開始利用社群平臺 twice 販賣翼的色情照片是去年七月的事。從他最早販售的照片也能看到翼的身上有瘀青。

實加向區公所通報，表示可能有小孩子遭到虐待。

民生委員在區公所委託下前往家庭訪問卻始終碰不到亞子一家人，好不容易見到面，對方的回應卻是「沒有什麼話好說的」、「請不要插手我們家的家務事」，拒絕談話。

區公所判斷這個案例需要確認是否有虐待事宜，有所應對，重新派生活課的職員前往家訪。據說，此時亞子仍是頑固地拒絕對話，正田還出來惡狠狠地說：「不關你們的事！」區公所職員沒有退縮，暗示亞子和正田自己會找警察強制進去家裡說服兩人。最後，亞子和正田讓步，和區公所職員約好改天會帶小孩一起去兒童諮詢所諮商。

然而，這個約定沒有實現。亞子一行人失去了蹤影。

那是去年九月的事。根據翼的證詞，那之後，他們過了大約半年類似遊民的生活，於今年三月住進了某處的 share house。

「我忍不住會想，舟木小姐他們這次遇到這種事，是不是因為我跟區公所通報的關係……」

實加抬起垂下的眼珠看向綾乃她們這裡。

「沒有這回事。」

司說。這大概是實加想要的回答吧，她鬆了一口氣，喃喃自語：

「是吧？是那兩個人自作自受，對吧？」

自作自受——這四個字縈繞在綾乃耳畔，久久不散。

是夜。

＊

綾乃回到自己住的大樓，躺在床上，點擊放在枕邊充電的手機畫面。

雖然家裡離搜查總部很遠的司睡在局裡的休息室，但綾乃家的大樓距離分局不到五百公尺，因此只要沒有徹夜工作時，晚上她都會回家休息。

綾乃睡覺時都會小聲地播放音樂。最近，她沒有聽特定的專輯或曲子，而是訂閱Spotify，用ＡＰＰ播放歌單。

綾乃大約是半年前開始使用Spotify的吧。在局裡年輕的女行政同仁推薦下，因為一開始可以免費聽便先下載了ＡＰＰ。用過一次後發現比想像中方便，也成了生活的一部分。綾乃馬上加入付費會員，現在每月支付九八〇圓。

Spotify不只蒐羅了許多綾乃青春時期——平成初期的流行歌，也能聽世界各地的人公開分享的播放清單。ＡＰＰ還會從用戶的聽歌傾向自動選曲，打造播放清單。

剛開始用Spotify時，綾乃有種世代間的距離感，心想現在的年輕人都是這樣認識新歌的啊。

音樂之於綾乃，是從雜誌、電視或是ＣＤ出租店認識的。雖然她也會買ＣＤ，但大部分都是用租的，高中時是拷貝成錄音帶，成人後則是拷貝到ＭＤ裡。ＭＤ，雖然幾乎都要忘記自己曾經擁有過這樣的東西了，但當上警察的那年，綾乃用年終獎金買的，好像就是ＭＤ組合音響。她當時就是那麼喜歡聽音樂。

不過，曾幾何時，綾乃開始刻意不聽音樂了。在家裡或是路上，就算沒有音樂也不再覺得寂寞。是從什麼時候開始的呢？結婚之後嗎？還是煩惱育兒問題，變得無法思考其他事的時候？綾乃發現，自己遠離音樂的速度跟CD出租店消失、MD褪流行的速度一樣。

在偶然接受推薦使用 Spotify 之前，綾乃徹底失去了聽新歌的欲望。

寧靜的鋼琴音色中響起溫柔的女聲。

無法入眠的夜晚，獨自一人

一邊等著熱牛奶冷卻一邊啜飲著

這是APP幫綾乃選的歌，她不認識歌手，也不知道這首曲子。不過，聽起來很舒服，是綾乃很喜歡的歌聲和旋律。雖然綾乃不懂人工智慧還是大數據這類技術性的東西，但APP總是能精準將符合自己喜好的歌曲放入清單裡。

綾乃閉上眼睛。

腦海裡回想今天一整天。

綾乃和司從犀川實加開始，向曾經和亞子是同一個媽媽圈的人以及 premium court 附近的居民問話。

亞子來到東京後在東墨田度過了三年八個月，其中的生活樣貌大致已經明朗。

亞子辭掉了實加也提到過的酒店工作後換了好幾份打工，持續最久的似乎是便利商店。

另一方面，正田離開西丘製菓後，主要做的是工地的派遣臨時工。

兩人的年收入合起來估計是兩百多萬圓，以擁有兩個小孩的家庭而言，非常微薄，比所謂的貧窮線還低。根據前往家訪的民生委員說法，他們的屋子即使是門口看得到的部分也都充滿垃圾，可以得知生活一團混亂。

另一方面，有人在東墨田附近看過亞子和正田兩人（有時會帶著孩子）恩愛地散步或是買東西的樣子。總部也已確認，自去年春天以後，亞子便頻繁於深夜前往附近的超商買東西。實加說因為沒看到亞子以為他們搬家了，但亞子大概是避開白天出門以免遇到認識的人吧。

陽光下的社會斥力；陽光照射不到的密室裡，暴力的吸引力。

綾乃他們很難鎖定翼是從什麼時候開始受遭受虐待的。至少，在受災區的臨時住宅時應該沒有。儘管可以將亞子和正田交往、生下他的孩子推測為開始虐待翼的一個原因，卻沒有證據能確定。

關於那間 share house，警方依然沒有什麼情報。用社群平臺 twice 的私訊把兩人找出來的春山也一樣。

偵查的填空大部分都一格格填滿了，這塊是最後的空白。

我追查的是殺人案——

綾乃提醒自己。

舟木亞子和正田大貴是殺人案中的受害者，凶手另有其人。

我的工作是找到那名凶手。所以，沒必要思考與案情無關的事。

不只現在，偵查中綾乃也一直如此提醒自己。

然而，無論有沒有必要，腦海中就是會浮現雜念。

問案調查中，「沼澤」出現了好幾次。綾乃甚至覺得自己一直在「沼澤」裡面了。

腦海頻頻閃現回憶的畫面。女兒出現，那個和翼一樣面無表情的女兒。有時，那甚至不是記憶。女兒的幻影被剝光衣服，全身上下是慘不忍睹的瘀青，女兒眼眶泛淚，面無表情，完全靜止在那裡，就像照片一樣。

不對。不對。不對。我沒有對女兒動手到讓她變成這樣，更別說是拍她的裸照。絕對不一樣。我沒做過這種事。我和那個女人不一樣，和舟木亞子不一樣——

無論再怎麼提醒，綾乃還是忍不住把自己和舟木亞子重疊。

「沼澤」深處傳來話語，是那隻蜘蛛的聲音。

——妳們一樣。因為妳無法愛自己該愛的人，甚至期望女兒死掉。因為妳的母愛壞了，是有缺陷的人類。因為妳只是剛好比那個女人強一點罷了。

話語如同蜘蛛絲纏繞綾乃的四肢，將綾乃拖向「沼澤」。

綾乃就是處於這種狀態。

綾乃帶著只要稍微大意就會放聲尖叫、嚎啕大哭的心情參與調查。

所以才會，這樣嗎？

滑落臉頰的水珠讓綾乃發現自己正在哭。

最近每天都是這樣。只要綾乃一回到家裡窩進被窩，便像是千辛萬苦堵住洪水的堤防潰堤般淚流不止。

在沒有任何人看見的家裡，一個人不斷哭泣。裹著棉被，聽著安靜的音樂不斷哭泣。

傷害對方後終於察覺到的溫柔
擦身而過的最後，終於互相理解

這個綾乃第一次聽的不知名歌手，歌聲好溫柔。

綾乃今天有成功敷衍過去嗎——

綾乃發現，搭檔司有時會以擔心的眼神看著自己，也問過自己：「妳還好嗎？」

司應該不知道綾乃內心的感受，但是不是察覺到了什麼呢？

雖然對方在立場上是組長，但身為前輩，綾乃不想讓她發現自己這麼丟人、停滯不前的一面。綾乃想比帥氣的司表現得更加從容自若。

綾乃不想哭哭啼啼的，不是特別針對司，而是在任何人面前都一樣。

其實，連像這樣一個人偷偷哭泣綾乃也都討厭。

儘管如此，眼淚卻停不下來。

人的心沒辦法像ＡＰＰ一樣方便地選擇情緒。

綾乃不斷哭泣。

潘氏蓮

平成二十九年一月十三日。

那天午後，下雪了。

岐阜縣平地十二月沒有下雪，因此這場雪是初雪。

當發現窗外飛舞的是不同於雨水的白色粉末時，好幾名在龜崎織造紡織廠工作的實習生都看得失神了。

是那些越南和中國南方出身、工作未滿一年的實習生，有生以來第一次看到雪的人。

當然，蓮也是其中之一。

「好厲害！」、「這就是雪嗎？」、「天空在下冰嗎？」

也有人高聲喧騰，停下手邊的工作跑到窗邊。

「會稀奇也只有一開始的時候，要是積雪的話就要被逼著去剷雪，那可不是人幹的。」

來到這裡第三年的淑苦笑著說。工作一年以上的實習生似乎沒有一個人對雪有好感。

儘管如此，蓮仍然覺得在今天這樣的日子下雪，就像命中注定一樣。

雖然雪馬上就停了，但晚上社長叫蓮去開會時又再度紛紛落下。

蓮事先就知道今天會被叫去開會。因為，她在前一天告訴老闆自己生理期來了。

對於和生理期中的女人上床這件事，老闆別說是討厭了，根本是喜不自勝。他似乎覺得這時候即使不避孕也不用擔心會讓對方懷孕。蓮不知道這個認知在科學上是否正確，但在本來就不舒服的狀態下還必須獻出身體，對她而言除了痛苦外，什麼都沒有。

不過，唯有今天，蓮很感激可以事先知道自己一定會被叫去開會。

當蓮準備離開工廠前往老闆家時，發現了楊瞪著自己的目光。

妳不要露出那種表情，雖然我不懂妳怎麼會期待那種事，但或許就像妳說的一樣，老闆有一天會回到妳身邊喔——

蓮帶著這樣的想法朝著楊微笑，她的表情卻更加可怕了。她以為蓮在挑釁嗎？無所謂。無論楊再怎麼恨自己，都將要沒關係了。

蓮走向老闆家。稀疏的雪花還不到積雪的程度，為廠區內的泥土地帶入薄薄的水氣。

蓮的腦海中浮現那兩個人——Blue和馬庫斯——之前的指示。

接下來，蓮必須完成兩項任務。第一項任務是解開老闆家的玄關大門鎖。第二項是直到工廠結束工作、廠區內寂靜無聲的午夜十二點為止，別讓老闆發現門沒鎖而上鎖。

這兩件事都沒有那麼難。

已經先在家裡等待的老闆讓蓮進入家裡後，鎖上了玄關大門和門鍊。蓮暫時按兵不動，和老闆一起前往餐廳。

開會的順序永遠一樣。首先是在餐廳一起邊吃飯邊報告工作和生活上的大致內容。當然，是在蓮的日文能表達的範圍內。

之後，老闆心情好的話就會說「來學日文吧」，進行由老闆指著各種東西說出它們的日文，再讓蓮複誦的「學習」。前陣子，老闆指著牆上的照片說「A首相」，後來蓮在宿舍的電視上恰巧也看到了同一張臉，了解到那個男人似乎是日本當今的國家主席。老闆好像非常尊敬那個政治家。

有時當老闆興致來的時候，也會一個人滔滔不絕地說著什麼。雖然大多是自吹自擂的樣子，但蓮連一半都聽不懂，只要一邊說「好厲害」一邊露出驚訝的表情聆聽，基本上就能讓老闆的心情變好。

這天，老闆龍心大悅，說了比平常還久的話。因此，蓮途中有數不清的機會可以說「請讓我、去一下廁所」離開座位。

廁所位於玄關大門旁。蓮真的去了廁所，順手解開門鎖。

回到餐廳時雖然緊張，但老闆完全沒有懷疑蓮的樣子。第一項任務完成。

他對我深信不疑——

明知眼前的男人是個拿無法抵抗的女人當消遣的懦夫，蓮還是陷入微微的罪惡感中。但就算這樣，她也沒有罷手的打算。

餐廳時刻結束後，他們會一起洗澡。老闆特別有精神的時候，兩人會先在浴室裡交媾一次。沒有的話，就只會互相洗對方的身體。

但無論如何，之後都會在臥房裡做，快的話會在晚上十點後結束，慢的話也有超過午夜十二點的先例。要是平常，蓮都會希望快點結束，唯有今天必須盡量花時間。一切都是為了完成第二項任務。

值得慶幸的是，老闆今天在浴室也想來一次，這樣比較花時間，正合蓮的心意。

兩人泡在浴缸裡。平常，都是老闆單方面地愛撫蓮，今天，蓮試著稍微主動溫柔地撫摸老闆的肌膚和性器。

「哈哈，蓮，怎麼了？妳今天特別可愛啊。」

老闆欣喜地說。

儘管本來是為了爭取時間，但當肌膚與肌膚相觸時，蓮感覺內心深處隱約閃現了溫熱的情感，令她困惑不已。

這股宛如小火花般的心情是什麼——

是罪惡感嗎？還是在好幾次交合中產生感情了呢？蓮明明對這種男人討厭透頂，怎麼會……難道，楊是不小心孕育、壯大了這簇火花嗎？

蓮茫然地思考，在得到自己能接受的結論前，浴室的交媾便結束了。起身前，蓮仔細地清洗了自己的陰部。雖然老闆不以為意，覺得生理期無所謂，但就算是萬一，蓮也不想懷孕。

蓮一邊清洗一邊再次確認自己確實厭惡老闆，稍微放下心。

接著，一如往常，老闆直接將光著身子的蓮帶回臥房。此時，臥房牆上的時鐘指著十點五十五分，這個步調可以說非常悠哉妥當。

在浴室交合的日子，老闆會說「讓我歇歇，恢復一下精神」，抱著蓮在被窩裡稍微休息，有時也會不小心睡著。

或許是進入冬天的關係，老闆最近常常睡著，蓮因此暗暗期待。不出所料，老闆今天已經開始打呼了。

謝天謝地。這樣又爭取到時間了。

老闆總是很淺眠，短則十分鐘，長則一小時左右就會醒來，索求蓮的身體。

希望今天……蓮的願望似乎成真了，老闆稍微睡得久了些。

「啊啊，睡了一場好覺。喔！哈哈，我就算這把年紀，剛起來也會很有精神嘛。」醒來後的老闆這麼說著，捉著蓮的手準備拉到自己的胯下。就在這時——

臥房的門突然打開，兩名戴著頭套的男子闖進房間。是 Blue 和馬庫斯。

蓮剛才在床上看不到時鐘，不知道時間，現在已經午夜十二點三分多了。

「哦哦哦？」

突如其來的狀況讓老闆發出驚愕的叫聲。

蓮甩開老闆的手臂，以迅雷不及掩耳的速度翻身脫離床鋪。

下一個瞬間，Blue 和馬庫斯從背後壓制住老闆，手法非常純熟。兩人以裹草蓆的方式用毯子捲起老闆的身體，再以繩子綑綁，轉眼間就限制住老闆的自由。

「你、你們是誰？」

「蓮小姐，穿好衣服，去大門等我們。」

其中一人無視老闆的吼叫說道。雖然那兩人都背對著自己，但從那句越南話和聲音，蓮知道是馬庫斯。

蓮沒有回答，奔出臥房。她跑向浴室的脫衣處，穿上衣服。

太好了，稍微賺到了——

雖然只有一次，但還是減少了。蓮不理會內心深處那薄弱到分辨不出來是否存在的落寞。既然分辨不出，就當沒這回事不就好了嗎？

蓮大約在玄關前等了十分鐘吧。途中，好像聽到了老闆的慘叫。

終於，那兩人戴著頭套過來了，Blue 手上拿著什麼。是護照和信封。

「臥房裡有保險箱，他把護照藏在那裡。我們把跟妳有關的合約和資料都一起拿來了。」

馬庫斯說。「給妳。」Blue 拿出護照，蓮收了下來。

他們大概是威脅被五花大綁的老闆而搶來的吧。或許，還有動手。不，該不會……

蓮看著戴著頭套，儼然就是犯罪者姿態的兩人，出現了不好的想像。

「請、請問，老闆呢？」

大概是察覺到蓮的擔心，馬庫斯從頭套露出的唇角勾了起來。

「沒事。我們手段雖然有些粗暴，但他一點傷都沒有喔。他身上的繩子也沒有綁太緊，過一陣子應該就能自己鬆開了。這裡不宜久留，走吧。」

蓮在催促下，和兩人一起離開老闆家。

寒冷的空氣刮著臉頰。不知何時堆疊在地面上的積雪反射著月光，彷彿發出朦朧的光芒。這是蓮在故鄉看不到的神奇光景。

穿過鴉雀無聲的工廠廠區後，前方的馬路上停著那輛白色廂型車。馬庫斯坐上駕駛座，Blue 坐上副駕駛座，兩人脫下頭套。蓮坐進後座。車內比車外暖和。

馬庫斯發動引擎，廂型車「喀達喀達」地搖晃起車身駛了出去。

黑暗中，工廠越來越遠。

「進行得很順利呢。那個老闆連我們是哪裡來的都不知道，就算想找妳也沒得找。」

馬庫斯目視前方說。

「工廠裡的人會怎麼樣呢？」

蓮在意地問道。

「不會怎麼樣吧？關於妳的消失，老闆應該會極力當做沒這回事，明天也還是會跟之前一樣繼續經營公司。或許，他會把這次的事當做教訓不再對實習生出手，也或許他學不乖，會再度重蹈覆轍。無論怎麼選擇，都已經跟妳沒有關係了。當然，跟我們也是。」

沒有關係……嗎？

蓮的腦海浮現淑和其他越南同事以及楊她們那些中國人。在那裡，自己不但被找麻煩，也沒有一個稱得上喜歡的人。然而，大家應該都是有各自的苦衷，跟蓮一樣，借錢來日本的吧。

一想到自己一個人逃走，內心便覺得有些忐忑，但那股情緒也沒有明確成形。

蓮舒了一口氣，把身體靠在座椅中。或許是放下心中大石的關係，睡意悄悄襲來。她沒有抗拒，緩緩闔上眼簾。

我今後，會怎麼樣呢——

蓮昏沉的腦袋模模糊糊地想著。

Blue 和馬庫斯似乎是一家叫做「PLAN H」公司的人，做的是掮客經紀。

雖然他們說會幫蓮準備新的住處和工作，但蓮之前全副心思都放在能不能順利逃走這件事上，幾乎沒有問他們具體的詳情。

他們說，介紹的基本上是工廠女工和陪酒的特種行業，不是賣春或做齷齪事的工作。不過，這是真的嗎？蓮已經從工廠逃走，若是把她交給出入境管理局的話就會遭強制遣返。無論他們要求蓮做什麼，自己都無法抵抗。

儘管如此，蓮卻很神奇地沒有不安的感覺。她也豁出去了，想著萬一被騙了其實也無可奈何。

＊

「到了喔。」

蓮在叫喚中睜開眼睛，廂型車內的光線已經轉明。在自己睡著的這段時間，天似乎亮了，朦朧的陽光從車窗外照了進來。

Blue 打開車門，從車外向蓮招手。蓮下車。

冬日早晨冰冷的空氣刺痛著肌膚。

眼前有棟房子。一幢有著藍色石板瓦屋頂的兩層樓住宅。大門外沒有門牌。

屋前電線桿上的街區標示牌寫著町名「南林間」，但蓮不會念。

「這裡是我們公司管理的其中一棟房子，幾個人一起在裡面共同生活，就是類似 share house 的感覺。裡面有自己專屬的個人房也有準備居家用品，我覺得比那家公司的宿舍還舒服喔。裡面的住戶大多跟妳一樣，是我們引導逃走的實習生，但也有些是有難言之隱的日本人。介紹給妳的工作雖然不輕鬆，但確實可以賺錢。回國時間照妳原本預定的就好。」

馬庫斯邊說邊向蓮介紹房子。

在馬庫斯的示意下，蓮踏上玄關。Blue 跟在她身後。

屋裡散發出一股多人同居空間獨有的混濁氣味。

一進門，右手邊就是客廳。蓮不由自主地在客廳前停下腳步。

察覺到的馬庫斯說：

「啊啊，那是 Blue 掛的，因為客廳空空的話很單調。」

蓮抬頭看著 Blue。

Blue 放柔表情道：

「我很喜歡那張照片，將來想親眼去看一下。」

雖然 Blue 說的是日文，但蓮覺得自己大概知道他在說什麼。

客廳牆上掛著那幅「命運之湖」的放大照片。

For Blue

說起在與Blue共度的日子裡印象最深刻的事，樺島香織和三澤馬庫斯都提到了看煙火的夜晚。

具體來說，是平成二十九年七月十五日的事。

那是馬庫斯加入的第四年，距離青梅血案已經過了十三年。

樺島香織誇口說是在幫助人的「PLAN H」工作進行得很順利。

Blue和馬庫斯在日本全國各地奔波，協助在惡劣環境下工作的外國技能實習生逃脫，讓他們住在公司經營的share house，引介他們新工作。儘管新工作的薪水必須扣除房租和介紹手續費，但每位實習生應該都覺得自己獲得了幫助。

三人在橫濱大廈的同居生活也沒有什麼大問題，持續著平靜的日常。

這一天，是橫濱一年一度的煙火大會，三人決定在大樓陽臺邊吃晚餐邊看煙火。

工作結束從辦公室回到家裡後，Blue和馬庫斯將折疊桌椅搬到陽臺，樺島香織準備食物。她運用各式各樣的蔬菜和肉，親手做了酥炸起司條。

準備途中，煙火開始了。

三人以啤酒乾杯，一邊嘗著酥炸起司條一邊望著將天空染得絢爛無比的煙火。

這時，樺島香織突然哼起了歌曲，那是首英文歌。

Hold me like a friend（像朋友般擁抱我）
Kiss me like a friend（像朋友般親吻我）
Say we'll never end（說我們不會有句點）

馬庫斯馬上反應：

「啊，這首歌！是那個吧，《煙花》的曲子。它這次好像要拍動畫了。」

「沒錯，是《煙花》的主題曲。我啊，以前是在老家看了那部連續劇才決定離家出走的喔。」

樺島香織說。

《煙花》是平成五年八月上檔的連續劇，播出後受到熱烈的迴響，後來在電影院上映了電影版，再後來，又改編成了動畫電影。

「這樣啊。我也有看原始版的那部連續劇喔。是我剛來日本的時候，那時還是小學一、二年級所以看不太懂，但是對男孩和女孩偷偷跑去游泳池還有最後放煙火的地方印象很深。」

馬庫斯瞇起了眼睛。此時，像是一直在思考什麼的 Blue 開口：

「那部戲，我大概也有看……」

「真的嗎？你那時應該才四歲喔。」

「嗯。所以幾乎不記得了，是和媽媽一起看的……應該。好像是在我說以前有住過的麻布的大廈吧，也有可能是在其他別的地方……啊，對了……」

Blue 垂下雙眸探索記憶，自言自語似地低喃：

「媽媽好像邊看電視邊跟我說：『你長大以後會喜歡什麼樣的女生呢？』『就算有喜歡的女

生，你也要繼續喜歡媽媽喔』之類的……」

「這樣啊。那麼，我們那天就是在完全不同的地方看一樣的東西耶，好有趣喔。」

馬庫斯愉快地笑道。

「是啊。」樺島香織微笑，繼續哼著接下來的歌詞。

Searching for the colors of the rainbow（尋找彩虹的顏色）
Melody never say good-bye（旋律永不止息）
I will be near you（我會永遠在你身邊）

二十四年前，分別在不同地方看著同一齣連續劇中煙火的三人，此刻在同一個地方看著現實世界裡的煙火。

Blue 抬頭，拿了一塊起司條咬了一口。麵衣中微微透出綠色的那塊起司條，是青椒口味的。

在與母親共度的兒時曾經不敢吃的蔬菜，此時已經成為 Blue 喜愛的食物之一。雖然或許是人長大後味覺改變了，但有一部分也是樺島香織費盡心思，不斷下功夫端出青椒料理的成果吧。

「謝謝你們。」

Blue 望著夜空中綻放的煙火對兩人說。

「謝謝你們沒有討厭我。」

「我根本沒有理由討厭你吧？」

馬庫斯苦笑。

樺島香織停下歌聲，呢喃細語道：

「該道謝的人是我。Blue，因為你，我才能觸碰到一直想觸碰的東西……」

Blue有聽到她說的話嗎？即使有聽到，他也沒有問那句話的意思，繼續望著煙火說：

「好漂亮喔。如果時間能停在這一刻就好了。」

這或許是他深切的願望。

這一天，煙火大會結束的深夜。

馬庫斯聽到裹著毯子的Blue一個人在嘀咕些什麼。

「對不起、對不起、對不起、對不起、對不起、對不起——」

Blue邊哭邊不斷地在向誰道歉。馬庫斯無法出聲喊他。

Blue不是第一次這個樣子。不知從何時起，Blue頻繁遭惡夢纏身，同時，平日裡他也越來越常會在突如其來的一個瞬間變得心不在焉，陷入某種思考。

馬庫斯說。

——直到現在我還是會想，想著當初我沒辦法為那小子做什麼嗎？

結果，直到最後我都沒有跟Blue表白，那小子應該也沒有察覺到。

重逢後，我也曾想過我們不知道什麼時候又會分開，或許把心意告訴他比較好。剛好那時候媒體也開始出現LGBT這些詞，跟我小時候相比，已經有很多大眾知道世界上有這種人存在。就算不管這些，我也相信Blue即使知道我的性向，也不會用有色眼光看我。

可是……嗯，就是那個啊。就算這樣，說到他會不會接受我的心情又是另外一回事了吧？說簡單點，我們是分開那麼多年後才能又在一起，我不希望我們之間因為我被甩而變尷尬。世界上也有很多這種同性的好朋友吧?一起生活、工作的好朋友,這種關係也很舒服。

我原本想,那樣的日子應該會一直持續下去,香織姊變成老婆婆後,由我和Blue照顧……

結果卻不是這樣。

我不知道是從什麼時候開始的,但那小子從某一天開始就變得非常痛苦,而我卻無能為力,香織姊也是。

該拿那小子的痛苦怎麼辦才能救他?不管我怎麼思考都得不到答案,唯一能做的,只有陪在他身邊。

我以為,那小子突然從濱松消失時應該是我人生中最大的悲哀,能夠和他重逢則是我人生最大的喜悅。

結果,我又經歷了一次人生中最大的悲哀。

奥貫綾乃

偵查第十三天。

綾乃和司前往川崎。由於所有調查車輛都出動了，兩人便以電車和計程車移動。她們在車站前招了輛計程車，那是輛車身圓潤的迷你廂型車型計程車，這種計程車款從去年起開始變得常見。近乎黑色的藍色車身上印著即將在明年到來的奧運標誌，好像是TOYOTA 汽車製造、名為「JPN TAXI」的車種。

這款計程車採滑動式車門，方便乘坐，車內有寬闊的空間。座椅前方附有對應多國語言的觸碰式螢幕，讓不懂日文的外國人或是視障、聽障人士也能輕鬆搭乘。付款方式支援現金、信用卡、電子支付等所有選項，車內甚至還有免費使用的插座和手機充電線，提供無微不至的服務。

「請到京濱兒童家庭中心。」

司報出目的地，年約四十上下的司機以明朗的聲音回答：「好的，我會安全、迅速地帶您前往。」

聽說，現階段數量有限的這種車種，多由服務和駕駛技術都很優秀的司機負責。新款車在各方面都比過去四門轎車型的計程車優秀，計費方式卻一樣。能招到這輛車有種稍微賺到的感覺。

車子出發了一會兒後，前方的觸碰式螢幕開始播放新聞。

螢幕配合「高遠一也　首度入閣」的字卡，出現了案發當天，綾乃剛好在南大澤看到的議員特寫。

高遠一也似乎接替前幾天因醜聞而辭職的閣員位置，成功入閣了。考量到時機點，這大概也是為了夏天的議院選舉，博取支持的一環吧。

畫面切到任命他的現任首相——A的記者聯訪。

〈高遠議員是肩負今後這個新時代的人才，我也對他寄予厚望。〉

首相笑容滿面地說。

六年又四個月，從平成二十四年底奪回政權後，A政府超越了平成中期的長期政權K政府，成為平成年間最長壽的政權。考量到任期，似乎也能視為戰後最長，甚至是日本憲政史上最長的政權。

儘管A是個毀譽參半、褒貶不一的政治家，但就代表平成的首相這點而言，應該是毋庸置疑的。

新時代。

還有幾天四月就要結束，日本將更改年號。

綾乃突然想到一件事，向司問道：

「妳該不會是平成年生的吧？」

司苦笑，輕輕搖頭。

「可惜，我是昭和尾巴生的，昭和六十三年。跟我同屆一到三月生的人就是平成年出生。小學時，我莫名有點羨慕那些平成年出生的人。」

「這樣啊。」

這是只有在更改年號時出生的世代才會發生的故事。

今年四月出生的小孩也會羨慕下個月出生的孩子嗎？

平成內逮捕凶嫌——高層打出這個口號。然而，案情進展變得十分詭異。

目前為止所有跟亞子與正田有關的人，警方幾乎都請他們提供了身體組織進行DNA鑑定，卻都跟現場採取到那被認為是凶手的DNA有所出入。

不過，全案也鎖定了焦點。

那就是亞子和正田直到這個月初都還住在裡面的share house，也是兩人和春山這個把他們叫到D集合住宅的人的交集點。

從離開那間share house到抵達川崎的網咖「STRANGER」之間，四人靠步行和電車移動。那間share house或許不是在那麼遠的地方，可能是東京或神奈川的哪裡。預估範圍再寬，也應該位於首都圈中。

儘管警方透過房仲業和share house的業界團體一間間確認，但目前仍未找到符合的物件。

搜查總部認為，這間share house或許是以有難言之隱的人為目標，無照經營。

亞子和正田不只生活放蕩出問題、虐待小孩，經濟上也很窮困。然而，他們卻似乎不想仰賴社福機構，反而逃得遠遠的，被吸引進違法的世界。

——自作自受。

亞子的媽媽圈朋友犀川實加是對的。

因為，亞子應該能選擇才對。

選擇抵抗吸力與斥力，循規蹈矩，選擇認真生活。

可是孩子呢？

被迫配合母親愚蠢的選擇、挨揍，甚至被拍下惡劣照片的翼呢？他明明什麼都沒有選擇。

他比被殺害的那兩個人還可憐。

而現在，連綾乃他們這些警察都不得不仰賴那個可憐的孩子。

＊

時隔九日，來到京濱兒童家庭中心的綾乃和司被帶往和上次相同的接待室。兩人在和約定一分不差的時間抵達，卻在這裡等了超過三十分鐘。

「很抱歉，他們應該快過來了。」

副所長三島美沙子坐在和綾乃她們相對的另一側沙發上，看著時鐘道歉。

「不會，請別介意。是我們強人所難。」

司溫和地回應。

擁有share house相關情報的人，只有安置在這裡的兩名孩子。渚還太小，無法作證，因此實際上，翼是唯一知道情報的人。

綾乃和司當初詢問過翼之後，別組警官也進行過兩次詢問，但至今都沒有獲得有力的情報。搜查總部原本希望能繼續向翼詢問案情相關資訊，卻發生了嚴重的問題。

前幾天，看到媒體報導亞子和正田的身分後，京濱兒童家庭中心也向兩個孩子傳達了亞子和正田的死訊。渚大概是還不清楚死亡的概念，愣愣的沒有反應，翼卻陷入恐慌混亂，一時間變得無法開口說話。

中心這裡考量到翼的心理壓力，希望警方以後不要再找翼詢問案情。

總部能理解，也沒有一個搜查員想要逼小孩。然而，案件偵查拖越久會越難破案。

後來，由於翼多少恢復了對話的能力，兩邊協調折衝後，以「速戰速決」和「由綾乃和司這兩位曾經和翼見過面的女性警員負責」為條件，警方才得以來問話。不過，在會面前一刻，翼表示不想從房間出來。現在，兒童福祉司的芥正在說服他。

「那兩人過世果然還是對翼造成了打擊嗎？」

綾乃問。

「嗯，那孩子似乎對父母有很強烈的執著……」

綾乃想起上次跟翼見面時，他問自己「媽媽和大貴爸爸什麼時候會回來」。

「不過，翼曾經受到虐待。就像我們說的，那個，他們也逼翼拍了很過分的照片。即使如此，他還是會執著嗎？」

警方這裡也將兒童色情照片這些偵查時發現與翼和渚生活環境有關的情報，告訴了京濱中心。

美沙子移動視線，略微思考後開口：

「翼的內心因為反覆的虐待而受傷是毋庸置疑的。有時候，他可能是想起了挨揍的事，會突然慘叫哭出來。在我們進行的心理諮商中，他也說過『媽媽和大貴爸爸好可怕』、『我討厭他們』之類的話。我認為，會出現『凍結警覺』的症狀，也是抗拒父母的一種表現。只是……」

美沙子嘆了一口氣，皺起眉頭道：

「也不是說這樣就對他們沒有感情了。雖然喜愛和厭惡是完全相反的情緒，卻不是二選一。人類是可以對另一個人又愛又恨的動物。即使是我們大人，平常看一個人會有喜歡的地方也會有討厭的地方。只是，從小受虐的孩子在這方面的情緒起伏會很極端。翼才七歲，說他出生後幾乎所有時間都和母親亞子在一起也不為過。我想，翼應該覺得母親就像自己或者是全世界的一部分。現在，他的內心或許正因為失去自己的痛苦而四分五裂。」

綾乃咬緊牙根。

「沼澤」已經理所當然般地出現，令她想起女兒。

那孩子對我的想法也是這樣嗎——

我撕裂了那孩子的心嗎——

不該問這種事的。如果不持續對自己施與疼痛，綾乃覺得自己就快瘋了。

綾乃的表情大概很陰沉吧，美沙子看著她惶恐地說：

「啊，抱歉。那個，我明白，就算這樣也必須破案。殺害自己父母的凶手逍遙法外對這兩個孩子一定也不是好事。我們中心也會盡全力協助警方。」

「啊，沒事。謝謝你們。」

綾乃咬著牙根，極力舒緩臉部表情回應美沙子。她讓自己將注意力集中在案情上。

誠如美沙子所言，逮捕凶手應該對這兩個孩子的未來有所助益。

在一小段沉默後，美沙子開口：

「說這種話可能不太好，可是……我認為，就結果而言，那兩個孩子能因為這件事和社福單位接上線是好的。有很多結局悲慘的虐童事件都是這樣，像亞子小姐這樣拒絕行政單位協助，甚至逃跑的話，我們也很難介入。」

在東墨田時，行政機關曾經透過民生委員介入到一半。警方在查案過程中也發現，亞子四人在過著有如遊民般的生活時，有不少人覺得他們很可疑，似乎也有人主動詢問他們或是報警。

然而，無論外界給予哪種應對，亞子他們都逃走了。即使地方機關知道這個案例有問題，人手短缺下，也沒有資源去尋找下落不明的人加以介入。

「暴力是會複製的。如果翼繼續由亞子小姐他們這樣養大，他自己也可能會變成一個暴力的人，或是有很高的機率在那之前就被虐待死了。」

暴力複製。那也是一種轉換形式的吸力與斥力吧。

根據亞子兒時玩伴佐藤紗理奈的說法，亞子的父親和母親曾經對她施暴。正田這邊雖然無法確認，但考量到他父親是傷害罪犯，正田受虐的機率應該不低。

那兩人或許也是無法選擇父母的人。

美沙子接著說：

「能夠無條件灌注愛的父母是孩子健全成長上很重要的存在。這兩個孩子，尤其是翼，在平撫內心傷痕的路上或許有難度，而就像要在高級住宅區蓋兒諮所會出現反對聲浪一樣，這個社會對兒童安置機構以及機構裡的孩子還存有根深柢固的偏見。但即使如此，比起受虐而死、比起被那樣的父母養大，他今後一定能過上更好的人生。不，是我們必須讓他過更好的人生。我認為這是一個機會。」

綾乃知道自己的淚腺因為美沙子的這番話而鬆動。

不行。

綾乃更加用力咬緊牙根，上下眨著眼睛防止眼淚掉落。

就在這個時候，傳來敲門聲，對方沒有等回應便開門了。

是芥。

只有他一人。芥一臉歉疚，手裡拿著幾張圖畫紙。

「很抱歉，我試著說服翼，但翼說他今天不想見任何人。兩位大老遠跑這一趟真的很不好意思，但也希望妳們能體諒，他現在的情緒還很不穩定。」
綾乃和司互看了一眼。
司輕輕搖頭，表示「這也沒辦法」。
接著，芥將手中的圖畫紙攤在桌上說：
「那個，該說是代替嗎，其實我從昨天開始就有請翼畫畫。警察這邊想知道的，是那間 share house 對吧？所以我請他畫了 share house 的外觀、在那邊遇見的人等等他記得的東西。雖然不像照片跟實物一模一樣，但因為以翼的年紀而言他很會畫畫……」
圖畫紙上以彩色鉛筆描繪了各式各樣的人和建築。原來如此，翼的確很會畫畫。雖然並不寫實，卻能清楚知道他在畫什麼，人物也都精準掌握了特徵嘛。畫裡也有那名叫做春山的男人，似乎是個身材纖細的年輕人。
「謝謝你，這應該能當做參考。」
司說。
比起用言語問東問西，這些畫的資訊量或許更多。
保險起見，綾乃以偵查用手機將圖畫一張張拍下。
途中，綾乃停下動作。
「怎麼了嗎？」
司問。
「不，等一下。這是……什麼？」
綾乃指向其中一張圖畫紙。上面畫的既不是建築物也不是人，而是一幅風景。
司看向那幅畫。

「是水池嗎？」
不知道是水池還是湖泊，整體是一片藍，後面還有貌似樹木的東西，右下角用橘色寫了數字「12345」。
這幅畫給綾乃一種不可思議的熟悉感。她好像看過這個畫面。是什麼？
「啊，那好像是貼在那間 share house 牆壁上的照片，右下角是照片上的日期，但翼不記得了就隨便畫一下。」
照片——
這麼一說，綾乃想到了。
青梅血案——
十五年前，綾乃結婚離職前，在搜查一課時代最後參與、司的父親藤崎也有加入偵查的那起命案。
凶嫌——筱原夏希那第一眼讓人覺得「時間停留在昭和時代」的房間，那間房間裡的照片。那是一直繭居在房中的筱原夏希不可能拍到的照片，直到最後，警方應該都沒有查明那張照片是從何而來。
share house 有那張照片？怎麼回事？
綾乃不明白。
雖然不明白，但這起命案的殺人手法和青梅血案相似就不是巧合了吧？
綾乃屏住呼吸。
她想起了十五年前的事。
青梅血案大約在案發一年後破案，形式上的破案。警方無視了極有可能存在的共犯，以篠原夏希是單獨犯案、嫌疑人死亡的結論移送地檢。

綾乃將視線移到一旁的司身上。

司似乎對綾乃的樣子感到不知所措。

當時有傳聞，由這孩子的父親擔任班長的藤崎班掌握了共犯的有力線索，展開機密調查。

「妳知道青梅血案嗎？」

面對綾乃的問題，司眨了眨眼睛道：

「知道。剛好是我送換洗衣物給父親時，他參與的搜查總部對吧？」

「關於那起命案，妳父親曾經說過什麼嗎？」

「沒有，他什麼都沒說。他在家裡完全不會講案子的事。」

就如同多數刑警，藤崎似乎也不會和家人談論偵查的話題。

不過神奇的是，這次的搜查總部裡，有個人曾在藤崎身邊參與了那次偵查。

「讓益智王看這張畫吧。」

「益智……王？」

司一臉困惑地反問。

「帳場的老大，沖田管理官。因為他的興趣是益智問答，知道很多奇怪的雜學知識，以前在一課大家都這樣叫他。」

沖田數晴，曾經是藤崎左右手的刑警飛黃騰達，成了本廳搜查一課的管理官，在這次的搜查總部擔任統理所有人的搜查主任官。

如果是他，或許會知道些什麼。

潘氏蓮

平成三十一年三月。

蓮被 Blue 和馬庫斯帶來 share house 生活，已經過了兩年又兩個月。配合原本的計畫，她將在下個月——四月的最後一天回國。

這間似乎是獨棟住宅改建的 share house 一樓有兩間，二樓有三間，共計五間個人房，每間都有住人。房間大約三坪多，大部分是一個人住，但也有和貌似朋友或是兄弟姊妹同住的人。

蓮分配到的房間位於二樓角落。房間雖然簡陋，卻也有櫃子和電視，最重要的是，蓮很高興有屬於自己的房間。

這裡的住戶幾乎都跟蓮一樣是逃走的外國技能實習生，但也有日本人。PLAN H 好像也有在幫有難言之隱的日本人介紹住處和工作。

有時一有房間空出來，沒多久 Blue 他們就會帶著新住戶進來。

這間 share house 好像是 Blue 在負責管理，他幾乎每天都會來看看狀況，補充生活備品和清掃。

PLAN H 幫蓮準備的工作有兩個。

一個是在距離 share house 公車車程十五分鐘的廢棄物處理工廠幫大型垃圾分類，一週工作四天。處理廠的垃圾經常摻雜碎玻璃或突起物，一個不小心就會受傷，是很吃力的重度勞動。

另一個則是週末在外國人小酒吧裡當服務生。這份工作也是，必須應付喝醉的客人，其實也算是一種重度勞力工作。

不過，整體的工作時間並沒有那麼長，工廠工作到傍晚為止，小酒吧只有晚上要工作，蓮每週大約有一個整天可以休假。兩份工作合起來的薪水扣掉 share house 的房租，實際收入超過二十萬圓，是龜崎織造的四倍多。

雖然他們說如果想賺更多的話，也可以介紹性風俗產業的工作，但蓮拒絕了。她不能再背叛丈夫。

share house 所在的南林間這區，外國人似乎相對的比較多，那種集合三教九流的氣氛對蓮而言也比較容易適應。此外，從南林間只要轉乘電車，不用一小時便能抵達橫濱和新宿，讓蓮休假時也能享受日本的都會。

即使吃些美食，買自己喜歡的東西，也能送給故鄉充分的補貼，還能跟家人通電話。share house 的住戶中也有越南人，特別是同樣住在二樓的妙和邵這對姊妹與蓮年紀相仿，和蓮成了好友。聽說，姊妹倆是從長野縣的農家逃走的。

兩人也有和住在其他地方的逃亡越南實習生相互聯繫，有一次，姊妹倆邀蓮去那些人工作的越南餐廳玩，蓮因此又增加了朋友。

蓮當初被關在龜崎織造、資訊遭封鎖時沒有注意到，這個國家有數量龐大的越南人，大家在這裡生活，形成了自己的社群。

過去，蓮被威脅「不能逃跑，否則就強制遣返」，內心銬上了枷鎖。但原來逃跑後是一片更寬闊的世界。

Blue說蓮可以工作得比原定計畫久也沒關係，越南人社群也跟蓮說能介紹工作給她。

雖然也曾想過，若是這樣的環境，再待一陣子也無妨，但蓮果然還是很想念家人，想念丈夫，更想念孩子。兩個孩子應該已經長大了吧，蓮想親手抱抱他們。

因此，蓮決定按照計畫，下個月回國。

蓮決定要盡量享受她在日本所剩不多的日子。某天，蓮隔壁那幾天前空下來的房間進駐了新住戶。

是包含小孩在內，一共四人的日本人。

奧貫綾乃

偵查第十四天。

櫻之丘分局摒去閒雜人等的小會議室內。

陽光從百葉窗縫隙照了進來。

隔著一張桌子端坐在綾乃和司對面的男人，目不轉睛地看著翼畫的圖畫。

本廳搜查一課管理官、指揮「多摩新市鎮男女雙屍案」搜查總部的搜查主任官——沖田數晴。

曾經頂著一顆光頭的他現在稍微留長了頭髮，梳著莫霍克頭，眼鏡也從銀框變成黑框。雖然他從以前就人高馬大，身材精實，如今卻又更加魁梧壯碩了，相對的，身上也多了一股威嚴。綾乃在第一次偵查會議看到負責主持的沖田時，心想身分地位果然會磨練一個人。

沖田抬頭看著綾乃。

「很像……」

「是的。感覺跟青梅血案那張來歷不明的照片是一樣的風景。翼他們待的 share house 或許掛了同一張照片。本案的殺人手法也和青梅血案非常相似，這難道是巧合嗎？」

沖田沒有回答，目光落在畫上。

綾乃下定決心追問：

「管理官，青梅血案最後以筱原家的次女，筱原夏希為單獨正犯畫下句點。可是，搜查總部原本強烈懷疑有共犯存在，也有傳聞說藤崎班掌握了那名共犯的有力線索。管理官，不，沖田警官，您對本案和青梅血案之間的關聯沒有什麼頭緒嗎？」

沖田再次抬首，這次看向司。

「藤崎，妳聽妳父親說過青梅血案的事嗎？」

綾乃也問過司一樣的問題。司搖頭。

「我沒有聽過。」

「這樣啊……也是。」

沖田交錯看了綾乃和司一眼，嘆了一大口氣。

「其實呢，在知道這次殺人手法跟青梅血案一樣時，我也曾懷疑過。可是，這種殺人手法也沒有特別到能斷言凶手是同一人。不過，連這張照片都出來的話……是啊，奧貫，就像妳說的，實在很難當做是巧合啊。雖然妳剛剛說那張照片『來歷不明』，但其實已經查出來了。那張照片是一名叫做 Blue 的少年從某人手中拿到的。」

「Blue？」

「嗯，是青梅血案的共犯，不、或許，是主犯。在偵查中止前大約有半年的時間吧，我們藤崎班一直在追查 Blue。」

藤崎班在追查共犯的傳言原來是真的。而且，聽沖田的話，他們掌握了準確度很高的線索，並具體鎖定了某個人。然而，偵查最後卻以無共犯的結論中止了。是找不到那名叫做 Blue 的人嗎？

不，明明具體鎖定了共犯卻中止偵查這點十分可疑，直到最後只有藤崎班擁有那麼有力的線索也很奇怪。

綾乃心中浮現許多疑問。

一旁的司在綾乃問出疑問前開口：

「您說是少年，那個 Blue 是怎樣的一個人呢？」

「不存在的人。」

什麼意思？綾乃看向一旁的司，她的臉上也微微透著困惑。

沖田扯了一下嘴角。

「抱歉，我不是有意故弄玄虛，而是他在法律上真的是不存在的人。因為他沒有戶籍。Blue 是青梅血案中被視為凶嫌的筱原夏希的兒子，是個沒有戶籍的小孩，幽靈兒童。」

「咦！」

綾乃下意識出聲。

筱原夏希有小孩？可是，她不是一直繭居在自己房間嗎？繭居在那間「時間停留在昭和時代」的房間。

「妳們還記得嗎？在調查那個案子時，好像是六月底吧，藤崎，妳拿父親的東西來到奧多摩分局的搜查總部，由奧貫收下的事。」

綾乃和司互相看了對方一眼後點頭。

「神奇的是，就是那一天，那天，一通打來提供情報的電話成為了開端——」

沖田告訴她們：

北見美保的證詞、筱原夏希其實是離家出走、夏希成為高遠仁這個男人的情婦並生下 Blue、高遠自殺、「小小甜心」事件、夏希和井口夕子同居、與自稱木村拓哉的海老塚卓也交往、海老塚在濱松死於非命，以及拍下那張蔚藍湖泊照片的三代川修的證詞。
那就是逃家少女與少女生下的孩子到殺害家人為止的來龍去脈。
「——平成十五年十二月二十三日晚上，三代川載夏希和 Blue 到筱原家門前後，嚇得逃走了。我們能確認的，就到這裡為止。
共犯是夏希的兒子，青，也就是 Blue 這件事應該毋庸置疑。然而，我們最後並不知道 Blue 犯案後逃往何處。他當時十四歲，雖然一月生日後應該就十五歲了，但不管怎麼說都是小孩。如果他成為流浪兒童在街頭徘徊的話，應該會被安置在哪裡才對，但我們卻沒有得到類似的消息。藤崎班少數幾個人的偵查有其極限，後來又有時間限制，高層決定要以嫌疑人死亡的結論移送地檢。聽說，大概是因為 Blue 很有可能有高遠家血統的關係，警察廳出身的執政黨議員跑來抗議，再加上當時碰上新潟地震，人力短缺。總之，就是政治主導一切。」
沖田嘆了一口氣。最後一句話大概是諷刺或是自嘲吧。
「那個 Blue 跟這次找兩名被害者出來的春山會是同一個人嗎？」
綾乃問。沖田搖搖頭。
「我不敢肯定。不過，Blue 應該持有那張照片的底片。Blue 沒有戶口，當然，也沒有本名，可以推測他用的是假名字。」
「我父親後來怎麼樣了呢？管理官，我父親是因為這樣才辭職的嗎？」
司問。沖田再次搖頭。
「老實說，我才想知道答案。班長……藤崎警官的確無法接受中止偵查這件事。青梅血案實際上並沒有破案，那是藤崎警官警察生涯中第一件，結果也是唯一一件沒有破的案子吧。藤崎警官大概是在偵查結束三年多後，平成二十年時辭職的吧？離婚應該也是在同一時期。」

沖田將問題轉給司。

司點頭。

「是的，那是我升大二的時候。父親和母親離婚後也辭掉了工作，還用退休金幫我付了全部的學費。」

「這樣啊。當時我被派到轄區分局，離開了本廳。藤崎警官辭職前有打電話給我，說他離婚了，以後會一個人生活，他認為這是個好機會，打算連工作一起辭掉。

可是，我實在不太能理解因為離婚就也辭掉工作這件事。他是非常照顧我的前輩，我不希望他離開警界，就追問他為什麼這麼做。他說『有件事我想要任性一回』。我問他是不是要重新調查青梅血案，因為我實在想不出藤崎警官還有什麼其他想做的事。結果他沒有正面回答，轉移了話題。藤崎，妳真的什麼都不知道嗎？」

沖田又向司問了一次。

司垂著臉，彷彿陷入什麼思考的樣子，最後她抬起頭說：

「……我向父親報告自己成為警察時，他提醒我『這份工作有很多不合理的事喔』。或許，他說這句話是因為想到了青梅血案。」

「啊，應該是吧。」

司理解似地輕輕點頭。

「我認為，父親果然像管理官說的那樣，在辭職後調查青梅血案。」

「他說過什麼類似的話嗎？」

「不。」司微微搖頭，表情嚴肅地說：「我父親從沒提起過任何工作上的事，也沒有告訴我他辭職的理由。他本來就很少在家裡，我也幾乎不了解他。不過，如果是我……如果今天換做我是父親，被迫以那種方式中止偵查的話，我會想自己調查。不是為了逮捕凶手，應該說是一種了斷嗎？我會非常想確認自己追查的 Blue 究竟在哪裡。」

沖田臉上露出淡淡的笑容。

「是嗎？妳果然是藤崎警官的女兒。我也認為如果是藤崎警官，他會那麼做。」

司直視沖田說道：

「管理官，可以讓我聯絡家父嗎？」

For Blue

Blue是在平成最後的春天發現那四人的。那是平成三十一年三月中旬的事。

無法入眠的深夜，Blue獨自離開大廈前往便利商店。途中，他從家庭餐廳的窗外看到了店裡四個人的身影。兩名年輕男女以及一對貌似兄妹的小孩，大家都穿著鬆脫變形的衣服。尤其是那個小男孩，身上的運動T恤都破了。

Blue一眼就看出那四人過的是近似遊民的生活。

儘管帶著小孩的遊民很罕見，Blue也是第一次看到，但他知道有這樣的人存在。Blue自己當年在濱松殺了卓也逃亡後，也曾經有過類似的生活。

經營掮客經濟的PLAN H介紹住處和工作的對象，不只有他們幫助逃走的外國技能實習生，也會找日本人攀談。

Blue想起公司在南林間經營的share house現在空著一間房。

他不否認那間房間很小，但四個人若是包含小孩的話，也不是不能住。至少，也比家庭餐廳的四人座好吧?如果是年輕男女，公司也有可以介紹的工作。

Blue走進店裡，在附近占了個位子觀察四人的情況。

雖然那對男女感覺不是很勤懇，但身上似乎沒有無法工作的重大傷殘，也不像極端無法溝通的樣子。

Blue看過去，餐桌兩側各放了一組大盤子和盛飯的盤子。似乎是四個人合吃兩人份的餐點。

其中一個大盤子裡的主菜已經掃光，看不出是什麼了，但還留有一點配菜。

留下來的菜是青椒。

女子催促男孩吃下。

「快點吃，你是哥哥吧？」

男孩緊閉雙眼，用叉子叉起青椒放入口中，同時輕輕咳了幾下。他應該很討厭青椒吧。儘管如此，男孩還是動著嘴巴咀嚼，沒有吐出來的意思。

「哥哥，加油。」看著男孩拚命跟討厭的青菜搏鬥的樣子，貌似妹妹的小女孩天真地為他加油。

年輕男女也說話了。

「好好吃啦。」

「吐出來的話要處罰喔。」

比起加油，兩人看起來更像是在整孩子。「我叫你吃得再享受一點！」男子露出不懷好意的笑容，輕輕戳弄男孩的頭。

Blue 下定決心，走近他們身邊搭話：

「可以打擾一下嗎？」

陌生男子出聲搭話似乎讓他們很驚訝，但姑且還是聽 Blue 說了什麼。Blue 一提到可以介紹住所和工作後，他們表現出興趣。

Blue 年輕，一身牛仔褲和帽T的休閒裝扮或許反而對情況有利。

Blue 告訴他們自己叫「春山」。跟日本人打交道時，Blue 經常用這個假名。這是母親過去提到「理想中的男人」時說的名字。雖然 Blue 根本不知道那是誰，這個名字卻留在了他腦海一隅。

事情很快就談妥了。Blue 回家後向樺島香織報告一切。隔天，他搭著馬庫斯開的廂型車，帶四人來到了南林間的 share house。

據說，關於提供他們住處和工作這件事，Blue 只說了「剛好看到」和「正好有空房」之類的話。

奧貫綾乃

偵查第十六天。

與前天相同的櫻之丘分局小會議室裡。

大概是今天天氣陰晴不定的關係，陽光沒有照進百葉窗內。

與前天不同的還有一個地方。

摒退閒雜人等的會議室裡不是三個人，而是四人。

綾乃、司、沖田外，還有司的父親，藤崎文吾。

「這樣啊，多摩新市鎮的那個案子嗎……」

比綾乃記憶中更瘦了些、頭髮半已花白的藤崎徐徐低喃，抬起臉道。

已經是外部人士的他雖然藉由報導知道這起命案，但據說連女兒有參與偵查都是這次才知道，更別說會想到與青梅血案有關了。

「請問，您辭去警察的工作後，一直在重新調查青梅血案嗎？」

沖田試探道。藤崎點頭。

「算是吧，我一直在找 Blue。其實，我當初有了一些頭緒。」

藤崎說，調查時，一名女僕裝扮、和自己擦身而過的人讓他感受到一股不自然，因而發覺證人中一名叫做樺島香織的女子可能和 Blue 有交集，一步一步地持續尋找她。

「那你找到了嗎？」

沖田探出身子問。或許，仕途平步青雲的他，也對青梅血案調查中止這件事留有遺憾。

「嗯。」藤崎點頭。

包含綾乃在內，其他三人都屏住了氣息。

「花了很長一段時間就是了。一開始，我想先從樺島香織的人際關係追查她的下落。但是，她把渋谷的辦公室收起來後就像將一切都重置一樣，消失了蹤影，沒有人知道她去了哪裡。我雖然動用警察學長的關係去找，也得不到線索——」

藤崎同時還去了香織的故鄉——滋賀縣的大津，調查她的老家和父母。

藤崎因此得知，香織的父母都是酒精依賴患者。香織十五歲離家出走後，再也沒有回來故鄉。香織的父親大約在距今十一年前因肝硬化過世，香織連喪禮都沒有出現。之後，孤身一人的香織母親，接受了在滋賀縣內活動的非營利組織「sunny up」的協助，領取低收入戶生活補助過日子。

藤崎第一次前往滋賀時香織的父親剛去世，母親還在世上。不過，她似乎完全不知道女兒的事，問不出有用的線索。儘管香織的母親好像經常住院，香織也沒有來探望她的跡象。

之後，藤崎前往了滋賀好幾次，每次都會去見香織的母親。香織母親的健康狀況一年比一年差，就在藤崎得不出線索的狀態下，於五年前的平成二十六年因心臟疾病離世。

藤崎接到通知前往滋賀時，從安排喪禮的 sunny up 工作人員口中聽到了令人介意的內容。工作人員無法和香織取得聯繫，與父親那時一樣，香織也沒有出席這場喪禮。不過，有間一直提供 sunny up 捐贈的公司增加了捐款額度，喪禮因此得以順利舉行。細問下得知，那是間位於神奈川縣、名叫「PLAN H」的公司，從十年前開始捐款，似乎是 sunny up 開始援助香織母親後沒多久的事。一名自稱董事長祕書的女性還曾經來參觀，說他們公司贊助了各種非營利組織做為參與社會公益的一環。

藤崎覺得這個時間點非常可疑。

也就是所謂的「直覺」。藤崎決定調查這間 PLAN H。這間公司合法登記在案，不難確認。執行董事是一名叫做大山康三的男性，辦公室似乎設在橫濱伊勢佐木町的住商混合大樓裡。

「——因為也有可能是借用的名義，保險起見，我決定暫時監視那間辦公室。然後，成功確認這三人出入那間辦公室。那是平成二十七年，四年前的事了。」

藤崎從上衣內袋取出信封，從信封中拿出幾張照片擺在桌上。

照片上是從鬧區住商混合大樓走出來的三名男女，戴著太陽眼鏡的女人和兩名年輕男子。照片使用望遠鏡頭，拍攝的角度連五官都清晰可見。其中一名年輕人膚色略深，看起來像外國人。

「這是！」沖田看著照片，一臉驚訝。「那個在濱松曾經和 Blue 一起工作的日裔，叫……」

藤崎幫了一時叫不出名字的沖田一把。

「三澤馬庫斯。」

沖田瞪大眼睛抬起頭。

「他也在一起嗎？」

「沒錯。PLAN H 實際上的經營者是樺島香織，執行董事的那個大山似乎只有出借名義而已，大概是以前跟樺島香織借錢的債務人之類的吧。三澤馬庫斯和 Blue 好像在這間公司工作。」

綾乃和司跟不上藤崎的話，一個勁地盯著照片。像是注意到這點的藤崎指著照片解釋。

「這就是藏匿 Blue 的樺島香織。這個人叫三澤馬庫斯，是 Blue 的老朋友。而這個人，就是 Blue。」

兩名年輕人中像是日本人的那一個。不過，他似乎沒有日本國籍。男子五官溫柔端正，身材高䠷纖細，說是模特兒綾乃可能都會相信，氣質感覺跟翼畫的男子也很像。

這個人，就是 Blue。

「我稍微觀察了他們一陣子，也請徵信社調查 PLAN H 是做什麼的公司。他們公司似乎在做很可疑的掮客經紀，也無照經營 share house。」

無照經營 share house，又出現一個共通點了。

「那時候的女僕就是 Blue 嗎？」

沖田問。

「我沒有驗證這點。不過，最後找到了他們，代表應該就是那麼一回事吧。」

「要是當初能在那裡逮捕他的話……」

沖田重重嘆了一口氣。

藤崎露出乾澀的苦笑。

「所以，我也就只有確認他們的所在地，什麼都沒做。」

「什麼都沒做？您沒有接觸 Blue 或是樺島香織嗎？」

沖田問。藤崎搖頭。

「沒有。這三個人一起住在辦公室附近的大廈。」

「三個人同居嗎？」

「沒錯。至少在四年前是這樣。他們三個經常在工作結束後去喝一杯，我有一次曾經在居酒屋跟到他們旁邊的座位。雖然樺島香織和三澤馬庫斯看過我，但大概是因為過了十年吧，他們似乎沒有注意到我的樣子。三個人就是聊些無關緊要的事，這陣子看的電視節目啦，足球的日本代表隊啦等等，那種每個人都會聊的話題。馬庫斯是最愛說話的人吧，會開很多玩笑逗 Blue 笑。Blue 就跟照片上一樣，很一表人才吧？笑容也非常好看。我還想，原來我一直在追查的男人，會用這麼漂亮的臉蛋笑啊。樺島香織扮演的是聆聽的角色吧，不太說話，感覺就是看著那兩個年輕人。三個人就像是一家人一樣。」

藤崎朝司的方向瞥了一眼。

「我們家很少全家一起吃飯吧。」

司的表情沒有變化，無言點頭。之前，司曾說過自己對父親沒有心結，從現在的表情看不出她對藤崎的想法。

藤崎嘆了一口氣，拉開視線看向虛無的空中。

「他……Blue 雖然沒有戶口、失去了父母，但卻那樣找到了一起吃飯的人。該怎麼說呢？看到他那個樣子的瞬間，我釋懷了。感覺就像知道了一直以來想知道的事。這場追查本來就是為了自我滿足才開始的，我當時覺得這麼一來就了斷了……」

綾乃一直盯著 Blue 的照片不放。

無法選擇父母的孩子，連證明自己的戶籍都沒有卻混入市井中長大，得到了宛如家人般存在的男子。然後……

綾乃幾乎是下意識地開口。

「這個叫做 Blue 的男人是凶手嗎？是他殺了那兩個人嗎？」

處於遊民狀態的正田和亞子以及孩子們住進了 PLAN H 經營的 share house，和 Blue 有了交集。然而，半個月內發生了某種糾紛，四人離開了share house。沒多久，Blue便以社群平臺聯絡正田，編造了一個假工作，將他們叫到D集合住宅加以殺害——這樣的脈絡自然而然浮出水面。

「我不清楚這個案子的詳情，不過，聽你們所說，是可以這麼認為。如果我在查到他們住處時有所動作的話……不，事到如今說這些也沒有意義了。」

藤崎從放照片的信封中拿出一張便條紙。

上面寫了幾個地址。

「這是我查到他們時PLAN H的辦公室和樺島香織他們住處的位置。」

藤崎稍微頓了一下，環顧著綾乃三人說：

「這是你們的案子吧？所以，由你們去做個了斷。」

潘氏蓮

平成三十一年三月。

那天 share house 來了四個人，一對日本男女和兩個孩子，蓮理所當然認為他們是一家人。那一家人住進了 share house 二樓，蓮的隔壁房。

在這兩年多中，蓮第一次看見有人帶小孩住進來，在這裡住更久的人說，他們也從來沒遇過這種情形。

就連蓮也知道，日本人一家四口住在這間 share house 並非常事。乍看之下，他們一家人都穿著鬆脫變形的衣服，尤其是比較大的那個男孩，運動T恤肩膀的地方綻開了一個洞。以前聽來村子裡的年輕人（Blue 說他叫做脩）說的時候，蓮很嚮往日本小孩富裕的生活，但看這兩個孩子的外觀，或許比越南的小孩還窮酸。

不只這一家人，蓮不知道同屋子裡的日本住戶是因為什麼緣由才來的。

在客廳見到那一家人時，蓮曾經試著打招呼問好。儘管蓮的日文還是說得七零八落，但已經比在龜崎織造時進步許多。

雖然不知道他們有什麼難處，但那位母親的年紀看起來和蓮差不多大，有一男一女兩個小孩這點也和蓮一樣。蓮不禁想起自己留在故鄉的孩子。可以的話，她希望能和對方交個朋友，也想幫男孩縫補破掉的衣服。蓮很擅長針線活。

小孩裡的哥哥一臉神奇地看著蓮，輕輕點頭，妹妹則是笑呵呵地回應蓮的問候。然而，那位母親卻像是要保護孩子般地抱住妹妹，神情戒備，低聲說了句「妳好」。至於父親，連招呼也沒回，只是瞪著蓮不放。

這兩個人是怎麼回事——

老實說，蓮覺得很不舒服，那對夫妻感覺個性都很差，有點可怕。那種氣氛下，蓮說不出要幫孩子補衣服。

那對夫妻跟蓮一樣，也在做 PLAN H 介紹的工作。丈夫是在某處工地，妻子好像是陪酒的樣子，蓮不清楚詳情。只有工作晚上一小段時間的妻子，基本上好像都在照顧小孩。

自從孩子們住進 share house 後，Blue 經常帶遊戲機來客廳讓他們玩。

孩子裡的哥哥總是玩得入迷，妹妹雖然還小不太懂，卻也會看著畫面開心地哇哇大叫。有時，兩人也會因為想玩的遊戲或是遙控器而爭執，此時就會由 Blue 出面仲裁。但大致上兄妹倆看起來都玩得很融洽。

孩子們開心遊戲的樣子十分溫馨。越南也有遊戲機，蓮決定回國後也要為自己的孩子買遊戲機。

起初，蓮以為 Blue 只是單純喜歡小孩，所以才會拿遊戲機來 share house 吧。Blue 總是瞇著眼睛望著孩子們遊戲的樣子，孩子們感覺也很仰慕這個「帶遊戲機來的溫柔大哥哥」。

然而，蓮後來有了另一種想法。

Blue 是不是在擔心孩子呢——

有一次，蓮曾看到 Blue 趁著玩遊戲的空檔和孩子們聊天。「把拔馬麻對你們好嗎？」、「有沒有打你們還是大聲凶你們？」、「你們有沒有什麼煩惱？」Blue 以蓮也能聽懂的速度，徐緩、溫柔地問了好幾個這樣的問題。

若是這樣的話，告訴Blue他的擔心沒錯的人，是蓮。

那間share house有好幾個地方由於是後來才加做的隔間，牆壁很薄。蓮和那一家人房間的隔間就是如此。

大約在那家人入住一星期左右，某天夜裡，隔壁房間傳來聲音。

「這是教你，要有教養。」

是那個母親的聲音。

教養——這是蓮很熟悉的日文。

「對不起，請原諒我。」微弱的聲音說道。聽得出來應該是哥哥的聲音。

「不行。因為我用講的你都不懂。」

「啪」的一聲。

那個母親在打孩子。好可憐——

儘管這麼想，蓮一開始卻也沒覺得太嚴重。在越南，父母也經常會體罰小孩。小時候，蓮的手心和屁股也都挨過好幾頓棍子。

然而，打人的聲音不停響起，母親的話語也轉成怒罵：「懂了沒！你搞什麼啊！」

咦！這有點過火了吧——

就在蓮這麼想時，這次換父親的聲音登場。

「你一個男生哭哭哭個屁啊！」

接著是「砰」的一聲重響。

「喂，懂了沒？懂的話就道歉！」

「對不……起……」

男孩發出顫抖的哽咽後，聲響平息了。

一回神，蓮發現自己屏住氣息貼在了牆邊。

蓮只有聽到聲音。然而，她知道這對父母正在對那麼小的孩子施與過度的暴力……

蓮將那個孩子和自己的小孩重疊，心痛不已。

幾天後，蓮再度聽到了打罵聲，過幾天，又是一樣的狀況。

看來，那對夫妻似乎頻繁對小孩施暴。

怎麼辦——

雖然想阻止，另一方面，蓮又不想和他們扯上關係。蓮就快要回國了，她不想在回國前捲入奇怪的紛爭。

蓮不是視而不見，而是打算置若罔聞。

然而，四月一日，時間來到蓮終於要回國的那個月時——

政府頒布了新年號，蓮工廠裡的日本作業員也一直在談論這個話題。對日本人而言，更改年號似乎意義非凡。不過，蓮本來就不熟悉日本紀年，加上沒多久就要回越南了，對這個話題並不感興趣。比改年號更實際迫切的，是那天晚上隔壁房間傳來的怒吼和慘叫。

「不要！」

男孩慘叫。

「不行。」

「求求你，不要！」

男孩似乎在抗拒什麼。

「吵死了，閉嘴。不要鬧，要是把渚吵醒了怎麼辦！」

「我不要照相，不要滋……」
「不要也得要。」
那段對話透露的急切感比平常更強烈。
蓮下定決心，走出自己房間。
蓮不打算介入。不過，她一直抱著一種說不清是正義感還是好奇心的心情，想確認到底發生了什麼事。
蓮來到走廊步向隔壁房，握上門把，房門沒有上鎖。她試著緩緩打開一條細細的門縫。蓮心跳加速，彷彿全身都變成了心臟。她打算一被發現就馬上逃回自己房間。
房內的動靜從微微打開的門縫透了出來。
「啊啊啊啊！」就在這時，男孩發出慘叫，一股燒焦味同時竄到蓮的鼻間。
房間裡鋪了三組似乎從來沒收起來過的棉被和床墊，滿地亂七八糟的雜誌和垃圾。在這樣的空間中，正進行一件超乎蓮想像的事。男孩全身赤裸，遭繩子之類的東西綑綁，父親將點燃的香菸壓在男孩的背上，母親則以手機拍下這個場面。女孩則好像在被窩裡安睡的樣子。
「呀啊啊啊啊！」蓮大喊著打開房門。
「你們幹麼！（Làm gì）」
蓮下意識喊出了越南話。男孩的父親和母親轉頭看向自己，露出驚愕的表情。
「你、你、你們，在、在做什麼！」
蓮拚命用日文說道。
「妳搞什麼，突然進來！」
「看屁啊！」

男孩的父母破口大罵，向蓮走近。
雖然害怕，但更多的憤怒戰勝了蓮的恐懼。不管有什麼理由，這種事都不能被允許。
「不、不可以，對小孩，壞！」
蓮高聲說。
「煩死了！這是我們的自由！妳怎麼可以偷看！」
母親回罵蓮。
「妳搞屁啊，突然進來！」
父親握拳。
要被打了──
就在蓮這麼想時，身後傳來聲音。
「怎、怎麼了？」
是住在蓮房間另一邊的越南人姊妹，妙和邵。她們好像是從自己房間出來的樣子，兩人戰戰兢兢地朝這家人的房間裡望，尖叫出聲。大概是注意到遭綁住的男孩了吧。
蓮從姊妹倆的背後看到一名住在樓下房間的年輕人從樓梯衝上來。由於平常幾乎沒說話，所以蓮不知道他的為人如何。
「你們樓上從剛剛就很大聲，發生……」
年輕人覷向房間後也驚訝得說不出話來。
所有人都以責備的眼神看向孩子的父母。蓮有一種獲得援兵的感覺。
「你、你們，住手！」
蓮說。

「吵死了。」孩子的母親咕噥。

孩子的父親似乎嘖了一聲，接著就推了蓮一把說「關你們屁事！」蓮一個踉蹌，退到了房門外。

房門「砰」的一聲關了起來，傳出上鎖的聲音。

「等、等一下！」

蓮緊靠門板，房內卻沒有任何回應。

蓮轉身看向原以為是援兵的其他人，大家尷尬地面面相覷。

「那……就這樣。」日本年輕人只是輕輕點個頭就下樓了。妙和邵也帶著有點困擾的表情走回自己的房間。

大家都不想多管閒事，蓮原本也是這樣想的。那晚，蓮幾乎無法入眠。不過，隔壁房已經聽不到奇怪的聲響了。

是因為被大家發現，就不再做那種事了嗎？至少，蓮是這樣祈禱的。然而，她也無從確認了。

因為，那一家人隔天就消失了蹤影。

傍晚，蓮從工廠回來後看到了 Blue，Blue 問她發生了什麼事。他似乎已經從其他住戶那裡聽說，掌握了大致的情況。

平常總是溫柔淡定的 Blue，此時散發出來的氛圍卻不一樣。他講話雖然不凶，卻傳達出無聲的怒意。

「對、對不起……」

正當蓮一心覺得自己因為惹出麻煩要挨罵時，Blue 卻看著蓮的眼睛緩緩說道：

「沒事。妳是看到小孩子受苦才無法坐視不管的吧？我想好好了解那兩個人做了什麼事，希望妳能誠實告訴我妳知道的。」

蓮聽懂了 Blue 在說什麼，也明白了他的意思。

此時，蓮才終於發現，Blue 生氣的對象，是對孩子做出過分行徑的那兩人。

蓮盡可能地回想，將這一週多以來耳朵聽到的，以及昨晚親眼所見的內容正確地告訴 Blue。

奧貫綾乃

平成三十一年四月三十日。平成最後一天。

神奈川縣大和市，小田急電鐵江之島線南林間站往西約一公里處，與大街隔了一條路的住宅區巷子裡。

沒有門牌、藍色石板瓦屋頂的獨棟房子斜對面，以及該條巷子轉角處各自停了一輛調查車輛。每輛車裡分別有四名搜查員待命，另外還有四名佯裝成路人的搜查員進行監視。住宅區的一角就聚集了總共十二名的搜查員。

綾乃和司就在那輛停在轉角的調查車中，分別坐在駕駛座和副駕駛座上待命。

彎過這個轉角後，那棟沒有門牌的房子似乎就是亞子他們住到這個月初的 share house 沒有錯。屋子外觀也跟翼畫的圖很相似。

如警方所料，這間 share house 沒有申請營業執照。

Blue 現在應該在那棟房子裡。

「平成也只剩下十二小時了嗎……」

梅田在後座喃喃自語。時間就快來到中午十二點。

「以關係人身分帶他回去，如果他馬上承認的話就能趕在最後一刻申請逮捕令，在平成年間把人抓起來吧。要是他裝蒜或是緘默的話就難辦了吧？」

梅田向身邊的井上問道。

「都到這個地步的話，就不用執著在平成破案了。無論哪條路，起訴都還遠著。不管是明天還是後天抓人都可以。而且，也沒有確定這個叫 Blue 什麼的男人就是凶手。」

「可是，連殺人手法都一樣吧，這不就是了嗎？」

「是啊。老實說，我也希望這樣就定了。」

綾乃不太在意兩人說了什麼，一直盯著前擋風玻璃外的動靜。不過，從這裡看不到轉角另一邊的那棟房子。

在管理官沖田下達「絕對不能向外部洩漏」的封口令後，綾乃小組和搜查員分享了 Blue 和青梅血案的相關情報。

藤崎提供的地址讓他們輕易就找到了 Blue 的居所。

Blue 和四年前一樣，在伊勢佐木町的 PLAN H 工作，與樺島香織與三澤馬庫斯三人住在公司附近的大廈。

車上的無線對講機發出沙沙雜訊，出現聲音：

〈有人要出來了。〉

訊息來自房子對面的調查車輛。車內洋溢著緊張感。

〈不是目標，是住在裡面的外國人。〉

所有人呼了一口氣。

沒多久，一名應該是從 share house 出來的外國人經過了綾乃他們的調查車輛。對方是名女性，大概是越南人，應該是從實習地逃走的技能實習生。

PLAN H 似乎擁有好幾間這樣的 share house，讓有隱情的外國人或是正田和亞子這種處於遊民狀態的人入住，為他們介紹工作的樣子。說是工作，好像也都是在違法經營的廢棄物處理公司這類說不上是正經產業的地方。另外，也有跡象顯示他們教導外國技能實習生逃走。

「那個女生拖著行李箱耶，該不會是要回國了吧？真好，避開了調查。」

梅田看著窗外說。

「啊，首先是Blue，接著是樺島香織和三澤馬庫斯。」

警方從昨日就在跟蹤Blue、三澤馬庫斯和樺島香織三人，準備今天將三人分別逮住。其中，最重要的目標是Blue。

Blue似乎和馬庫斯分頭管理share house。今天早上，Blue來了這間share house，警方預定在Blue出來時抓人。

「藤崎選手，對妳來說，這是幫老爸報仇雪恨的機會吧。」

梅田毫無顧忌地說。

司以沉著的聲音回答：

「或許吧……不過，我也是前幾天才知道整件事的詳情，所以沒有什麼幫父親報仇的心情，父親好像也已經自己做了了結。總之我的心情是，想把自己該做的事做好。」

「哎呀啊，好冷淡喔。」

梅田沒勁似地說。

司的側臉沒有逞強的意思。她並不是追隨父親的腳步而成為刑警，只是父親剛好做過自己憧憬的職業罷了。

梅田或許覺得少了點什麼，但綾乃卻很喜歡司和父親之間的這種距離感，同時也感到羨慕。

〈有人要出來了，這次是目標。〉

無線對講機再次傳來聲音。

來了——

「收到，我們過去。」

綾乃回答。一旁的司打開車門。

「交給妳們了。」

身後傳來井上的聲音。

「是。」綾乃回答，和司一起下車。

計畫的順序是，先由綾乃和司上前談話，再要求他以關係人的身分到警局。

綾乃和司彎過轉角，一名高眺的青年，Blue 正好從屋子走了出來。綾乃感受到心臟強力的鼓動。

Blue 剛好朝綾乃她們這裡走來。

大概是完全沒有注意到有人在跟蹤自己吧，Blue 看來對綾乃和司並無戒心。

綾乃可以看到 Blue 的正面，那是張端整、清俊的臉龐。

Blue，你為什麼——

前幾天從沖田口中聽到 Blue 的事情後，綾乃一直在想一件事。

你為什麼要殺那兩個人——

假設殺害亞子和正田的人是 Blue，那他的動機是什麼？無論是亞子還是正田，都是很容易引發糾紛的類型，可能是得罪了 Blue 或是彼此間有什麼爭執，也或許是金錢糾紛。

然而，綾乃認為 Blue 都不是為了這些。

綾乃想確認。難道你是——

綾乃和司朝Blue走近。

在雙方靠近到距離約三公尺時，Blue似乎終於發現了朝自己而來的兩人。

綾乃她們稍微加快腳步，縮短距離。

Blue一臉訝異，停下了腳步。

綾乃她們也站定在Blue面前。司開口：

「是PLAN H的春山先生嗎？」

「咦？啊，我是……呃，請問妳們是誰？」

Blue理所當然毫無頭緒吧，臉上浮現戒備和困惑。

Blue，你為什麼要殺人？為什麼要殺那兩個人？為什麼要殺舟木亞子那個女人——

綾乃忍住現在就想質問Blue的衝動。

一旁的司加強語氣道：

「不是吧，你其實是篠原青先生吧？」

「咦？」

Blue瞪大眼睛。

「我們是警視廳的警察，方便的話，想請你跟我們談談。」

司宣告。

「啊，這樣啊……好，我知道了。」

Blue冷靜地點頭表示同意。

司以對講機和待命中的搜查員報告：「對象同意回局裡。」

停在share house斜前方的車門開啟，搜查員走了出來。

綾乃本來也想過Blue會抵抗，有一點幹勁被澆熄的感覺。雖然不想承認大意，但無法否認，她有那麼一瞬間鬆懈了。

「那麼，請過來這邊。」就在司示意時——

Blue突然向右回身，邁步跑開。

「啊！」綾乃不知道是自己還是誰叫了出聲。

「逮捕他！」

對講機傳來井上的怒吼。

綾乃跑了開來。

「等等！」

Blue逃跑的巷子那側，有兩名佯裝成路人的搜查員攔在那。然而，全力加速的Blue卻以些微的距離側開身體穿過兩人身邊。

綾乃和搜查員一起追著Blue。

沒關係，Blue雖然快卻不是追不上的速度。此外，這條巷子出去是大街，路線並不複雜。警方這邊還有車子，就算無法立刻追到，也不可能讓人逃走。

Blue。

綾乃幾天前才知道他的存在，然而，卻有種已經追了他好幾年的感覺。

Blue。

跟著不是自己選擇的父母，甚至連戶口都沒有，徘徊在無人知曉的社會陰影中。

Blue。

他大部分的人生歷程綾乃都不知道，然而，他一定是在身心背負傷口的背景下長大的吧。

Blue。

不要逃，回答我的問題——

你為什麼要殺人？你是不是想幫他們？幫助那些孩子——

那些孩子因為亞子和大貴的死而獲救。從父母這最強大的吸力和斥力源頭獲得解放。

Blue。

Blue，你是不是想幫助無法選擇父母的孩子們呢——

綾乃追著那道背影，拚命奔跑。

For Blue

平成最後一天。
Blue 逃走了。
他在南林間住宅區的巷子裡奔逃。
事到如今，我們無法得知他那時在想什麼。
或許……
是想起了那天的事吧。
想起大約十五年前的平安夜，平成十五年十二月二十四日的事。

*

「Blue—!」
那天傍晚，下午四點過後。
母親向回家的外婆討錢遭到拒絕後，朝客廳角落裡抱著膝蓋的 Blue 大喊。
那是日後被稱為青梅血案的殺人案揭開序幕的信號。
Blue 站起身，右手握著魚刀。
不給錢的話就殺了他們——這是事先就決定好的事。

此時，控制 Blue 的是強烈的怒意。

之前，Blue 一直宛如處於靈魂出竅的狀態，彷彿一切都事不關己，但這份怒意卻是貨真價實，屬於他自己的情感。

——Blue 取回了靈魂。

最初的起因是畫。

在前一天晚上 Blue 初次來到的這個家中，玄關大門上掛著的一幅畫。

畫紙上以蠟筆畫了看似一家人的四名男女，三個大人，一個小孩。背景塗著綠色，雖然看不太出來具體的地點，但四人手牽著手，臉上全都掛著笑容。那幅筆觸歪七扭八的畫根本不需要評論畫技好壞，一眼就可以看出來出自小小孩的手。然而，畫裡卻刻畫著清晰的幸福。看到這幅畫時，Blue 內心起了一陣雞皮疙瘩。

一踏入客廳，便看到外公外婆、阿姨和優斗在那方開著暖氣的暖和空間。

優斗和外公一起坐在和室椅上。曾經以看異類的眼神看著 Blue、拒絕他的外公，讓優斗坐在自己的大腿上。茶几上有個清空的泡芙盒。

優斗穿著軟綿綿的和服背心，雙頰紅通通的，一臉神奇地看著 Blue。

Blue 發現玄關的畫是這孩子畫的。

客廳角落散落著好幾個應該是買給優斗的繪本和玩具。窗邊牆上貼著一張紙，是一封信。〈聖誕老公公：我想要 Game Boy Advance SP。優斗敬上〉應該是大人鼓吹他貼在這裡的話，聖誕老公公就會看見吧。

那是很久以前，母親送給 Blue 後又馬上弄壞的遊戲機最新機種。這孩子的聖誕禮物會是那臺遊戲機吧。這家人應該也不會隨便破壞那臺機器吧。

這是說平凡也很平凡、有小孩的家庭中稀鬆平常的光景。

然而，其中卻有件 Blue 沒有被賦予的事物——

愛。

這個家中彷彿連瀰漫的空氣分子裡都清晰地刻著愛意。

這傢伙，是有人愛的——

這樣的心情將 Blue 的靈魂拉回了肉體。

同時，他感受到一股前所未有的強烈怒意，內心湧上破壞的衝動。當母親和外公外婆爭執時，Blue 在一旁拚命忍耐那股想立刻大鬧一場，將一切破壞殆盡的衝動。

Blue 在房裡看了一整晚的照片企圖冷靜，卻徒勞無功。他情緒激昂，憤怒沉澱為殺意。

他已經不再覺得事不關己，也不再對母親的催迫感到無奈。他是在自己明確的意志下，想將這個充滿愛與幸福的家庭破壞個粉碎。他想在慶祝聖誕節前，在聖誕老人來臨前，將一切破壞殆盡。

所以，當母親雜亂無章地命令自己殺人時，Blue 甚至是感激的。

Blue 將刀子刺進外婆的側腹。

外婆瞬間倒抽了一口氣，一副不曉得發生什麼事的樣子，瞪大了眼睛和嘴巴。

Blue 一拔刀，外婆便鬆開了手中的購物袋。「啊啊啊啊！」外婆大叫一聲，壓著側腹跪倒在地。鮮血從外婆爆出青筋的指縫間滴落。

Blue 朝外婆失去防備的後背刺了兩刀。

外婆失去支撐臥倒在地，抽搐著身體，口中逸出血沫和不成聲的悲鳴。

「這、這什麼啊。好、好噁……」

母親說，眼眶蓄著淚水。

Blue 無法推測母親此時內心的想法。

「脖子，掐脖子！」

母親命令 Blue。Blue 聽話地將手伸向外婆的脖子時想起他有繩子。雖然這不是 Blue 預計的用途，他還是拿起繩子套在外婆的脖子上使勁拉扯。過了一會兒，本來還悶著聲扭動身軀的外婆終於一動也不動了。

「太好了。」母親鬆了一口氣，抹掉眼淚，俯視再也不會動的外婆。

「現在只能把他們全殺了。」

之後，大約過了一個半小時，第二名犧牲者的外公回來了。

當玄關傳來「我回來了」的聲音時，Blue 和母親躲到了客廳入口旁。大概是看到玄關的鞋子了吧，外公一邊說著「夏希還在嗎？」一邊走進客廳，然後發現外婆倒在血泊中的身影。他恐怕遭受了人生中最大的衝擊吧，所以沒看到近在一旁的 Blue 和母親也無可厚非。

「梓！」

外公奔向外婆。Blue 朝他的背後捅了一刀。

外公和外婆不同的是，沒有因為一刀而喪失抵抗能力，向 Blue 反擊。「做什麼！」外公大吼，推開 Blue。刀子從 Blue 手中脫落，他踩了個空，撞上電視櫃。電視跟著落下。

「你做了什麼！」

外公抓住 Blue。Blue 扭動身軀，茶櫃在兩人推擠中倒地。「啊！」緊接著，外公發出一聲短促的悲鳴。母親撿起了刀子，刺入外公的後背。一刀又一刀。

外公試圖再繼續抵抗，雙腿卻失去力氣跪了下來。

「Blue，脖子！」

Blue 聽命，立刻拿起繩子勒住外公的脖子。

看著外公斷氣癱軟的樣子，母親露出扭曲的笑容說：

「你活該。」

面對自己父母的屍體，她已經不再流淚。

第三名犧牲者阿姨和最後一名犧牲者優斗回家，是在 Blue 殺害外公又過了約一小時後的下午六點半。

和殺害外公時一樣，Blue 隱身在死角，待阿姨一走進客廳便衝到阿姨面前，朝她的肚子刺下去。Blue 立刻拔刀後又刺了一刀。阿姨當場跌坐在地，發出比前兩人更淒厲的慘叫。

母親在從阿姨肩膀上滑落的包包裡翻找，她拿出長夾，確認裡面有提款卡。

「妳、妳在做什麼……叫、救護車……」

身上冒出鮮血的阿姨跪在地上向母親要求，日光燈下的臉龐一片慘白。

「姊，跟我說卡片密碼。說的話我就幫妳叫救護車，不說的話就連妳兒子一起殺喔。」

阿姨說出了四個數字。

母親滿意地點頭後命令 Blue。

「動手。」

Blue 繞到阿姨背後，用繩子勒住她的脖子。

第三個人，包含卓也的話是第四個人，Blue 隱隱掌握了類似訣竅的東西。人的脖子，用繩子比用雙手更好勒，與其從正面直直勒住，從後方往上拉似乎更有效率。

在 Blue 勒住阿姨脖子時，原本在客廳門口的優斗哭了出來。「不要！」優斗纏住 Blue 的腳向後扯。
然而，Blue 沒有減緩力道，阿姨沒多久便斷氣了。
「馬麻！」優斗大叫，握住拳頭擊向 Blue 的腳和腰側。
就在這時。
你打我嗎——
Blue 感受到一股憤怒，腦袋一片空白。
一回神，Blue 的手已經伸到了優斗的脖子上。
接著，Blue 沒有考慮效率，帶著憤怒，灌注了全身心力，雙手掐住那纖細的脖子。
都是你不好。
誰叫身邊的人一直給你東西。
誰叫你住在這麼溫暖的家。
誰叫你在溫柔的家人包圍下長大。
誰叫你可以跟聖誕老公公拿聖誕禮物。
誰叫你得到了愛——
就在 Blue 忘我地掐住優斗的過程中，優斗癱軟下來。
Blue 不知道那是哪一個瞬間。一回神，那個稚嫩幼小的生命已經輕而易舉地消滅了。
Blue 感受不到任何可以稱做宣洩的效果，釋放的殺意在空虛中消逝。外公外婆、阿姨還有優斗。眼前倒著四具屍體，憤怒逐漸冷卻，取而代之的是虛脫感，全身上下的血液彷彿都變成了鉛塊。
「啊啊，全都殺死了。Blue，是你殺的喔。」

遠方傳來母親的聲音。
母親是對的。
因為，這四個人都是Blue遵從自己的意志殺的。
好累——
Blue坐了下來。
不知是覺得哪裡好笑，母親呵呵笑著，也或許，是在哭吧。由於意識模糊不清，Blue記得不是很清楚。
「屍體怎麼辦？算了，明天再說吧。」
母親似乎也累了。
母親回到自己的房間。Blue的意識在這裡一度中斷，他就這樣睡著了。
Blue在屍體倒臥的客廳度過了平安夜。
Blue感受到有人搖晃自己的身體，睜開眼睛，是在隔天十二月二十五日的上午十一點過後。
「欸，起來啦。起來！呵呵，啊哈哈哈。」
Blue眼前是咯咯笑著的母親。
Blue混亂的腦袋以為自己做了一場惡夢。
夢見自己去了母親家，殺了外公外婆、阿姨和表弟的惡夢。
下一瞬間，Blue看到母親身後滿地是血的客廳後，領悟到那不是什麼惡夢。
「欸，你有帶CD來吧？給我〈世界上唯一的花〉。」
母親笑著說。

CD……Blue聽話地尋找背包，將〈世界上唯一的花〉的單曲CD交給母親。這是SMAP的暢銷曲，母親特別喜歡的一張CD。從濱松逃走時，Blue遵照母親的吩咐帶了出來。

母親拿著那片CD和擺在客廳角落的CD卡帶手提音響前往浴室，在脫衣處大聲播放CD入浴。

此時，母親已經把房裡剩下的麻黃全吃完了。正確來說，還有一顆黏在藥瓶底部，但無論如何，她過去從來沒有一次吃過這麼大的劑量，處於徹底用藥過量的狀態。

母親為什麼會做這種事呢？是一覺醒來後，重新面對自己殘忍殺害家人的事實，精神崩潰了嗎？或只是單純地想讓自己比平常更亢奮呢，又或者是一種自殺？如今已經無法知道理由了。

事實是，母親在風險極高的狀態下入浴，引發了那個風險。

母親泡在浴缸裡心臟停止時，Blue完全沒有注意到，他在客廳裡茫然地望著那四具屍體。意識恢復後，虛脫的感覺依舊不減。

無從選擇、被迫聽著的〈世界上唯一的花〉不知道重複了第幾遍。當窗外照進來的陽光變成橘色時，Blue終於發現母親待在浴室裡的時間久得異常。

Blue前往浴室察看，在洗澡水早已冷卻的浴缸裡發現母親宛如沉睡般的屍體。「媽媽。」即使Blue出聲呼喚也沒有回應，靠近也沒有氣息。母親的肌膚跟她浸泡的洗澡水一樣冰冷，Blue小心翼翼地把手放到母親的胸口，感受不到心跳。

媽媽，死了——

Blue感覺不到悲傷，當然也沒有喜悅。只覺得呼吸困難。

Blue回到客廳。明明那四具屍體已經倒在那裡好幾個小時了，Blue卻像是直到此刻才看到那副慘狀般覺得可怕。

是啊，我們皆是
世界上唯一的花

聽著脫衣處傳來的歌聲，Blue 想起了臥倒在地的優斗臉龐。
想起前天晚上第一次相見時，那雙天真無邪、興致盎然盯著自己的眼睛。那雙主人被自己殺害的純潔雙眼。

每個人都擁有不同的種子
只要全力以赴
讓花朵綻放便已足夠

我以後會怎麼樣呢——
警察會抓我嗎？抓到的話會判死刑嗎？我也會像媽媽和那個優斗一樣死掉嗎——
Blue 的肌膚泛起一陣雞皮疙瘩。
他是個孩子。此時的 Blue 是個才十四歲的孩子。他沒有犯罪的自覺，只是害怕。害怕被抓起來處罰，害怕被殺。
不要。我不要那樣——
難以忍耐的恐懼襲向 Blue，他逃了出去。

奧貫綾乃

綾乃拚命擺動雙腿，追著在巷子裡逃跑的 Blue。

奔跑、奔跑、奔跑。

就在綾乃覺得距離稍微拉近時，Blue 絲毫沒有減速，從巷子奔出大街，就這樣穿過人行道，衝進車道。

啊——

下一瞬間，煞車聲響起，綾乃看見一道大卡車的影子。大街上傳來某人的尖叫聲。

綾乃和其他搜查員一來到大街，便看見緊急煞車後斜停在一旁的卡車以及倒在卡車前方五公尺外、頭破血流的 Blue。

人行道上的行人發出騷動。

綾乃和搜查員一起奔向 Blue。

仰倒在地的 Blue 不知道是不是頭部遭到強烈撞擊的緣故，身體微微抽搐，眼睛雖然睜開卻沒有焦距，頭部流出大量鮮血。

糟了。

「叫救護車！」

一名搜查員急忙拿出手機。

「振作點，振作點！」

綾乃跪地，小心翼翼地不去動到 Blue 的頭並按住出血處，嘗試止血。

血管的跳動和血液溫熱的觸感黏在綾乃的手上。
Blue以虛無的眼神看著自己。
「那兩個……人……」
「翼和渚嗎？」
Blue似乎輕輕點了個頭。
「沒事了。兩個孩子都被安置在兒童諮詢所裡，平安和社福單位接上線了。單位也一定會幫渚申請戶籍，兩個孩子都得救了！」
Blue的嘴角似乎微微勾起。
「你果然，是想救那兩個孩子吧？對吧？」
「對不起……對不起……」
Blue沒有回答綾乃的問題，口中說著道歉。
「……優斗。」
是青梅血案中遭殺害的男孩。
Blue茫然地望向空中，喃喃囈語：
「優斗，對不起。真的……對不起……對不……起……」
Blue不斷道歉。那些話大概是對十五年前自己殺了的那個孩子說的。
綾乃發現，這個男人不只是想救孩子。
「不准死！」
綾乃大喊。
「你不是救了那兩個孩子嗎？不是殺了爛透的父母救了他們嗎？既然如此，就給我看到最後！好好看看那兩個孩子的未來！」

綾乃忘記自己身為警察的立場，對 Blue 吼道。

這個男人殺的是我——

無法好好愛孩子的我。拋下愛、選擇憎恨的我。只會傷害孩子的我。

他殺了我。殺了我——

Blue 以渙散的眼神看著綾乃，似乎已經意識不清。

「不准死！拜託你不要死！」

「我，不——」

Blue 的聲音變得模糊。

「不准死！不准死！不准死！」

綾乃不斷大喊，拚命壓著 Blue 出血的地方。

For Blue

Blue沒有死。

企圖在平成最後一天從警察手中逃走的Blue發生車禍卻大難不死。

出院後，Blue雖然鋃鐺入獄卻活了下來，活在嶄新的時代裡，並在刑期服滿後和自己幫助的孩子們重逢。

就這樣，Blue從所有的罪惡中獲得解脫，和家人般的夥伴過著平靜滿足的日子——

如果有多少主觀便有多少真相的話，這樣的真相不也很好嗎？

——那是不可能的。

樺島香織毫不猶疑地否定了。

——那孩子就算活著，也無法從罪惡裡解脫。

一開始……在我開始藏匿他的時候還沒有這種情況。當時，那孩子沒有罪惡感。他會找我求救，只是因為他必須依賴某個人才能活下去。

可是，不知道從什麼時候開始，那孩子發現自己犯下了無法償還的罪過，為此所苦。就是青梅血案。尤其是對自己放任怒意殺了幼小的孩子，殺了優斗這件事感到後悔。晚上開始會做惡夢呻吟、哭泣。
沒錯。一定是贖罪。我想，Blue 殺害「妳母親他們」的理由，就是想用拯救無辜的孩子來贖罪，償還自己殺害無辜的孩子的罪行。可是啊，殺了一個孩子的罪，不是救兩個孩子就能償還的算數問題。
那孩子沒上過學，是個笨蛋。所以，才會做那種蠢事，為了償還無法還清的罪又去殺了別人。即便如此還是還不了，所以最後他才……我一直在想，那孩子之所以會逃跑，是不是一種自殺，是為了親手殺死自己。
我認為即使那孩子還活著，也無法過著平靜滿足的日子。很悲哀就是了。
樺島香織淡淡地說。

長大後的我幾乎不記得關於 Blue 的任何事。不記得那個「救了我和哥哥的人」。要不是 Blue，我就會一直沒有戶口，在一個連失能家庭都稱不上的環境中長大吧。哥哥則是有可能被殺死。
Blue 沒有跟任何人提起殺害那兩個人——我的父母——的理由。不過，我想就如樺島香織所說，他果然是想要拯救我們兄妹——做為一種贖罪。
樺島香織說很悲哀。
沒錯，這是件很悲哀的事。
青梅血案後，Blue 在樺島香織的藏匿下長大成人，也敢吃自己曾經討厭的青椒了。不久，他開始協助樺島香織工作，邀請三澤馬庫斯加入，展開了三人生活。儘管沒有血緣關係，這兩人就像 Blue 的家人一樣。

平成的後十五年，對 Blue 而言應該是一段平靜安穩的日子吧。
在這樣的日子裡，Blue 背負了一樣東西。
自己的罪。
當得到無可取代的日常生活後，Blue 才察覺到破壞這種日常所代表的意義。知道他從無辜的孩子身上奪走的未來有多重。
每當內心覺得安穩時，Blue 是不是就困在踐踏優斗的罪惡感中呢？或許，每當感到幸福時，他就會責備自己沒有幸福的資格。
他在這種痛苦中掙扎，思考有什麼贖罪的方法，然後救了我們。
雖然無從確認，但我是這麼認為的。
然而，誠如樺島香織所說，贖罪不是算數。Blue 依然痛苦，迎接了平成的最後一天。
Blue 所逃避的，一定不是來抓自己的警察，而是自己的罪行和生命。
這實在太悲哀了。
所以我想試試。試著編織那個樺島香織說 Blue 不可能獲救的真相。

奧貫綾乃

Blue被救護車送往位於相模原市的大學附設醫院，馬上在急診室接受緊急手術。Blue有腦出血的情形，情況非常危急。

同時，Blue的身體組織被送往本廳，由科搜研進行DNA鑑定。Blue的DNA和從正田屍體指甲中採取到的身體組織DNA相同。如此一來，Blue就是多摩新市鎮男女雙屍案最大的嫌疑人。接下來，警方應該會逮捕Blue吧。如果，他沒死的話。

在Blue送進急診室約一小時後，樺島香織和三澤馬庫斯趕來醫院。兩人身邊都有一課的搜查員陪同。

聽說，是在送兩人前往警局途中收到車禍通知才一起來到醫院的。

「Blue—!」

兩人不斷在急診室外接近瘋狂地喊著Blue的名字。雖然綾乃離得很遠，但他們似乎也有在哭。

樺島香織，十五歲來到東京，一路活到今天的女人。青梅血案後十五年，藏匿沒有戶籍的Blue橫跨平成時代一半時間的女人。她一定是個堅強的人。一個用那份堅強選擇了各式各樣事情的人。

然而，綾乃第一次見到的樺島香織，就只是個面對親人徘徊在生死關頭時，慌亂無措、跟自己同世代的女人。

最後，香織和馬庫斯在聽完醫生說明後被搜查員帶走了。他們沒有等待不知何時才會結束的手術，前往附近的警局接受問案。大概是事先說好了吧，兩人沒有抵抗，乖乖離開了醫院。

其他搜查員分別被派去勘查驗證車禍現場、搜索 PLAN H 的辦公室和旗下經營的 share house。綾乃和司小組則留在醫院，等待手術結果。

綾乃她們被帶到急診室旁的一間小小的會議室。會議室中間擺了張四人座的桌子和辦公椅，牆上一塊白板，一旁的櫃子放著用來解說治療的小型器官模型。

綾乃和司在那裡等了好幾個小時。即使太陽下山，手術也還沒結束，兩人在附近的便利商店買了便當回來。

「結果，他是為了孩子嗎？」

吃完便當後過了一會兒，司突然問道。

「咦？」

「Blue 殺害那兩個人的理由。您剛才有說吧？說他是為了救小孩。」

Blue 遭卡車撞倒後，自己對他說的話似乎被聽見了。

「我想，大概是吧。」

綾乃點頭。

不，或許不僅僅是為此。

Blue 最後想說出口的話。

——我，不該活著。

綾乃沒有聽得很清楚，但他似乎是那樣說。

就在這時，負責手術的醫生帶著年長的護理師走了進來。

綾乃和司站起身。

兩人面色沉痛。

最後，醫生說：「很抱歉，我們已經盡了全力但還是無法將他救回來。」

兩人深深一鞠躬。

「這樣啊……您辛苦了。」

司說道。醫生抬起頭。

「死亡時刻是下午十一點三十四分，我們等一下會馬上開死亡證明拿過來。」

「謝謝。請問，這裡可以講電話嗎？」

「在這裡的話可以。」護理師回答。

「那麼，請稍等一下。」

醫師和護理師一鞠躬後離開了會議室。

司沒有坐下，直接拿出偵查用手機打電話給搜查總部。

這樣一來，多摩新市鎮男女雙屍案應該會比照青梅血案，以嫌疑人死亡的方式來處理吧。

綾乃感覺雙腿彷彿失去了力氣，坐在椅子上。

Blue，死了——

將重複創造出不幸孩童的父母殺害的男人。

將母愛崩壞的母親、將我殺了的男人——

就像是從自己背負的罪惡中逃跑般，死了。

一直沉澱在綾乃胸口的「沼澤」越來越深。

綾乃回想起來。

回想起老家附近雜木林中那座淤積的水池──「沼澤」的記憶。

綾乃家是個遵從古老家父長制度的典型家庭，父母對綾乃的管教十分嚴厲，尤其是在綾乃小時候。那不是可以用「嚴格」一句話就帶過的程度。即使綾乃是個小女孩，父親也會不以為意地打她，稱自己的行為是管教。父親為什麼會打自己呢？綾乃已經不記得那每一次雞毛蒜皮的理由了。可以肯定的是，自己是在不順父母意的時候挨打。綾乃知道。因為，綾乃也一樣以管教為名打女兒。雖然次數不多，但父親一旦情緒激動就會帶綾乃去雜木林，要綾乃脫下衣服，將她浸到那座淤積的池子──「沼澤」──裡，直到池水淹沒綾乃的頭頂。噁心骯髒的池水、池水侵犯鼻腔黏膜的疼痛，以及無法呼吸的痛苦。綾乃懷疑父親真的要殺了自己。當從池子裡被拉上來後，母親總是一邊拿浴巾擦綾乃一邊說：

──都是妳不好。

都是我，不好。

童年被灌輸的這句話是綾乃人生中最大的恐懼。

綾乃靜靜地深呼吸，試圖以理性阻擋情緒。

「呼──」一旁傳來吐氣聲。

結束電話的司坐到了椅子上，兩人並肩而坐。司轉向綾乃，看著她的眼睛。

「那、那個，奧貫警官。」

「怎麼了？」

「就是，那個……」

司似乎在尋找該用什麼詞彙表達，眼神猶疑後開口說道：

「我能夠和妳搭檔，真是太好了。」

「咦？」
「我想告訴妳這件事。」
「什麼啊……」
突如其來的話語動搖著阻擋情緒的理性。綾乃在深深淤積的「沼澤」底部看到了蜘蛛。原來，那是比懷著孩子更加久遠以前、被評斷「不好」的小綾乃。
「沼澤」化成眼淚溢了出來。綾乃先前一直在死命忍耐，然而，意志力卻束手無策。不行了。
綾乃哭了出來。
她趕緊摀住臉。然而，眼淚卻止不住，哽咽從嘴裡跑了出來。
「那、那個……」
低著頭的綾乃雖然看不到司的樣子，但從聲音可以知道她的不知所措。
「突然這樣，抱、抱歉。我、我忍不住。我就是這麼丟臉的女人，沒有資格讓妳說什麼太好了。」
「沒這回事。」
「有！」
綾乃下意識用力地否定。
「咦……」
「就是有。因為，我的母愛壞了，是有缺陷的人類。是想要殺死孩子的母親。」
我在胡說什麼啊。她明明沒在說這種事——
——丟人現眼的女兒。

——都是妳害我沒了孫女。

——妳難道沒有母愛嗎？

那些曾經斥責自己的話語。

連自己的孩子都無法正常去愛、帶著缺陷的人類。和那個亞子或是Blue的母親一樣，死有餘辜的人類。

這就是我——

「不是的。」

話聲和柔軟的觸感包覆了綾乃。

綾乃被抱到懷裡。

司的體溫透過襯衫傳了過來。

「雖然我不知道任何詳細的內容，但奧貫警官，妳好好放開了對吧？」

放開？放開什麼？家人嗎？

沒錯。我自己放開了家人。才不是好好的——綾乃不停逸出鼻水和嗚咽，泣不成聲。

「那就不是妳說的那樣。妳一定做出了最好的選擇，沒有殺害任何人，也沒有再多傷害誰，就像我父親過去那樣，妳也好好放開家人了。」

司靜靜地說。

好好放開——

自己有做到嗎？

「可是……如、如果，全世界都變得跟我一樣的話……一定會毀滅。」綾乃哽咽地說。

這就是綾乃心中愚蠢的恐懼。

「雖然我沒辦法輕易說什麼『我明白妳的心情』，可是……我已經三十歲了，卻沒有和任何人交往過，對誰都沒有產生戀愛的喜歡心情，無論男女都一樣。我大概一輩子都不會結婚，不會做愛，也不會生小孩。所以我也是有缺陷的人類。如果全世界都變得跟我一樣的話，也一定會毀滅。」

對誰都沒有產生戀愛的喜歡心情——綾乃不是很能理解那是什麼意思。司突然這樣說，綾乃連是真是假都不知道。不過，她看起來也不像是為了安慰綾乃而說謊。

司繼續說：

「不過，一定不會發生那種事。因為，這世界上我以外的人都不是我，妳以外的人也不是妳。沒有人必須獨自背負世界的命運。而且，就算是最糟的情況，世界毀滅了也沒差吧？我們應該不是為了延續世界而活著的。」

話語漸漸擴散開來。司的聲音顫抖。她也在哭嗎？綾乃無法抬頭確認。

不過，雖然不知道我們是為了什麼而活著，但世界不可以毀滅啦——

綾乃的腦海裡浮現反駁卻說不出話。

她只是一個勁地哭泣。

「我能夠像這樣認識奧貫警官，和妳搭檔，真是太好了。」

司又說了一遍。

淚水盈滿眼眶。

就在這時，指針來到十二點。

平成，結束了。

綾乃在比自己小一輪的後輩懷裡哭泣，度過平成結束的那一瞬間。

終幕

For Blue

曾經，有一個叫「平成」的時代。
那是個起於一九八九年一月八日，終於二〇一九年四月三十日，長達約三十年又四個月的時代。一個沒有西元、干支或是伊斯蘭曆主流，世上大多數人一定都沒聽過的時代。
然而，對於生活在東亞小島國的許多人而言，那是個有意義的時代。它是和平的時代、災難的時代、分裂的時代以及希望的時代。是與我現在活著的時代確實相連的三十年。
有名男子，在這樣的平成時代開始之日誕生，終結之日死亡。
不，他沒有死。
他在平成年間活了下來，過著滿足的日子。我打算編織這樣的真相。
——這裡就是那張照片裡的湖。很漂亮吧？我們村子開發進步了很多，但只有這座湖幾乎沒什麼改變，和拍照那時候一樣。只有在夏天早晨的一剎那可以看到這幅藍色的景色。雖然只有妳能來，但還是很好。今年是看這座湖最後的機會，明年這裡也要因為重新規劃填起來了。
最新的翻譯APP幾乎是即時將她的話翻譯成日文。
潘氏蓮，曾經以外國技能實習生的身分來日本工作的女性。
今年夏天，為了看Blue喜歡的那張照片裡的景色，我拜訪了越南B省的農村。我跟蓮取得聯絡，在她家住了一晚。

蓮和丈夫兩人住在一間氣派的大房子裡，公婆已經過世，兩個小孩都住在河內。長男大學畢業後，在美商的越南分公司上班，已經結婚，小孩好像快出生了。長女則成了醫生，在醫院一邊任職一邊存個人開業資金。即使在越南，女性投入職場的比例似乎也在逐漸增加。

蓮說，她能擁有一棟大房子、能供小孩上大學都是Blue的功勞。

——一開始我在一間很差勁的公司工作，是Blue他們幫助我從那裡逃走的，我也算是接受Blue幫助的人。啊啊，不過，沒想到那時候的孩子都已經長這麼大，還過來這裡呢。

遭Blue殺害的舟木亞子和正田大貴是我生物學上的父母。

小時候，在我還沒有被賦予戶籍的時候，我遇見了這位蓮。不過，因為那時根本還不懂事，沒有留下記憶。

那件事情後，我和哥哥翼暫時由安置機構撫養，再一起接受了養父母的領養。那是哥哥九歲，我五歲時那年春天的事。這時候，我和哥哥終於得到了願意無條件愛我們、只屬於我們的大人。

對我而言，所謂的父母不是親生父母，而是養父母。

不只是蓮，就連Blue和我的親生父母我幾乎都不記得了。

勉勉強強只有在那間類似share house的地方玩Nintendo Switch的記憶。哥哥在我身邊，其他還有幾個大人，其中一個大概是Blue吧。不太清楚爸爸媽媽有沒有在那裡。

關於虐待，我沒有他們對我做過什麼的記憶，身體也沒有留下那類的痕跡。話雖如此，也不知道他們是不是真的什麼都沒做。一想到要是他們在我不知道的地方對我做過奇怪的舉動就覺得噁心，但也無從確認。就這層意義而言，我應該也有受傷吧。

哥哥背負的傷應該比我更具體、更深刻，不過，在深愛我們的養父母養育下成為一個身心都很健康的大人，現在活用他的繪畫天賦，從事插畫家的工作。

然而，那樣的哥哥卻恨著 Blue。

——那種人只是單純的殺人魔。我一點都不覺得那傢伙救了我，那傢伙奪走了我的父母。有誰拜託他殺人嗎？就算想救我們，一定還有其他方法。

媽媽和大貴爸爸的確對我做了很多過分的事，是最爛的父母。可是，因為那傢伙殺了他們，我再也無法聽到那兩人向我道歉，也無法原諒他們了。

哥哥是正確的。

殺了七個人的他就只是個殺人魔。如同哥哥所說，就算想救我們，應該還有其他更妥當、更符合常識的做法。

哥哥並不是忘了被虐待的事。他很感激能遇見養父母，也跟我一樣把養父母當做真正的父母愛著他們。

然而另一方面，他對 Blue 這個陌生人殺了母親和父親這件事始終懷有心結。

或許，跟我擁有不同記憶的哥哥也有著無法割捨的執著。我不是哥哥，不知道他內心的想法。哥哥應該有屬於他自己的真相吧。

——Blue以前說過，想親眼看這座湖呢。可以的話，我真想讓他看看。妳回去後要幫我跟他問好喔。

蓮說。

「好。」我點頭。

那天，平成的最後一天，在Blue車禍前前往機場的蓮不知道Blue的死訊。

我跟蓮說，原本Blue這次也想一起來，但因為身體狀況不好就放棄了。

這是謊話嗎？

關於我親生父母遭到殺害的「多摩新市鎮男女雙屍案」，在日本，媒體告訴大眾那是由一名已經死亡、沒有戶口的男性所犯下的罪行。不知道是不是因為顧慮那位應該和Blue有血緣關係的議員，檯面上沒有提及雙屍案和青梅血案的關係，在更改年號的一片忙亂中，報紙和電視新聞都簡單帶過了這起命案。根據我的調查，國外也幾乎沒有報導這件事。

蓮相信我的話，很想聽Blue的事。

所以我說了。

改編樺島香織和三澤馬庫斯告訴我的內容，說了一個Blue沒有背負無法償還罪過的過去，以及從那段過去膨脹、想創造出的現在，一個Blue從平成活下來的現在。

Blue現在過著滿足的日子——為了編織這樣的真相而說。

我一說到Blue現在和家人般的同伴過著幸福快樂的日子，蓮的眼眶就泛出一層薄薄的水氣。

——太好了。

嗯，太好了。真的太好了。我也這麼認為。

談話告一段落後，我暫時凝視著湖水。

凝視著 Blue 想看的這座湖。

深邃卻透徹的藍色湖面將瀰漫的霧氣也染上了那抹蔚藍。湖岸後的榕樹身影，形狀和照片上略有不同。

只出現在早晨一剎那的夢幻美景。能這樣親眼看到，令我不禁屏住了氣息。

據說，當地人稱這座湖為「命運之湖」。

命運。

Blue，我幾乎不記得你。

儘管如此，你就是我的命運。

因為有你，如今我才能活在新的時代裡。

湖水、光線與霧氣融合交織的景色深深烙印在眼底。我閉上雙眼。

那一瞬間。只有在我重新睜開眼睛前的那一瞬間。我的想像力戰勝了冰冷的現實。

此刻，Blue，你就在我身邊。

你還活著。心滿意足地活過了平成年代，來到了下個時代。

我們重逢，兩人一起來越南，來看這座湖。

這就是我的真實。

本書為作者全新創作。
此外，雖然本故事俯瞰了平成三十年間的文化風俗，
以兒童虐待、貧困兒童、幽靈兒童、
怪獸家長、外國人低薪勞動等
創造貧富差距社會的黑暗為主題，
但故事內容純屬虛構，與實際存在人物、團體、事件無任何關係。

逆思流

Blue

（原名：ブルー）

作者／葉真中顯　譯者／洪于琇　封面圖／青依青
發行人／黃鎮隆　總經理／陳君平　原書設計／泉澤光雄
經理／洪琇菁　國際版權／黃令歡
執行編輯／呂尚燁　美術監制／陳聖義
企劃宣傳／邱小祐
發行／英屬蓋曼群島商家庭傳媒股份有限公司城邦分公司　尖端出版
台北市中山區民生東路二段一四一號十樓
電話：（〇二）二五〇〇－七六〇〇（代表號）
傳真：（〇二）二五〇〇－一九七九
中彰投以北經銷（含宜花東）／楨彥有限公司
電話：（〇二）八九一九－三三六九
傳真：（〇二）八九一四－五五二四
雲嘉經銷／威信圖書有限公司　嘉義公司
電話：（〇五）二三三－三八五二
傳真：（〇五）二三三－三八六三
客服專線：〇八〇〇－〇二八－〇二八
南部經銷／威信圖書有限公司　高雄公司
電話：（〇七）三七三－〇〇七九
傳真：（〇七）三七三－〇〇八七
香港總經銷／城邦（香港）出版集團有限公司
香港灣仔駱克道193號東超商業中心1樓
電話：（八五二）二五〇八－六二三一
傳真：（八五二）二五七八－九三三七
E-mail：hkcite@biznetvigator.com
馬新經銷／城邦（馬新）出版集團　Cite(M)Sdn.Bhd.
E-mail：Cite@cite.com.my
法律顧問／王子文律師　元禾法律事務所
台北市羅斯福路三段三十七號十五樓
二〇二一年五月一版一刷

■中文版■

郵購注意事項：
1. 填妥劃撥單資料：帳號：50003021戶名：英屬蓋曼群島商家庭傳媒(股)公司城邦分公司。2. 通信欄內註明訂購書名與冊數。3. 劃撥金額低於500元，請加附掛號郵資50元。如劃撥日起 10～14日，仍未收到書時，請洽劃撥組。劃撥專線TEL：(03) 312-4212 ・ FAX：(03) 322-4621。E-mail：marketing@spp.com.tw

國家圖書館出版品預行編目資料

Blue / 葉真中顯 著 ; 洪于琇譯 . --初版.
--臺北市：尖端出版, 2021.05
面 ; 公分.--(逆思流)
譯自: ブルー
ISBN 978-626-301-002-4(平裝)

861.57 110004648